摘金奇缘②

[美] 关凯文 著 黄哲昕 译

陕西师范大学出版总社

图书代号：WX19N1252

陕版出图字：25-2019-098

图书在版编目（CIP）数据

摘金奇缘. 2 /（美）关凯文著；黄哲昕译 . — 西安：
陕西师范大学出版总社有限公司，2019.11
ISBN 978-7-5695-1010-2

Ⅰ. ①摘⋯　Ⅱ. ①关⋯　②黄⋯　Ⅲ. ①长篇小说－
美国－现代　Ⅳ. ① I712.45

中国版本图书馆 CIP 数据核字（2019）第 157885 号

摘金奇缘 2

ZHAI JIN QI YUAN 2

[美] 关凯文　著　黄哲昕　译

出 版 人	刘东风
责任编辑	高　歌
特约编辑	海　莲　赵昕培
封面设计	王　鑫
出版发行	陕西师范大学出版总社
	（西安市长安南路 199 号　邮编 710062）
网　　址	http://www.snupg.com
印　　刷	大厂回族自治县德诚印务有限公司
开　　本	620mm×889mm　1/16
印　　张	25
字　　数	260 千
版　　次	2019 年 11 月第 1 版
印　　次	2019 年 11 月第 1 次印刷
书　　号	ISBN 978-7-5695-1010-2
定　　价	49.00 元

献给我的父亲和妹妹。

尚龙马（致富发达）＋黄兰茵（一年到头都在抽鸦片）

杨氏一家

（中国 & 新加坡）

詹姆斯·杨爵士＋尚素仪（继承遗产）

（新加坡）

菲利普·杨
＋
埃莉诺·宋
（澳大利亚悉尼）

瑞秋·朱

尼古拉斯·杨（纽约）

凯瑟琳·杨
＋
蒙昭[1]·达信·尤加拉亲王

蒙拉差翁·亚提贴·尤加拉

蒙拉差翁·马希思蒂茨·尤加拉

蒙拉差翁[2]·杰萨达波汀德拉·尤加拉

费莉希蒂·杨
＋
哈利·梁
（新加坡）

阿斯特丽德·梁＋迈克·张（新加坡）

卡西安

亚历山大·梁（新加坡）

萨丽麦

格莱迪丝·陈（马来西亚吉隆坡）

彼得·梁

凯思琳·贾

小亨利·梁（新加坡）

维多利亚·杨（新加坡 & 伦敦）

1. 蒙昭：英语 Mom Chao，缩写为 M.C.，为泰王拉玛五世（1853～1910）王孙的封号，也是最低阶的王室头衔。
2. 蒙拉差翁：英语 Mom Rajawongse，缩写为 M.R.，为男性蒙昭子女继承的封号。

杨氏、尚氏与钱氏简易家谱图

尚氏一家

阿尔弗雷德·尚（继承遗产）+ 梅布尔·钱
（新加坡 & 英国萨里郡）

马尔克姆·郑（香港）
+
亚历珊卓·『阿利克斯』·杨

卡珊德拉·尚（新加坡、英国伦敦 & 萨里郡）

费雷德里克·尚（新加坡 & 英国格罗斯特郡）

潘妮洛普·寇松阁下（新加坡 & 英国格罗斯特郡）

安·莱贡（新加坡 & 英国白金汉郡）

查尔斯·尚

印蒂雅·赫斯基思夫人（新加坡 & 英国萨里郡）

李欧纳·尚爵士（新加坡 & 英国萨里郡）

阿历斯泰·郑（中国香港）

托尼·蒙库

赛希莉亚·郑
┕ 杰克

费欧娜·佟（中国香港）

艾迪森·郑

康斯坦丁

奥古斯丁

卡莉丝特

钱氏一家

钱载泰 + 萝丝玛丽·杨（詹姆斯·杨爵士的姐姐）
（新加坡）

蓓缇娜·贾（夏威夷檀香山）

克拉伦斯·钱

乔治·梅（加拿大温哥华）

安娜·姚（加拿大温哥华）

博娜黛特·凌（新加坡 & 中国北京）

马克·钱

南西·陈（新加坡、中国香港 & 西班牙马贝拉）

理查·『狄奇』·钱

阿尔弗雷德·尚（尚素仪的弟弟）（新加坡）

梅布尔·钱

目 录

China Rich Girlfriend

序　言

伦敦

2012 年 9 月 8 日上午 9 点整

萨拉·里拉《伦敦纪事报》

　　今日凌晨 4 点到 4 点半之间，在斯隆大街路段，一辆红色的法拉利 458 直接撞上周仰杰（Jimmy Choo）[1] 专卖店的橱窗。由于时值凌晨，没有行人目击到事故现场。据警方公告，事故车辆上的两名乘客已被送往圣玛利医院救治，目前已暂时脱离生命危险，车主身份尚在调查中。

北京，首都国际机场

2012 年 9 月 9 日下午 7 点 45 分

　　"等一下，我是坐头等舱的，带我去头等舱。"艾迪森·郑颐指气使地指使着乘务员。

　　"郑先生，这里就是头等舱。"乘务员恭敬地回答，语气干脆利落，就像他那干练的海军制服一般。

　　艾迪（艾迪森的昵称）还是没反应过来，困惑地问："这里是头等舱？我怎么没看到私人舱位？"

---

[1] 以设计师名命名的高档手工女装高跟鞋。——译者注

"郑先生，很抱歉，不列颠航空的航班是不配备私人舱位的 [1]。如果您感兴趣，我可以向您介绍头等舱的特别服务……"

"算了算了，不用了。"艾迪把他的鸵鸟皮手提箱往座位上一甩，像个赌气的小学生。

真是倒霉！今天是给银行上缴利息的日子吗？

艾迪森·郑，香港的私人银行"贵公子"，凭其娇纵妄为的性格、奢靡高调的生活、衣冠楚楚的形象、优雅上镜的娇妻美眷（费欧娜），在香港社交圈里声名远播。这样的人上人，怎么能忍受和普通乘客挤一个机舱的不便呢？

五个小时前，艾迪正在香港银行家会所里悠闲地享用午餐，谁知一通电话，他就不得不乘公司飞机赶赴北京，再转乘民用航班飞往伦敦。乘坐民用航班……上一次忍受这种"屈辱"还是在好多年以前了。这一次，谁让鲍夫人在这架飞机上，自己得配合她呢？

鲍夫人到底坐在哪儿？艾迪希望能在这简陋的头等舱里找到她。但事与愿违，首席事务长告诉他，头等舱里没有姓鲍的乘客。

"不可能，她肯定在这趟飞机上，你们去查一下乘客名单吧。"艾迪命令道。

片刻后，乘务员把艾迪领到了机舱的 37 排 E 座——没错，在经济舱。席位上坐着一位身材娇小的女士，虽然挤在两个乘客之间，但驼绒高领毛衣和法兰绒裤子足以彰显她身份的不凡。

"鲍夫人？鲍邵燕夫人？"艾迪难以置信地用普通话问道。

女士抬头，露出一个无力的笑容："阁下是郑先生？"

"正是在下，见到您很荣幸。只是在这种情况下见面，真是遗憾。"艾迪摆出绅士的笑容。他为鲍氏家族管理海外账户已经八年了，这还是

---

[1] 艾迪很不走运，全世界只有 Emirates 阿联酋航空、阿提哈德航空、新加坡航空旗下的空中客车 A380 才配备有私人客舱。Emirates 阿联酋航空甚至为头等舱乘客配备了两间奢华的 SPA 浴室，千尺聚会（High Mile Club，又名"高空俱乐部"）的成员可别错过了。——作者注

第一次见到鲍家人。眼前这位女士虽略显疲态，却难掩其绰约之姿，无论是细腻的肌肤与伶俐的眼角，还是墨绿色的马尾辫及立体的颧骨，都很难令人相信她居然有个在读研究生的儿子。

艾迪皱着眉扫了一圈周围，关切地问："鲍夫人，您怎么坐经济舱？是出了什么状况吗？"

"没有。我乘飞机向来都坐经济舱。"鲍夫人不以为意道。

艾迪脸上的震惊表露无遗。要知道，这位鲍夫人的丈夫鲍高良不仅是政府高官，还是中国最大制药机构的法定继承人。在艾迪眼里，鲍氏家族可不是一般的客户，而是超高端五星级 VIP 客户。

鲍夫人见状，解释说："我们家只有我儿子会选择头等舱。卡尔顿吃得惯国外那些花里胡哨的餐食，而且他的学业压力又大，偶尔享受享受也无可厚非。我不吃飞机餐，在航行中又睡不着，所以觉得没必要花那个冤枉钱。"

艾迪强忍住翻白眼的冲动。这些父母总是眼也不眨地将血汗钱挥霍在他们的"小国王"身上，自己却节食缩衣。看看他们把这帮小祖宗惯成什么样子了？！就拿这位 23 岁的卡尔顿·鲍来说吧——他本该在剑桥大学完成毕业论文答辩的，但就在答辩的前一晚，他挥霍了 3.8 万英镑玩遍了伦敦的夜总会，还开着那辆崭新的法拉利和沿街商铺来了个"亲密接触"，如今半只脚踏进了鬼门关。更糟的是，艾迪还必须把这险情瞒着眼前这位母亲。

艾迪面临两难的选择。于情于理，他都必须陪伴在这位"超高端五星级 VIP 客户"身旁；但要在这种长途汽车一般的机舱里忍受十一个小时，恐怕一下飞机他就要去做结肠镜检查了。更不幸的是，要是被人认出来了呢？那么第二天，"郑大公子挤经济舱"的照片就会出现在香港各家小报上……不过，不管怎样，他都不能把如此重要的客户丢在经济舱，自己跑去躺在太空椅上，抿着二十年的柯纳克。艾迪厌弃地看了眼鲍夫人周围的人：左边是个平头青年，眼看就要赖到夫人的玉体上了；右边则是个神经质的中年妇女，紧紧地攥着手中的八宝袋。

艾迪心生一计,压低嗓音说:"鲍夫人,不是我不想在这儿陪您,只是我有要紧机密与您商议,能否请您移步到头等舱?银行那边也一定会愿意为您升舱的。当然了,升舱的费用由我们来承担。头等舱要安静一些,我们也好慢慢聊。"

鲍夫人略加犹豫,便应承道:"好吧,既然是银行的意思,我也不好推脱。"

就这样,两人移步至头等舱,挑了舒适的座位对坐。待飞机平稳起飞后,乘务员端来了开胃酒,艾迪便开门见山地说:"鲍夫人,我在起飞前联系过伦敦方面,鲍公子现在已经脱离了生命危险,脾脏修复手术很成功,外伤矫形团队也已经就位。"

"真的吗?!谢天谢地……"鲍夫人如释重负,这才舒心地倚靠在柔软的座席上。

"请您放宽心,我们还联系了伦敦最权威的组织再造专家彼得·阿什利博士,他会在一旁全程指导鲍公子的手术。"

"我可怜的儿子呀……"鲍夫人抹了把辛酸泪。

"大难不死,必有后福。上天也会眷顾鲍公子的。"

"那个英国女孩儿呢?她怎么样了?"

"那位小姐仍在观察期,我想她很快就会脱离危险的。"艾迪尽力挤出一个乐观的笑容。

半个小时以前,艾迪在北京首都机场的另一架私人飞机上,与自家银行的亚洲总裁奈杰尔·堂木林森,以及鲍氏家族的安保主管老秦,开了一次紧急危机管理会议,后两人现在已经坐上利尔喷气机飞往伦敦了。开会时,三人挤在奈杰尔的笔电前,通过视频了解了卡尔顿的最新情况:

"卡尔顿的手术结束了。他这回可玩儿过火了,好在驾驶席的安全气囊及时启动,他还有得救……但同车的那个英国女孩儿可就没那么幸运了,她还在深度昏迷中,医院正在尽力减轻她脑部的水肿,但效果……"

"另一个姑娘呢?"老秦焦急地对着模糊的电脑屏幕发问。

"很遗憾，那位姑娘当场就不行了。"

奈杰尔叹息了一声，问道："那女孩儿是中国人？"

"据目前掌握的情况来看……是的。"

艾迪摇着头，说："这实在是太糟了。我们得在这事情传开之前，尽快疏通关系。"

奈杰尔说道："我倒是好奇，鲍公子是怎么往法拉利里塞进三个人的……"

老秦神经兮兮地拨弄着老式胡桃木电话，不知要联系谁，只能对奈杰尔吩咐道："鲍先生现在正陪同领导访问加拿大，鲍夫人给我的指示是，不能让鲍先生听到任何丑闻，尤其是那个死掉的女孩儿……现在是敏感时期，任何负面的消息，都会影响鲍先生的前途。"

"当然，当然。"奈杰尔保证，"我们会对外宣称那个白人女孩儿是鲍公子的女友。即便鲍先生闻知此事，车子里也只有一个女孩儿。"

"一个女孩儿？老秦，鲍先生不会听说有任何女孩儿的！放心吧，我处理过更棘手的事，关于阿拉伯王子的，所有事都会安排妥当。"艾迪自夸道。

奈杰尔给了艾迪一个警告的眼色：这家银行一向谨慎，最忌讳把底牌泄露给客户。"我们在伦敦有最专业、最迅速的公关团队，并由我亲自指挥，您尽管放心。"奈杰尔说完，转头问艾迪："你觉得要花多少钱才能封上伦敦媒体的口？"

艾迪深思了一会儿，在心里快速地计算着，然后说："不仅是要封媒体的口，还有警察、救护车司机、医生护士，以及最难办的遇难者家属。粗略算下来，至少也得先准备 1000 万英镑。"

"好吧。这样吧，你一到伦敦，就直接带鲍夫人到事务所去。让她先签个取款协议，再带她去医院。我就是不知道该怎样向她解释这笔巨款的用途……"

"这好办，就和夫人说，那女孩儿需要器官移植。"老秦建议道。

艾迪不忘调侃："哼！我们还可以说，要赔偿周仰杰专卖店的损失，那些鞋子可比器官移植烧钱得多。”

伦敦，海德公园

伦敦时间 2012 年 9 月 10 日

埃莉诺·杨轻轻抿了口早茶，脑子里想着待会儿开溜的说辞。她正与自己的三位密友——洛伦娜·林、娜汀·邵、黛西·傅——一同在伦敦度假。和三位好朋友马不停蹄地奔波了两日，埃莉诺真希望能有哪怕几个小时的私人空间。

这四人都迫切需要这趟旅行来缓解压力：洛伦娜刚被诊断出患有肉毒杆菌过敏；黛西则因为孙子就读哪所幼儿园的问题，与儿媳陷入“冷战”；埃莉诺一直很苦恼：她的儿子尼基[1]已经两年没和她说过话了；至于娜汀就更糟了，她让女儿的新公寓——就是现在她们所在的这套——狠狠摆了一道……

“Alamaaaaak[2]！真不愧是 5000 万美元的豪宅，我连马桶都不知道怎么冲！”娜汀一踏入餐厅，便一个劲儿地感叹。

“你可真是贫贱命，享不了高科技的福。”洛伦娜毫无顾忌地嘲笑道，“这马桶，有没有给你洗腓撑[3]？”

“别提了，我傻乎乎地在所有感应开关前挥了半天的手，结果一滴水都没见着！”娜汀觉得自己落后于时代了，扑通一声瘫倒在沙发上。这套沙发的造型也是未来感十足，乍看之下，仿佛是由红色天鹅绒细绳不规则地堆砌而成的。

黛西大咧咧地咀嚼着肉松烤面包，感慨道：“恕我直言，令爱这套公寓最吓人的，不是高科技，是高价格吧！ 5000 万美元……啧啧。”

---

[1] 指尼古拉斯·杨，本书中一般称其为“尼克”或“尼基”。——译者注

[2] 马来语，类似于“我的天啊”的感叹词。——译者注

[3] 闽南语，意为“洗屁股”。——作者注

"哎呀，她就是用 5000 万买了个名头和中心地段嘛，"埃莉诺嗤笑道，"换作是我，好歹挑套开窗就能看到海德公园的单元，你这开窗正对着哈维·尼克斯（Harvey Nichols）[1] 是什么意思？"

娜汀叹气道："你是第一天认识我家那位小公主吗？弗朗西丝卡哪在乎什么自然风光，她只希望能面对最心爱的奢侈品入睡！还好，她找了个愿意为她透支的丈夫。"

场面陷入尴尬的沉默，在场的人都心知肚明，娜汀的公公从持续六年的植物人状态中苏醒过来以后，勒紧了家族的开支，娜汀的日子就开始捉襟见肘了。她那挥金如土的宝贝女儿弗朗西丝卡（曾被《新加坡杂谈》评选为全球最懂穿搭的五十大美女之一）无法继续丰富自己那价值连城的藏衣库，索性颜面也不顾了，和刚与劳伦·李结婚的梁氏财团公子罗德里克·梁谈了场婚外恋。

新加坡是个八卦社会，这绯闻马上就传到了劳伦的祖母李咏娴的耳朵里。老太太可不是好惹的人物，当即命令东南亚权贵家族与梁、邵两家断绝来往。最后，吃了教训的罗德里克只能乖乖回到妻子身边。

如此一来，弗朗西丝卡成了圈内人退避三舍的灾星。她避难至英国，很快就找了个"勉勉强强算半个亿万富翁的伊朗籍犹太人"[2] 结婚。期间，娜汀一直被蒙在鼓里，直至弗朗西丝卡搬到海德公园旁边的天价公寓里，和卡塔尔王室做了邻居，她才敢向母亲提及自己的现状。娜汀知道以后，自然要来伦敦探望这对新婚夫妇。但事实上，她不过是想见见识这 5000 万的豪宅，顺便再省下一笔不菲的住宿费罢了 [3]。

几个人正在商议今天的购物路线，埃莉诺已想好了无伤大雅的小谎言："我今早恐怕要暂时离队……我得去陪尚家人再吃一顿早餐。要是

---

[1] 起源于英国伦敦的高级百货公司。——译者注

[2] 引自绰号为"亚洲广播一姐"的卡珊德拉·尚。——作者注

[3] 埃莉诺与她的朋友们宁愿挤一间客房，甚至打地铺，也不愿在住宿上花冤枉钱。即便她们能毫不犹豫地在南洋珍珠这样的"小玩意儿"上花上 9 万美元。——作者注

让他们知道我来伦敦没去探望他们，那些人是不会善罢甘休的。"

黛西埋怨道："你就不该让他们知道你在这儿！"

"Alamak！你又不是不知道卡珊德拉·尚那顺风耳，要是让那姑奶奶知道我没去拜访她家两位老人家，我以后可有的烦了。我能怎么办？只能怪我自己当年瞎了眼，这就是嫁给杨家要付出的代价。"埃莉诺的自嘲言不由衷，事实根本不像她说的那般不堪。埃莉诺嫁给菲利普·杨到现在已经三十年了，菲利普的表哥——威名远播的"皇尚"——还从未在礼数方面对她有过任何要求。若是杨家夫妇共赴英国，尚家的确会尽足地主之谊——邀他们到尚家的"宫殿"做客，再不济也会设宴款待；如果只有埃莉诺一人来，尚家人倒也干脆——就当没听说。

当然，埃莉诺也万般不愿意攀扯自己那妄自尊大的夫家亲戚，但这种情况下，只有尚家才能挡住她们的八卦心。如果她拿其他人做挡箭牌，这几个好管闲事的朋友肯定会刨根问底。

趁三人叽叽喳喳地讨论要去哈洛德百货里试吃美食，埃莉诺默不作声地回房间换上了时髦的驼色艾克瑞斯（Akris）便装、赛车绿麦丝玛拉（MaxMara）外套，再戴上她那标志性的 Cutler and Gross 金丝框墨镜，悄悄出门了 [1]。她离开富丽堂皇的骑士大道，向东步行了两个街区，来到伯克利酒店前，一辆银色捷豹 XJL（Jaguar）正在那里等候。豪车衬上周边修剪得完美无瑕的林木雕塑，尽显奢华。埃莉诺仍不安心，紧张兮兮地环顾四周，确定没人跟踪后才钻进车厢，驶向梅费尔区。

片刻的工夫，埃莉诺便现身康诺特街道的一栋联排别墅前，没有多少人知道眼前这栋红砖白墙的格鲁吉亚式建筑里藏着什么玄机。埃莉诺来到黑色房门前，按下门铃，话筒那头立刻有了回应："您好，请问需要帮助吗？"

"啊，我是埃莉诺·杨，预约了今天上午 10 点……"埃莉诺的口

---

[1] 埃莉诺平日里不怎么穿价格高昂的奢侈品服饰，美其名曰"早就对牌子没兴趣了"。即便如此，她还是保留了一些心仪的奢侈品，用于今天这种特殊的日子。——作者注

音瞬间转变为地道的英音。不待她把话说完,门闪咔嚓一声开了。一名身着条纹正装的矮胖管事将埃莉诺领到明亮空旷的前厅。

坐在深蓝色的 Maison Jansen 办公桌后面的年轻女性冲埃莉诺莞尔一笑,恭敬地问候道:"早安,杨女士。请稍候片刻,我们这就为您联系。"

埃莉诺点点头,她懂得这里的程序。靠内的墙壁由数扇金属边框的玻璃门构成,门对面便是别墅后院的花园,埃莉诺已经可以看见花园里的黑衣光头男了。片刻后,方才的矮胖管事将她领到光头男跟前,简练地说:"杨女士找迪亚波先生。"

眼尖的埃莉诺注意到,这两位员工耳旁都佩戴着传话设备。光头男没多说话,护送埃莉诺经过一条将整个庭园一分为二的步行道。这条小道以植被为篷,两侧饰以整齐划一的灌木,道路的尽头,是一幢现代感十足的建筑,其外形酷似 20 世纪的地堡,表面却覆盖着黑钛材质与五彩玻璃。

埃莉诺在光头男的带领下走进建筑,被下一道关卡拦住了去路。光头男朝话筒内重复刚才的话语:"杨女士,找迪亚波先生。"下一秒钟,关卡扑哧一声自动打开了。两人随即进入电梯内,随着上升的电梯戛然而止,埃莉诺没来由地一阵轻松,因为她知道,门对面就是全球顶级私人银行列支敦堡集团(Liechtenburg)的接待大厅。

这家私人银行的亚洲高端客户大多同时保有多个账户,以管理其名下的众多产业,埃莉诺也是一样。"二战"时,埃莉诺的双亲曾被日军关押进兴楼的俘虏集中营,险些倾家荡产。有了这个惨痛的教训,二老几十年如一日地向子女灌输他们的理财真经——绝对不要在一棵树上吊死!数十年后的今天,埃莉诺奋斗半生积累了属于自己的财富,仍把父母的教诲铭记于心。即便新加坡本就是誉满世界的"保险柜",埃莉诺与身边的富豪还是坚持把财产分作若干份,存到世界各地,不求银行规模,只求隐秘与不知名。

在遍布世界的"保险柜"中,埃莉诺最青睐的还是列支敦堡集团,她将财产的最大头交给他们管理，她的私人银行顾问彼得·迪亚波总能提供最高的资产回报率。埃莉诺每年至少会造访伦敦一次，在彼得的陪同下"检阅"自己的投资状况，这在她眼里就是一种享受。何况，彼得神似埃莉诺的偶像理查德·查伯兰在《荆棘鸟》中饰演的角色，与彼得对坐在油光锃亮的黑檀木桌前，想象着他就是那优雅和蔼的神父，聆听着其精妙绝伦的投资方案……这应该不算出轨吧！

在接待室等待的时候，埃莉诺从容地取出金·汤普森（Jim Thompson）泰丝口红盒，对着上面的化妆镜最后一次确认妆容。她心情愉悦地欣赏着花瓶中的紫色马蹄莲，脑子里计算着需要取出多少钱充当这次的旅游费用。这周新币市场呈下跌趋势，当下应尽可能地用英镑消费。昨天的午餐和晚餐分别是黛西与洛伦娜付的账，今天该轮到自己了。三人知道娜汀最近手头拮据，便体贴地替她负担了这趟旅行的全部花销，由三人轮流结账。

这时，有人推开了接待室的银框大门，埃莉诺腾地起身，正要迎上去。然而，进来的不是她牵肠挂肚的偶像彼得·迪亚波，而是一位端庄富态的中国女士，后面还跟着一张熟悉的面孔——艾迪森·郑。

艾迪的惊讶丝毫不亚于埃莉诺，他瞠目结舌地问道："艾莉（埃莉诺的昵称）舅妈！您怎么在这儿？"

埃莉诺早就听闻这位外甥在列支敦堡集团工作了，但据她所知，艾迪是集团驻香港的总裁；埃莉诺漂洋过海来伦敦开户，就是为了避开认识的人。

——糟糕，还是碰到熟人了。

埃莉诺心里叫苦不迭，只能吞吞吐吐地解释道："哎呀！是艾迪啊……哦……我是到这儿来……陪朋友吃个早餐……"

——好吧，这只老狐狸竟然也是我们的客户。

艾迪猜出了个大概，但现在这尴尬的情形，他只能跟着对方装糊涂，讪笑道："对，这儿的早餐好吃。"

——这下全家上下都知道我在伦敦挥霍了。

埃莉诺有些懊悔，只能赔着笑脸辩解道："我是两天前来伦敦的，娜汀·邵邀我来探望她的女儿。你知道的，就是弗朗西丝卡。"

——哼，阿妈还总是担心舅舅家的日子不宽裕，等着，我一定要把这件事告诉她！

艾迪暗暗冷笑，表面依然佯装恭敬地答道："弗朗西丝卡·邵吗？我听说，她嫁了个阿拉伯富豪？"

——还好他不可能知道我的十六位银行卡密码。

"你弄错了，她丈夫是伊朗籍犹太人，他们刚搬到海德公园附近的公寓。"

——哈哈，我得从彼得嘴里撬出她的资金状况！那个小白脸可不敢瞒我。

艾迪忍住内心的得意，继续假意奉承道："哇！邵夫人可真是有了个金龟婿。"

"是呀，他是还不错，和你一样是银行业的。"埃莉诺心不在焉地附和道，用余光打量着艾迪身边的同伴。那位女士神情焦虑，貌似片刻也不愿多待。她衣着端庄且低调，与常见的中国内地富豪截然不同。艾迪对她态度恭敬，显然不是一般的客户。埃莉诺不由得好奇心起——她究竟是什么人？艾迪和她来伦敦做什么？

艾迪不给她刨根问底的机会，干瘪地笑道："舅妈，我还有急事要处理，您慢慢享用早餐吧。"说完，便带着那位女士离开了。

艾迪陪同鲍夫人赶赴圣玛利医院，探望了在 ICU 中苟延残喘的卡尔顿后，便专程在女王大道上挑了家中餐厅，试图用美味的龙虾面 [1] 来安慰这位倒霉的母亲。但她只顾着抽泣，根本没心情动筷子。

---

[1] 这家餐厅把拱形的天花板刷得雪白，若把招牌一遮，简直就是一个 20 世纪 80 年代的希腊小酒馆。但就算环游世界，也找不到另一家中餐厅能做出这么地道的龙虾面了：纯手工的手擀面，浇上浓郁的姜葱酱汁儿，再搭配苏格兰海的新鲜虾肉。——作者注

想来也是，在毫无心理准备的情况下目睹那样的景象，没有哪个母亲会不崩溃。卡尔顿的脑袋肿胀如西瓜，从脖子到头顶无处不插着管子；两条腿受了重伤，胳膊上到处都是二级烧伤，少数没包扎的部分也血肉模糊，就像是被重重踩了一脚的塑料罐。

鲍夫人当场就垮了，执意要陪在儿子身边，但探视时间已经过了，医院不允许家人陪护。她知道车祸很严重，却低估了严重的程度，没人敢告诉她实情。鲍夫人心生恨意，她恨老秦的刻意隐瞒，更恨丈夫把这一切都丢给她一人去面对，他自己却在加拿大春风得意。

客户如此悲痛欲绝，让艾迪如坐针毡。她就不能往好处想想吗？至少她儿子已经脱离了危险，凭如今的医学技术，只要舍得花钱，几轮手术下来，人还不焕然一新？说不定会比之前更招人喜欢呢！有哈利街的"米开朗琪罗"——彼得·阿什利教授亲自操刀，把她的儿子重塑成中国版的瑞恩·高斯林，那还不是轻而易举？

赴英前，艾迪以为两天内就能把这件事处理好，还打算顺便去乔·摩根（Joe Morgan）给自己添置一套春装，再来一双最新款的乔治·克利弗利（George Cleverley）鞋。但事与愿违，不知道是谁把这起事故的消息透露给了亚洲通讯社，艾迪不得不努力去疏通"苏格兰场"[1]的关系，还要不停地奔走于"舰队街"[2]前后……根本没有闲工夫对付这位歇斯底里的母亲。

艾迪正苦于要如何劝慰她，余光突然扫到一个熟悉的身影：又是艾莉舅妈。她身边还跟着黛西夫人，以及穿着土气的娜汀·邵和洛伦娜·林。艾迪在心里哀叹：这也太不凑巧了。除了这三家中餐厅[3]，中国人在伦敦就没地方吃饭了吗？亚洲的八卦女王组合遇到痛哭流涕的鲍邵燕夫人，场面可真是精彩。

---

[1]英国首都伦敦警察厅的代称。——译者注

[2]英国媒体的代名词。——译者注

[3]伦敦的中餐"圣三一"就是 Four Seasons（北京烤鸭）、Mandarin Kitchen（龙虾面）与 Royal China（中式糕点）。——作者注

想到这里，艾迪突然灵机一动：这未必是坏事。早上在银行偶遇后，自己便攥住了这位舅妈的把柄；而现在，他正需要值得信赖的帮手来应对鲍夫人，好让自己能展开手脚去处理丑闻。如果鲍夫人与亚洲上流名媛在伦敦共进晚餐的消息传开，说不定还能暂时引起狗仔队的注意呢。

主意已定。艾迪起身，趾高气扬地朝舅妈走去。埃莉诺是所有人里第一个看见他走过来的，她收紧了自己的下巴——这小子最好别提起早上遇见我的事，不然我就把列支敦堡集团告到倒闭！

"哎，这不是艾莉舅妈吗？"艾迪明知故问。

"艾迪，我们又见面了！你怎么也来伦敦了？"埃莉诺表现得错愕不已。

啧啧，看看这演技，谁来给她颁个奥斯卡……艾迪也不点破，在对方的面颊上轻轻一啄，露齿笑道："我是来伦敦出差的。真巧，怎么在哪儿都能偶遇您啊？"

埃莉诺暗自庆幸：还好他不是陪家人来伦敦旅游的……她转向自己的朋友们，介绍道："女士们，你们一定认识我这个香港的外甥吧？他母亲是菲利普的妹妹阿利克斯[1]。父亲就更了不得了，是大名鼎鼎的心脏外科专家马尔克姆·郑医生！"

几位女士兴奋地叽叽喳喳道："当然认识！哎呀，世界可真小！"娜汀分明与亚历珊卓·郑素未谋面，却也热情地问候道："郑夫人近来可好呀？"

"她精神好得很，现在正在曼谷探望凯特姨妈呢！"

"哎呀！你说的是远嫁泰国的杨女士？"娜汀的语气不禁多出了几分恭敬，她早就听说这位凯瑟琳·杨嫁进了泰国皇室。

埃莉诺心里直翻白眼：这个好外甥可真会见缝插针地攀亲带故、自抬身价。

---

[1] 亚历珊卓·郑的昵称。——译者注

　　艾迪见时机成熟，便用普通话道："那么，尊贵的女士们，请容晚辈向大家郑重介绍来自中国内地的鲍夫人——鲍邵燕。"

　　鲍夫人不失体统地向四人点头问好，娜汀点头回应，并趁机把对方从头到脚看了一遍：这位夫人身着成熟端庄的诺悠翩雅（Loro Piana）开领毛衣，赛琳（Céline）铅笔裙衬出姣好腿形，再搭上合身的罗伯特·克雷哲里（Robert Clergerie）低跟帆布鞋，以及辨不出品牌的皮包……评价：毫无特色，却远超一般人的品位。

　　洛伦娜的着眼点却不同，她第一眼便盯上了对方纤指上的钻戒——8～8.5克拉，成色等级VS1或VVS2，激光切割，主钻两侧以白金镶嵌着两颗3克拉的黄色三角副钻。毋庸置疑，这是香港罗纳德·亚伯兰（Ronald Abram）的独门设计……评价：不俗。她要是对钻石更讲究些，就会在自家的东方珠宝世家购买首饰。

　　至于黛西，比起肤浅的以貌取人，她更在意对方的身家背景："您姓鲍？冒昧问一句，南京鲍氏是您的……"

　　"是的，鲍高良是我的丈夫。"鲍夫人矜持一笑，心中的阴霾散去了一些——这是她登陆英伦以来，第一次听见字正腔圆的普通话；更令人欣慰的是，说话的人还知道自己的家族。

　　"哎呀呀，真是缘分！鲍先生早先赴新加坡时，我与他还有过一面之缘呢！若我未记错的话，鲍先生在江苏省身居要职吧……鲍夫人，我们正要点餐，不知是否有幸能邀您同席呢？"黛西语气礼貌，丝毫不见平日里大咧咧的模样。

　　艾迪要的就是这个效果，附和道："求之不得！其实，鲍夫人现在正需要同胞的陪伴呢。她家公子两天前不幸出了车祸，现在还在ICU病房里……"

　　"怎么会这样！"四人惊讶不已。

　　艾迪继续趁热打铁："是呀，真是天降横祸。实不相瞒，关于这件事，我还有许多急务要去处理，恐怕不能久留了。但我不放心丢下鲍夫人一个人，她对伦敦不熟悉，身边又没有亲戚朋友……"

"不是有我们在吗？你只管去处理你的事务，鲍夫人就由我们陪着！"洛伦娜向艾迪保证道。

"感激，感激不尽！那晚辈就先失陪了……艾莉舅妈，我对这附近不熟，您能告诉我在哪儿坐出租车吗？"

"没问题。"埃莉诺说，两人一同来到餐厅外面。

艾迪最后看了看餐厅内的鲍夫人，严肃地对埃莉诺道："艾莉舅妈，我有个不情之请，能否请您这几天多陪陪鲍夫人，尽量让她高兴一些？更重要的是，能否请您和您的朋友们，别向媒体透露这件事？尤其是亚洲的媒体……等这件事结束后，我任凭舅妈差遣。"

"哎呀，你还不了解舅妈吗？我的口风紧得很，我的朋友们也都不是喜欢八卦的人。"

艾迪点点头，心里再清楚不过了：只要自己一上车，这些女人就会迫不及待地在各自的小圈子里炫耀与鲍夫人同席；不出一日，亚洲八卦小报的头条就会被鲍夫人在伦敦吃喝玩乐的消息所淹没。

埃莉诺直勾勾地盯着艾迪："我已经做出保证了，是不是该轮到你了，我亲爱的外甥？"

艾迪强忍住笑意："艾莉舅妈，您这话是什么意思？我不懂呢！"

"早餐！你懂了吗？"埃莉诺见他装傻，有些恼怒。

"嗯？哦，您说早上的那件事啊……那您可侮辱我的职业道德了，我们做私人银行业务的，最重视的就是客户的隐私，列支敦堡集团的宗旨不就是让客户全身心地信赖吗？"

艾迪离开后，埃莉诺觉得如释重负。这一突发状况，不仅除去了她被艾迪抓住的把柄，反倒还让他欠了自己一个人情。她回到席间，桌面上已多了一盘龙虾面，肥硕多汁的虾肉铺在热气腾腾的面条上，让人垂涎欲滴。在座的其他四人却丝毫没有动筷的意思，只是齐刷刷地看着埃莉诺，显然很在意她与艾迪达成了什么秘密协议。

埃莉诺刚落座，黛西便笑嘻嘻地凑了上来："鲍夫人刚给我们看了她儿子的照片，好俊俏的年轻人呀！她有些担心这孩子脸上的疤痕没办法复原。我说不用担心，伦敦的整形技术可是世界一流的。你看看，很帅吧？"说完，把手机递给埃莉诺。

埃莉诺看着手机里的年轻面孔，瞳孔不易察觉地缩了缩，不动声色道："嗯，确实非常英俊。"

开始用餐后，四人没再谈起鲍夫人的儿子。不过，她们都不约而同地想道：这位鲍公子，与那个女人长得简直是一个模子里刻出来的。"那个女人"，就是导致埃莉诺与其子尼古拉斯疏远的"罪魁祸首"——瑞秋·朱。

第一部

这年头谁都敢自称亿万富翁，殊不知要做亿万富翁，得先花掉这「亿万」！——香港马术俱乐部的某富人

1

香港，文华

2013 年 1 月 25 日

这件事的原委，要从 2012 年年初，一对兄妹在伦敦汉普斯特德的小楼里清理已故母亲的遗物开始说起。

他们从阁楼的一口皮箱子里，搜出了一堆古旧的中国画卷。妹妹恰巧在佳士得拍卖行（Christie's）有相识的人，她把这些古卷一股脑儿地塞进四口英博瑞百货（Sainsbury's）的购物袋中，提到了老布朗顿路上的拍卖场，想委托专业人士鉴宝，看看这些画卷能值多少钱。

让人始料未及的是，一位年长的资深中国古画专家展开其中一捆卷轴后，竟险些背过气儿去——眼前的这套画卷，莫非就是清朝画家袁江于 1693 年创作的《十八成宫》图屏？相传，这套画卷在第二次鸦片战争期间被侵略者劫掠出宫，早已失传于海外了。

拍卖所的职员们一窝蜂地围上来。图屏共有二十四张，屏高各 2 米，保存完好。将这二十四张图屏并列排开，拼凑而成的总屏长达 8 米，两个工作室都险些不够摆放。最终，这位老专家确信，眼前的恢宏画作就是中国古籍中提到的《十八成宫》图屏真迹，他倾注半生研究中国古绘画，鉴赏功力是不容置疑的。

十八成宫是一座奢华的皇家避暑庄园，现位于西安市北面的山峦之中。自它问世起，就被誉为世界上最宏伟气派的皇室建筑群之一。相传，在庄园中各殿间往来必须骑马，足见其占地面积之大。眼前的丝质画卷色彩饱和，无论是富丽堂皇的亭台楼阁，还是清幽闲适的小桥流水，都仿佛通了电一般，跃然于青蓝相间的群山之中。

在如此精美绝伦的杰作面前，众人激动之余，竟一时间忘了言语。这种感情，不亚于亲手启封了一幅达·芬奇或维米尔的失传之作。这时，拍卖所的亚洲美术总监闻讯，跌跌撞撞地赶来，众人头皮一紧，硬生生将他往后拽了几步，生怕他一个没站稳，伤到地上的宝贝。

美术总监了解情况后，强忍住激动的热泪，颤抖地吩咐下属："快联系香港的弗朗索瓦，让他马上带着奥利弗·钱[1]来伦敦！"他稳了稳情绪，继续亢奋地说："这回可有得忙了……我要带着这个'美人儿'环游世界！我要带'她'去日内瓦，去伦敦，去我们在洛克菲勒中心的展厅！我要让全世界的顶级鉴赏家拜倒在'她'的裙摆下！最后，我要在中国的除夕之夜，把'她'带到香港，卖个让世界震惊的天价！没错，我就是要那些中国的富豪盼'她'盼得睡不着觉！"

视线转向一年后的今天。在香港文华东方酒店的快船廊内，科琳娜·古佟[2]颇不耐烦地等待着莱斯特·刘与瓦莱丽·刘的赴约。她那精致的浮雕名片上，印着"艺术咨询"的头衔，而她给少数特定客户提供的服务可远不止于此。

科琳娜出身于香港一个历史最为悠久的家族，她将自身的人脉优势最大限度地利用在了兼职上，尤其针对像刘氏家族这样的大客户，科琳娜可谓是有求必应、面面俱到——从刘家墙壁上装饰的绘画，到刘家人的穿搭风格；从维持刘家人在上流俱乐部的会员资格，到安排刘家孩子就读的贵族院校……一言以蔽之，科琳娜就是个高端人士塑造师，她的服务内容就是协助客户挤入上流社会。

科琳娜隔着老远就看见刘家夫妇朝楼上走来。这对夫妇的气场太过强烈，以至于周围的人都不敢正视。她还记得初见两人时，他们从头到脚都穿着普拉达（Prada）。在这些来自广东的内地富豪眼里，一身普

[1] 佳士得最具权势的副主席之一，与世界顶级收藏家群体交往匪浅（多认识几个重量级的亚洲家族总是有益无害的）。——作者注
[2] 这是"娘家姓氏"+"夫家姓氏"的写法，"古佟"指科琳娜原来姓"古"，嫁人后丈夫姓"佟"，下同。——译者注

拉达仿佛就是身份与地位的象征；但在科琳娜看来，这却是他们特有的铜臭味儿。

经过一番精心的打磨，再看看如今二人的打扮：莱斯特身着一席产自英伦裁缝街（Savile Row）的基尔戈（Kilgour）三件套，尽显干练风度；他的妻子则是 J.Mendel 的波斯绸风衣，搭配适当的黑珍珠装饰与那双朗雯（Lanvin）灰色羊皮短靴，优雅端庄到无可挑剔。若硬要挑出瑕疵，便是她的手提包了——光滑的白色蛇皮面料显然价值不菲，但不知怎么，它就是给科琳娜一种家庭主妇的感觉。她默默把这一瑕疵记在心里，打算待会儿委婉地稍加提醒。

夫妇二人来到科琳娜桌边，瓦莱丽鞠躬致歉道："对不起，科琳娜，我们迟到了。司机搞错了地点，把我们送到置地文华东方酒店去了。"

"不要紧，我也刚到不久。"科琳娜大方地谅解道。她最反感不守时，但客户的道歉态度如此诚恳，她也找不到埋怨的理由了。

瓦莱丽入座后，好奇地问道："为什么要约在这儿见面，四季酒店不是更好吗？"

莱斯特插嘴道："即便是半岛酒店也比这儿好啊！"说完，轻蔑地瞥了眼大厅天花板上那 70 年代风格的大吊灯。

"半岛酒店和四季酒店都快成游客据点了，太嘈杂。文华才是香港本地人吃茶聊天的首选之地。还记得我小时候，祖母古佟夫人每月至少会带我光顾一次这里。"科琳娜耐心地解释道，"对了，千万别叫这里的全名，我们本地人都简称这里为'文华'。"

"哦，还有这个说法？"瓦莱丽心虚地环顾四周，见没人留意到自己的口误，才安心地把身子陷进柔软舒适的座椅中。就在这时，她的余光捕捉到一个熟悉的身影，便激动地凑到科琳娜耳旁："快看那边！那不是费欧娜·佟郑和她的婆婆亚历珊卓·郑吗？她们在陪嘉道理（Ladoory）家族的人喝茶！"

"嗯——你在说谁？"莱斯特的嗓门儿有些大。

"嘘！你小声点儿！别往那边看，我待会儿和你细说。"瓦莱丽神经兮兮地用普通话制止住自己的丈夫。

科琳娜欣慰地一笑，瓦莱丽学得很快，能举一反三。刘氏夫妇是科琳娜的新客户，也是科琳娜最中意的一类客户。这类客户不同于民间的土财主，他们大多有不同凡响的背景。国内常称呼这类人为"富二代"，形象地昭示了他们与生俱来的涵养与素质。富二代与他们的祖、父辈不同：未经历过时代动荡，也未体验过生存艰辛；声色犬马对他们来说唾手可得，故而，他们对之也是嗤之以鼻。

莱斯特家族掌控着中国最大的保险集团；而瓦莱丽是土生土长的上海人，她父亲是位麻醉专家。两人是在悉尼大学求学期间相识相知的。与日俱增的财富和日益高雅的品位，让这对三十多岁的夫妇把视线转向亚洲上流社会。他们迫不及待地要在伦敦、上海、悉尼、纽约，还有香港深水湾刚落成的房子里，挂满博物馆级别的艺术品，恨不得《香港杂谈》今晚就来给他们做独家报道。

莱斯特话入正题，问道："科琳娜，你觉得那套图屏会被拍到多少钱成交？"

科琳娜小心翼翼地试探道："这次约二位来，就是想商议此事……您上次说会准备 5500 万，我觉得不太稳妥。您看能不能再多准备 2000 万？"

莱斯特不动声色，慢悠悠地从银色蛋糕塔上取下一粒泡芙，然后开口问道："你确定它值 7500 万？"

"刘先生，那套图屏可是中国绘画艺术里百年难得一遇的绝笔真迹，用中国的老话说，就是'过了这个村，就没这个店'了。"

"这组画和我们家的圆形大厅太搭了！"瓦莱丽兴奋地憧憬道，"我们可以把它们绕墙挂成一圈儿，那效果可比 3D 全景强多了！我已经安排工人把大厅的一、二楼粉刷成统一颜色，来衬托那古色古香的青绿色了。"

科琳娜没有理会瓦莱丽的艺术创意，理智地说："抛开作品的艺术价值不谈，它的市场价格也不可估量。想象一下，这样一件无价之宝摆放在您家中，对您夫妇二人，乃至整个刘氏家族的地位，是何等的提升啊！且不说其他，首先，你们可以借此一跃进入世界顶级收藏家的行列。据小道消息，邢氏、王氏、郭氏都在摩拳擦掌；黄氏前些天也飞到了台北，其用意不言自明。另外，我还有个确切的消息，邱氏的科林和阿拉明塔上周也请了几位故宫博物院的权威专家到台北把关。"

"你认得阿拉明塔·邱？我至今仍记得她那场如梦似幻的婚礼，她好美，好优雅……"

"我也应邀参加了他们的婚礼。"科琳娜简明地回答道。

瓦莱丽心中惊奇不已：眼前这位永远穿着乔治·阿玛尼（Giorgio Armani）三件套、貌不惊人的中年女人，竟也有幸参加那场惊艳全亚洲的婚礼！有显赫家族的恩荫，果然就是不一样！

科琳娜言归正题："我最后交代一下，拍卖在今晚 8 点准时开始，我已经为二位确保了佳士得的 VVIP 包厢。二位只需全程在包厢中旁观，投标事宜全权交予楼下拍卖场的我来做即可。"

"你不陪我们一起？"瓦莱丽开始有些紧张了。

"我说了，二位只需在楼上的包厢里旁观就行，在那里可以俯视整个拍卖场。"

瓦莱丽还是不解："为什么？我们也想去拍卖场，这样才能身临其境呀！"

科琳娜摇头苦笑道："二位真想曝光在公众视野之下？请相信我，VVIP 包厢才是二位该待的地方……全球的顶级收藏家都会在那儿，您可以……"

"稍等！这不对吧？"莱斯特语气不善地打断道，"我们下了血本，不就是要买个名声吗？全程躲在屋子里，谁知道谁中标了？"

"首先，二位身处 VVIP 包厢，已经备受瞩目了，旁人必然会猜测二位的身份。到了第二天，我也会拜托《南华早报》的熟人发布暧昧的报道，说和谐保险的刘氏夫妇以天价拍得绝世图屏云云。请相信我，做这种事情，越隐晦，越高明。引导公众去猜测，才是正道。"

"哇，科琳娜，你考虑得太周全了！"瓦莱丽欢呼道，她已经跃跃欲试了。

然而莱斯特仍想不通，不解地问："既然要隐晦，又怎能让大家知晓呢？"

瓦莱丽忍不住啪的一巴掌拍到丈夫的大腿上，责备道："哎呀，你个榆木脑袋！我们下个月就要办乔迁宴了，到时候你还怕没人看到？我现在都能想象得到他们羡慕嫉妒的眼神了！"

香港会展中心位于湾仔码头，其飞鸟展翅式的弧形屋顶，仿佛就是浮游于维多利亚湾上的一条魔鬼鱼。这天晚上，娱乐圈明星、知名上流人士、民间富豪等一众科琳娜眼中的小人物争先恐后地坐在拍卖场中最显眼的前排位置；后排座位则被严阵以待的媒体与凑热闹的观众占得满满当当。

莱斯特很庆幸做对了选择，他们正坐在奢华舒适的 VVIP 包厢中，耳边回荡着高端人士的社交辞令，舌尖品尝着罗兰百悦（Laurent-Perrier）香槟与 Café Gray 的甜点，何其快活！

晚上 8 点，拍卖仪式准时开始。拍卖师走上精致的木质拍卖席，室内的灯光逐渐昏暗下来，一面巨大的金框屏幕缓缓地在台上延伸开来；下一瞬间，巨幅屏幕分离成二十四面小屏幕，二十四幅图屏同一时间在各自的屏幕上展开。最前端的照明系统让光线仿佛源自画卷本身，在众人折服的惊叹声中，周围的照明重新亮起。

拍卖师也不啰唆，直接进入正式环节："清朝图屏二十四幅，丝质面料，作者为康熙年间画家袁弘，创作于 1693 年，描绘内容为西安十八成宫……起拍价为 100 万美元，竞拍开始！"

拍卖师话音刚落，台下的科琳娜第一个举牌，旁观的瓦莱丽只觉得肾上腺素急遽飙升。500 万，1000 万，1200 万，1500 万，2000 万……随着台下暴风骤雨般地举牌，不过片刻工夫，竞标价就飙升到了 4000 万美元。莱斯特眉头紧锁，直勾勾地俯视着拍卖场，仿佛下面正进行着一盘难解的棋局。瓦莱丽则把指甲掐进丈夫的胳膊，既期待又紧张。

当竞价飙到 6000 万美元时，莱斯特的手机响了。听筒里传来科琳娜焦急的声音："竞价飙得太快了！照这个势头，价格很快就会突破我们的预算的！怎么办——是继续，还是放弃？"

莱斯特不由得倒吸一口凉气，若一次性消费 5000 万美元，怕是瞒不过老爷子身边那帮锱铢必较的"账房先生"，到时还得劳心劳力地去解释……他权衡再三，吩咐道："只要我没喊停，你就继续抬价！"

瓦莱丽的脑子一阵晕眩：快了，就快了！自己马上就要得到让阿拉明塔·邱都垂涎三尺的宝物了！价格飙到 8000 万美元以后，拍卖场里除了科琳娜，便没有其他人举牌了。但竞价仍在继续，还有两三位竞争者在通过远程电话发号施令；加价的幅度从 100 万美元减少为 50 万美元。莱斯特的手心已被汗水湿透，他在心里祈盼着竞标能在 9000 万美元以内结束……即便被父亲臭骂，自己也认了。区区 1 亿美元能换来全家族的名望，这买卖绝对不亏！

眼见竞标就要步入尾声，拍卖场的后排却突然出现了一阵骚动。嘈杂的交头接耳声之中，站立区的宾客纷纷让出一条通道来。这些宾客虽没资格入座，但也是衣着光鲜的名流，现在却都在这位夺门而入的女子面前黯然失色。这是一名惊为天人的中国女子，深黑色的长发与烈焰红唇把透白的雪肤衬得耀眼夺目，身裹性感而不失优雅的黑色露肩礼服；还有两只佩戴着镶钻项圈、通体雪白的俄罗斯猎狼犬守护左右。这位美人儿在众人艳羡的注目礼之下，步履优雅地朝拍卖场中央走去。

拍卖师刻意朝话筒里轻咳了两声，试图把宾客们的注意力拉回竞拍："价格已拍到 8500 万！ 8500 万一次！"

科琳娜敏锐地捕捉到其中一位电话代表点了点头，便抢在他之前举牌。然而几乎是同时，方才登场的女子也举起了牌子。佳士得的亚洲总监在包厢中目睹了这一切，转头对一旁的助理说："我怀疑这女人是来哗众取宠博眼球的。"他仔细观察了一番，又说："她的牌号是 269，你帮我查一下她的底细，看看这人到底有没有通过预审资格。"

助理刚要出动，坐在一旁的奥利弗·钱呵呵笑道："放心吧，在场的人没有比她更有资格的了。"从这名女士带着两只"银色护卫"进门起，奥利弗的小型望远镜就没从她身上挪开过。

"您认识她？"总监疑问道。

"呵呵，她的鼻子和下巴显然动过刀子了……但我能肯定，269号来宾就是戴夫人。"

"你说的莫非是卡罗尔·戴——马来西亚拿督戴东履的遗孀？"

"你搞混了。她是戴拿督的儿媳妇，伯纳德·戴的妻子——凯蒂·庞。伯纳德继承了戴拿督的千亿遗产。对了，这位女士从前可是大名鼎鼎的肥皂剧明星。"

香港湾仔

晚上 8 点 25 分

观众们晚上好，欢迎收看 CNN 国际频道。现在由特别记者桑尼·周为各位带来最前沿的国际资讯……我现在正位于香港国际会展中心，今晚，数百名全球顶级收藏家会聚于此，竞标争夺去年刚重现人间的传世珍宝——《十八成宫》图屏。就在刚刚，竞标价格飙到了令人难以置信的 9000 万美元！此天价在古玩拍卖界并非未有先例——2010 年，一盏清乾隆年间的花瓶以 8590 万美元的天价在伦敦售出，打破了世界纪录。但在亚洲，最高纪录不过是 2011 年，齐白石真迹[1] 的 6540 万美元！也就是说，过了今夜，势必会有两个世界纪录被打破……就在十分钟前，眼看竞标就要尘埃落定时，拿督戴东履的儿媳、伯纳德·戴的妻子、前著名影星凯蒂·庞突然牵着两只威武的猎狼犬现身拍卖场，参与投标。此时此刻，仍有四人

---

[1] 其后这幅画被质疑为赝品，中标者"退货"（或许，他们只是觉得这画和家里的沙发不搭）。——作者注

在与她竞争。现可确定其中一人是洛杉矶盖蒂博物馆的代表，还有两人疑为阿拉明塔·李邱，以及和谐保险的刘氏夫妇代表，这神秘的第四人尚未露面，敬请关注我们的后续报道！现在把镜头还给克里斯汀……

格鲁吉亚，古多里
午夜 12 点 30 分

"什么意思，这牵着两条狗的女人是要和我们竞争到底了？！"

山间的小木屋里，阿拉明塔气得差点儿把笔电摔了，显然没认出这位竞争者的身份。她在高加索山上滑了一整天的雪，全身上下没一处不酸软的，而这迟迟看不到尽头的拍卖，把她锁在了电脑屏幕前，舒适的泡泡浴只能延后了。

"价格标到多少了？"科林慵懒地问道。他正躺在黑白相间的牦牛皮毛毯上，享受着壁炉的丝丝温暖。

"不告诉你，你一定会心疼钱的。"

"你还不了解我吗，明蒂（阿拉明塔的昵称）。说吧，多少钱？"

"嘘！我正全神贯注呢！"阿拉明塔把丈夫打发到一边，继续给远在现场的代表发信息。

科林费力地从柔软的毛毯里爬起来，走到桌边，瞥了眼电脑屏幕，不由得瞠目结舌道："Lugh siow, ah？[1] 你真打算花 9000 万大洋买一堆废纸？"

阿拉明塔厌弃地睨了丈夫一眼："你把那些沾满大象屎的油画搬到家里来的时候，我说你什么了？你可没资格说我。"

科林急了："这怎么能比？我那些克里斯·奥菲利斯（Chris Ofilis）的画每幅也就两三百万美元，可你这都 9000 万了！能买多少幅我

[1]闽南语，意思是"你疯了？"——作者注

的了！？"

阿拉明塔赶忙把话筒盖住，娇蛮地对丈夫说："与其在这儿废话，不如去给我泡杯热咖啡，别忘了加些棉花糖——竞标不会停，除非我说停！"

"你打算把这幅画挂在哪儿？我们家可没空地方了。"科林继续劝道。

"这你就不必操心了，我妈在不丹新开了家酒店，我打算把它们挂在酒店大堂里……可恶！那带狗的小婊子又竞价了！她到底是什么来头？长得倒和蒂塔·万提斯（Dita Von Teese）有几分神似……"

科林无奈地摇了摇头，叹气道："明蒂，你这样激动，正中了竞争者的下怀。你如果真想要那些旧画，就把电话给我，我来说。论竞标，我可比你有经验多了。首先，你得先定个能承受的心理价位——你的心理价位是多少？"

新加坡，Jeleta 购物中心 Cold Storage 超市

晚上 8 点 35 分

手机响起时，阿斯特丽德·梁张正在超市里购物，家里的厨师明晚告假，她得亲自凑出一桌晚餐来。她那 5 岁的儿子卡西安此刻正站立在购物车前端，像极了《泰坦尼克号》里的杰克。阿斯特丽德不喜欢在公共场合讲电话，但打电话的是远在香港的表弟奥利弗·钱，想必有急事，她便把购物车推到果蔬区，按下了接听键。

"什么事？"阿斯特丽德惜字如金。

"表姐，你可错过了今年最有意思的拍卖！"

"今天的那场？说说，哪里有趣了？"

"现在还没结束呢！你听了可别吃惊：竞标本来都快要结束了，结果凯蒂·庞突然出现在拍卖场，看她那架势，像是不惜倾家荡产也要把那画卷弄到手。"

"凯蒂·庞？莫非是那个……"

"除了她还有谁？她穿了一身 X 夫人的黑色小礼服，带着两条镶钻项圈的狼狗，姿态是还挺威风的。"

"她什么时候对古玩字画感兴趣了？伯纳德也去了？他会愿意把钱花在大麻和游艇之外的地方？"

"我没看见伯纳德。不过，要是凯蒂成功拿下那套古画，他们夫妻就会立刻跻身亚洲顶级收藏家的行列。"

"哈哈，看来我是真的错失好戏了。"

"现在还在和我们竞争的只剩凯蒂、阿拉明塔·李，还有由科琳娜·古佟出面代为的某对中国内地夫妇……对了，还有盖蒂博物馆。价格已经标到 9400 万美元了，你之前说上不封顶，但我觉得还是有必要向你确认一下……"

"9400 万吗？继续……卡西安，别玩那些豆子！"

"现在是 9600 万了……我的耶稣基督玛利亚！你确认我们要花 1 个亿？"

"我确定，继续。"

"那对中国夫妇放弃了。你真该看看他们的表情，沮丧得像是失去了他们的第一个儿子。实时汇报，我们加价到 1 亿 500 万了。"

"卡西安，就算你哭破嗓子，我也不会给你买汉堡。你知道那里面添加了多少防腐剂吗？给我放下！"阿斯特丽德丝毫没在意这金额，注意力全放在了孩子身上。

"你说，这能记入吉尼斯世界纪录吗？估计还没有哪个疯子在画上砸过这么多钱……啊哈！1 亿 1500 万了，继续跟？"

卡西安赖在冰激凌柜边挪着步子，阿斯特丽德抓狂地瞪了儿子一眼，对着手机说："我得挂了……你的任务就是帮我拍下那套画，我不在乎花多少钱。你知道的，我们的博物馆需要它。"说完，她挂断了电话。

大约十分钟后，阿斯特丽德正在柜台边结账，手机又响了。她给了收银员一个抱歉的微笑，接通电话，手机里传来奥利弗疲惫的声音："表姐，不是我想吵你——我们把价格标到 1 亿 9500 万美元了……"

"多少？当真？！"阿斯特丽德的表情终于有了些波动。同时，她还从卡西安的小手中夺过一根 Mars 巧克力棒。

"千真万确……盖蒂博物馆在 1 亿 5000 万的时候就弃标了，1 亿8000 万的时候阿拉明塔那边也不出声了……现在只剩下我们和凯蒂，她看起来势在必得。到这个价格，我是真下不去手了。博物馆那头的楚凌要知道你这样下血本，大概会吓出心脏病来吧。"

"我不会让她知道的……到时候我会匿名捐赠。"

"好吧。我知道这不是钱的问题。只不过，用这个价格买一幅画，我自己都觉得可笑。"

"你说得对，是恼火得很……算了，凯蒂愿意做这笑柄，就让给她做吧。"阿斯特丽德不甘心地叹了口气，从钱夹里掏出一堆优惠券，递给收银员。

半个小时后，拍卖场上终于响起了清脆的木槌声——1 亿 9500 万美元，中国文物拍卖史上的最高价，《十八成宫》图屏迎来了它的新主人。在台下宾客震耳欲聋的掌声中，凯蒂·庞沐浴着"长枪短炮"的洗礼。

此时此刻，全世界的焦点都集中在了凯蒂·庞的身上——戴夫人登场了。

2

加利福尼亚，库比蒂诺
2013 年 2 月 9 日，中国除夕夜

车库方向传来一阵喧闹。萨曼莎·朱提醒身边的表妹瑞秋道："男孩儿们踢足球回来了，你最好和詹森保持些距离，省得被黏上一身臭汗。"

她们正在厨房里包年夜饭的饺子。

萨曼莎那 21 岁的弟弟詹森抢在尼古拉斯·杨前面破门而入，兴奋地说："哈哈，我们这次可把林家兄弟收拾得妥妥帖帖的了！"他从冰箱里抓出两瓶佳得乐，甩给尼基一瓶。"怎么就你们两个人？我还指望着回家就能看见一群大姨大婶在厨房里奋战呢！"

萨曼莎瞥了弟弟一眼，说："老爸去接路易斯大姨还没回来，老妈陪弗洛拉姨妈与卡瑞姑妈去大华超市采购了。"

"又去那儿购物？哈哈，还好我溜得快，否则又得被她们拉去做司机。那地方都要成'Fobby[1] 聚集地'了，停车场简直就是个丰田 4S 店！我上回不是刚带她们去过吗？这回又要买什么？"

"什么都得买……瑞伊叔叔刚才打电话来了，说他会把全家人都带过来，你是见识过他家那帮小崽子的食量的。"萨曼莎一边说，一边熟练地把肉馅儿夹在饺子皮上，递给瑞秋。

瑞秋把半成品放在手中稍加揉捏，饺子便成型了，她调笑道："詹森，你可得做好心理准备了，你那个贝琳达婶婶要是看见你的新文身，还不得把天给叫下来？"

"贝琳达婶婶？哪个贝琳达婶婶？"尼克好奇地问。

詹森吐了吐舌头："哈！你还没见过贝琳达婶婶吧？她是瑞伊叔叔的老婆！瑞伊叔叔你认识吗？哦，你该叫他舅舅的 [2]——他大概是全加利福尼亚州最富有的牙医了。这夫妇二人在门洛帕克市有栋豪华别墅。贝琳达婶婶那派头儿，整个儿就一唐登庄园的女主人。她每年除夕总是临到点儿了，才通知要带着那帮被宠坏的少爷们来'临幸'我们家，我

---

[1] 即"Fresh off the boat（移民菜鸟）"的简称，第二、三、四代亚裔移民喜欢把这个对第一代亚裔移民的谑称挂在嘴边，来彰显自己的优越感。——作者注

[2] 萨曼莎和詹森的父亲华特·朱是瑞秋·朱的母亲卡瑞的远房兄弟，因此华特的弟弟瑞伊对于卡瑞来说也是弟兄，对于瑞秋和尼古拉斯就是舅舅。——译者注

妈都要被她逼疯了！"

"詹森，是'唐顿庄园'。"萨曼莎纠正道，"还有，你别老在背地里编排贝琳达婶婶了，她刚从温哥华赶回来，不容易。"

"温哥华？我看是'香哥华'[1]吧！"詹森嗤笑道，将空罐子精准地投进餐厅门边的 Bed Bath & Beyond 大号塑料袋子里，继而调侃道："尼克，你可得小心了，贝琳达婶婶怕是会喜欢死你的——你的嗓音神似《诺丁山》里的男主角，那可是她的梦中情人！"

傍晚6点半，朱家二十三人的队伍浩浩荡荡地"杀"了过来。长辈们围坐在铺着塑料垫子的蔷薇木餐桌前，小辈们则在客厅的三张麻将桌上凑合着挤挤（小孩儿和学生们不愿意上桌，他们挤在液晶电视前的沙发上看球赛，消灭着一盘又一盘的煎饺）。

在厨房里忙碌的女士们开始陆续上菜：烤鸭、炸虾仁、芥蓝炒香菇……当然少不了最重要的长寿面。菜肴上齐，女主人金清点了人数后，焦急地说道："瑞伊一家还没到？再等菜可就要凉了！"

萨曼莎调侃道："估计这会儿贝琳达婶婶还在纠结穿哪件香奈儿（Chanel）出门呢。"

说曹操，曹操到。萨曼莎话音刚落，门铃就响了起来——瑞伊夫妇总算姗姗来迟了，他们身后还跟着四个穿着不同颜色拉尔夫·劳伦（Ralph Lauren）Polo衫的叛逆期儿子。贝琳达身着高腰奶油丝长裤、橘色衬衫，袖管是绲边的透明轻纱，腰带上的香奈儿 Logo 很是打眼；至于那对硕大的香槟色珍珠耳坠，不知情的人，还以为她要出演洛杉矶剧院的开年演出呢！

"亲爱的家人们，新年快乐！"瑞伊愉悦地向众人打招呼，同时把一盒日本梨献给最年长的大哥华特。贝琳达则小心翼翼地递给金一个酷彩（Le Creuset）珐琅锅，交代道："金，把它扔烤箱里热二十分钟，

[1] 即英文"Hongcouver"，温哥华因香港移民众多而得此戏称。——译者注

温度调到 115 度就行了。"

金脸上笑开了花:"哎呀,这么客气干吗?还专程带吃的来……"

"你搞错啦!这是给我自己准备的。我最近在减肥,这里面是沙拉。"

众人入座,年夜饭正式开始。华特喜气洋洋地对桌对面的瑞秋道:"瑞秋,说起来,我还从没和你一起过过除夕,你这些年就只有感恩节才回来。"

"是呀,今年还是托了准备婚礼的福呢!我和尼克还有些婚礼筹备工作要收尾。"

提起婚礼,贝琳达突然兴奋道:"瑞秋·朱!我坐这儿有十分钟了吧,你是不是应该让我欣赏欣赏你的订婚戒指了?过来过来!"

瑞秋顺从地来到她跟前,伸出右手。"哎……不错嘛!"贝琳达煞有介事地喊出声来,心里却在鄙夷:这尼克不会是冲着瑞秋的钱来的吧?这破石子儿怕是连 1.5 克拉都不到。哎!瑞秋,可怜的孩子……

"我就喜欢这样朴素的款式。"瑞秋坦率地说,顺便瞥了眼对方手指上的"鹅卵石"。

"是,是,很朴素,很衬你的气质。"贝琳达有些言不由衷,接着她转头对尼克展示自己那颗硕大的"鹅卵石",玩味地说:"尼克,你怎么不给我外甥女买个这样的?新加坡就有的卖,很方便。"

尼克礼貌地回答:"这是我表姐阿斯特丽德托巴黎的朋友乔尔[1]买到的。"

贝琳达暧昧地说:"呵呵,他要找这么一个玩意儿,怕是得跑遍整个巴黎吧?"

说到这里,瑞秋那生活在马里布的表姐兴奋地插嘴道:"尼克,你

---

[1] 指乔尔·亚瑟·罗森塔尔(Joel Arthur Rosenthal),简称"JAR of Paris",他以纯手工打造的珠宝受到全世界的青睐。若贝琳达对珠宝真有足够的鉴赏水平,就不难发现瑞秋那枚"朴素"的戒指切割得完美无瑕,钻石表面上还覆着细若发丝的白金与蓝宝石(而尼克是不会告知瑞秋真实价格的)。——作者注

们是在巴黎订的婚吧？我记得我妈说你找了帮哑剧演员来求婚，有这回事儿吗？"

"哑剧演员？"尼克莫名其妙，"伯母从哪儿听说的？简直无中生有嘛！"

金趁机煽风点火道："那你还不快些告诉我们实情？"

尼克给未婚妻递去一个求助的眼神："瑞秋，由你来说吧，我嘴笨。"

众人期盼的眼神让瑞秋颇感压力，她深吸一口气："好吧！我长话短说……在我们巴黎之旅的最后一晚，尼克说为我准备了一场特别的晚宴，但又不肯告诉我细节，我当时就预感有大事要发生。结果呢，他把我带到了塞纳河上的某座古堡里……"

尼克插嘴道："咳，不是古堡……是圣路易斯岛上的兰伯顿酒店（Hôtel Lambert）。"

"你说是就是……尼克在这栋宅邸的屋顶上准备了两桌烛光晚餐，然后就是老套路啦——皎洁的月光洒在河面上，大提琴手演奏着悠扬的德彪西曲子，一切都是那么恰到好处……尼克专程从巴黎顶级的酒店请来了两名越南籍大厨，只可惜我紧张得胃酸，没一点儿胃口。"

尼克反省道："也怪我考虑不周，不该点六道菜的试吃套餐。"

瑞秋点点头，说："可不是吗——每次主厨掀开银质餐盖时，我总以为里面会装着求婚戒指。事实证明，是我想多了。酒足饭饱后，大提琴手也开始收拾东西了，我还以为当晚就到此为止了呢！我们正要打道回府，河面上突然传来了号角声，一艘塞纳河游船（Bateaux Mouches）从酒店边驶过，乘客全部集中在甲板上。我正奇怪发生了什么事，忽然音乐声响起，乘客们齐刷刷地一跃而到长凳上，跳起舞来。事后我才知道，这些乘客全部都是巴黎歌剧院芭蕾舞团的舞者，尼克花重金雇用他们，为我献上一支特别的舞蹈……"

"啧啧，真浪漫！"贝琳达由衷地赞叹道，"接着尼克就行动了？"

"还没呢！舞蹈结束后，我们就下了楼。当时的我虽然沉浸在刚经历的美妙绝伦的舞蹈表演中，但心里还是空落落的，觉得少了点儿什么。我们出了酒店，时间明明还早，街面上却静悄悄的，只有一个男人孤零零地站在树下，望着河面发呆。这人见我们现身，突然开始忘情地弹奏吉他。那旋律我再熟悉不过了，是传声头像乐队（Talking Heads）的《为父寻仇》——当年我们在邂逅之夜散步到华盛顿广场公园时，身边的流浪歌手就在弹唱这支歌。那个男人一开口我就知道了：这就是当年的那个流浪歌手！"

"不是吧！"萨曼莎震惊地捂住了嘴，其余人也完全沉浸在这出好戏之中。

"没错！尼克费尽心思，在奥斯丁寻到了这个流浪歌手。这么些年过去，他已经不留当年的金色胡须了，但他那嗓音，我一辈子也忘不了……然后，我刚从震惊中醒过神儿来，尼克就忽然朝我单膝跪下，手心里还捧着一个精致的绒面小盒子。我的脑子瞬间融成了一团糨糊，不待尼克把那句关键的话说完，我就使劲儿地喊：'我愿意！我愿意！'甲板上的舞者也都欢呼起来。"

萨曼莎轻轻抹去眼角晶莹的泪花，颤声感叹："这是我听过的最浪漫的求婚！"她早先听闻了瑞秋在新加坡的不幸遭遇，打心底里仇视尼克和他们杨家。瑞秋回到美国后，很快就和尼克分居了，萨曼莎自然暗暗为表妹庆幸。没想到才几个月的工夫，瑞秋又与那个男人重拾旧好……不过这回，萨曼莎选择观望，毕竟尼克为了挽回瑞秋，不惜与家庭断绝往来；为表真诚，他无时无刻不陪伴在旁，总是第一时间为瑞秋排忧解难。而如今，这对恋人终于要迎来修成正果的一天了……

瑞伊也欢呼道："尼克，恭喜你们呀！我可盼着下个月去圣塔芭芭拉市喝你们的喜酒呢！"

大家正沉浸在欢乐中，气氛十分融洽。冷不丁贝琳达在一旁突然大声宣称"我们这趟打算在加州多逗留几天，顺便去欧佳谷温泉酒店（Ojai Valley Inn & SPA）歇几晚。"她说完，还不忘倨傲地环视众人一圈，以确保所有人的注意力都在自己身上。

这炫耀太刻意了，惹得众人莫名其妙。瑞秋心里笑得不行，但还是附和道："真棒！好羡慕你们呀！可惜了，我们得完成下半期的学业，才能去度蜜月呢。"

瑞伊疑问道："你和尼克之前不是一直待在中国吗？"他话刚一出口，金就恶狠狠地瞪了他一眼；与此同时，他的妻子也毫不留情地在他腿上拧了一把。

"哎哟！"瑞伊疼得一个激灵，知道自己祸从口出了。贝琳达来之前就告诉过他，瑞秋去中国找寻父亲的下落了，结果自然是无功而返。这件事涉及瑞秋家的隐私，旁人是不该过问的。

好在尼克反应迅速，当即答道："是的，我们在中国玩儿了几天。"

贝琳达趁机把话题岔开，嚼着她的生萝卜讥讽道："你们可真是勇者，我是碰也不敢碰那里的食物的。我才不管所谓的中式美食多受追捧呢！你看看这盘烤鸭，这么肥……"

瑞秋瞥了一眼那油光锃亮的烤鸭，突然没了胃口。金也赞同道："对，对。"她一面抱怨着，一面熟练地用筷子把烤鸭皮上的脂肪挑去。

"偏见！"萨曼莎反驳道，"都什么年代了，你们怎么还对中国内地心存偏见？我去年刚回去过，那段时光可享尽了口福。你们要没吃过上海的小笼包，就不知道什么叫正宗！"

酒过三巡，在座的朱家辈分最高的路易斯冷不丁又提起那个忌讳的话题："瑞秋，你跟我们交个底儿，你究竟有没有找到你父亲的下落？"

戴夫表哥差点儿把嚼烂了的猪肉吐出来，餐厅里登时陷入了尴尬的沉默，众人鬼鬼祟祟地交换着眼神。瑞秋的面庞渐渐浮上阴霾，她深吸一口气，冷然道："没找到！"

尼克握住瑞秋的手强颜欢笑："我们上个月捕捉到了线索，可惜了，还是白高兴一场。"

"想开些，人生不如意事十之八九嘛！"瑞伊舅舅大咧咧地笑道，伸手要去夹虾饼，却发现自己的胳膊被妻子攥得死死的。

尼克又说："但也不是一无所获，至少现在能确定伯父改名换姓了。他最后一次更新户籍是在 1985 年，刚好是他从清华毕业那年。"

"说起大学，你们有谁听说过佩妮·史家的笑话？他那宝贝女儿不是洛斯加托斯的毕业致辞生吗？你们猜怎么着——竟然没一所常青藤联盟（Ivy League）肯收她！"金咯咯直笑，欲强行扯开话题。瑞秋的母亲这三十年来独自抚养瑞秋长大，在她面前提起瑞秋父亲的话题，气氛变得非常尴尬。

亨利表哥却无视金的"努力"，自告奋勇地表示："对了，我公司的法务顾问在上海颇有人脉，她的父亲手眼通天。要我托她帮你打听一下吗？"

从大家提起这个话题开始，卡瑞就一直默不作声。她啪的一声把筷子往桌上一放，说："不要浪费时间了，没必要去找早就没影儿的人。"

瑞秋眼神复杂地注视了母亲一会儿，不待众人劝阻，便默默地起身离席。

萨曼莎颤着声打破了令人窒息的沉默："卡瑞姑妈，再怎么说，他也是瑞秋的亲生父亲。瑞秋想找到他是人之常情。我无法想象，如果我没有爸爸，生活会是什么样。瑞秋只是想找到他，您怎么忍心责备她呢？"

3

新加坡，史各士路

2013 年 2 月 9 日

"你到了之后，直接把车子停在地库就行了。"埃莉诺按照电话里鲍邵燕的指示，把车开到门卫处，报上了鲍夫人的名头。鲍夫人前阵子刚在史各士路租了套崭新的公寓，埃莉诺是前来登门造访的。

身着深色制服的门卫恭敬地问道："是杨女士吗？鲍夫人打过招呼了。进地库后往右转，顺着箭头开就行。"

埃莉诺把车开进整洁空旷的地下车库，很明显，鲍家是这个小区的第一批租户。她按照标识转弯，来到一道白色的铁门前，却见门楣处标注着"01单元住户专用车库"。埃莉诺正不知如何是好，应该是感应设备识别到了车辆，只见铁门缓缓上升，绿灯亮了起来。她刚把车子驶进亮堂堂的车库，眼前就出现一面闪烁的电子屏："停车，位置正确"。埃莉诺觉得奇怪：停在这里就行了？

下一瞬间，车子竟自行挪动起来。埃莉诺吓得差点儿惊叫出声，只得双手紧紧攥住方向盘，不敢动弹。数秒钟后，她才意识到车子停在了一块自动回旋的平台上。平台缓缓转动了90度后戛然而止，现在地面开始上升了。

天哪，这就是传说中的"免下车式电梯"？！

埃莉诺的惊叹还未结束：电梯的右边是面透明的玻璃，随着高度的持续上升，从这个角度能将新加坡的璀璨夜色尽收眼底。不必多言，这套高科技公寓一定是卡尔顿挑选的。

距离去年9月在伦敦初识鲍邵燕，已过去将近半年了。如今，埃莉诺对鲍氏家族已经算是知根知底。卡尔顿·鲍在圣马利医院垂危的三个月间，埃莉诺与她的朋友们不遗余力地为鲍氏夫妇提供帮助。卡尔顿出院后，埃莉诺提议两人带孩子来新加坡做复健："这儿无论是气候还是空气质量，都比北京要好太多了。而且，我还认识许多当地的世界级外科权威专家，能确保给卡尔顿最好的照料。"

鲍氏夫妇欣然采纳了她的建议。当然，埃莉诺这样的热情，也有自己的私心——把他们一家三口留在身边，才有可能更加深入地了解这个庞大的家族。

要说被惯坏的富二代，埃莉诺见得多了；但护犊子到鲍夫人这种程度的，可真是世间罕见。鲍邵燕本已从北京带来了三名用人侍奉儿子起居，但她仍坚持亲自衣不解带地照顾在侧。更夸张的是，自从这一家三口于去年 11 月来到新加坡后，他们已经毫无缘由地搬了三次家了。起初，黛西动用家族人脉，助他们以最低价入住新加坡香格里拉酒店的谷翼（Valley Wing）豪华套房，但卡尔顿对这全新的超豪华住处挑三拣四；于是，他们搬到了第 9 邮区利安尼山上的某栋摩天楼精装公寓中；然而不到一个月，三人又辗转至格兰芝路的豪华别墅里；现如今，则是这套配备有汽车电梯的单元房中。

埃莉诺记得《财经时报》的地产专栏曾介绍过这套公寓，吹嘘这里是全亚洲首套配备有汽车电梯与空中车库的豪华独立公寓。但圈子里的人都心知肚明，愿意为这种鸡肋的噱头买单的，除了那些欠了一屁股债、随时准备开溜的西方人之外，就数腰缠万贯的亚洲富豪了。卡尔顿显然是后者，这个地方正好满足了他那满是铜臭味儿的猎奇心理。

电梯上升到五十层才停下来。首先映入埃莉诺眼帘的，是一间无视规则美感的巨型前厅。邵燕正隔着玻璃墙朝这边挥手；卡尔顿就在她身旁，他现在还离不开轮椅。

"埃莉诺你终于来了，快进来坐！"好友登门做客，鲍邵燕还是很高兴的。

"Alamak！你家这电梯可吓坏我了。地板忽然转了起来，害得我差点儿晕倒在车上！"埃莉诺也不客气，大大咧咧地埋怨道。

卡尔顿道歉说："杨阿姨，您别怪我妈，这地方是我选的……我还以为您会喜欢这类新奇的装置呢。"

邵燕在儿子身边显得有些唯唯诺诺，她连忙解释道："你应该能理解我们为什么要搬到这儿来了……残障车可以通过电梯直达公寓门前，这样卡尔顿就能随时自己出门了。"

"嗯，是很方便。"埃莉诺假意附和道，但她显然不信"方便残障人士进出"是购买这套公寓的理由。她回头看了眼那华而不实的车库，惊奇地发现刚才那面玻璃墙不知何时竟化作了非透明的白色，"哇，这可真妙！我还以为要一整天眼巴巴地盯着自己的车子呢……如果是你那辆老斯巴鲁，哈哈，那可真是道靓丽的风景线了。"

卡尔顿得意地说："杨阿姨，要是想二十四小时盯着自己的爱车，那还不简单？"说完，便在平板上划拉了几下，白色墙壁嗖地变回透明。但这回可大不一样了：数盏聚光灯直直地打在车子上，衬着窗外皎洁的月光，让她那二十年车龄的老捷豹看起来如同博物馆里的展示品一般。埃莉诺暗自庆幸，她昨天刚吩咐司机亚曼给车子打过蜡。

"想象一下，这里面要是有辆崭新的兰博基尼 Aventador，啧啧……"卡尔顿扬扬得意地炫耀着，顺便向母亲投以期盼的目光。

邵燕一下子就恼了，斥道："教训还不够吗？你这辈子都别想有新跑车了！"

卡尔顿登时矮了一头，低声嘀咕道："哼！走着瞧吧……"说完，还给了埃莉诺一个贼兮兮的笑容。埃莉诺只能回以微笑，心中颇惊叹于眼前这男孩儿的巨变。她还记得卡尔顿初到新加坡的头几个星期里，整个人都处于精神崩溃的边缘，只能用眼神和旁人交流，或是给出简单的答复；如今已经能和客人谈笑如常了。医生一定给他开了不少舍曲林 [1]。

寒暄罢，邵燕领着埃莉诺来到客厅。直通天花板的全景落地窗、自带背光的玛瑙石背景墙，让人仿佛置身于未来空间。两人落座后，女佣端来了摆满丹麦之花（Flora Danica）茶具的托盘。

邵燕浑然不顾饮茶与公寓格格不入的氛围，热情地招呼道："来，先喝杯茶。这大年三十儿的，你不和丈夫一起过，还来陪我，真不好意思。"

"没事儿，菲利普今晚怕是要半夜才到家。我们家的春节一向都是从初一开始的。倒是你，高良现在在新加坡吗？"

"别提了，你如果早来几个小时，或许还能碰见他。他今天下午刚飞回北京，春节这几天，他都要忙于公务。"

---

[1]治疗抑郁症、强迫症等精神疾病的特效药。——译者注

"算了，算了，你可得记得给他留点儿——喏，这是给你们的。"埃莉诺说着，把一个装得满满当当的大号 OG[1] 购物袋递给邵燕。

"你太客气啦！怎么还带东西来？"邵燕笑盈盈地接过袋子，从里面掏出各式各样的盒盒罐罐，"这些是什么？看着就让人有胃口。"

"只是些年货罢了，都是我婆婆家自己做的。喏，这是凤梨酥、鸡蛋卷、五仁饼，还有各种口味的娘惹糕。"

邵燕打心底里感激："谢谢你，埃莉诺，真不知该如何报答你的恩情……等一下，我也为你准备了礼物！"说完，她兴冲冲地向隔壁房间跑去。

卡尔顿看着五颜六色的糕点，食指大动道："杨阿姨，您来就来嘛，还带这么多美食……先尝哪个，有推荐的吗？"

"我习惯先拿清淡些的开胃，比如这个——番婆饼就不错，接着再来块甜美的凤梨酥。"埃莉诺嘴上推荐着，两眼暗自打量卡尔顿的面庞：只见他左脸上的创口已经愈合得七七八八了，只剩下一条细不可见的疤痕。这道淡疤搭上端正的颧骨，还真给他平添了一分雅痞的魅力。不得不服，这小伙儿确实生了副好皮囊，即便是在手术室"回炉再造"了一番，仍与那个瑞秋·朱无比神似，搞得埃莉诺不敢多看。幸好他和尼克一样，操着一口纯正优雅的英音，而不是瑞秋·朱那粗鄙的美国腔。

卡尔顿忽然凑到埃莉诺耳边："杨阿姨，我告诉你一个秘密，您可别和我妈说。"

"那是自然，你说吧。"埃莉诺颇为好奇。

卡尔顿鬼鬼祟祟地瞥了眼隔壁，确定母亲一时半会儿出不来。接着，他竟缓缓地从轮椅上站了起来，晃悠悠地走了两步。

---

[1] Oriental Garments（东方服饰）的简称，这是一家成立于 1962 年的新加坡本土连锁商场。主营物美价廉的服装、首饰、家具百货等，是新加坡"旧贵族"女士的首选购物去处。她们声称自己非 Hanro（某内衣品牌）不穿，实则里面穿的是打折的黛安芬。——作者注

"你能下轮椅了！"埃莉诺惊诧不已。

"嘘，您小声点儿！"卡尔顿赶忙坐回轮椅上去，"在完全恢复正常之前，我不想让我妈知道。PT[1] 说我这个月就能独力行走了；夏天之前，就可以健步如飞了。"

"恭喜你，这可真是好消息呀！"埃莉诺由衷地祝福道。

这时，邵燕回来了，她好奇地问道："你们在聊些什么，这么开心？卡尔顿和你说他女朋友要来拜年了？"

"哦？"埃莉诺听到"女朋友"这个词，瞬间涌起了八卦之心。

"妈妈，她不是我的女朋友。"卡尔顿说。

邵燕马上改口说："行吧，是卡尔顿的朋友下周要来新加坡探望他啦。"

卡尔顿发出一声尴尬的哀号。埃莉诺促狭地笑道："哎呀，我失策了！卡尔顿这么精神的小伙子，怎么会没有'朋友'呢？我这儿还有一群美少女催着我给她们 gaai siu[2] 呢！"

卡尔顿被调侃得略为羞赧，他转开话题："杨阿姨，您觉得这套公寓的视野怎么样？"

"棒极了！从这里还能看见我家呢。"

"真的假的？哪一栋？快指给我看看！"邵燕来了兴趣，拉埃莉诺来到窗边。鲍家三口来新加坡也三个月了，埃莉诺还从未在自家招待过他们，邵燕不得不好奇。

"看见那座山丘了吗？山顶上是不是有座尖塔？我家就在那栋古堡模样的建筑里。"

"哇，看见了看见了，从这儿真的能看见呢！"邵燕很兴奋。

"您家住在哪层啊？"卡尔顿问道。

"应该算是顶层吧。"

---

[1] Personal Trainer（私人教练）的简称。——译者注

[2] 粤语，意为"介绍"。——作者注

"哇！我们本来也想买这儿的顶层的，可惜那里已经有人住了。"卡尔顿随时不忘吹嘘一番。

"我看这里已经够宽敞了呀！你们不是把整层都租下来了吗？"

"是呀。但很宽敞吗？不过才3500多平而已，卧室也就四个。"

"3500多平……房租要上天了吧？"

卡尔顿很满意埃莉诺的态度，继续吹嘘："还行吧，我们原计划把这儿买下来的……"

"啧啧啧……"埃莉诺表现得艳羡不已。

"但我们现在改主意了——这阵子住得是真舒坦，因此我们打算把楼上和楼下一起买下来，改装成三层复式楼……"

邵燕听不下去了，出面制止道："卡尔顿你别乱说，这事儿我们还得再商量！"

"妈，你这话是什么意思？"卡尔顿莫名其妙道，"前天不是把合同都签了吗？现在可不能反悔了！"

邵燕无法辩驳，只能强作欢笑。很显然，她并不想让外人知晓自家的经济往来。埃莉诺试图缓和气氛，便笑道："邵燕，你们这趟可赚到了。我听说这个地段的房价只会涨，不会跌。要不了多久，新加坡楼市的火热程度就会超过伦敦、香港、甚至纽约了。"

卡尔顿得意地说："就是嘛！还是杨阿姨看得明白，我也是这样劝我妈的。"

邵燕没有说话，默默地给好友倒了杯茶。埃莉诺笑盈盈地接过茶杯，脑子里的算盘却开始飞速运转起来：这样的钻石地段，一套公寓少说也要1500万新币，算上空中车库，价格只会多不会少，这样的公寓来上三套……鲍家有本事雇到艾迪做私人理财师，埃莉诺就笃定他们颇有余粮；但如今看来，她显然严重低估了这"余粮"的量。

想来，还是黛西慧眼识富豪。当日在伦敦，她们几个与鲍邵燕邂逅后，黛西便笃定："我敢说，这鲍家的财富绝对远远超乎我们的想象。早年，我们谈起中国内地的亿万富豪，无非也就是彼得·李和安娜贝尔·李。

现如今可不同了，他们可是成群结队地潜伏在我们身边呢！我儿子说了，五年之内，中国的亿万富豪人数一定会超过美国的。"

除此之外，洛伦娜也派遣了自己最为信任的私家侦探前往内地，专门对鲍氏家族展开穷根究底的调查。眼看数月已过，埃莉诺是越发迫不及待地想知道调查结果了。

众人品尝了几口糕点，邵燕把方才取来的大红购物袋递给埃莉诺，笑道："新年快乐！小小心意，不成敬意。"

"哎呀，客气！这里面是什么？"只见购物袋里装着一个黄褐色的礼品盒，埃莉诺立刻就明白了。她拆开包装，果不其然，里面是一个爱马仕铂金包（Hermès Birkin bag）。

邵燕期待地问道："怎么样，喜欢吗？我知道你偏爱素净的颜色，专程挑选了这款白色喜马拉雅鳄鱼皮（Himalayan Nile Crocodile）的。"

埃莉诺对这款手提包早有耳闻，爱马仕完美仿造了喜马拉雅猫的毛色，有巧克力黑、米黄、雪白三种色系，售价逾10万美元。她诚惶诚恐地说："Alamak！这礼物太贵重了，我不能收！"

邵燕诚恳地劝道："小小心意而已，请务必笑纳。"

"好意心领，但我真不能收……我知道这礼物价值几何，你可以留着自己用嘛！"

"不，太迟了，我已经用不了了……"邵燕解开手提包的卡扣，掀开前盖，只见内面的鳄鱼皮上凸起两个字母——E.Y.——没错，正是埃莉诺姓名的首字母。

埃莉诺无可奈何，叹息道："真是太贵重了……这样吧，多少钱？我付给你。"

"你这是不给我面子呀！"邵燕急了，"一个手提包而已，远不足以报答你这几个月来给我们家提供的帮助！"

邵燕越是诚恳，埃莉诺就越是心存歉疚：总不能坦白说自己是有私心的吧？埃莉诺向卡尔顿求助："你别干坐着呀，快帮我劝劝你妈！"

"杨阿姨，您就收下吧。又不是什么值钱的东西，十几万而已。"

卡尔顿懒洋洋地回道。

"十几万而已？！我怎么能平白无故地从你妈妈这里收下十几万？"

卡尔顿扑哧一声笑了出来，他玩世不恭地说道："杨阿姨，来，我带您看看真正的好东西……"说完，他自顾自地摇着轮椅离开了客厅，埃莉诺只得跟了上去。两人来到走廊尽头，卡尔顿推开一间次卧的门，打开照明。

眼前的屋子还未添置家具，却已几乎没有立足之地了：地板上摆满了爱马仕皮包与包装盒。铂金包与卡瑞包（Kelly Bag）显眼地展示在包装盒上，各种颜色、皮质的琳琅满目，应有尽有，简直就是爱马仕展览厅！不仅是地面，四面墙的壁柜里也陈列着一排排的皮包。粗略一算，屋子里的皮包少说也数以百计，埃莉诺觉得脑子里的算盘又要超负荷运行了……

卡尔顿在一旁解释道："这里是我妈的礼品室。不仅是您，还有卡姆登医疗中心的医生、护士、复健师……但凡是这趟对我有过帮助的人，人手一个爱马仕。"

埃莉诺盯着眼花缭乱的皮包，哑口无言，只听卡尔顿继续笑道："如您所见，这是我妈的老毛病了。"

邵燕也无意隐瞒，反倒兴致盎然地给埃莉诺挑了几种其他款式——没错，上面全都印上了"E.Y."。埃莉诺心疼得在心里直跳脚：试想定制这些皮包的钱，可以买多少宝来（Noble）和凯德（CapitaLand）的股票啊！但在明面上，她还得佯装欢喜雀跃。

天色渐晚，埃莉诺再三致谢，准备打道回府。三人来到玄关处，卡尔顿说："杨阿姨，您直接坐那边的电梯下楼吧，我把您的车子送下去。"

"这样也行？谢谢你，卡尔顿！我还以为得再受一次惊吓呢！"

母子二人把埃莉诺送到电梯口。电梯门关闭后，没有即刻下降，还在原地停留了数秒。埃莉诺可以清晰地听见门的另一边，卡尔顿发出一声惨叫："哎哟，疼！妈，你发什么神经？我又做错什么了？！"

"白痴！"邵燕用普通话怒气冲冲地责骂道，"你是要把我们这点儿家底都给埃莉诺·杨看吗？怎么就不长教训呢？！"

埃莉诺本能地竖起耳朵来，可惜电梯开始急速下降，瞬间就什么都听不见了。

4

新加坡，里德路

From：阿斯特丽德·张 \<astridleongteo@gmail.com\>

Date：2013.2.9 10：42 PM[1]

To：查理·胡 \<chales.wu@wumicrosystems.com\>

Subject：HNY[2]！

好久不见，十分想念。

春节过得开心吗？我今晚去公婆家吃鱼生[3]了，现在刚回到家里。我突然想起那年去你家吃鱼生，其中一样配料是 24 克拉的金叶子。我还记得，把这件事告诉我妈妈以后，她狠狠地数落了一通："这些胡家人的，我早说说他们用尽手段地挥霍钱财，这回倒好，干脆直接吃进肚子里了！"

---

[1] 即 p.m.，英语中"下午（post meridiem）"的缩写。是指从中午 12：00 到午夜 12：00 的这段时间。——译者注

[2] Happy New Year（新年快乐）的简称。——译者注

[3] "捞鱼生"是南洋一带的民间风俗，传统年俗之一，尤其流行于新加坡、马来西亚等地。捞鱼生时，往往多人围坐在桌前，把鱼肉、配料与酱料倒在大盘里，大家站起身，挥动筷子，将鱼料捞动，口中还要不断喊"捞啊！捞啊！发啊！发啊！"，而且要越捞越高，以示步步高升之意。——作者注

　　许久未给你写邮件，还请见谅，我近来几乎要沦为起早贪黑的上班族了。说来说去，还是因为那家美术馆，这段时间我都在幕后推动它的战略并购——请务必替我保密，美术馆方面想给我一个理事或名誉主席之类的头衔，都被我婉辞了。我不想留名，这算不算一种病？

　　对了，说到并购，迈克的新公司这几年势头不错。他去年刚收购两家美国本土的新兴技术公司，给了我借口到加利福尼亚州玩了几趟，还顺路探望了我的弟弟。亚历山大和萨丽麦现在定居在布伦特伍德，他们有三个宝贝孩子，小日子过得幸福美满。今年，我妈终于愿意跟我一起到洛杉矶去探望她的孙子了（可惜我爸仍不愿认萨丽麦这个儿媳，更别说她的三个孩子了），不出所料，她把几个孩子宠上了天。没办法，那三个小家伙就是这么惹人爱。

　　再看看我家的卡西安，完全就是个小祸害。好不容易熬过了可怕的两周岁，我满心以为能松口气了，谁知道还有更可怕的第二反抗期 [1] 在等着我。你该庆幸你家里的几个都是小公主……我们正考虑推迟一年送他去读 ACS 的小学。可迈克根本不想让他上 ACS 的小学，他更中意另一家国际学校，你的建议呢？

　　差点儿忘了说：去年 10 月份，我们终于搬到了里德路的新家。你没听错，就是"终于"！迈克攒够了买新房子的钱，让他搬离那套旧公寓的阻力也小了不少。如今的新家，是克里·希尔（Kerry Hill）在 20 世纪 90 年代操刀设计的热带风情小独栋，再加上三个庭院和一个游泳池。我们请了彼得·祖索尔（Peter Zumthor）的弟子来翻新房子，又雇了一位意大利籍的建筑设计师，让房子的整体气息多了些许撒丁风，少了几分巴厘气——我至今仍对多年前的卡拉迪沃尔普（位于意大利）之旅记忆犹新，那儿太美了！

　　难免的，搬家、装修都成了我的工作。虽说我手底下有一批设计

---

[1] 可怕的两周岁（Terrible Twos）又被称为"第一反抗期"，因此这里用"第二反抗期"表现孩子成长过程中所经历的叛逆阶段。——译者注

团队可供差使，但你猜怎么着？我们改着、装着，房子的面积竟增加了200多平方米！都怪迈克迷上了收集古董字画，还有老式保时捷——这些东西可占地方了。你能想象，我们一楼的客厅，已经完全"沦陷"为古董车的展厅了吗！？说了怕你不信，两年前的迈克甚至连套新西装都不舍得买呢！

算了，不提那个怪人了，说说你的近况吧。我上周看到你登上《连线》的封面了，我真为你骄傲！小姑娘们最近还好吗？你和伊莎贝尔现如今处得怎么样了？看你上封邮件的语气，你们现在貌似在"蜜月期"？哈哈，是不是让我说中了——一场把 Wi-Fi 和手机抛到一边的马尔代夫之旅，能让任何婚姻都重焕生机！

你今年若有计划来新加坡，务必提前知会我一声。我要带你参观参观我们家新开的"古董车 4S 店"。

祝好。

A

From：查理·胡 <chales.wu@wumicrosystems.com>
Date：2013.2.10 1：29 AM[1]
To：阿斯特丽德·张 <astridleongteo@gmail.com>
Subject：Re：HNY!

嗨！阿斯特丽德，我收到你的邮件了。

美术馆的工作非常适合你，我一直觉得你有这方面的天赋。接着，容我道个迟到的乔迁之喜，你终于住上大房子了！不过，你好像对我的近况有些许误解，我得纠正一下。

首先，我的小女儿黛尔菲恩，现在活脱脱成了个暴露狂。那天她扒

---

[1] 即 a.m.，英语中"上午（ante meridiem）"的缩写。是指从午夜 12：00 到中午 12：00 的这段时间。——译者注

光了全身的衣服，在连卡佛店（Lane Crawford）里东奔西窜了整整十分钟，才让保姆抓住。我猜店里的顾客都一门心思关注除夕大减价，没人发现身边有个裸体的小人儿。再说说她那个正在经历假小子阶段的姐姐克洛伊吧，她不知从哪儿翻出了我那套《北国风云》的DVD，竟迷上了这部剧（可我不觉得她能看懂）。现在她成天叫嚣着今后要成为丛林飞行员或治安官，伊莎贝尔可被她给气得够呛。不过这阵子她和我在一起要开心多了。

最后，祝你和你的家人蛇年吉祥如意，笑口常开！

查理

此封邮件与其任何附件文件，可能包含有"Wu Microsystems"及其附属机构的机密信息，若非指定收件人，请勿浏览、复制、传播或利用。若这封邮件错误发送至您的邮箱中，请即刻提醒发件人，并予以删除。

From：阿斯特丽德·张 <astridleongteo@gmail.com>

Date：2013.2.10 10：42 PM

To：查理·胡 <chales.wu@wumicrosystems.com>

Subject：Re：Re：HNY！

我的天，《北国风云》！你让我想起了我们在伦敦的日子，当时我们多沉迷这部剧呀！约翰·柯贝特就是我的偶像，不知道他最近在做些什么。

还记得你当年看了这部剧，是如何突发奇想的吗？你说你想在奥克尼岛或加拿大北部的偏僻公路上买下一家廉价餐厅，高价聘请巴黎五星级酒店的首席大厨来掌勺——既在餐厅里提供最精美、最高档的菜肴；又保留着公路餐厅的"原生态"，譬如价格保持不变，并且仍用简陋的塑料碗盘盛食。

你还说我可以做一个身穿安·迪穆拉米斯特（Ann Demeulemeester）的女招待，而你做酒保。餐厅的酒架上只有纯正的苏格兰麦芽威士忌

（Malt Scotches）和各种名贵的红酒，但要把标签全给撕了，没人知道这是什么酒。人们误打误撞走进我们的餐厅，就能享受世间的顶级佳肴……我现在也觉得这是个好主意！

你不用太过担心你的女儿们。在我看来，孩子的裸体主义也算是一种天真烂漫（但你最好还是把她送去瑞典过夏天）；至于假小子阶段就更正常了，我表妹苏菲小时候也那样（啊，她如今都30岁了，可我还从未见过她化妆或穿裙子呢）。

祝好。

A

PS：你真是越来越惜字如金了。你看看自己前几封邮件的篇幅，对得起我的长篇大论吗？要不是知道你忙得不可开交，要造福全世界，我会觉得自己不受重视呢！

From：查理·胡 <chales.wu@wumicrosystems.com>
Date：2013.2.10 9：04 AM
To：阿斯特丽德·张 <astridleongteo@gmail.com>
Subject：Re：Re：Re：HNY！

约翰·柯贝特在2002年的时候和波·狄瑞克结婚了，现在好得很。
祝好

C

PS：我可没本事"造福全世界"，这是你丈夫正在做的事。我这阵子正忙着搜罗愿意常住巴塔哥尼亚[1]的大厨——他每月只需招待六名客人即可。

此封邮件与其任何附件文件，可能包含有"Wu Microsystems"及其

---

[1]该区大部分位于阿根廷境内，小部分属于智利，由广阔的草原和沙漠组成，是户外爱好者的天堂。——译者注

附属机构的机密信息，若非指定收件人，请勿浏览、复制、传播或利用。若这封邮件错误发送至您的邮箱中，请即刻提醒发件人，并予以删除。

5

新加坡，泰瑟尔庄园
大年初一早上

三辆挂着纯银色车牌的梅赛德斯（Mercedes）S级轿车整齐划一地拥堵在早高峰之中，它们的车牌号分别是TAN01、TAN02、TAN03，唯恐天下不知地把家族的姓氏摆在了车头上。莉莲·梅唐，这个家族厚脸皮的女家长，此刻正坐在最前面的轿车里，痴痴地望着乌节路上铺天盖地的春节装潢。这些装潢一年比一年烦琐精致，却一年不如一年有内涵。

十层楼高的LED屏上重复播放着神经质的贺年动画，让堵在道路上的人越发焦虑。莉莲烦躁地嘀咕道："哎呀！那究竟是什么生物？"

坐在副驾驶位置的埃里克·唐抬头研究了一通，扑哧一声笑道："祖母，那是一条红色的蛇，它正在，嗯——正在钻一条金色的隧道？"

埃里克刚娶进门的妻子艾芙也吃惊地说："哇！哪有这样畸形的老蛇？！"

莉莲本想说这个椭圆身子扁脑袋的形象似曾相识，让她不由得想起了带着她去阿姆斯特丹观看世间最古怪表演的已故丈夫。但话到嘴边，她还是改了口，不耐烦地催促道："我刚才就说要走克列孟梭道，现在倒好，全堵在这儿了！"

莉莲的女儿杰拉尔丁劝解道："哎呀！妈，你也不看看今天是什么日子，走哪条路不堵啊？"

杰拉尔丁说得没错，每逢大年初一，平日里井然有序的新加坡总会陷入某种莫名其妙的竞争中——人们着了魔似的奔走拜访于亲戚朋友之间，互换祝福与红包[1]，胡吃海塞……这种现象在大年初一、初二这两天最为势不可挡，但即便如此，这里面仍然蕴藏着严格的等级规则。

通常，拜访的先后顺序要以辈分、地位（说白了就是看谁有钱）为准。谋生在外的成人必须要归乡探望父母；辈分低的支系必须依照岁数大小拜访辈分高的支系，例如说，隔二代旁系亲族，要主动拜访隔一代旁系亲族[2]。如上所述，大年初一拜访父系亲族，大年初二拜访母系亲族。若是出生在豪门望族，那可得做好万全的准备：Excel 表格与红包记录 APP 是绝对少不得的，最好再备些伏特加，来缓解随之而来的偏头痛。

唐氏家族每年大年初一都力求第一个抵达泰瑟尔庄园，这被他们视为家族的荣耀。唐氏家族的开创者是 19 世纪的橡胶大亨唐华为，其为杨家的隔三代远亲，严格来说是轮不到他们第一个拜访的。但自 20 世纪 60 年代以来，唐氏家族便建立了在大年初一的早上 10 点准时现身的传统（莉莲的丈夫不愿意错过与家族的 VVIP 们接触的机会，他们可是一早就到了的）。

终于，浩荡的唐家车队缓缓抵达泰瑟尔大道。他们没沿着大道行驶，而是在密密麻麻的建筑群中，插进了一条私人铺设的沙砾小路。杰拉尔丁临阵磨枪，抓紧时间给艾芙上了认识新亲戚的最后一堂课："艾芙，还记得怎么用闽南语和素仪奶奶打招呼吗？记住，在她向你搭话之前，

---

[1] 红包的分量没定数，取决于赠予者的腰包。若硬要一个标准，只能说富足的家族给红包通常是 100 美元打底。春节这一周过后，大多数孩子的口袋里都会多出数千美元的资产。对部分孩子而言，整年的花销全仰仗着春节的红包。泰瑟尔庄园的红包习俗与外界比，略有不同，他们的红包袋是粉色的牛皮纸，里面的分量通常也只是"图个彩头"。于是乎，大年初一这天，泰瑟尔庄园里总能听见孩子的哀号："坑人呀！就 2 美元？！"——作者注

[2] 若是你父母离异再婚，或是祖父处处留情娶了几房姨太太，那可得恭喜你了。——作者注

绝不要主动开口。"

"嗯，我记得！"艾芙捣蒜般地点点头，好奇地看着道路两旁如罗马柱般笔挺的棕榈树，想到前方的目的地恐怕会是自己这辈子见过的最奢华的豪宅，她就紧张得如坐针毡。

埃里克促狭道："还有，不要和素仪奶奶身边的两个泰佣对视，她们的眼神可是能吃人的。"

"吃人……"新媳妇吓得瑟瑟发抖。

"她胆小，别吓唬她。"莉莲责备道。众人下了车子，各自为进入豪宅做最后的准备。杰拉尔丁再三叮嘱母亲："妈，我最后再提醒你一句——千万、千万别再提尼基了！还记得去年，你一句'尼基在哪儿'，差点儿就把素仪送进医院。"

莉莲低下身子，对着车子的侧视镜理了理自己的齐肩长发，问道："你们说，尼基今年为什么不回来？"

杰拉尔丁看了看众人的神色，才继续道："妈，你不会还没听说吧？！尼基下个月就要和那个女孩儿结婚了！是莫妮卡·李告诉我的，听说是泰迪·林透露给她外甥派克·杨的。更荒唐的是——你能相信吗——他们打算在加利福尼亚的沙滩上办婚礼，不回新加坡。"

"哎呀，这像什么话！可怜的素仪和埃莉诺。真是有失体统。素仪在她这个宝贝孙子身上下的功夫，全要打水漂了。"

"妈，你可记住了，唔该去死[1]。这事儿，可轮不到我们去说三道四。"

"放心，我一句话都不会对素仪说的。"莉莲保证道。

泰瑟尔庄园就在眼前了，莉莲觉得烦躁的神经逐渐舒缓了下来。若把新加坡比作被俗气年味儿荼毒的孤岛，那么泰瑟尔庄园简直就是孤岛上的绿洲。

迈进前门的一刹那，莉莲顿时感到神清气爽。室内的节日装潢全

---

[1]粤语，意为"别添乱"或"别把事情搞砸了"。——作者注

都遵照女主人的偏好：简单、雅致，且别有一番风味。前厅石桌上原来用以迎客的蝴蝶兰，如今换成了端庄雍容的牡丹。二楼的休息室中，一张 6 米长的巨型字幅横挂在青白相间的墙壁上，其上是中国诗人徐志摩的新年致辞，听说是徐志摩本人亲手赠予素仪亡夫——詹姆斯·杨爵士的。露台落地窗的薄纱窗帘此时也已换成了浅玫瑰色的波纹绸材质。

在这沐浴着春光的休息室中，新年的奉茶礼开始了。一家之主尚素仪身着青绿色高领软绸礼服，佩戴宴会用的珍珠项链，一席盛装地坐在落地玻璃窗旁的藤椅上；被她视作心腹的泰国女佣顶着一张扑克脸侍奉在侧。

素仪的三个儿女都已经是中年人了，此刻却如上交作业的孩子一般，在她面前战战兢兢地排成一列。长兄菲利普毕恭毕敬地用双手向母亲敬茶，并献上老套的新年祝词；费莉希蒂和维多利亚在其身后连大气也不敢喘。素仪浅啜了一口长子亲手奉上的枣干乌龙茶，便轮到长媳埃莉诺敬茶了。埃莉诺刚端起清代龙纹茶壶，就听闻楼下一阵喧闹声——第一批客人到来了。

"这帮姓唐的，来得是一年比一年早呀！"费莉希蒂语气不悦。

维多利亚无奈地摇了摇头："那个杰拉尔丁生怕赶不上我们家的早餐，她是一年比一年圆润了，怕是甘油三酸酯指数早就超标了。"

"你们听说没有——埃里克·唐那个二世祖前阵子刚娶了个印尼姑娘？我倒是想见识见识这姑娘皮肤颜色有多深。"

"纠正一下，那姑娘是印中混血；而且，她的母亲是梁氏姐妹之一，论容姿，我们在座的加起来都比不过她。还有，莉莲姨妈刚从美国植发回来，她自以为重返 18 岁了呢，但卡珊德拉觉得她根本就是一Puntianak[1]。"

费莉希蒂被逗乐了："Puntianak？！我的老天爷！"

---

[1] 印尼民俗里的女鬼，传闻出没在香蕉树下，头发如老鼠窝一般肮脏蓬乱。在印尼与马来西亚的民间传说中，Puntianak 是"死于难产的幽灵"，它们喜欢用藏污纳垢的指甲剥开活人的肚皮，吃里面的内脏。——作者注

笑音刚落，莉莲·梅领着一群子孙晚辈，浩浩荡荡地拥进客厅。作为唐家之主的莉莲端庄地来到素仪跟前，微微鞠躬，拜了个标准的中国年："新年快乐，恭喜发财！[1]"

"恭喜恭喜……敢问您是？"素仪透过她那副标志性的有色透光眼镜，直勾勾地注视着对方。

莉莲面露窘迫，错愕道："素仪，你糊涂了？是我呀—— 莉莲·梅唐！"

素仪愣了片刻，才不动神色道："噢！是莉莲啊。抱歉，你换了新发型，一时间没认出来。我还以为是中世纪的女巫登门了呢！"

莉莲的反应相当微妙，不知是生气还是开心，但在场的其他人都被素仪的玩笑给逗乐了，笑声满溢客厅。

唐家宾客入座不久，杨家、钱家、尚家也相继抵达了。客厅瞬间被"恭喜发财"的祝福声吞没，孩子的口袋眨眼间便塞满了红包，众人互相恭维着衣着打扮，互相评价着高矮胖瘦，互相炫耀着房产买卖，互相展示着度假和孙儿的照片……当然，这丝毫不妨碍他们往嘴里一块又一块地塞着凤梨酥。

寒暄之后，众宾客分散至宽敞的楼梯间或二楼待客室里各自攀谈，莉莲·梅这才捉住机会向埃莉诺搭讪："在费莉希蒂和维多利亚跟前我不敢说，生怕她们闹别扭—— 你这身紫色礼服真是今天的翘楚。不是我恭维，你就是这屋子里最耀眼的女性！"

埃莉诺莞尔道："您过誉了。说起来，您才真是光彩照人呢！您身上这件，莫非是可拆分式设计？"

"嗯。我上次去旧金山探望妹妹时，发现了一位水平很高的新潮设计师，这件衣服就是他设计的。是叫什么名字来着？埃迪·费雪……不不，是艾琳·费雪（Eileen Fisher）！对了，这阵子美国西海岸可

---

[1]"恭喜发财"是标准的最通用的拜年语了，淘气一些的华裔孩子会说"Happy New Year—I pull your ear"，抑或"恭喜发财，红包拿来"。——作者注

正值寒潮来袭，你出发前可得多备几件厚衣服。"

"出发？出发去哪儿？"埃莉诺皱眉问道。

"哎——你不是要去加利福尼亚吗？"

"我什么时候说过要去加州了？"

"啊？我还以为你和菲利普要去参加……"莉莲话还未说完，突然噤了声。

"参加什么？"埃莉诺莫名其妙。

"哎哟！看我这记性，我给记错人了！"莉莲的语气又快又急，根本不待埃莉诺回应，"激到死[1]！人老了，脑袋真是不中用了——哎哟，阿斯特丽德和迈克也来啦？阿斯特丽德这几年是越发美丽了。哇！卡西安的那对小领结太逗人爱了，不行不行，我得过去捏捏他的小脸蛋儿！"

埃莉诺冷眼看着莉莲拙劣的演技，同时大脑在飞速地运转：加利福尼亚肯定有大事要发生！

究竟是什么事，要自己和菲利普一同前往？毋庸置疑，一定与他们的宝贝儿子尼基有关……尼基的大事，莫非是结婚？！知道真相的人——没错，非阿斯特丽德莫属，她此刻离自己只有几米远。从这个位置上看去，阿斯特丽德身穿一件素净的白裙，只在袖口和裙角留有一抹淡淡的蓝色，莉莲正神经兮兮地揉搓着她的裙面。待埃莉诺来到阿斯特丽德面前，才发现这抹蓝色是精美绝伦的刺绣工艺，上面的图样模仿的是代夫特瓷器的花纹。

莉莲甜言蜜语道："哎呀！阿斯特丽德，我每年来这儿的目的除了拜年，就是欣赏你的衣服了。你从来不会让我失望。今天这身是哪家的？巴尔曼（Balmain）、香奈儿，还是迪奥（Dior）？"

"就是普通的衣服，只不过让我朋友高桥[2]随意加了几针刺绣罢了。"

---

[1] 粤语，意为"气死个人"。——作者注

[2] 高桥盾，奇异服饰品牌 Undercover 的领军人物，阿斯特丽德这身衣裙的设计灵感源自他尚未公开的 2014 春秋收藏。——作者注

阿斯特丽德谦虚道。

"啧啧，高桥的这几针怕是千金难买吧！你就是迈克？短短几年就从大巴窑混到金融大亨了，我儿子说你简直就是新加坡的'史蒂夫·盖茨'！"

"哈哈！您过誉了。"迈克不置可否，起码的礼节让他没有反驳长辈的说法。

"是你过谦啦！我这阵子每每翻开《财经时报》，都能看见你的英姿。有什么致富经可以传授吗？"埃莉诺也加入了他们，说道。

"埃莉诺姨妈，您这可折煞我了！我从在 G.K. Goh 工作的朋友那里听说了不少关于您的事。要说股票金融，怎么也得是您来传授致富经呀！"迈克笑着说，显然很享受妻子的亲戚近来对自己的赏识。

"哎哟，我这样的小散户怎么能和你比？不说了，我得'借'你妻子几分钟，你应该不会介意吧？"埃莉诺说完，便拉着阿斯特丽德的胳膊来到待客室的三角钢琴后面。年轻的钢琴师正全神贯注地弹奏着肖邦组曲，小伙子显然刚从莱佛士音乐学院（Singapore Raffles Music College）毕业不久，这小小的阵仗便让他紧张得汗流浃背，指间的旋律也平淡无奇。

阿斯特丽德单从埃莉诺紧攥胳膊的力道上，便察觉出她是认真的。这位姨妈不顾音乐，咄咄逼人地问道："阿斯特丽德，你跟我说实话，尼基是不是要在加州结婚了？"

阿斯特丽德知道瞒不住了，深吸一口气，坦白道："是的。"

"告诉我时间。"埃莉诺的语气不容拒绝。

"埃莉诺姨妈，我既然开了口，就不会有任何隐瞒。尼基他……没有公布任何婚礼的详情，您恐怕得亲自去问他本人才行。"

"你又不是不知道，他已经两年没接我电话了！"

"唔，这是你们母子之间的私事，就别把我牵扯进来了吧。"

埃莉诺怒了："从你决定瞒着我的那刻起，你就和这件事脱不了干系了！"

阿斯特丽德暗自叹息，她不愿意做这种无意义的争吵，便说道："姨妈，您设身处地想一想，您若站在我的立场上，也会选择为尼基保守秘密的。"

"我是尼基的母亲，我有权知道儿子的婚期！"

"有权吗？谁都知道，您会毁了这场婚礼的。"

"我这个做母亲的，会毁掉自己儿子的婚礼？你把我当什么人了？告诉我实情，立刻！马上！"埃莉诺有些控制不住情绪，浑然忘了当下是什么场合。下一瞬间，钢琴的旋律戛然而止，在场的数十双眼睛纷纷看向这边。

阿斯特丽德可以清晰地感觉到外祖母眼神中的不悦，但她仍决定守口如瓶。

埃莉诺不顾众人的视线，怒目圆睁道："不可理喻！"

阿斯特丽德颤声回答说："不，真正不可理喻的，是您还以为尼基会希望您参加婚礼。"阿斯特丽德声音颤抖着说完这句话，就转身离开了。

春节前的三个星期里，杨家、尚家和钱家的主厨都会齐聚于泰瑟尔庄园的豪华后厨中，着手春节菜肴糕点的"马拉松式"生产。尚家在英国宅邸的"御用"糕点师马库斯·沈自然不会缺席，在他操刀下，各色精致味美的娘惹糕点先后出炉，有五彩斑斓的彩虹千层糕（娘惹糕），有精心雕琢的茶粿，当然更少不了他最招牌的杏仁番婆饼。钱家的资深主厨阿连则率领他的团队主攻凤梨酥、甜掉牙的年糕，以及香糯可口的萝卜糕。最后，所有宴会餐饮的相关事宜均由泰瑟尔庄园自家主厨阿清亲自把关，她的招牌菜巨无霸烤火腿（要抹上她特制的凤梨白兰地酱汁）也要一年一度地登台亮相了。

然而，埃莉诺嫁入这个大家族以来，还从未像今日这般排斥春节宴席。那盘被杰拉尔丁·唐称赞为"一年比一年鲜嫩多汁"的火腿，也激不起她的食欲；还有素日最爱的年糕，她更是味同嚼蜡。要知道，以泰瑟尔庄园特制的糯米粉所做的糕点可是她的心头好——软绵的糕点切成牙状，浸以蛋清，炸至金黄色，外脆里酥，令人回味无穷。

埃莉诺烦闷满腹，自然没有心思一饱口腹之欲。遵照严格的座位等级，埃莉诺只能屈居主教施北宪身边；桌对面的丈夫正一面享用着鲜香的火腿，一面与主教夫人聊着天。

埃莉诺越发心生抱怨：他凭什么这样逍遥快活？一个小时前，埃莉诺问菲利普有没有听说儿子要举办婚礼一事，让埃莉诺震惊的是，菲利普回答说"当然知道"。

"什么？！你早就知道了，怎么都不跟我说呢？！"埃莉诺差点儿被气晕。

"有什么好说的？反正我们又不参加。"

"你这是什么意思？快把你知道的都告诉我！"

菲利普冷静地回答道："你先别激动。前阵子在悉尼时，尼基给我来了电话，问我要不要参加他的婚礼。我问他要不要请他妈妈，他明确说不要。所以我就跟他说：'祝你好运，小伙子，不过如果你妈妈不参加婚礼的话，我也不会参加的。'"

"婚礼是什么时候？在什么地方举行？"

"我不知道。"

"Alamak！他都邀请你去参加婚礼了，你会不知道？"

菲利普无奈道："我没问。反正我们也不打算出席，问了又有什么用？"

"你到底为什么不告诉我尼基给你打了电话？"

"因为我知道，要是告诉你，你会丧失理智的。"

"你就是个糊涂虫，知道吗？彻头彻尾的糊涂虫！"埃莉诺抓狂道。

"你看，我就知道你会这样。"

埃莉诺焦躁地搅动着眼前的面条，耳边是主教滔滔不绝的碎碎念——全是些牧师老婆斥资千万来捧红自己的八卦故事，这让她心中的怒火烧得更旺了。

在孩子晚辈那一桌，保姆正费力地劝说卡西安进食，这位小少爷任性地大喊："不要面条，要冰激凌！"

保姆不敢言重，只得耐着性子解释："少爷，今天是春节，大家都吃面条，没有冰激凌……"

埃莉诺把这一幕看在眼里，忽地心生一计。她招来身边侍奉的女佣，悄声问道："小妹，能否帮我给阿清传个话？就说今天的菜太烫了，我突然想来杯冰激凌降降温。"

"冰激凌吗，夫人？"

"对，任何口味都行。不过不要端到饭桌上来，我在书斋等你。"

大概过了一刻钟，埃莉诺坐在黑色的书桌边，笑眯眯地看着眼前的小男孩儿对盛满圣代的银碗大快朵颐，方才她使了些零钱（500美元）打发走了他的保姆。

埃莉诺尽力挤出一个慈祥的笑容："卡西安，以后你妈妈不在家的时候，你尽管让蒂维娜和姨婆联系。姨婆会安排司机去接你，你想吃多少冰激凌，就有多少冰激凌！"

"真的？！"卡西安兴奋地瞪大了眼睛。

"当然了，这是我们两个人的小秘密。不过，你妈妈什么时候不在家呢？她有没有跟你说过，她马上就要坐飞机去美国了？"

"嗯，3月。"

"你知道她要去哪里吗？库比蒂诺、旧金山、洛杉矶，还是迪士尼乐园？"

卡西安嘴里塞满了冰激凌，闷声闷气地说道："旧金山！"

埃莉诺暗舒一口气：还有一个月，她有足够的时间。

她轻轻拍着男孩儿的头，看到他那崭新的朋博湾（Bonpoint）衬衫上沾满了黏乎乎的软糖，微笑着想：这是阿斯特丽德应得的，谁让她要瞒着我。

6

纽约，莫顿街

太平洋标准时间[1]2013年2月10日下午6点38分

以下短信记录来自尼古拉斯·杨的私人手机（他父母没有该手机的号码）：

阿斯特丽德：春节快乐！你妈知道婚礼的事情了。

尼克：WTF！她从哪儿知道的？！

阿斯特丽德：不确定是谁泄露的，我和她差点儿在阿嬷家里吵起来。大过年的，太难看了。

尼克：这么夸张？！

阿斯特丽德：是呀。我不愿透露，她当场就抓狂了，害得我也在亲戚面前出尽了洋相。

尼克：这么说，她还不知道婚礼的时间和地点咯？

阿斯特丽德：别乐观，凭她的手段，迟早会查出来，你得想好对策。

尼克：嗯，我会做好保密措施的。看来有必要请前摩萨德出山了。

阿斯特丽德：那你得确保他们全部来自特拉维夫[2]，最好是个古铜色的肌肉男，对，还得有性感的小胡楂儿。

---

[1] 以西八区的区时为计时标准，也被称作西部时间或西八区时间。——译者注

[2] 即特拉维夫 - 雅法，以色列第二大城市。——译者注

尼克：算了吧，我们要的是专业人士，不是花瓶，改天我就要人去。

阿斯特丽德：随你喜欢——我得走了，凌彻喊我们吃饭呢。

尼克：代我向凌彻道声"恭喜发财"，别忘了给我留点儿萝卜糕。

阿斯特丽德：哈！我会把脆皮全部留给你的。

尼克：正合我意！

东部标准时间[1]2013 年 2 月 10 日上午 9 点 47 分

尼古拉斯·杨在纽约收到的语音留言：

尼基，你在听吗？新年快乐！你在纽约过春节吗？希望你那边也热热闹闹的，即便在唐人街上买不到鱼生，至少也给自己煮一碗长寿面。我们今天计划在阿嬷家过，叔叔阿姨、表兄、表妹们齐聚一堂。埃里克·唐把他那位印尼籍的新婚妻子也带来了，她可真美，而且皮肤比我们还白，我严重怀疑她做了漂白手术！听说他们在雅加达的婚礼，那个排场，和科林和阿拉明塔夫妇的婚礼相比也不遑多让。你知道有多荒唐吗？女方家竟然承担了婚礼的全部费用！哈哈，今后埃里克再也不用担心没人给他那亏本的电影买单了。尼基，你要是听到这条信息，请立刻给我回电话，我有要事相商！

东部标准时间 2013 年 2 月 11 日上午 8 点 02 分

尼古拉斯·杨在纽约收到的语音留言：

尼基，你在吗？见鬼，这实在是太荒唐了。你不能这样一直无

---

[1] 即美国东部时间，以西五区的区时为计时标准。——译者注

视我。请给我回电话。我有很重要的事要对你说。我向你保证这是
你想知道的事。请尽快给我回电话。

东部标准时间 2013 年 2 月 12 日上午 11 点 02 分

尼古拉斯·杨在纽约收到的语音留言:

尼基，是你吗？尼基？不是他，又转到语音信箱了——是我，
爸爸。你还是给你妈妈打一个电话吧，她有急事要跟你说。我希望
你先别管自己的那些情绪和感受了，给你妈妈打个电话。现在过春
节呢，听话，当个好儿子，给家里打个电话吧。

瑞秋在尼克之前听到了这些语音留言。她与尼克一同从加州回家，
刚放下行李，尼克便急忙到周边的 La Panineria 买三明治去了，而瑞
秋则在家检查他们离家这段时间的电话留言。

"我们晚了一步，熏香肠卖光了。我要了一份熏火腿和丰丁干酪，
外加芥末、奶酪、番茄，还有一份香蒜沙司帕尼尼，应该够我们吃了。"
尼克兴冲冲地汇报了菜单，将热乎乎的纸袋递给未婚妻时，才发现气氛
有异，便问道："嗯？出了什么事了吗？"

"你自己来听听吧……"瑞秋闷闷不乐地把话筒交给尼克，自己拎
着纸袋到厨房去了。她发现自己的十指在微微颤抖，胸口排山倒海，抓
着三明治在原地发愣，不知是否该装盘。瑞秋恼自己没出息：时至今日，
那恶婆婆的声音，竟还能使自己心神震荡……她感到胸中的阴霾逐渐扩
散，是焦虑，还是畏惧？

片刻后，尼克来到未婚妻跟前，叹气道："你知道吗？我长这么大，
这还是第一次收到我爸的语音留言，往常都是我主动拨电话给他的。看
来，我妈这次是真把他逼紧了……"

"唉！我们早该想到，纸终究是包不住火的。"瑞秋强颜欢笑，想

掩盖此刻的焦虑。

尼克嘴一撇，解释道："昨晚我们在舅父家过除夕时，阿斯特丽德就发信息提醒我了。当时大家在饭桌上提起你父亲，气氛已经够凝重的了，我哪还敢再火上浇油。唉，早就料到麻烦事要来了。"

"你现在有什么对策吗？"

"事出突然，我能有什么对策……"

"你打算继续无视伯母？"

"当然了，我才没工夫应付她呢！"

得到未婚夫的保证，瑞秋的心情缓和了不少，随之而来的却是微妙的罪恶感。和双亲断绝往来真能解决当下的问题？况且，这本就有悖人情世理。尼克这样做，会不会是错上加错？

瑞秋小心翼翼地劝解道："你起码要和伯父打声招呼，若能在婚礼前冰释前嫌，岂不是皆大欢喜？"

尼克熟虑片刻后，说道："我和我爸能有什么前嫌？上个月我不是已经和他提过结婚的事了吗？他很替我们开心呢。"

"万一伯母口中的'急事'，指的不是婚礼呢？"

"可能吗？如果真有其他急事，他们大可在留言里说清楚。即便他们不开口，阿斯特丽德也会在第一时间通知我。信我没错，我妈这是背水一战，目的就是毁了我们的婚礼。我太了解她了，她就像只疯狗，咬住你的腿不放。"尼克越说越气恼。

瑞秋回到卧室，身心俱疲地陷进沙发。这个自幼无父的单亲女孩儿，此刻脑海里正上演着天人大战。她虽反感埃莉诺·杨，却不忍心看到未婚夫与至亲疏离。矛盾激化到如今这个程度，虽然不是她的错，却也与她脱不了干系……她再三斟酌，终于硬下心肠，说道："事情发展成这样，不是我想要的。我和你的结合，不能以此为代价！"

"没什么代价不代价的，这是我妈妈自作自受，怪不到我们头上。"

"我想象过无数次未来婚礼的场景，就是没想过我丈夫的父母、亲人会不出席为我们祝福……"

尼克坐到瑞秋身边，安慰道："我们不是已经做好心理准备了吗？哪有你想得那么不堪——有阿斯特丽德和阿历斯泰来就足够了，他们是我最交心的表兄妹。这样也好，我一向反感吵闹聒噪的中式传统婚礼，亲戚们恨不得把他们家阿猫阿狗都带来凑热闹。相较之下，我们多明智，只邀请你的家人和我的至交，其他人都不重要。"

"你确定这样做妥当？"

"非常确定。"尼克说。说完，嘴唇精准地落在了瑞秋的后颈上。

瑞秋微叹，闭上眼享受着未婚夫的爱抚……只希望，这是他的心里话吧。

数周后某日的纽约大学（New York University），杨教授的讲座"战火中的不列颠——失落王朝的诞生、解体与重铸"正到精彩处，突然有两名"异族"女子闯入教室。她们显然有几分亚马孙血统，皮肤呈现出健康的古铜色，把一头金发衬得耀眼夺目。两人穿着一致：上身是贴身的藏青色羊毛衫，下身是干练的白色亚麻休闲裤，头上是白色的金丝绳边海军帽。这两名不速之客浑然不顾众人好奇的眼光，径直向讲台上的杨教授走去。

"阁下可是杨先生？有人想见您，能否请您跟我们来？"其中一位金发女郎恭敬地问道，话语里还有几分挪威口音。

尼克没搞清楚状况，暂且婉拒道："我还有二十分钟才下课，请两位小姐在门口稍候，待下课了再详谈。"

女郎却摇头道："您这就让我们为难了。事出紧急，我们需要立刻带您过去。"

"二十分钟都等不了？"

"很抱歉，等不了！"另一位女郎开口道，她的南非口音里比同伴又多了几分强硬，"事不宜迟，请您速速移步！"

尼克正要发作，忽地灵机一动——这做派，颇像科林·邱的风格呀！尼克曾明确表示自己不想搞单身派对，但科林偏偏是那种唯恐天下不乱的性子。眼前这两位高挑的女郎，十之八九就是科林"阴谋"的开端。

想到这里，尼克也不着急点破，只是玩味道："如果我拒绝跟你们走呢？"

"请务必合作。若逼不得已，我们会不惜采取极端手段。"挪威女郎语气不善。

尼克憋住笑，表情难免有些僵硬。只希望这两位性感女郎别一言不合就掏出音响，开始跳脱衣舞才好，否则，教室里这帮精力旺盛的小伙子怕是要闹上天了，他苦心经营的威望从此也会荡然无存。

"我跟你们走就是了。容我收拾一下。"尼克不敢冒险。

"感谢您的合作。"两名女郎异口同声道。

十分钟后，尼克在这两名长腿女郎的左右"护送"下离开了教室，留下一帮纷纷举起手机摄像头的早已炸了锅的学生，把导师被美女带走这戏剧性的一幕分享到社交网络平台上。

校门口，一辆安装了镀膜车窗的银色宝马 SUV 正等候着三人。事已至此，尼克只能硬着头皮上车。车子驶过休斯敦街区，驶向西边的高速公路……仍丝毫没有抵达终点的迹象。

终于，车子抵达 52 街区，缓缓停在了曼哈顿游轮码头的出口港旁，造访纽约的各国游轮都会停泊在此处。88 号船坞停泊着一艘五层高的超级游艇，其名为"奥丁（Odin）"，阳光洒在它那深蓝色的船体上，显得格外耀眼。尼克站在这只"钢铁怪物"面前，心中感慨万千：科林到底有多少闲钱够他挥霍……他随金发女郎登上舷梯，来到奢华的船上休息室。室内中央是高耸的中庭，其内是高级感十足的圆形观光电梯，这设计像极了苹果 4S 店。金发女郎把尼克"押"进电梯，只往上爬了一层，门便开了。

尼克揶揄两位美女道："太娇贵了吧！就一层楼而已，都不愿爬楼梯？"他轻松愉悦地走出电梯，仿佛科林·邱、穆罕默德·萨班哲，还有一众表兄弟姐妹们正聚集在电梯外，要给自己一个意外惊喜。但事实证明他想得太多了——电梯外似乎是游艇的主甲板，除了他们以外空无一人。两位女郎继续在前面带路，三人走过一条极致奢华的长廊，只见四周都是由时髦的金色悬铃木铺装，吧座的坐垫是鲸鱼皮制成，屋顶的采光明暗像极了光之艺术家詹姆斯·特瑞尔（James Turrell）的手笔。

尼克这才察觉到事有不妙，这里哪像是要开单身派对？他正绞尽脑汁想找个脱身的点子，突然发现三人被一道滑门拦住了去路，门边守卫着两个身材魁梧的水手[1]。确认过身份后，这两个"门神"拉开滑门，呈现在尼克眼前的，是一个露天甲板餐厅，而甲板最前端的用餐沙发上，坐着一位窈窕女士。她身穿条纹运动夹克和白色骑马裤，脚蹬褐色 F.lli Fabbri 马靴——毫无疑问，是杰奎琳·凌。

"嗨！尼基，你来得正好，舒芙蕾刚出炉。"杰奎琳打招呼道。

尼克来到老朋友跟前，不知是该怒还是该笑。他早该料到这出典型的纳维亚式闹剧，是杰奎琳的鬼点子了。这个疯女人可是挪威亿万富豪维克托·诺曼的指定合伙人。

"是什么口味的舒芙蕾？"尼克语气冷冰冰的，不客气地坐到这位公认的东方凯瑟琳·德纳芙的正对面。

"里面应该加了紫甘蓝和大孔奶酪。这阵子紫甘蓝的价格都炒上天了，真该给它的幕后推手颁个年度最佳营销奖。咳，跑题了，怎么样——见到我，是不是有些惊喜？"

"有惊无喜。你可让我空期待了一场。我刚才还以为自己被犯罪组织绑架，要上演一出詹姆斯·邦德的逃生戏呢！"

"你不想见阿兰娜和梅特·玛丽特？我知道你的性格，若是正常打电话邀你来共进午餐，你肯定不会来的。"

"美女相邀，我怎么会不赏脸呢？但你也搞清楚时机呀！我好不容易在纽约大学找到个教书的差事，你就让我公然翘班？"

"你就扫兴吧……我为了找个位置停这大家伙，可是伤透了脑筋。

---

[1]同样是金发，典型的瑞典人。——作者注

哼！纽约，这个所谓的世界都市，最大的船坞也不过才能容纳 5 米的吃水量，美国人都把游艇停在岸上吗？"

"你这艘爱艇确实超标了，不能怪到船坞头上……我没看错的话，这是乐顺（Lürssen）的游艇吧？"

"不，是泛安科纳（Fincantieri）的。维克托怕被狗仔盯上，不愿在自家门口造船，只能在意大利的一个船厂偷偷动工。老规矩，这宝贝可是埃斯彭 [1] 操刀设计的。"

"杰奎琳阿姨，你大费周章地把我'绑'到这儿，不是来探讨造船的吧？有什么话就直说吧。"尼克掰断一根温热的法棍，往舒芙蕾上蘸了蘸。

"尼基，我说多少次了——别叫我'阿姨'，我可还没过'保质期'呢！"杰奎琳哀号道，不认命地摸了摸披散在肩膀上的黑亮秀发。

尼克调侃道："杰奎琳'姐姐'，拿面镜子照照，你哪里像是 40 岁啊！一句'阿姨'怎会把您叫老呢？"

"我纠正一下，是 39 岁！"

"行——39 岁。"尼克哭笑不得。他嘴上虽开着玩笑，但心里不得不承认，即便此刻的阳光晒得耀眼，即便眼前的妇人只不过略施粉黛，但那绰约的风姿足以让任何男人为她折腰。

"唉，尼基，看到你仍保留着少年般的灿烂笑容，我就放心了。千万别像我儿子泰迪那样，养成目中无人的臭脾气……唉！我当初就不该把他送到伊顿公学（Eton College）去。"

"我可不觉得这是伊顿的责任。"

"你说得对，泰迪继承了我那亡夫的基因，他们林家那势利眼的做派你是知道的……不提他了，倒是你——你可知道，春节期间整个新加坡都在谈论你的事？"

"夸张了吧？我有十几年没住在新加坡了，哪有这么高的知名度？"

---

[1] 此处是指埃斯彭·欧艾诺（Espen Oeino），国际上首屈一指的船舶工程师，保罗·艾伦、卡塔尔国王、阿曼苏丹的超级游艇都是出自他之手。——作者注

"你知道我什么意思。坦白说吧,我一直觉得你是个不错的孩子,不希望你做错事。"

"做错什么事?"

"和瑞秋·朱结婚。"

尼克有些生气了,翻了个白眼,说:"我不想和你讨论这个话题,杰奎琳,这是在浪费你的时间。"

杰奎琳没理尼克,继续说道:"你阿嬷上个星期邀我去家里做客,我和她在露台上饮茶闲聊。你的疏远让她很伤心,不过现在她还是愿意既往不咎的。"

"'既往不咎'?哎呀,她可真'大度'呀!"

"看来你还是不愿意从她的立场来考虑这个问题。"

"这不是愿意不愿意的问题。她们的态度就让我捉摸不透。我不明白,身为祖母,她为什么不能为孙子感到高兴?她为什么不相信我自己的选择呢!"

"这与相信不相信无关。"

"那与什么有关?"

"尊重,尼基。你阿嬷是这世上最在意你的人了,她一直以你的利益为重。她知道对你来说什么才是最好的,她所需要的,只是你对她的愿望的尊重。"

"我一直都很尊重她,但我没法苟同她的势利。我不能为了遵循她的意思,就舍弃心中所爱,和亚洲五大家族中的女性结婚。"

杰奎琳无奈地叹息道:"尼基,你根本不了解你的祖母,你的家族。"

"那你就来告诉我吧,别再玩神秘主义那套了。"

"唉!我现在和你说什么都是徒劳的了,但还是要给你一个忠告:你若一意孤行,照原计划在下个月举行婚礼,你的祖母肯定会采取必要措施。"

尼克嗤笑道:"怎么?打算把我逐出家门?呵呵,我想她已经这么做了。"

"我这样说，或许会有些倚老卖老……尼基，你太年轻了，免不了会因为一时气盛而误入歧途。你扪心自问，自己真能承受被赶出泰瑟尔庄园的后果吗？"

尼克不怒反笑："哈哈哈！杰奎琳，你这口气，活像是特罗洛普[1]小说里的角色。"

"笑吧，趁现在还能笑得出来……你在处理这件事情的时候，真的太过莽撞了。某种'不认命'的种子在你心里生了根，它们甚至影响到了你的判断。你可曾想过，被切断经济来源意味着什么？"

"无须你操心，我现在过得很滋润。"

杰奎琳不屑地笑了，轻蔑问道："就凭祖父给你留下的那两三千万？那些不过是 teet toh lui[2] 罢了。凭这点钱，你甚至别想在新加坡找到个体面的住处。泰瑟尔庄园的亿万家产，你确定不要了？"

尼克信心满满地说："你多虑了。我父亲是泰瑟尔庄园的第一继承人，它迟早是我的。"

"你还不知道吧，菲利普早年放弃了对泰瑟尔庄园的继承权。"

"那些只是无聊的谣言而已。"

"很遗憾，这是事实。这个世界上恐怕只有三个人知道这件事——你祖母的法律顾问、你舅爷阿尔弗雷德，还有我。"

尼基毫不在意地摇了摇头，显然觉得很荒谬。

杰奎琳微叹道："尼基，你以为自己什么都知道。你知道吗，你父亲宣称要移民澳大利亚的那天，我就在场，和你的祖母在一起。你当然不知道了，当时你还在海外留学……你的祖母非常生气，心都碎了。想想吧，她那个年纪的女人，又是一个寡妇，怎么承受得了这样的忤逆。我至今仍记得她那时对我的哭诉：'独子都要抛弃我了，我还拿这偌大的家产有什么用？'从那以后，她就有意跃过儿子，直接把继承权交予

---

[1]安东尼•特罗洛普，英国作家，代表作品《巴彻斯特养老院》和《巴彻斯特大教堂》等。——译者注

[2]闽南语"玩桃钱"，意为"零花钱""小钱"。——作者注

孙子。也就是说，她把这辈子的期望，都寄托在你身上了。"

听到这里，尼克再也掩盖不住自己的震惊：这些年来，他那帮不消停的亲戚没少在祖母的继承意愿上做文章，但他真的没有料到还有这样的隐情。

"当然，你近来的所作所为又改变了这一计划。据我所知，你祖母正在考虑新的继承人……如今只能确定继承权不会落到梁家手上——他们已经富得流油了。你的那帮泰国亲戚或许是有力候选人，再不然就是郑家？呵呵，若艾迪·郑入主泰瑟尔庄园，你会做何感想？"

见尼克脸上露出少有的危机之色。杰奎琳斟酌了片刻，谨慎地问道："尼基，你对我的家族了解多少？"

"怎么突然问起这个？我只知道你的祖父是凌尹超。"

"是的，我祖父凌尹超曾是东南亚一时无两的首富，他那栋位于索菲亚山顶上的豪宅，论规模丝毫不亚于如今的泰瑟尔庄园。我和你一样，是含着金汤匙出生、成长的；但如今，这份财富、这份荣耀，已经所剩无几了。"

"等等，你的意思是说，你的家族已经彻底败落了？"

"那倒不至于，只不过我祖父四处留情，子嗣众多。对外，我们仍是福布斯排行榜的常客；但私底下，再大的家产也受不住僧多粥少啊！再看看我吧，我祖父出生在观念保守的福建厦门，在这些老古董的眼里，女性后代迟早要嫁做人妇，是没资格继承家业的。祖父在临终前，将名下财产尽数托付给民间的信托机构，并明文规定，只有凌姓男子才有权继承财产。没错，我是不负众望，嫁了户好人家，但我丈夫死得早，只给我留下一双嗷嗷待哺的儿女和不值一提的 teet toh lui。你能想象，身边亲朋富可敌国，自己却囊中羞涩的自卑感吗？尼基，你不应该步我的后尘——拥有一切，再失去一切。这其中的落差不是一般人可以承受的。"

尼克环顾了一眼周遭的环境，不解道："你哪里过得拮据了？"

"对，我是保住了起码的体面，但你知道我付出了多少辛酸吗？"

"你的故事很励志，但很抱歉，我所需要的'体面'与你的不同。首先，我不需要脚下这个'大块头'，不需要私人飞机，也不需要别墅豪宅。我毕生的愿望，只是陪伴心爱的女子，住在三层的小洋房里，过自己热腾腾的小日子——纽约就正合我意，我现在很幸福。"

"你完全曲解了我的意思，或许是我描述得不够清楚……"杰奎琳噘起娇嫩的朱唇，注视着精心修过的指甲，显然在纠结要从何开口，"怎么和你解释呢……我从懂事起，就笃信地位之说，每个人所处的世界都是与生俱来的。我所有的认知，都有一个大前提——我是凌家人。然而，这一切却从我出嫁那刻起就土崩瓦解了——凌家的人与事和我再不相干了。呵呵，凭什么？我的胞兄弟、义兄弟，甚至是那帮没出息的表兄弟，都能从信托那里分得一杯羹，我却一无所有。但是逐渐地，我开始意识到自己失去的不仅是钱财，还有身为凌家人的特权……话已至此，若你还是要执意结婚，我敢断言，这前后的落差会令你窒息。到那时，你若还能像现在这般淡定自若，那才叫真本事。原本摆在面前的康庄大道，一夜之间全都对你关上了大门；世人眼里的你，亦再不是泰瑟尔庄园的成员……我不想看到那一天的到来，你理应是天之骄子。你可知如今的泰瑟尔庄园价值几何？足足六成的新加坡中心地段，足可媲美纽约的中央公园，其价格必定是个天文数字！瑞秋若知道你付出了这么大的代价，她也会打退堂鼓的。"

尼克的语气仍然很坚决："若没有心爱之人共享，我要这些冷冰冰的数字有何用？"

"谁不允许你和她共享了？你大可以照常和她过着同居生活，只要别这么着急结婚。不要再践踏你祖母的威严了——回家，逗她开心，尽尽孝道。她今年都九十了，还有多少'来日方长'？待她仙逝以后，谁又能管得了你呢？"

言已至此，尼克陷入深思。这时，一位服务员端来咖啡与甜点。

"斯文，你先退下……尼基，尝块巧克力，品品有什么特别的？"杰奎琳笑着说。

尼克捏起一块巧克力，抿了一小口——熟悉的味道，没错，这味道像极了祖母家的巧克力戚风！尼克奇道："你是怎么从阿清那里拿到配方的？"

"嘿嘿——我上周和你祖母共进午餐时，偷偷藏了一块儿在手提包里，然后火速送到我家大厨马里厄斯那里。他三天不眠不休地研究那块蛋糕，失败了几十次，才有了如今的成果……怎么样，你给个点评？"

"堪称完美！"尼克由衷赞叹。

"那么问题来了：你若一意孤行，或许就要与这美味永别了。"

"不至于，你这游艇上不是还有吗？"尼克打趣道。

"首先，这游艇可不是我的；其次，别把我这儿当私人厨房，别指望我能随叫随到。"

7

新加坡，贝尔蒙路
2013 年 3 月 1 日

荷枪实弹的警卫员敲了敲宾利雅致（Bentley Arnage）的车窗，冷峻地命令道："请摇下窗户。"

窗子缓缓地落下，警卫员仔细扫视了一遍车厢，只见车主卡罗尔·戴与埃莉诺·杨坐在后座上。

"请出示邀请函。"警卫员向二人伸手道。卡罗尔将事先准备好的金属雕花卡片放在对方的凯芙拉（Kevlar）手套上。

确认邀请函无误后，警卫员示意司机通过，并提醒道："请提前打开随身箱包，以便接下来的安检。"

宾利车驶过路闸，转眼间便加入壮观的豪车拥堵队伍之中。大家的目的地相同，都是贝尔蒙路上那栋红门建筑。

车子停滞不前，卡罗尔懊恼地抱怨道："早知这么 lay chay[1]，我们就不该来。"

"我说了，这种事根本就是费力不讨好。我从前来过几次，这阵仗倒是第一次见。"埃莉诺瞥了眼前方浩荡的豪车大军，不由得想到了辛格夫人早年的珠宝茶话会。嘉亚特里·辛格夫人过去是印度王公的小公主，其珠宝收藏堪称新加坡之最，只有李咏娴、尚素仪能与之匹敌。从20世纪60年代开始，她年年回印度省亲，都会从日渐痴呆的老母亲那里顺走几件传家宝回新加坡；然后宴请各路好友（自然是新加坡的豪门名媛）参加茶话会，来品鉴她的新"玩具"。

"想当年辛格夫人的茶话会，是多么令人身心愉悦啊。来客们身着华丽的纱丽，一边品尝着精美的印度糕点，一边鉴赏着迷人的珍宝，畅所欲言……"埃莉诺沉浸在对过往的美好回忆中。

卡罗尔远眺豪宅门前排起的长龙，讥讽道："我觉得现在可没一个地方称得上'身心愉悦'。Alamak，那帮穿得像是要去参加鸡尾酒会的女人是从哪里冒出来的？"

埃莉诺不以为然道："你说她们？她们是新来的，不请自来混脸熟的，多半是'Chindos'[2]。"

自从辛格夫人对珠宝失去了兴趣，迷上研究梵文典籍后，她的儿媳萨丽塔（原宝莱坞三线女星）便接管了珠宝茶话会的事宜。从那以后，温馨舒适的茶话会就变质了，逐渐沦为高端慈善展览，用以筹资满足萨丽塔的潮流需求。这场盛会年年稳居八卦杂志的头条，名流富豪们对此趋之若鹜，不惜重金购买入场券，只求在辛格家那后现代主义的小平房里，盯着叫不出名字的珠宝发呆。如今，更是衍生出许多商业性质的主题会展。

今年会展的主题是挪威知名银匠托蒄·维格兰（Tone Vigeland）的珠宝作品。洛伦娜·林、娜汀·邵，还有黛西·傅三人此刻就杵在某

---

[1] 闽南语，意为"麻烦""烦躁"。——作者注

[2] 中国（Chinese）和印度尼西亚（Indonesia）土豪的统称。——作者注

个玻璃展柜前发呆。这儿原先是间室内网球场，如今已被彻底改造成了展厅。娜汀忍无可忍地抱怨道："Alamak，谁要看这些纳维亚的 gow sai[1]！我还以为我们能看到辛格夫人的传家宝呢。"

洛伦娜连忙提醒道："嘘——小声点儿！你看见那边的 ang moh[2] 没有？她可是馆长！如果我没猜错，她多半是纽约奥斯丁·库珀设计博物馆的大咖。"

"哎呀，她就是安德森·库珀又如何？500 美元的门票，他们就拿这些破铜烂铁来打发我们？我可是来看荔枝大小的红宝石的！"

黛西也愤愤不平地附和道："娜汀说得没错。虽然这几张票是我在华侨银行的私人理财师给的，我还是要说：这根本就是在浪费钱。"

三人正叽叽喳喳地抱怨个不停时，埃莉诺走进了展厅。甫一进门，她就被射灯晃到了眼睛，赶忙重新戴上墨镜。

洛伦娜一眼便认出自己的好朋友，惊喜地招呼道："埃莉诺！你怎么来了？没听你说呀！"

"临时决定的，卡罗尔从大华银行的理财师那里弄了两张票，硬要拉我一起来散心。"

"卡罗尔？怎么没看见她？"

"厕所里呢，她的膀胱是纸糊的。"

黛西嘲讽道："呵呵，来散心？那她可选错地方了，这些看着就能传染破伤风的铁疙瘩，可不能让人散心。"

"我跟卡罗尔说了这是在浪费时间！萨丽塔·辛格哪比得上她婆婆呀！如今的茶话会恐怕只能取悦她那帮附庸风雅的国际友人了。哼，三年前，她邀过我、费莉希蒂，还有阿斯特丽德，你猜她让我们看了什么？维多利亚时期的丧礼珠宝！全都是些鬼气森森的纯黑首饰、用死人头发

---

[1]闽南语，意为"狗屎"。——作者注

[2]闽南语，意为"红毛"，对高加索人种的谑称，虽然高加索人种就没几个是真正的红发。——作者注

编制的胸针之类的。Hak sei yen[1]！只有阿斯特丽德欣赏得来。"

"你知道我现在对什么感兴趣吗？你手上的铂金包。真奇怪，我记得你以前从不碰这类奢侈品的。你不是说过，只有俗气的暴发户才提这种包的吗？"娜汀问。

"你倒是眼尖得很……这是鲍邵燕送我的礼物。"

黛西颇得意道："哇，ah nee ho miah[2]！我说得没错吧？鲍家可没那么简单。"

"看来你是说对了。鲍氏家族的家底远超我们的想象。你看他们这几个月在新加坡的花销，啧啧……娜汀，你再别埋怨弗朗西斯卡挥霍了，看看那个卡尔顿——我活了半辈子，爱车的男孩子见得多了，但从没见过痴迷到这种程度的。邵燕每次都说不会再给他买超跑，但我每次去他们家做客，空中车库里的超跑还是会更新一通。很显然，卡尔顿有了'新欢'，就把'旧爱'送回去了。他还美其名曰转让给了好友，非但不亏，反倒大赚了一笔。"

洛伦娜促狭地笑道："哈哈，听你这么说，这卡尔顿倒是恢复得不错喽？"

"对，他现在连拐杖都不太用得上了。嗯？你不会还妄想撮合他和你家蒂凡尼吧？我看你还是不要枉费心机了。他现在已是名草有主了。对方是个时尚嫩模还是什么，总之，姑娘人在上海，每个周末都会飞来探望卡尔顿。"

娜汀略为遗憾道："卡尔顿这小伙子生了副好皮囊，出手又阔绰，追他的女孩子怕是得从北京排到上海吧。"

"或许吧，但你确定他会是个好女婿？邵燕跟我说，在新加坡的这几个月，是她这些年来最舒心的日子了。这几天，她又开始惆怅得睡不着觉了——要是卡尔顿痊愈回国，那可就别想再安稳下来了。"

---

[1]粤语，意为"吓死人"，多用作形容眼前对象的恶心。——作者注
[2]闽南语，意为"你可真潇洒"。——作者注

洛伦娜突然压低了声音，神秘兮兮地问道："说到回国，你最近和那个王老板联系了吗？"

"那是自然。你真应该看看王老板发福的样子。做私家侦探真是个 zheen ho seng[1]。"

"你见到调查资料了没有？结果如何？"

埃莉诺卖了个关子，神秘地笑道："当然见到了，这鲍家的底细可了不得，你们猜……"

洛伦娜不由得凑近身子，兴奋地催促道："怎么了不得了？别卖关子了！"

埃莉诺正要开口，卡罗尔来到展厅，看到四个好友，径直凑上前去，埋怨道："Alamak！就不能多准备个洗手间吗？这队把我给排得……展览如何？有什么稀奇珍宝？"

黛西亲昵地挽住卡罗尔胳膊调侃道："哈哈，我还以为你的稀奇珍宝只在 jambun[2] 里呢……来，我们去看看这里的伙食值不值票价。我要求不高，有香辣味的萨摩萨饼就行。"

众人附议，一同前往餐厅。走廊上，一位身着朴素淡色纱丽、满头银丝似雪的老妇慢慢悠悠地从一房子里走出来，看见聒噪的五个人，便搭话道："埃莉诺·杨，怎么到我家里做客，还戴着墨镜装神秘？"

对方的声音端庄而轻柔，埃莉诺快速摘下墨镜，毕恭毕敬地问候道："哎呀，辛格夫人！我都不知道您回国了。"

辛格夫人笑道："你们年轻人喜欢热闹，我是有意回避的。素仪近来可好？上回的 Chap Goh Meh[3] 宴会，我正好和她错过了。"

"我婆婆她很康泰。"

"那就好。我前些天刚从库奇 - 比哈尔回来，还想着登门拜访，偏偏犯

---

[1] 闽南语，意为"赚钱买卖"。——作者注

[2] 马来语，意为"厕所"。——作者注

[3] 闽南语，意为"元宵夜"。——作者注

了时差症，就耽搁了。对了，尼基那边如何了？他今年回来过春节了吗？"

谈到儿子，埃莉诺难掩失落，但还是强颜欢笑道："他今年有些忙，没回来。"

辛格夫人心领神会，也不追问，安慰道："没事，他明年一定会回来的。"

"但愿如此吧……"埃莉诺故作坚强，开始介绍身边的几位朋友，辛格夫人礼貌地一一点头示意，最后问道："诸位可满意我儿媳的会展？"

"很有趣，我们都很尽兴！"黛西言不由衷地恭维道。

埃莉诺不愿说违心话，小心翼翼地表示："会展是很棒，但说句心里话，我更喜欢像从前那样欣赏您的个人收藏。"

"随我来。"辛格夫人神秘一笑，领着五人来到楼梯间的后面，这里竟然还有一条隐蔽的走廊。走廊两侧的墙壁上装饰着莫卧儿时代的人物油画像，只见姿态各异的印度贵族在古典的金色画框内显得更加雍容神秘。走廊的尽头，一道遍体镶嵌着珍珠母和绿松石的浮夸屋门挡住了众人的去路，门前还守着一对严阵以待的印度警察。

辛格夫人笑嘻嘻地交代道："我自己还办了一场私人茶话会，你们可得瞒着我那个儿媳妇。"说完，她便亲手推开了门。

大门洞开后，一间四面通透的休息室映入眼帘，视线正前方便是种满葱郁椴树的宽敞露台。经介绍，这里是辛格夫人的私人休息室。房间的正中央，摆着一口大号绿色天鹅绒托盘，上面陈列着琳琅满目的珠宝；老管家端着热腾腾的印度奶茶在屋内来回忙碌着；角落里的西塔琴手轻抚琴弦，指尖流淌着优美、闲适的旋律。身裹各色纱丽的印度贵妇人们或是慵懒地卧坐在紫色沙发长椅上，抿着甜腻的豆酥；或是盘腿坐于克什米尔丝绸的坐垫上，鉴赏把玩着托盘上的珍宝。这氛围，简直就像是海瑞温斯顿保险库里的睡衣派对。

黛西与娜汀当场便瞠目结舌了，即便是出身世界级珠宝世家的洛伦娜，也忍不住要惊叹于眼前的盛景——价值连城的珠宝随意往地上一放，肆意把玩的场景，可不是想见就能见到的。

辛格夫人款款走进休息室，露台上的微风轻轻吹起她的衣摆，她嫣然道："别傻站着了，进来吧！别客气，想怎样就怎样，把这儿当自己家。"

"您……您当真！？"娜汀甚至能听到自己的心跳。

"嗯，别顾虑。你们听说过伊丽莎白·泰勒的名言吗？'再珍贵的珠宝，终归难逃磨损、消逝的命运。趁其璀璨时，千万别把它们关在玻璃盒子中……'"

辛格夫人话音刚落，娜汀便本能地直奔最大的珠宝——那是一条钻石项链，但除了最中央的真钻坠子，还有十二颗葡萄大的巨型珍珠。娜汀合不拢嘴地感叹道："天啊，这全部都是在一条项链上呀！"

"噢，这没什么的……不怕你们笑话，这是我祖父托杰拉德打造，赠予维多利亚女王的禧年[1]礼物。它在我祖父那 300 磅的大肚腩上或许还挺衬，但你认为女王陛下会戴着这种浮夸的首饰出席公众活动吗？"辛格夫人嘴上调笑着，亲手帮娜汀系上了奇形怪状的珍珠卡扣。

"这正是我梦寐以求的项链！"娜汀盯着全身镜中的自己，亢奋得无以复加，嘴角冒出的唾沫星子都顾不得擦了。

辛格夫人注意到她那娇小的身子都要让这串珍珠压弯了，便提醒道："悠着点儿，就你这身板儿，戴上一刻钟就得腰疼。"

娜汀喘着粗气怪叫道："值得，就算是折了腰也值得！"说完，又迫不及待地试戴起了一副通体红宝石雕琢的手镯。

"我来试试这个……"黛西也没闲着，她挑选的是一枚孔雀羽形状的胸针，上面镶嵌着清澈的天青石、翡翠、蓝宝石，自然而雅致。

辛格夫人见状莞尔道："这胸针有些年头了，是 20 世纪 20 年代卡地亚专门为我母亲设计的。我母亲曾经很喜欢把它戴在发髻上。"

这时，两名女佣端着新鲜出炉的玫瑰奶球[2]进来了。宾客们纷纷放

---

[1]出现在《圣经》中的宗教节日，周期为五十年。——译者注

[2]印度传统甜点，浸泡在玫瑰糖浆中的油炸奶球。——作者注

下手中的珠宝，聚集在室内一角，享用这些甜掉牙的印度美食。卡罗尔三两下就将甜点一扫而空，注视着手中的银碗，惆怅道："这真让人流连忘返，但现在不是玩乐的时候，我该去做礼拜了……"

"哎呀，卡罗尔，出什么事了吗？"洛伦娜关切地问道。

"还能是什么事啊，不就是我儿子的那些烦心事嘛。拿督过世以后，我就和伯纳德断了联系，不知道的人，还以为他人间蒸发了。孙女出生后，其实私底下我去探望过两次，第一次是在鹰阁医院，第二次是趁他们回国出席拿督葬礼时。一直到现在，伯纳德都不愿意接我的电话。女佣们告诉我伯纳德还在澳门，而他家那位夫人成天满世界飞得不着家。可怜我那宝贝孙女，3岁都不到，就已经没人管她了！我每周翻开时尚杂志，都能看见她出席各种活动、购买各种奢侈品的花边新闻。哼，想必你们也听说了吧，她前阵子花了2亿买了幅破画！"

黛西目露同情，劝慰道："哎呀，卡罗尔，看开些吧……看我，早就学会自动忽略那些败家子们的奢靡行为了，眼不见为净，Wah mai chup[1]。你得记住，儿孙自有儿孙福。更何况，反正他们承担得起。"

"这正是我担心的——他们承担不起。他们要从哪搞来这么多钱啊？"

"莫非伯纳德没有接管拿督的生意？"娜汀的兴趣点瞬间从手中亮闪闪的钻石首饰，转移到了伯纳德的故事上。

"那还用说——只要我还没咽气，我丈夫就不至于糊涂到要把家族生意托付给他那不成器的儿子。拿督心里清楚得很，那个家伙要是掌握了财政大权，马上就会卖了我的房子，让我流落街头！当年伯纳德不知哪条神经搭错了，擅自跑到拉斯维加斯和凯蒂结了婚，拿督气得吐血，当即断了伯纳德的经济来源，还封锁了他的信托基金。除了年度收益分红，他根本没有权利碰本金分毫。"

洛伦娜八卦之心顿起，问道："那就怪了，那幅画最后拍出了2亿呢，

---

[1]闽南语，意为"管不着""不关我的事"。——作者注

他们究竟从哪里弄来那么多钱的？"

"毫无疑问，他们一定是透支消费了。银行清楚得很，最终肯定有人为他们收拾烂摊子，因此一定会有求必应的。"埃莉诺一边推测，一边摆弄着一对镶嵌珠宝的印度短匕。

卡罗尔哀号道："不是吧！伯纳德要是真向银行伸手借钱，家族的颜面岂不是让他丢光了？！"

埃莉诺冷哼道："我只是就事论事而已。除此之外，还有其他来钱的办法吗？菲利普的某个远房亲戚就做过这种荒唐事！早年，他的日子过得简直比文莱的苏丹还逍遥，直到他老爹过世，家族才察觉到他抵押了房子，抵押了所有能换钱的东西，用来供养奢靡的生活——对了，他还有两个小老婆，一个在香港，一个在台北。"

卡罗尔坚持道："伯纳德兜里可没钱，每年就 1000 万的生活费勉强度日而已。"

"那你可得做好给他们填坑的准备了——凯蒂花起钱来，可是 siow tsah bor[1]。"黛西善意提醒道，转而问埃莉诺："埃儿，你手上那是什么？看起来怪瘆人的。"

"这是一对外形奇特的印度匕首。"埃莉诺说完，拨开其中一把的剑鞘，咻的一声，幽光闪闪的凶器从镶满宝石的刀鞘中抽出，"辛格夫人，这把武器有什么来历？"

女主人正坐在沙发长椅上，与其他宾客相谈甚欢，她瞥了眼埃莉诺的手中之物，大惊失色，忙道："那可不是武器，而是年代久远的印度古文物！唉，我忘了提醒你们了，这东西可不吉利，是万万开不得的，最好连碰都不要碰……传言说，这两把匕首之间封印了一只恶灵，若匕首出鞘，厄运会降临到你头上的。埃莉诺，你若想尼基平安，就赶紧物归原位！"

众宾客纷纷惊恐地望向这边来，埃莉诺竟破天荒地无言以对，乖乖地将物件放了回去。

---

[1] 闽南语，意为"疯女人"。——作者注

8

香港，丽思卡尔顿酒店钻石宴会厅

2013 年 3 月 7 日

《尖峰》杂志 SOCIAL SWELLS 专栏

主编 莱昂纳多·赖

　　昨夜，明氏基金举办的元宵晚宴上可谓大牌荟萃，星光闪耀。这场盛会的主办者是康妮·明——香港第二富豪明嘉庆的发妻。宴会前曾有消息传出，英女王伊丽莎白二世的表亲，牛津伯爵夫人（the Duchess of Oxbridge）也会受邀出席晚宴，且粤语歌坛"四大天王"将再度携手登台，致敬今年巅峰奖（Pinnacle Award）的终身成就获得者——传奇女歌手特拉希·关。这也直接导致价格高达 25000 元港币的门票在一夜之间销售一空。

　　这场盛会的主题是"沙俄深宫悲恋故事——俄宫秘史（*Nicholas and Alexandra*）"。宴会场地当仁不让地选在了香港最高的丽思卡尔顿酒店大厦三楼的钻石宴会厅。会场的穹顶上悬吊着无数施华洛世奇（Swarovski）特制的水晶冰凌，室内的桦树上"白雪"皑皑，每一张桌席的中央更是摆放着高耸的法贝热彩蛋摆饰，这梦幻的氛围让贵宾们仿佛置身于圣彼得堡的冬日。广东籍融合料理怪厨奥斯卡·梁，今夜超常发挥，拿出看家本领，烹制出一道鲜美可口的叶卡捷琳堡猪肉。这道菜是以鲜嫩的乳猪肉为原料，用松露汁浸泡过的金箔包裹，储藏于阴凉的地窖之中；烹调时，置于俄罗斯咖啡渣之上细细烘烤，异香袭人，令人垂涎不已。

　　在此美妙绝伦的布景之中，香港顶尖的富豪们也戴上了所有压箱底的"大石子"。譬如，今晚的女主人康妮·明夫人，身着一条奥斯卡·德拉伦塔（Oscar de la Renta）定制的黑白相间无肩带礼裙，裙面上的钻石串在灯光的照射下熠熠生辉，其价值怕是连沙皇都望而却步；艾达·潘则戴着声名远播的潘家红宝石，搭配艾莉·萨博（Elie Saab）玫瑰色雪纺晚礼服，可谓相得益彰；中国巨星潘婷婷则以一席雪白的高腰轻纱礼服，致敬好莱坞经典《战争与和平》中的奥黛丽·赫本；Y.K. 龙夫人被侍者错领到前夫新家庭的桌席前；解家两兄弟差点儿又在大庭广众之下打起架来（这个月月底就要进行财产归属的诉讼）……然而，这一切却在今夜的绝对主角——特拉希·关登场的那一刻，被衬得黯然失色。只见八名六块腹肌的赤膊男（下身是哥萨克制服裤）拉着一架雪橇入场，特拉希优雅地坐于雪橇之上，身着亚历山大·麦昆（Alexander McQueen）的白色皮草束身裙，在"四大天王"的陪伴下，献上了三首经典名曲，引得台上台下一度沸腾。

　　斩获年度商业新秀（Business Pinnacle of the Year）殊荣的迈克·张，凭借其出众的商业才华，以及无可挑剔的上镜形象，可谓是风头无两。两年前，他旗下软件小作坊的股价一举登顶富士山，之后迈克便乘胜追击，创立了风险投资公司，并斥资千万亿入股了数家未来可期的亚洲新兴互联网企业，风头正盛的新加坡英语聊天APP "Gong Simi" 就在其中。不过，今夜世间的镜头却聚焦于他那初次登场的新加坡籍娇妻——阿斯特丽德·张的身上……那双迷离的双眸，在黑色蕾丝晚礼服（复古丰塔纳）的映衬下，散发出摄人心魄的魅力；唯一的缺憾，便是那对低调的海蓝宝石（Diamond & Aquamarine）耳坠了。迈克最近赚得盆满钵满，就没想着给娇妻的首饰升级一番吗？

　　慈善尖端奖得主弗朗西斯·潘无疑是今晚最大的赢家。就在他通过幻灯片向世人介绍其新的医疗慈善使命时，伯纳德·戴的夫人

（前肥皂剧明星凯蒂·庞）深受感动，情不自禁地奔上舞台，当即宣布戴氏慈善基金将捐赠2000万美元，引得全场哗然。这位一掷千金的新晋名媛身着一席抢镜的郭培红色晚礼服，搭配着单看外观便知道价值连城的绿祖母，孔雀羽毛编织成的拖裙足足长达1米8。其实，这夸张的拖裙显得有些多余了，她完全没有必要用几根羽毛来证明自己已跻身上流社会……

香港国际机场的银刃贵宾休息室（SilverKris）内，阿斯特丽德正坐在吧台边，等待着前往洛杉矶的航班。她百无聊赖地取出iPad，点开邮件，随着急促的提示音，新信息依次弹出……

　　查理·胡（以下简称"胡"）：昨晚见到你，真开心！

　　阿斯特丽德·梁张（以下简称"梁"）：是呀，我也是！

　　胡：今天有什么打算吗？要不要一起出来吃个午餐？

　　梁：下次吧，我现在已经在准备登机了。

　　胡：不会吧！这么着急就要走？

　　梁：是呀，别怪我没提前通知你——这次我只是顺便来香港看看，待一晚就得走的。

　　胡：太匆忙了吧！你家那位又要到硅谷收购公司了？

　　梁：哪有，迈克已经回新加坡了。我这次是要去蒙特西托参加尼基的婚礼。对了，这是个秘密婚礼，你可别四处张扬。我家人还都不知道呢——除了我表弟阿历斯泰，他和我一起去，现在就在我身边。

　　胡：我猜一下，新娘莫非就是那个数年前被圈子里的人津津乐道的女孩儿？尼基最终还是决定要娶她了？

　　梁：是的，她叫瑞秋，是个好女孩儿。

　　胡：那小子艳福不浅呀！替我跟他们道一声"恭喜"！迈克怎么不和你一起去？

　　梁：我们刚从美国旅游回来，再一块儿去，难免会招来怀疑。

话说回来，迈克昨晚在你面前彻底乱了分寸，他显然是你的超级粉丝，做梦都没想到自己的妻子和偶像是好友关系呢！

胡：他难道不知道我们订过婚？

梁：我当然告诉过他，但昨晚之前，他只当是玩笑罢了。他但凡相信我说的话，就不会大动干戈地通过技术团队和你接触了。这样说来，你可真是大大提升了我在圈里的街头信誉呀。

胡：迈克是个靠谱的好男人，替我恭喜他赢得商业巅峰奖。不得不说，他的商业嗅觉确实高明。

梁：这些赞扬你昨晚应该当着他的面说的！我真搞不懂，你怎么突然就成闷葫芦了？

胡：有吗？

梁：别不承认呀！你昨晚可说过一句整话？看那模样，好像恨不得赶紧开溜似的。

胡：哈哈，我那是在躲康妮·明呢——她执意要逼我包办明年的舞会嘛！再说了，我是真没想到会在那里遇见你，有些没心理准备。

梁：身为迈克的妻子，我当然要来给他撑场面啦！

胡：话虽如此，我一直觉得你不会出席这种慈善活动，尤其是地点还在香港……若我记得不错，你们家族一向不允许族人凑这种热闹的。

梁：我如今是百无聊赖的家庭主妇，这家规可框不住我了。年轻时，二老不愿我的照片出现在公众视野内，纯粹是为了满足他们偏执的保护欲。他们甚至严禁我与派对热衷群体接触，我妈称他们为"中国洋流氓"。

胡：说的就是我咯！

梁：LOL[1]！

---

[1] 网络用语，是英文"laughing out loud"或"laugh out loud"的首字母缩写词，意思是"大声地笑"。——译者注

胡：昨晚尤其糟糕——还好你妈不在，否则这满场的"流氓"，非得让她抓狂不可。

梁：没那么糟糕吧？

胡：还不够糟吗？你都坐在艾达·潘那一桌了。

梁：好吧，我承认那是糟透了。

胡：哈哈哈！

梁：宴会的头一个小时，艾达和她的那些太太团[1]一直对我冷淡得很。

胡：你告诉她们自己来自新加坡了吗？

梁：迈克的简历就公开在圈子里，还有谁不知道我是他妻子的？我知道，自从新加坡的机场被评选为世界前十之后，香港人就有些怀恨在心……

胡：哈哈，我觉得香港机场的购物环境还是碾压新加坡的。你想想，当罗意威（Loewe）和珑骧（Longchamp）之间只有十步之遥，免费电影院和兰花园就显得无足轻重了，是不是？我猜测，那些阔太太给你脸色看的真正原因，是你既不是毕业于圣保罗书院（St. Paul's College），也没有上过圣史蒂芬学院（St Stephen's College），更遑论拔萃女书院（Diocesan Girls' School）了，她们大概不知道该怎样给你评定等级吧！

梁：最起码的礼节她们得懂吧？这可是慈善晚宴呀，我的天！这些太太们就不能在这几个小时里忍住吹嘘自己给非法建筑缴纳了多少罚款的冲动吗？！对了，伯爵夫人演讲完毕后，径直来到我跟

[1]"太太"这一叫法源自粤语词汇，有"大老婆"之意（暗示男人有多房妻妾），但自从香港于1971年废止一夫多妻制后，这个词语就成泛指了。如今的"太太"多用于称呼香港上流社会的女性，晋级为太太的前提条件很简单——嫁个有钱的男人。作为太太，你将有权优哉游哉地享受下午茶、购物、做头、装修、聊八卦、建立宠物慈善、上网球课、辅导孩子，以及冲菲佣发脾气并强人所难。——作者注

前说："阿斯特丽德，我就知道是你！你怎么来这儿了？我下周还计划去斯托克和阿曼达家与你父母共进晚餐呢！到时你会和他们一起来查茨沃思吗？"之后那群阔太太们突然就变了脸，全都凑上来拉关系。

胡：哈！这种事她们做得出。

梁：香港女人是很美，形象气质和新加坡女性截然不同。那种极度考究的雍容富态，真让我叹为观止。我还从未一次性地瞻仰过如此多的名贵珠宝呢！那场景像不像十月革命里，俄国宫廷贵族们纷纷逃亡，为方便携带，把值钱的珠宝都缝在了衣裙上？

胡：她们真就这样做了，不是吗？你怎么看那些戴头冠的人？

梁：不至于戴头冠吧，除非是家族几代的传家宝还差不多。

胡：不知你有没有翻今天的八卦杂志，有个缺根筋的专栏写手叫莱昂纳多·赖……

梁：哈哈，你说那篇文章？我看了——我表妹赛希莉亚刚刚发给我的。

胡：这个莱昂纳多显然不知你是谁，连你的名字都拼错了。不过他倒是注意到了你身上的珠宝不够抢眼，LOL！

梁：我还得庆幸他给我拼错了呢，否则，我妈妈读到了非得大发雷霆不可。那个莱昂纳多怕是真的对正宗皇室珠宝不了解，我的这对耳环还是玛丽亚·费奥多罗夫娜皇太后[1]的遗物呢。

胡：那是，不过是杂志记者，哪有这样的鉴赏能力？我倒是一眼就注意到了，看起来像是我在伦敦时给你买的东西，没记错的话，应该是在伯灵顿拱廊街的某家古董珠宝铺里淘到的。戴上它们，你就是整场宴会上最亮眼的女性，毋庸置疑。

梁：你还是那样嘴甜……讲真心话，我不大欣赏得了香港时尚

---

[1]俄国罗曼诺夫王朝末代沙皇尼古拉二世的母亲，1847年11月26日～1928年10月13日在世。——译者注

界的品位，尤其是那些向叶卡捷琳娜大帝靠拢的晚礼服。

胡：是呀，你的穿衣打扮向来只取悦自己，这也是你和那个凯蒂·庞总是那样耀眼的原因。

梁：呵呵……说起凯蒂·庞，她才是昨晚万众瞩目的焦点呢！她那身打扮像极了约瑟芬·贝克。

胡：你也太抬举她了。要是把她身上那些绿宝石和羽毛都摘了，她还有什么值得瞩目的地方？

梁：那身行头确实抢眼，但她显然有意盖过弗朗西斯·潘的风头，这样做似乎有点儿过分。弗朗西斯正要开始演讲，凯蒂却强行上台抢过麦克风……我当时真怕他会当场气到心脏病发作。

胡：艾达·潘就该跳上台去，给凯蒂·庞一记耳光——她作为第三任妻子，完全没必要有那么多顾忌。

梁：挂了一身的珠宝，怎么跳得动啊？

胡：我还挺好奇伯纳德·戴躲去哪里了，怎么妻子四处出丑，丈夫却不见踪影呢？他还活着吗？能忍受凯蒂这样折腾？

梁：或许，伯纳德正被锁在某间地牢里，嘴上还堵了个封口球呢！

胡：阿斯特丽德，别说这种话，怪吓人的！

梁：哈哈，抱歉抱歉，我最近读了太多的萨德侯爵[1]的小说了，难免有些中毒。说到这个，你的妻子又去哪里了？我不知何时才能有幸见到传说中的伊莎贝尔·胡？

胡：伊莎贝尔对这类徒有其表的宴会一向嗤之以鼻，她每年只出席两三次传统舞会。

梁：LOL！传统舞会！你知道我脑子里第一个想到的是谁吗？

胡：我猜猜……弗朗西斯·潘爵士？

梁：你真是我肚子里的蛔虫！啊，表弟在喊我了，我得登机了。

---

[1] 法国小说家（1740~1814），以色情写作而闻名。——译者注

088

胡：我始终想不明白，你为什么要坚持挤民用航班？

梁：因为我是梁家的女儿。我父亲自认为是人民公仆，在他看来，我们这些晚辈坐私人飞机是在给家族抹黑。而且，他还坚信飞机越大越安全。

胡：正好相反吧？私人飞机的机组人员更细致，速度也更快，更方便倒时差。

梁：你忘了吗？我可是不怕倒时差的哦……当然了，还有个更重要的原因，我们可比不上查理·胡 \$\$\$[1]。

胡：这个理由我爱听！行啦，不打扰你了，路上小心。记住，你们夫妻可欠我一顿早餐哦。

梁：好说！下次我们再来香港，一定会去拜访你。

胡：一言为定！

梁：我表弟跟我推荐了好几次和记大厦里的一家潮州菜馆，到时候我和迈克请客，带你去吃吃看。

胡：不用不用，我的地盘，我买单。

梁：哈哈，到时看谁手快了！

查理盖上笔电，将旋转椅一转，面向窗外。他的办公室在呼啸大厦第五十五层，从这个高度可以鸟瞰整个维多利亚港；每隔几分钟，就会有从香港国际机场起航向东的飞机从眼前掠过。查理远眺着千里之外的地平线，视线捕捉着一架架飞向天边的飞机，试图找出阿斯特丽德乘坐的航班。

他心中懊恼不已道："千不该万不该，不该主动和她搭话。明知道每每听到她的声音，看到她的邮件，心头的痛楚就会增添一分。我该忘却过去，我该对她视而不见……但昨晚和她久别重逢，那性感的黑蕾丝、雪白的肌肤，就如同烙刻在我脑海中一般，挥之不去……"

---

[1]金钱符号，这里代指胡氏的财富。——译者注

当一架双层空中客车（Airbus）A380 带着它那标志性的金蓝色掠过天际时，查理突然鬼使神差地抓起电话，拨通了私人机场的号码："约翰尼？你能在一小时内安排一架飞机吗？我要去洛杉矶。"

查理打定主意，他要比阿斯特丽德先抵达洛杉矶机场的候机厅，手捧鲜花，就像当年在大学里等待心爱之人的降临一般。不同的是，这回迎接她的是五百朵红玫瑰。他要带她到格里娜餐厅共进午餐；接下来的几天时间里，两人或许可以租一辆跑车，沿着西海岸而上，住在沿途的度假村中。曾几何时，两人在法国自驾沃兰特（Volante）敞篷车，游遍卢瓦尔河谷的古城堡，尝遍各式各样的法国红酒，那时多开心啊！

想着想着，查理又突然清醒过来：我这是在痴心妄想什么！？我已经有伊莎贝尔了，而阿斯特丽德也已经嫁人……只能怪自己当初不够坚决、不够心狠。

当年，迈克穷困潦倒，自己非但不趁机夺回她，反而伸手拉了情敌一把。如今，心上人和情敌重归于好，婚后幸福甜蜜。而自己呢，每天面对着横眉竖目的妻子……

9

香港，洛克俱乐部
2013 年 3 月 9 日

凯蒂·庞在拥挤的电梯中，抑制不住心中的激动，她早就听过此处的大名，而现在，自己终于有幸在这里用餐……没错，她正位于云咸街一栋不知名高楼的第十五层，香港最高端、顶级的就餐处——洛克俱乐部。这家俱乐部的成员主要包括香港社会的精尖端阶层，以及来自海外的喷气机旅行界（jet set）人员。与凭借一张吃得开的脸，以及厚实的支票簿便能换来会员资格的普通餐饮俱乐部[1]不同，洛克俱乐部严守着自己的传统规定：在这里并没有申请会员资格的说法，除非俱乐部邀请（机密），就再没有其他的入会途径了；若某人因一时好奇主动找上门去，那么他将永远失去入会资格。

曾几何时，凯蒂在肥皂剧《喜事连连》中跑龙套，时常听闻片场里最大牌的森美·许吹嘘自己在洛克用过餐，以及如何同苏丹女王，或是梁明家的女主人共处一室。想到这里，凯蒂越发迫不及待地想要见识见识这餐厅究竟气派到了何等地步，有哪些高雅人士会在这里用餐呢？他们会不会用樟脑木制的碗喝乌龟汤呢？

慈善晚宴那日，凯蒂走了大运，和伊万杰琳·德·阿亚拉坐在同一桌。伊万杰琳的丈夫佩德罗·保罗·德·阿亚拉出身于菲律宾某个历史悠久的家族，这对夫妇近几年才移居香港（佩德罗·保罗曾在伦敦为罗斯柴尔德家族工作）。货真价实的东方贵族血统（不同于某些人用贵族姓氏四处招摇），让他们迅速成为香港社会的名流。

那天晚上，伊万杰琳热情地赞扬了一番凯蒂对潘氏慈善基金的慷慨捐赠，随后邀请凯蒂在洛克共进午餐。这让凯蒂不禁好奇，自己是否终于要被这家俱乐部邀请入会了。毕竟，她仅仅是在短短两个月内，才晋升为香港名列前茅的收藏家与慈善家的。

凯蒂正想入非非，电梯门开了。她昂首挺胸地迈入俱乐部的前厅，发现单是这里的装潢，就足以令人眼前一亮。光滑的黑檀木铺装地面与通往餐厅的金属大理石阶梯相得益彰，尽显奢华之感。

这时一个前台侍者朝凯蒂微笑道："午安，女士，请问有什么可以

---

[1] 香港人对于美食的执着与痴迷，不亚于对自己身份地位的追求。在这个地方，最高端神秘的用餐地点并非五星级酒店中的米其林餐厅，而是各个低调的私人餐饮俱乐部。这些专供会员的豪华"避难所"大多隐藏于办公楼之中。在这儿，名流们能摆脱狗仔队的"长枪短炮"，安静用餐。这类俱乐部通常会有会员候补名单。你只有先达到标准线，才有资格贿赂俱乐部主管，让他给你办个临时的"顾客资格"。——作者注

为您效劳吗？"

"我和德·阿亚拉小姐有约……"

"嗯，您是说德·阿亚拉夫人？"侍者礼貌地纠正道。

"啊！对，是'夫人'。"凯蒂显得有些局促。

"很抱歉，德·阿亚拉夫人还没有到。请您先在休息室里坐一会儿，德·阿亚拉夫人到了以后，我们会告诉您的。"

凯蒂被带到隔壁的休息室。这里的墙壁包裹着丝质墙布，沙发座椅全部是充满机械美感的勒·柯布西耶（Le Corbusier）风格。凯蒂特意挑选了休息室正中的沙发入座，因为这里最显眼。如她所愿，来往的宾客们纷纷朝她这边投以惊艳的目光，凯蒂暗鸣得意，觉得自己今天在服装上花的心思没有白费：她特意挑选了红白混搭的詹巴迪斯塔·瓦利（Giambattista Valli）无袖印花连衣裙，搭配朱红色的赛琳羊皮挎包，脚上是夏洛特·奥林匹亚（Charlotte Olympia）的黄金搭扣红色浅口鞋，全身上下唯一的首饰是索朗芝（Solange Azagury-Partridge）的红宝石耳坠。虽说裙面上仍肉光隐现，但这身打扮完全称得上端庄娴静。凯蒂心想，那帮太太这下总不会再对自己说三道四了。

而她不知道，路易斯·何刚从自己身前经过。路易斯是来参加艾达·潘以及数名玛利诺中学（Maryknoll）同窗的午餐聚会的。她刚出电梯，便看见了休息室中央的焦点人物，她兴冲冲地跑进聚会的包厢，气喘吁吁地喊道："女士们，你们猜我在前台的休息室里看见谁了？"

"你这让我们怎么猜？总得给几个提示吧。"莱妮·吕百无聊赖地说。

"一，她现在穿着一件印花连衣裙；二，她显然做过缩胸手术。"

"天啊，你说的不会是贝贝·周的拉拉[1]女友吧？"泰莎·陈咯咯笑道。

"比这个还劲爆——再猜猜。"

"哎呀，你就别卖关子啦！"大家纷纷埋怨道。

"是凯蒂·庞！"路易斯获胜一般地宣布道。

---

[1]女同性恋的别称。——译者注

艾达·潘的脸瞬间就冷了下来。莱妮见状，连忙面带怒色地骂道："Mut laan yeah[1]？谁给这女人的胆子，还敢到这儿来现眼！"

泰莎也收住笑容，冷冷地问道："哪个不长眼的还敢邀她来吃饭？"

艾达缓缓起身，向朋友们强作欢颜道："恕我失陪片刻……你们先吃，这乌龟浓汤凉了可就不鲜美了。"

几乎在同一时刻，身着朗雯黑白直筒裙的伊万杰琳终于走进了休息室。她先给了凯蒂一个拥吻，接着便满怀歉意地说："凯蒂，真不好意思，让你久等了吧？都怪我，在香港待了这么久，脑子里还是马尼拉时间。"

凯蒂客气地回答道："不要紧的，我正在欣赏这里的画作呢。"

"这里都是些好东西，你收藏画吗？"

"我才刚起步，还要多磨炼自己的眼光。"凯蒂谦虚地回应道，一时摸不透对方的心思：难道她没听说自己刚入手了亚洲最值钱的名画吗？不可能呀……

两人有说有笑地回到前台，方才的侍者笑脸相迎道："午安，德·阿亚拉夫人，请问您是要用餐吗？"

"嗯，两位，劳驾安排。"伊万杰琳轻车熟路地回应道。

"请随我来。"侍者说完，便领着两人登上弧形大理石阶梯。迈进餐厅的一刹那，凯蒂就感觉到数双眼睛朝这边投来的目光。

只见俱乐部经理急匆匆赶到两人面前，凯蒂完全没察觉到对方神情中的那一丝为难，还得意地以为俱乐部高层亲自来迎接自己。不料对方竟硬邦邦地说："德·阿亚拉夫人，非常抱歉……俱乐部的预约系统出了故障，今天已经满座了，所以……真的非常抱歉。"

侍者显然对经理的说辞惊诧不已，但又不敢多言，只得默默低下了头。伊万杰琳也没搞清楚状况，不悦地说道："我两天前就预约了，没有人通知我说已经满座了。"

---

[1]粤语，意为"什么鬼东西"。——作者注

"是的，这是我们的失职。若您不嫌弃，我们已经在镛记为您预订了桌席——离这里不远，就在隔壁的惠灵顿大街上，费用自然由我们承担，聊表歉意，还望见谅。"

伊万杰琳仍不愿放弃："临时给我们安排一桌吧，我们只有两个人，而且窗边不是有几张空席吗？"

"非常遗憾，那几张桌子已经被预订了，客人马上就到。我们已经吩咐镛记准备了招牌烤鹅，希望两位能用餐愉快。"说完，经理便不由分说地将两人"请"下楼去。

俱乐部门外，伊万杰琳仍莫名其妙："这也太荒唐了！抱歉，我也是第一次遇到这种情况，但洛克就是不能以平常餐厅看待……我还是给司机发个信息吧，告诉他我们计划有变。"

恰巧这时，伊万杰琳的手机响了，她一接起电话就开始大倒苦水："哎呀，swithart[1]！你猜发生了什么奇怪的事……"听她那撒娇的语气，对方多半是她丈夫。谁知，电话那边的丈夫不由分说就数落起来。

"你在说什么，我们什么都没做！"伊万杰琳不悦道。

凯蒂隐约能听见电话那边的怒吼声，只见伊万杰琳的脸色越来越难看，终于忍无可忍地还击道："你要我解释什么？！我自己也什么都不知道！"说完，她恼怒地挂断电话，朝凯蒂身心俱疲地笑了笑，说道："真对不起。我突然觉得很不舒服，这顿饭能延后几日吗？"

"当然……不过，您那边，没出什么问题吧？"凯蒂瞟了眼对方的手机，她对这位新朋友还是颇为关心的。

"刚才我丈夫说，我们在洛克的会员资格被取消了。"

片刻后，凯蒂失魂落魄地站在人行道边上，目送着伊万杰琳上车离去。翘首期待了一早上，如今却被扔在路边，她始终没法接受眼前这个残酷的现实。但比起伊万杰琳，她的失望根本算不上什么。

---

[1] 菲律宾俚语，即英文的"sweet heart"，意为"亲爱的"。——作者注

凯蒂微微叹息，正想联系司机，却发现一位衣着朴素、头发花白的女士正笑盈盈地望着自己。

"小姐，你还好吧？"女士关切地向凯蒂搭话道。

"我没事的，谢谢。"凯蒂下意识地回道，心存疑惑：她认识我吗？

"我刚才就在洛克俱乐部用餐，注意到了你那边发生的事情。"女士说。

"您都看见了？很蹩脚吧？我倒没什么，就是可怜了我的朋友……"

"你的朋友？她怎么了？"女士好奇地问道。

"她完全不知道自己的会员资格被撤销了，还邀我到这里用餐……唉，她现在应该觉得很尴尬吧。"

"伊万杰琳·德·阿亚拉被洛克俱乐部除名了？"女人显得相当吃惊。

"哦，您认识她？是的，我们刚被'请'了出来，她丈夫就通知她说资格被撤销了……谁知道她丈夫犯了什么糟糕的忌讳，否则，无论如何也不至于说除名就除名的。"

女人沉默了一会儿，确定凯蒂没有在开玩笑，才缓缓开口道："我亲爱的孩子，你似乎没弄明白这件事的严重性。要知道，这个洛克俱乐部自诞生之日起，只有三名成员被除名。你的这位朋友——很遗憾，是第四位。伊万杰琳·德·阿亚拉受此'待遇'的原因并非其他，正是意图邀请你来此处用餐导致的！"

凯蒂瞠目结舌，惊疑道："因为邀请我？这怎么可能？我今天才第一次踏进这家俱乐部啊！伊万杰琳被除名，怎么能怪到我身上呢？"

女人无可奈何地摇了摇头，目露悲悯道："可怜的孩子，你捅了天大的篓子，还浑然不自知……不过，也许我能帮你。"

"帮我？请问您是……"

"我叫科琳娜·古佟。"女人不紧不慢地自报家门。

"古佟？莫非——古佟公园是您家族的产业？"凯蒂不由得重新审视了对方一番。

"是的，还有市中心的古佟路，以及玛丽医院的古佟楼，等等。对了，你饿坏了吧？随我来吧。我们边 yum cha[1] 边聊。"

凯蒂不知所措，只能乖乖随对方来到安兰街新世界大厦的后门。两人乘电梯到了三楼，眼前正是翠亨村餐厅的后门——专供 VIP 客户秘密进出的地方。

餐厅主管认出了科琳娜，迎上前鞠躬道："古佟夫人，欢迎光临。能为您服务，是鄙店的荣幸。"

"客气了，老唐。能否帮忙安排一间私人包厢？"

"我立刻吩咐下去，请随我来……令堂近来可好？还请您向转达我最诚挚的问候。"科琳娜显然是这里的常客，经理的态度殷勤得很。

两人在经理的引导下，来到一间私人包厢。包厢整体呈简约的淡棕色，中央摆了一张圆形餐桌，靠里的墙壁上挂着一台液晶电视，上面正播放着 CNBC[2] 的报道，不过被调成了静音。

"我会告诉主厨您来了，他一定会拿出看家菜来的。"

"麻烦你了，替我先感谢他的款待……能帮忙把电视关了吗？"科琳娜委婉地吩咐道。

"抱歉，是我疏忽了。"经理忙不迭地抓起电视遥控器，仿佛这是炸弹的引爆装置一般。

两人入席后，服务员先是递上两条热气腾腾的擦手巾，继而泡上两杯香茗，便自动回避。凯蒂这才开口问道："您一定是这儿的常客吧？"

"对，但有一段时间没来光顾了。这里既低调又安静，是个聊天的好地方。"

"我看这里的店员对您特别恭敬，他们一向如此吗？"

科琳娜轻描淡写地点头道："还行吧，毕竟新世界大厦这一片是我家旗下的。"

---

[1]粤语，即"饮茶"。香港人常用此代指有茶有点心的午餐。——作者注

[2]全称"Consumer News and Business Channel（消费者新闻与商业频道）"，是美国 NBC 环球集团持有的全球性财经有线电视卫星新闻台。——译者注

凯蒂走进这家餐厅以后，心跳就没有缓下来过。自己如今虽贵为伯纳德·戴之妻，但还是有生以来第一次受到如此恭敬的礼遇。她平复下心情，话入正题："开门见山吧，您真的认为德·阿亚拉夫人被洛克俱乐部除名，是我的缘故？"

"我认为？不、不……事实就是如此。你可知艾达·潘正是洛克委员会的成员之一？"

"艾达·潘？我和她无冤无仇，她为什么要针对我？再说了，我才刚送了她丈夫一笔巨款呢，不是吗？"

科琳娜微叹：看来整件事情比自己想象的还要复杂得多。"我没出席那晚的宴会，具体细节不太清楚。但第二天一早，我的手机就响个不停……你知道吗？整个圈子里的人都在谈论你的所作所为。"

"我？我做什么了？"凯蒂慌了，这才意识到大事不妙。

"你狠狠地羞辱了潘氏家族。"

"我只是想表现得慷慨一些而已……"

"也许这确实是你的初衷，可惜别人不是这样想的。弗朗西斯·潘伯爵今年86岁了，香港社交圈无人不敬他如长辈。这个慈善奖是对他数十年慈善事业的认可，说是他这辈子的巅峰时刻也不为过。在这位老人感慨万千地回顾自己的平生之时，你突然冲上台，宣布自己要慷慨捐赠，这还不算是当众冒犯？恕我直言，你不仅冒犯了这位老人，还冒犯了他的家人、朋友，最关键的是，他的妻子——那晚的女主角本该是艾达的；而你，抢走了本属于她的聚光灯。"

"我不是有意的。"凯蒂连忙为自己辩解道。

"凯蒂，讲真心话，你真不是有意的吗？你这样做，难道不是为了吸引眼球？就像前一段时间高价拍得《十八成宫》图屏那样。这种插曲在佳士得的拍卖场上或许能叫座，但在香港上层社会里，就未必了。在圈内人看来，你这几个月的高调举动，不过是觍着脸要往上流社会钻罢了。当然了，如今的上位者，又有谁没经历过这样的阶段呢？只不过凡事总得讲究个手段……"

听到这里，凯蒂有些生气："佟夫人，我明白自己在做些什么。您可以用百度搜索一下我的名字，再看看市面上的报纸和杂志。您会发现，那些博客和八卦专栏一直在写我的故事，我的照片每个月都能登上各大杂志。过去这一年，我彻底改变了自己的生活方式。您看了上周的《鲜橙日报》了吗？上面有整整三页都是我的红毯秀！"

科琳娜不屑一顾地摇摇头，道："你没看出这些媒体只把你当噱头吗？我承认，读《鲜橙日报》的油麻地[1]平民或许会把你视作毕生的梦想，可是，但凡是有点儿地位的人，谁会在意你的衣着打扮、珠宝首饰有多值钱呢？即便价值千万，也不过是他们眼中的破石子儿罢了。要炫富，谁不会？你可以眼也不眨地捐出 2000 万，他们难道出不起吗？在这些人眼里，你过高的出镜率绝对不可能是加分项，反而有蓄意炒作之嫌。信我一言：头条这种东西，对你有害无益。你也看到了，它不会为你赢得洛克俱乐部的会员资格，更不会让嘉道理夫人邀请你到浅水湾去参加她的年度花园派对。"

凯蒂一时不知该不该信任眼前的这位女士，她心里很不服气：这女人的头发显然是在旺角某个小发廊里做的，我凭什么要被她指着鼻子教训？

科琳娜继续道："戴夫人，让我告诉你我是做什么的。我是'上流社会定制师'，专门协助你这样的新贵，帮助他们提高名望、步入上流社会。"

"谢谢您的好意。只不过，我的丈夫伯纳德·戴就是世界富豪榜的常客，已经有了足够的名望，恐怕不需要您的'定制'。"

科琳娜别有意味地笑笑，悠然说道："真的吗？那么，你的丈夫这些天都去哪了呢？像他这样的大人物，为什么没出席上周四特首[2]举办

---

[1]位于香港九龙半岛中部，与旺角紧密相连。但比起旺角来，这里更具本土气息，人们很大程度上仍旧保持着香港传统的生活方式，是香港旧日生活的探询地。——译者注

[2]即香港特首，香港政府的最高领导人。——作者注

的亚洲五十大杰出首脑的颁奖晚宴呢？我母亲昨晚举办了招待牛津伯爵的宴会，怎么也不见你们夫妻二人呢？"

凯蒂心里屈辱万分，明知对方在讥讽自己，却无言以对。科琳娜乘胜追击道："戴夫人，恕我直言，戴氏家族在外面的风评，可没你想象中的那样好。戴拿督早年曾趁马来西亚不景气之机染指企业并蓄意收购，业界大亨们都以他为耻。再看如今，他的儿子，也就是您的丈夫，又是个声名远播的败家子，继承了亿万遗产却整日耽于享乐。圈子里谁人不知，戴氏的财政大权至今仍掌握在你婆婆卡罗尔·戴的手中？试问，这样的局面下，谁会把伯纳德当回事儿呢？更糟糕的是，他还娶了一个三级片出道的肥皂剧演员为妻……"

凯蒂只觉得被重重扇了一耳光，脸上火辣辣、鼓胀胀的，正要发作，却被科琳娜抢了先："当然了，这些事实和我又有什么关系呢？我邀你来这里，也不是为了对你们戴家品头论足。我只是客观描述了所有香港人对你们戴家的看法罢了——你没听错，是'所有香港人'。至于伊万杰琳·德·阿亚拉，你知道的，她只是个初来乍到的新人罢了。"

提到这位新朋友，凯蒂的态度立刻软了下来，她伤心道："伊万杰琳……我结婚以后，她是第一个友善待我的人……"她愣愣地注视了餐巾一会儿，才接着说道："我并不像您以为的那样愚蠢，我知道人们都在说些什么。早在那场宴会之前，周围的人就视我如瘟神了。去年在巴黎观看维果罗夫（Viktor Rolf）时装秀时，我就坐在阿拉明塔·李旁边，她全程只当我不存在。我做错了什么？她凭什么这样对待我？这些道貌岸然的人上人，谁没有见不得人的过去？凭什么只针对我？"

言已至此，科琳娜不得不重新评估眼前这位年轻的女子了：自己原本只是把对方视作拜金的肥皂剧女星，谁曾想她竟还有这样天真无助的一面。

科琳娜微叹道："那么，你现在是否愿意接受我的建议呢？"

"请赐教。"

"首先，要明确自己的身份。你是中国内地人。你有觉悟付出加倍的努力，来战胜外界对你的偏见吗？除此之外，摆在你面前的，还有一大障碍——还记得你对阿历斯泰·郑的所作所为吗？这真是一道死穴。"

"阿历斯泰？"

"是的，阿里斯泰·郑在香港的上流圈子里很受欢迎。而你，伤透了他的心，还浑然不自知。事到如今，你得罪的可不止是郑家公子的仰慕者，更是敬畏郑氏的所有人。"

"您别危言耸听了，阿历斯泰的家族哪有那么大的势力呀。"

科琳娜冷笑道："莫非……阿历斯泰还没带你去过泰瑟尔庄园？"

"您说什么？那是什么地方？"

"唉，看来你是真没去过那座'宫殿'呀。"

"您到底在说什么？怎么又扯到宫殿了？"凯蒂不明就里。

"算了，事到如今，多说无益……重点在于，阿历斯泰的母亲是亚历珊卓·杨，几乎亚洲所有的名门望族都得给他面子，包括马来西亚的梁家、贵族后裔钱家，还有尚家……恕我直言，你真是错付终身啦！"

"我，我根本没看出来……"凯蒂声如蚊蚋。

"是啊，你看不出来，这不怪你。你不是上流圈子出身，又怎么会有那种眼光呢？我可以向你保证，只要你愿意同我合作，我会亲手为你缔造'圈内人'的人生。我会把这个世界里里外外的一切都展示给你看，把那些豪门望族的恩怨情仇都当成故事说给你听。"

"那……我要给你多少报酬？"凯蒂直言问道。

科琳娜没有作答。她从老旧的芙拉（Furla）手提包里取出一个皮革笔记本递给凯蒂，然后说道："报酬按年支付。但你得按照合同所说，先付两年的保底酬劳。"

凯蒂瞄了眼报价单，哭笑不得地说道："您这是在和我开玩笑吧？"

科琳娜的神色不易察觉地一沉，她心里清楚，接下来就是最后的"攻坚战"了。"戴夫人，在你决定之前，还请如实回答我一个问题——你这一生，到底想要什么？先让我猜一下你下一步的计划……首先，你打算在接下来的数年里飞遍亚洲的每一个角落，参加宴会、慈善之类的公众活动，好让你的照片霸占各大杂志的封面及头条。在此期间，你将结交一大帮土豪和鬼佬[1]阔太……当然了，有个前提，她们的丈夫是短期驻外的银行家或私企员工。你和这群外国阔太太混熟后，她们或许会邀请你参加一些三流的慈善组织。那么恭喜你——自此以后，你的手提包里就会塞满萧邦精品店（Chopard），或是上环某画展的酒会邀请函了。对了，帕斯卡尔·庞也许会偶尔宴请你，但很遗憾地告诉你，真正的香港上流社会，是绝不会向你敞开大门的。你想参加最顶尖的俱乐部，还想受邀出席豪门望族举办的盛大舞会？恕我直言，那都是痴心妄想——除非你觉得宝云道上的索尼·钱家就够有档次了。你的孩子将没有资格就读香港最好的学校，更别说与顶级家族的继承人们一同玩耍了。谁是亚洲经济的幕后推手，谁身后有政坛大佬撑腰，谁影响了文化浪潮，这些和你有关吗？你将会被这个圈子完全排除在外，难道说，这便是你想追求的人生？"

凯蒂全程没有反驳——她无法反驳。科琳娜趁热打铁道："坐过来，我给你看几张照片。"她把iPad放在桌面上，打开相册。一张张照片在屏幕中滑过，凯蒂认出这些都是眼前这个女人和众多大人物的私密照：这张是科琳娜与某位移居新加坡的内地大亨的合照，他们正在飞机上吃早餐；那张是科琳娜在温哥华的圣乔治大学，参加梁明儿子的毕业典礼；还有一张，科琳娜在明德国际医院的产房里，抱着某香港望族的新生儿……

"这些大人物您都认识？能帮我引荐吗！？"凯蒂越看越艳羡。

科琳娜淡然道："你说呢？他们都是我的客户。"

凯蒂瞪大了眼睛，急切地问道："艾达·潘呢？她也是您的客户吗？"

科琳娜颇满意对方的态度，微笑道："我这儿有张她早年的照片，只给你看，你可别四处宣扬。"

---

[1]粤语中的蔑称，通常指高加索人种的外国人。近些年，香港人越发频繁地用其泛指外国人，也不再带有贬义色彩了。——作者注

凯蒂看了照片，忍俊不禁道："哇，看看这衣品，还有这口牙……啧啧啧。"

"如何？为了修整她这口牙，陈医生可以说是施展了毕生所学……你可知道，她在嫁给潘先生做三姨太之前，是什么身份？呵呵，九龙广东道上某个香奈儿店里的导购小姐！当年，潘先生到那家店里给夫人选购礼物，谁知夫人的礼物没选到，反倒给自己添了个姨太太。"

"竟有这样的'典故'？看她那派头，我还以为是哪家的大小姐呢！"

科琳娜小心翼翼地叮嘱道："注意了，我之所以愿意告诉你艾达的这些黑历史，只是因为它们早已是公开的秘密了。我只希望你能明白一点——在香港社会，遍地是机遇，人人皆有无限的可能，就看你能否察觉，并妥善地'加工'自己了。首先，我要重塑你的形象。记住，在这世上，没有无法忘却之事，更没有无法饶恕之人。"

"重塑我的形象？您真能改变香港人对我的看法？"

"戴夫人，我要改变的，是你的人生。"

10

加利福尼亚，圣塔芭芭拉，阿卡迪亚

2013 年 3 月 9 日

瑞秋领着好友们穿过一道长廊，推开长廊尽头的房门，淡然地说："喏，就是这儿了。"她朝房内抬了抬下巴，让吴裴琳和席尔薇亚·王-施瓦茨往里看。

裴琳一迈进更衣室，视线就被做旧橱窗中的婚纱吸引了，她夸张地鬼叫道："哇！美！太美了！"

席尔薇亚静静地走到橱窗跟前，把婚纱从头到尾审视了个遍，啧啧称奇道："确实美，远远超乎了我们的想象！你真有眼光呀，尼克原本是带你到巴黎选婚纱的，而你呢，却在某家商场的坦波丽（Temperley）过季特卖中淘到了这件宝贝。"

瑞秋被夸得颇为羞赧，只得说："你们太夸张啦！我只是没在巴黎挑到满意的婚纱罢了，那里的婚纱种类真让人眼花缭乱。再说了，我一向不喜欢找设计师私人定制……你懂得，买件衣服而已，还要一趟趟飞巴黎去试穿，太麻烦了。"

席尔薇亚调侃道："你真是怪性子，去巴黎试穿有什么不好？多少人盼还盼不来呢！"

裴琳拍了拍席尔薇亚的肩膀，笑道："哎呀，你是第一天认识瑞秋吗？她就是太务实了，我们说什么都是徒劳……再说了，就这件婚纱而言，说它是高端定制的，谁会怀疑？"

瑞秋难掩欢欣："话可别说得太早了，我还没把它穿起来呢，到时候你们再看看。"

席尔薇亚眼一睐，调笑道："哎呀！这可不像我们'务实'的瑞秋会说的话。看来，我们还有机会把你改造成一名潮人！"

三人正聊到兴头上，瑞秋的表姐萨曼莎风风火火地闯了进来。只见她头戴大号耳麦，颇有导演的威仪。一见瑞秋，她便责备道："新娘怎么躲在这里？我找了你好久了。亲朋好友都到齐了，就等着你开始彩排呢！"

"抱歉抱歉，没想到你们已经在等了，我以为还早呢……"

"快把新郎给逮住！我们已经在赶回来的路上了！"萨曼莎一面驱赶着面面相觑的三人，一面对着话筒咆哮道。四人匆匆横穿过草坪，来到一栋帕拉第奥风格（Palladian）的音乐厅前，这里就是举行仪式的场所。席尔薇亚远眺草坪边界的群山和另一端的太平洋，由衷地赞叹道："啧啧，再和我说说，你们是怎么找到这个仙境的？"

"机缘巧合罢了。尼克的朋友穆罕默德建议我们来阿卡迪亚看看，说这地方归他的一个朋友所有。那朋友一家每年只来这里避暑几个星期，从不外租，但只要他开口便能破例……"

萨曼莎好奇地问道："穆罕默德？是不是那个有着褐色眼睛、留着胡子楂的肌肉男？"

"对，我们都爱喊他'土耳其卡萨诺瓦'。"

席尔薇亚惊叹道："那家人是多有钱——盖一栋这样规模的豪宅，一年就住几周？"

"说到有钱，你们是没看见刚到场的几位贵客，那身材、那大长腿，简直就像从《服饰与美容》里走出来的超模小姐！她们一双靴子，就顶得上我那辆普锐斯（Prius）了……对了，还有个年轻女孩儿，穿着一条合身的亚麻连衣裙，一口字正腔圆的英音，真是艳压群芳！你那个贝琳达舅妈呀，这会儿又开始对人家挑三拣四的了。"

瑞秋开心地说道："哇！你说的一定是阿拉明塔·李和阿斯特丽德·梁，她们终于到了！"

"现在人家是阿拉明塔·邱了。"裴琳纠正道。

"快走快走，我已经迫不及待要见见这群'超模小姐'了！那场面一定堪比《名利场》！"席尔薇亚颇为兴奋。

四人一行来到主厅门前的托斯卡纳石柱回廊下，出席婚礼彩排的众宾客们早已聚集于此。只见工作人员们正在搭建通道竹棚，上面缠绕装饰着柴藤与茉莉，通道尽头是新人互道誓约的拱门。瑞秋知道，这是筹备工作的收尾阶段了。

贝琳达·朱一看到新娘便迎了上来，看起来正在气头上，她抱怨道："瑞秋，你雇的鲜花设计师信誓旦旦地保证柴藤会在明天婚礼上当场盛开，这是胡扯的吧？那些花有的才刚抽芽，一时半会儿能开花？除非你在它们头上安个电吹风！你当初就该用我推荐的花匠，帕罗奥图的豪门可都是让他照顾花草的。"

"放心吧，舅妈，一切都会顺利的。"瑞秋冷静地回应着贝琳达的抱怨，一眼便在人群中找到了新郎——尼克正在拱门前，与穆罕默德、阿斯特丽德，以及一个工作人员模样的人攀谈着。

瑞秋迎上前去，阿斯特丽德给了她一个热情的拥吻，兴奋地说道：

"知道吗瑞秋？你害得我想重办一回婚礼了！"

这时，尼克的手机突然响了，他看是未知号码，便视而不见，顺便把手机调成了震动模式。尼克身边的"工作人员"尴尬地朝瑞秋挥了挥手——竟是科林·邱！都怪那头齐肩长发，瑞秋一时没认出他来。

瑞秋惊喜道："啧啧！科林，你这形象，活像一名波利尼西亚冲浪手！"

"你懂什么？这叫潮流！"科林自吹自擂道，还不忘给新娘一个贴面礼。阿拉明塔也上前啄了一下瑞秋的面颊，她今天身穿伊夫·圣洛朗（Yves Saint Laurent）复古猎装夹克，脚踩吉安维托·罗西（Gianvito Rossi）金色长筒皮靴，显得既性感又帅气。

金瞥了一眼阿拉明塔，向瑞伊·朱窃窃私语道："看见了吧，就是那个女孩儿……瑞秋如今这一身麻烦，都是从那姑娘的婚礼上带回来的。"

"她身边那个穿着破烂牛仔裤和人字拖的邋遢男人又是谁？"

卡瑞·朱听见了两人的悄悄话，插嘴道："他是那姑娘的丈夫，听说也是个亿万富翁。"

瑞伊愤愤地说："哼！最近我的那些病人们也都这副德行。只看穿衣打扮，谁知道他们到底是潦倒的流浪汉，还是谷歌的少东家啊？"

一众亲朋好友互相做着介绍，现场热闹极了。詹森·朱趁机拉着"超模小姐"——尼克的漂亮表姐阿斯特丽德拍了许多张合照，他甚至怀疑她是电影《十面埋伏》里的女主角。

待彼此都见过面后，萨曼莎集结众人在过道上各就各位，逐一吩咐道："大家都听好了——穆罕默德安排客人们入座后，就正式进入婚礼环节。首先，詹森你要护送卡瑞姨妈经过走道，然后再回到你妈身边；确保你妈入座后，你才能在她身边坐下。"

下达完第一个任务，萨曼莎瞥了眼 iPad 上的人员表，喊道："接下来是阿历斯泰·郑……阿历斯泰，你在不在？"得到对方肯定的回应后，她继续吩咐道："阿斯特丽德是尼克家族的代表，你要护送她经过走道。

那位就是阿斯特丽德，你明天记得住她的脸吧？"

"我觉得我能记得住她的脸，她毕竟是我表姐。"阿历斯泰礼貌地
自嘲道。

萨曼莎被逗得咯咯直笑，说道："抱歉抱歉，我忘了你也是家里人。"

众人笑场。这时，尼克的手机再次震动起来，他不耐烦地掏出手机
来看。这次是短信，来自同一个陌生号码，短短的两行字，让尼克汗毛
倒竖：

　　　对不起，我还是没能拦住你妈妈。

　　　　　　　　　　　　　　　　　　　爱你的爸爸

尼克重新一字不漏地看了遍信息，心急如焚：爸爸这话到底是什么
意思？这时，萨曼莎已经在下达新的指令了："好了，现在轮到我们今天
的男、女主角登场了。还有科林，所有人都就位后，你和尼克得留在舞
台主厅的左侧。大提琴演奏一响起，就意味着你得走下舞台，走向……"

"抱歉，我得失陪一分钟，待会儿再继续！"尼克不待萨曼莎说完，
抛下这句话便急匆匆地跑出拱门。他来到前院一角，疯狂地联系着父亲。
这回，轮到他"享受"语音留言的待遇了："非常抱歉，您所拨打的号
码尚未设置语音留言功能，请稍后再拨。"

尼克在心里咒骂着，尝试着拨打父亲平时在悉尼用的号码，但始终
无人接听，莫名的恐惧瞬间将他吞噬。科林见状不妙，急忙跟了出来，
问道："怎么了，出什么事了？"

"我也说不清……对了，你这次来美国，有没有保镖随行？"

科林说："怎么可能没有？根本甩不掉他们，烦得很。但阿拉明塔
的爸爸坚持要我们带上保镖。"

"他们现在在哪儿？"

"估计都守在门外吧……看见那个女人了吗？她是阿拉明塔的贴身
保镖。"科林指了指瑞秋亲友团中的一个卷发女人，"她看起来像不像

个银行柜员？呵呵，她可是原特种部队的成员，十秒内就能把一个壮汉撂倒！"

尼克把短信给科林看："十万火急！你能吩咐保镖明天安排些增援吗？多出的费用我来承担。我要整个婚礼现场一级戒备，只允许宴请名单上的人入内。"

科林吐了吐舌头，苦笑道："唔，恐怕已经来不及了……"

"你这话是什么意思？！"

"看那边，十二点钟方向。"

尼克注视了片刻，说："吓死我了，那是瑞秋在新泽西的表亲，不是我妈妈。"

"不不，你看那边，朝天上看……"

尼克远眺青空，脱口而出："该死的！"

"薇薇、奥利那边准备好了没？"萨曼莎确认完毕，弯下身子，把盛放结婚戒指的蓝色丝枕递给瑞秋的小表弟。然而，枕头刚放到男孩儿的小手上，便腾地飞出几米开外远。下一秒，周围的橡树开始剧烈颤抖，震耳欲聋的嗡嗡声撕碎了温馨的气氛——柱廊的正上方，不知从哪里冒出一架黑白相间的巨型直升机，正在缓缓降落，显然想在草坪上着陆。螺旋桨制造的强风如龙卷风一般，正摧毁着现场的一切，萨曼莎和瑞秋自然无能为力，哀号也被轰鸣声无情地吞没了。

"大家快离竹棚远一些，这家伙就要降落了！"随着某个工作人员的一声尖叫，众人纷纷溃散而去，紧接着便是拱门倾倒，竹棚瞬间化为碎片，同时柴藤花蕾漫天飞舞。一团茉莉不偏不倚地砸在贝琳达脸上，引来一声尖叫。

卡瑞·朱愤恨地直拍大腿："哎呀！毁了，全毁了！"

在众人的谩骂声中，这架奥古塔斯·威斯特兰（Agusta Westland）109螺旋桨机终于着陆了。只见一名精壮的墨镜男从驾驶舱中跳了出来，打开主舱门，在他的搀扶下，一位身着藏红色长裤套装的女士缓缓迈步而出。

阿斯特丽德发出绝望的哀号："天哪，真是埃莉诺姨妈！"

看见未婚夫怒火冲天地朝他母亲走去，瑞秋仿佛丢掉了灵魂一般，站在原地不能动弹。科林和阿拉明塔急忙扶住了她，两人身后还跟着一位持枪的卷发女人。

"要不，我们先带你回房休息吧……"科林建议道。

"不用，我还撑得住。"目睹了眼前的惨状，瑞秋忽然彻悟了：事到如今，她还有什么可害怕的呢？害怕的应该是尼克的母亲才对，否则，她又怎会做出将直升机降落在婚礼现场这种疯狂的举动？反应过来时，瑞秋发现自己已经来到未婚夫身边了。有些事情，是需要夫妻一同去面对的。

尼克歇斯底里地质问母亲道："你疯了吗？看看你都做了些什么！"

埃莉诺的神情异常平静，淡淡地回应道："我也不想这样，谁叫你不接我电话。"

"这就是你用这种方式摧毁我婚礼的理由？！你还有理智吗！"

"尼基，注意你的言辞！我不是为了阻止你们结婚才来的，那不是我的目的。其实，我现在希望你们结婚……"埃莉诺辩解道。

"我们要叫保安了，你现在就得离开这里。"尼克说，不忘关切地看了看身边的瑞秋。

瑞秋回给未婚夫一个安慰的眼神，转而对埃莉诺说："许久不见，杨伯母。"

"瑞秋，能否借一步说话？"埃莉诺微笑地问道。

尼克拦在两人中间："瑞秋没空陪你胡闹！你还嫌不够乱吗？！"

"Alamak，你着什么急？我会负责把一切都复原的。你应该感谢我提前给你们测试了这堆竹子是否牢固。就这个样子，正式举行婚礼时要是被风吹垮了，那才够你们受的！尼克，你相信我，我真的不是来砸场子的，我希望能够取得你们的原谅，并向你们送上祝福。"

"太迟了。现在，我只想要你消失！"尼克怒不可遏地嘶吼道。

"你信我一次！如果我真的不受欢迎，自然会离开的。不过，我坚信瑞秋应该在步入殿堂前听听我要说的话。你难道不想让瑞秋在婚礼前，见她亲生父亲一面？"

"你到底想说什么？"尼克百般警惕地盯着母亲。

埃莉诺没理暴躁的儿子，直视着瑞秋的眼睛说："你的亲生父亲，瑞秋，我找到了他！所以这几个月来我一直在联系你们。"

尼克替瑞秋答道："我们才不相信你！"

"信不信由你们。不过，我上周已经通过艾迪，和瑞秋的父亲在伦敦碰面了——你可以亲自去问你表哥。整件事完全是巧合，但我已经再三确认过，绝对不会错的。瑞秋，你父亲叫鲍高良。"

"鲍、高、良……"瑞秋一字一顿地重复着这个名字，心中充满怀疑。

"你父亲现在就在圣塔芭芭拉的四季比特摩尔庄园（Four Seasons Biltmore），他想见见你的母亲，卡瑞；还有你，他素未谋面的亲生女儿。瑞秋，跟我来吧，我带你去见他。"

尼克越听越恼怒："你又想要什么阴谋诡计？！我不会让瑞秋跟你走的！"

瑞秋拍了拍未婚夫的肩膀，安抚道："没事的，我去见见他。我得亲眼确认他是不是我父亲。"

直升机上，瑞秋一直沉默着。她紧紧攥着尼克的手，呆滞地注视着坐在对面的母亲。她心里清楚，母亲此刻的紧张焦虑远胜于自己。若埃莉诺说的是真的，卡瑞就要时隔三十年，和那个拯救自己于家暴的心上人重逢了。

众人来到酒店门前，瑞秋却突然胆怯了，她似乎失去了迈开步子的勇气。尼克关切地问道："你还撑得住吗？"

"还行，就是觉得，有点儿突然……"瑞秋声如蚊蚋道。事情发展到如今这个地步，她完全没有心理准备，更不知会如何收场。说实话，经历了两趟徒劳无功的中国之行后，瑞秋已对父女相见不抱任何期望了；

即便有朝一日能够重逢，场景多半也是在艰险旅行后的某个偏僻的村落里……她没有想到，如今父亲就在咫尺之遥的圣塔芭芭拉度假地，而会面更是发生在婚礼的前一天。

进入酒店后，在埃莉诺的指引下，众人经过一间弥漫着薰衣草香氛的厅堂，一道地中海风格的走廊，再次来到户外。四人穿过郁郁葱葱的花园，朝一栋私人木屋走去。瑞秋仿佛置身于蒙眬的梦境之中，时间飞速流转，将周边的一切抹上了一层虚无感。这意义重大的一刻，真的就要发生在眼前这座明亮且充满热带风情的花园里了？不待她整理好心绪，四人已抵达木屋门前，埃莉诺不客气地上前敲响了那扇使命派风格的木门。

瑞秋的心瞬间提到了嗓子眼儿。尼克见状，握着未婚妻的手紧了紧，在她耳边安慰道："别担心，我会一直陪在你身边的。"

木门很快就开了。开门的是一位戴着耳机的黑衣男子，显然是安保人员。瑞秋朝房内保镖身后望去，只见一位身着开领衬衫与毛背心的中年男性坐在壁炉前。这个男人精悍的面庞上架着一副无框眼镜，茂密的黑发一丝不乱地朝左边梳着，斑白的鬓角诉说着他的年龄……这便是自己的亲生父亲吗？

卡瑞在原地犹豫了片刻，还是小心翼翼地迈入了门槛。这时，男人起身，光线正正地打在他的面容上。卡瑞不由地掩口惊呼道："高伟！"

男人从容一笑，用普通话说道："程卡瑞，你的风姿，还是不减当年呀！"

不待众人反应，卡瑞"呜——"的一声哭腔，泪水涟涟地投入男人的怀中。瑞秋见状，眉间如打翻了调味瓶一般，泪水也不住地往外涌。这时，卡瑞回过头来对她说道："瑞秋，这就是你的父亲！"

得到确证后，瑞秋险些瘫倒在门框上，一时间只觉得自己衰老了五岁。

尼克母子在木屋外目睹了这一家重逢的一幕，同样百感交集。埃莉诺颤着嗓子对儿子说："我们回避一下，给他们一家人独处的空间。"

尼克的眼角也有些湿了，说道："妈，我好久没听你说过这么温暖的话了。"

11

加利福尼亚，圣塔芭芭拉
四季比特摩尔庄园

母子二人离开木屋，回到酒店的休息室歇脚。埃莉诺要了杯热柠檬水，才向尼克娓娓道来找到瑞秋生父的经过原委——

"……所以说，这鲍邵燕在伦敦欠了我们很多人情。你那无可救药的表哥艾迪在伦敦添置了几套新衣服，就丢下一堆烂摊了回国了。从那以后，邵燕就全靠我们照顾了：每天陪她去医院看儿子的是我们，每天带她享用中餐美食的是我们，开车送她去比斯特购物村（Bicester Village）的还是我们——当然，司机是弗朗西斯卡啦！我至今还记得邵燕看到诺悠翙雅旗舰店时有多兴奋——我的天，你知道她一次性买了多少件羊毛衫吗？我当时就在想，她至少得到途明（Tumi）再买三口大号旅行箱才行，否则，怎能把这堆衣服弄回家呀？"

埃莉诺用柠檬水润润喉，继续道："卡尔顿度过危险期后，我就建议她带着儿子到新加坡做复健。为此，我还专门动用了 NUH（新加坡国立大学医院）奇亚博士的关系，给卡尔顿安排了最高规格的康复疗程。这么一来，卡尔顿的父亲自然也隔三岔五地到新加坡来探望儿子。我花了几个月的时间，彻底摸清了高氏家族的底细。同时，你洛伦娜阿姨在内地的私家侦探也极尽所能，挖出了这家人的全部秘密。"

"好呀！洛伦娜阿姨和她的'谍报机构'都出马了？"尼克冷哼，浅啜了口咖啡。

"Alamak！你这是什么语气？你得感激洛伦娜雇佣王先生出马！

要不是有他在其中明察暗访、动用人脉，能有真相大白的这一天？经他调查，我们得知鲍高良是福建人，高伟是他幼年时用的小名，他原名叫孙高良。后来因为一些事情，在大学毕业后改了姓氏。"

尼克点头，追问道："那你又是怎么把这件事告诉鲍家人的？"

"有一次，邵燕回北京参加一个商务活动，留下高良在新加坡照看儿子。那晚，我带高良到威南记吃鸡饭[1]，趁机诱导他讲述过去的故事，他就和我谈起了在福建的大学岁月……谈着谈着，我突然问他：'你在大学前是否认识一位名叫卡瑞的女孩儿？'他的脸色唰地一下白了，先是吞吞吐吐地否认，接着又魂不守舍地用了餐，然后就想找理由提前告辞，我当然不会这么轻易就放他走，于是开诚布公地说：'高良，我没有恶意。你要走，我拦不住，但能否占用你几分钟的时间，让我把话说完呢？自从结识了你们一家，我就感觉我们之间有缘分。你知道为什么吗？我儿子和一个叫瑞秋·朱的女孩子订婚了，我这里有一张那个女孩儿的照片，你看过，自然会明白一切的。'"

"你怎么会有瑞秋的照片？怎么弄到的？"尼克好奇地问道。

埃莉诺脸一红，羞赧地说："那是我最开始在贝弗利山庄雇的私家侦探找到的驾照片……哎呀，这不是重点！高良只瞥了一眼照片，就一屁股坐回椅子上，迫切地问我这女孩儿是谁。因为这再明显不过了——如果瑞秋卸掉妆容、剪去长发，活脱脱就是卡尔顿的翻版。我就直接告诉他，这女孩儿的母亲叫卡瑞·朱，现居加州，她祖籍在厦门，早年嫁给了一个叫周方闳的男人……我话还没说完，高良就崩溃了。"

尼克眉毛一抬，冷笑道："哇！你在玩弄人心上真是专业啊！"

"随便你怎么嘲讽自己的妈妈都好，要不是有我的良苦用心，能有

---

[1]海南鸡饭，新加坡的国菜。好吧，埃莉诺已准备好接受美食博客主的抨击了……她之所以选择威南记，完全是出于联合广场距鲍家的住处只有五分钟车程，而且下午6点后的停车费只要2美元。她若是凭自己喜好选择Chatterbox，在文华附近找车位的过程能让她抓狂，而且还得为此花费15美元。她没必要给自己找罪受，不是吗？——作者注

瑞秋一家今天的团聚？”

"你误会啦！这怎么是嘲讽，我是在由衷地称赞你。"

"哼！我知道你还在怪我，但我希望你知道，我做的一切都是为了你。"

提起这个，尼克就怒不可遏，他恼怒道："你差点儿毁了我的毕生所爱，还指望我对你笑脸相迎？你不信任自己儿子的眼光，从最开始就对瑞秋心怀偏见，见面前就污蔑人家是拜金女……"

"哎呀，你到底要我道多少次歉？我误解了你，更误会了瑞秋。你妻子拜金与否关我什么事？我反对这门亲事的原因，是它碰到了你祖母的逆鳞。你也看到了，你阿嬷是绝对不会点头的，我能做的，只是确保你不会引火烧身罢了。因为早在二十年前，我就是不受待见的儿媳。当然啦，比起瑞秋，我还要好些，至少不是出身于中国内地的单亲家庭。相信我，瑞秋将要面对的坎坷与非议，我都亲身经历过。你就没站在你阿嬷的角度上考虑过，从来都是我在替你收拾烂摊子。你阿嬷从你出生那刻起，就视你为珍宝，我不能放任你破坏这一切。"

尼克看见母亲眼眸里晶莹的泪花，态度便软了七八分。这时，一名服务生经过，尼克朝他打了个手势，吩咐道："劳驾，能否再给我们一杯热柠檬水？"

"滚烫的，谢谢。"埃莉诺补充道，掏出常备在身边的舒洁（Kleenex）面巾纸抹了抹眼角。

"事已至此，你一定知道阿嬷打算取消我的继承资格了吧？杰奎琳几周前告诉我了。"

"哼，杰奎琳总是帮你阿嬷做坏人！没事的，你阿嬷从来都不按常理出牌。再说了，我看你为了瑞秋，也不在乎那些钱财了……别误会，我的意思是说，你好福气呀，能娶到毕生至爱。"

"你这态度转换得着实突然……哦，我明白了！你该不会是看准了瑞秋父亲在中国内地的地位，才……"

"哼哼，你可真是太天真了！"

"这话怎么讲？"尼克好奇了。

埃莉诺先是鬼鬼祟祟地环视四周一圈，确认隔墙无耳后，才神秘兮兮地说道："鲍高良的父亲掌握着中国医药界的龙头 —— 千禧制药集团。这家集团的股票，在上海证券交易所可是蓝筹股！"

"所以呢？这有什么稀奇的？你认识的哪个人不是家财万贯？"

埃莉诺把脑袋凑得更近了，恨铁不成钢地说："哎呀！我身边这些富豪，充其量只是随处可见的百万、千万富翁罢了。鲍家可不同，他们是货真价实的富豪——百亿级别的富豪！更关键的是，他只有一个独生子……和一个私生女吧，或许。"

"我真……这才是你突然赞成我和瑞秋结婚的原因！"尼克恍然大悟，母亲真实的动机，让他大感吃不消。

"还能有什么其他原因？只要瑞秋懂得审时度势，她搞不好会成为女继承人的。到那时，你们才真叫呼风唤雨呢！"

尼克哭笑不得道："我有时挺庆幸自己母亲心里藏不住事的，再隐晦的心思，最终也会和钱财挂钩。"

埃莉诺不爱听了："我这还不是为你着想吗？阿嬷那头的继承权让你自己给搅黄了，我作为母亲，自然希望你能另辟出路！你这都能责怪我？"

"我哪敢……"怒极之下，尼克反倒平静了、彻悟了：这就是自己的母亲，没人能奢求她有所改变。他们那代人的人生价值就是获取和积累财富，临走前给后代留下地产、财团和股权，就是他们毕生奋斗且相互竞争的目标。

埃莉诺凑得更近了，神秘地说："有几件关于鲍家的机密，我必须要让你知道……"

"我不想听你的那些八卦。"尼克断然拒绝道。

"哎呀，谁说是八卦了？都是我和王先生费心劳力查出来的重要机密……"

"打住！我没兴趣！"尼克捂住耳朵。

"哎呀，多知道些，对你有好处！"埃莉诺仍在坚持。

"妈，你这样不累吗？瑞秋才和亲生父亲团聚不到二十分钟，你就在这儿编排人家的私事，合适吗？之前，就是因为你的刨根问底，才让我差点儿失去了毕生挚爱的女孩儿……这对瑞秋不公平，我不要这种不平等的婚姻。"

埃莉诺心里微叹，自己这儿子，真是不可救药！他顽固、自命清高，甚至把至亲的关心视为无物，看来还得从长计议。埃莉诺打定主意后，视线从儿子身上移开，把柠檬汁挤入开水中，叹道："接下来有什么打算？你眼前这位可怜的母亲，还能有幸出席明天自己亲骨肉的婚礼吗？"

尼克沉默了一会儿，犹豫道："我今晚和瑞秋商量一下吧……你无情地毁了她精心布置的婚礼现场，我不确定她还有兴致在明天完婚……"

埃莉诺一听便急了，忙不迭地站起身来："我这就去找酒店的礼宾部门，我会让一切复原如初的。需要多少柴藤？就是走到天涯海角我也给你们采回来。相信我，我会还瑞秋一个完美婚礼的。"

"如果你真有这份心，瑞秋也会心存感激的。"

"一家人，说什么感激……我现在要赶紧联系你爸了，他得在明天下午之前飞到这里来，时间紧迫。"

"你别急，我还没和瑞秋商量呢，我可不保证能按时举行婚礼。"

"哎呀，她肯定会原谅我们的！从面相上就能看出她是个心胸宽广的人。你知道我最中意她哪里吗？就是她的低颧骨。不是都说颧骨高的女人 gow tzay[1] 吗……不说这些了，我现在对你还有个请求……"

"你又要说什么？"尼克真的受够了。

"求求你了，在婚礼之前，找家像样的发廊把头发剃了吧！别让我这个做母亲的，看到自己的新婚儿子像个 chao ah beng[2]。"

---

[1] 没有任何中文词汇能诠释这个精辟的闽南语俚语，它的含义包括娇里娇气、无理取闹、目中无人、难以相处等。——作者注

[2] 闽南语，意为"流氓""小瘪三"。——作者注

12

加利福尼亚，圣塔芭芭拉，阿卡迪亚

黄昏将至，夕阳徘徊在圣伊内斯山（Santa Ynez Mountains）的顶峰，给万物罩上了一层金色的薄纱。草坪上的竹棚已恢复其本来的模样，茂密的柴藤和茉莉在余晖下，比起早间更显奢华，花蕾中呼之欲出的芬芳溢满柱廊，在座宾客无不心旷神怡。背靠新古典风格的音乐厅，四面是两百年的老橡树，此情此景，仿佛置身于马克斯菲尔德·帕里什（Maxfield Parrish）的画作中一般。

誓约的一刻将至。在伴郎科林的陪同下，尼克从音乐厅中走出，站到了白色石斛兰覆盖的拱门旁。他以余光瞥向台下数百名宾客，找到了父亲的身影。他正坐在阿斯特丽德身边，因为刚从悉尼飞来，皱巴巴的灰色衬衫显得风尘仆仆。再看他的母亲——埃莉诺正与后排的阿拉明塔聊得火热。数分钟前，她以一席詹巴迪斯塔·瓦利（Giambattista Valli）玛瑙绿晚礼服登场，前卫的解构式领口一直延伸到肚脐眼，可谓是赚足了眼球。

"稳重点！"坐在第一排的阿斯特丽德用口型提醒台上的尼克——他正局促不安地拨弄着袖扣。这可爱的小动作，让阿斯特丽德不由得想起了曾经黏着自己闹腾的那个小弟弟。那时候他还穿着足球短裤，在泰瑟尔庄园里上蹿下跳、爬树跳池塘呢。他们每天都有一堆莫名其妙的新游戏和天马行空的奇思妙想，就好像那时的尼基是彼得·潘，自己是温蒂一般。再看看现在，小"彼得·潘"身着英气十足的亨利·普尔（Henry Poole）燕尾服，马上就要与瑞秋一同去创造属于他们的梦幻世界了……远在新加坡的阿嬷若闻知这场婚礼，必定会雷霆震怒的，但这又能怎样呢？至少在今夜，尼基和瑞秋是这个世界上最幸福的人儿！

在现场嘉宾的期待中，音乐厅正面的玻璃门缓缓打开了，室内隐约传来三角钢琴的庄重旋律。在这熟悉的旋律中，瑞秋的伴娘团——裴琳、萨曼莎和席尔薇亚身着统一的珍珠灰斜裁丝裙闪亮登场。台下，一身金色圣约翰（St John）礼服搭配波蕾若外套的贝琳达舅妈，突然察觉到耳边的旋律是佛利伍麦克（Fleetwood Mac）[1] 乐队的《山崩》，泪水便不由得湿透了自己手中的香奈儿手帕；瑞伊舅舅对妻子的异状感到莫名其妙，干脆就当没看见，一双眼睛直勾勾地盯着正前方。前排的金听见抽泣声，回头瞪了贝琳达一眼，后者这才有所收敛，尴尬地表示："抱歉抱歉，我一听史蒂薇的歌，就感动得要哭……"

钢琴曲终，紧接着是第二轮惊喜。只见音乐厅中光线骤暗，挂在头顶上的薄纱轻轻落下——天花板上竟藏着来自旧金山交响乐团的演奏团！随着指挥拨动手中的指挥棒，阿隆·科普兰的《阿帕拉契亚的春天》开始在空气中回荡。旋律响起的瞬间，瑞秋在华特的陪同下翩然步入柱廊。

新娘一席合体的束腰双绉丝婚纱，精致的刀形褶如同溪流一般在裙面上流淌，引得台下宾客啧啧称赞。她任由略呈波浪形的青丝披散在双肩上，只在双耳边各夹了一枚羽毛形状的钻石发卡。这份摩登，这份无拘无束，活脱脱就是20世纪30年代备受好莱坞魅力熏陶的新娘形象。

瑞秋紧紧攥着手中的白色郁金香与马蹄莲花束，朝着台下的亲朋好友莞尔微笑，她的母亲正亲密地依偎在鲍高良身边。仪式前，瑞秋坚持让一直以来视为父亲的华特舅舅陪自己走完这一神圣时刻；然而，看到台下的母亲和真正的生父正如胶似漆时，她不由得百感交集。

---

[1] 美国著名的摇滚乐队。——译者注

父母就在自己面前咫尺之遥——没错，她的"父母"。她活了小半辈子，才第一次真正坦坦荡荡地说出这个词……想到这里，瑞秋的双眸又湿润了。真是无心插柳柳成荫啊！就在昨天早上，她才刚下定决心要放弃寻找生父，开始新的生活；可距她"觉悟"不到十二个小时，亲生父亲便主动寻上门来，还"附赠"了一个同父异母的弟弟。骨肉团聚，自己多年的夙愿得以实现，归根结底，这一切都得感谢眼前尼克的出现。

目睹亲生女儿步入婚姻殿堂，鲍高良心里同样五味杂陈，这或许就是为子女而骄傲的感觉吧？虽然刚与眼前这个女孩子相认，但自己和她仿佛已经有了一丝斩不断的牵绊，这种牵绊是在儿子身上感知不到的——卡尔顿和他母亲邵燕之间有一种特别的纽带，总是把自己这个做父亲的隔绝在外……一想到回国后的麻烦事，鲍高良就头皮发麻。来美国前，他瞒着邵燕说自己要到澳大利亚处理公务，这下可好了，该怎样向家中的妻儿交代呢？

台上，尼克凑到瑞秋耳边，爱意绵绵地说道："今晚的瑞秋。是全世界最美丽的女孩儿！"

瑞秋心里一酥，羞涩地点了点头。她忘情地注视着眼前这个男人那柔情似水、性感迷人的双眸……这个男人，就是自己托付终身之人吗？自己真不是在做梦吗？

仪式结束后，众宾客齐聚音乐厅参加婚宴。埃莉诺悄悄移到阿斯特丽德身边，又开始发起牢骚来："这仪式各方面都挺好的，就是少了一名优秀的卫斯理宗[1]牧师。在这种重要关头，托尼·齐躲哪儿逍遥去了？我一向不待见那帮满口'人本自然'的一神论主教。你看见了没——他竟然还戴着耳环！呵呵，也不知是从哪儿冒出来的半吊子主教，怕是

---

[1] 遵奉英国18世纪神学家约翰·卫斯理宗教思想的各教会团体之统称。基督教新教七大宗派之一。——译者注

kopi[1] 资格吧？"

阿斯特丽德仍对埃莉诺那《现代启示录》风格的从天而降行为介怀不已，从昨天起就没搭理过这位舅妈。她睨了对方一眼，冷笑道："您下次若有心请我儿子吃冰激凌，就好人做到底，别套完话就送回来。那个小少爷可没那么容易哄。"

"抱歉抱歉，我也是逼不得已才出此下策，最终还不是为尼克和瑞秋着想嘛，你就体谅一下吧。"

"或许吧，但你明明可以避免许多悲剧和误解的……"

埃莉诺可不愿在这里忏悔，急忙转移话题道："我说，瑞秋那身婚纱是你帮忙选的吗？"

"没有，是她自己选的。无可挑剔，不是吗？"

"还可以吧，我觉得还是素了些。"

"素得精致、有格调。我觉得，这就是卡洛尔·隆巴德参加蔚蓝海岸（French Riviera）晚宴时会穿的礼服。"

"我倒是觉得，你这身打扮挺有看头的……"埃莉诺品评似的上下审视着对方的高缇耶（Gaultier）深蓝色绕颈长裙。

"哎呀，你又不是第一次见我穿这身了。"穿着得到认可，阿斯特丽德难掩喜色。

"我记起来了！你参加阿拉明塔婚礼时，穿的也是这身吧？"

"是的，这件裙子是我的婚礼专用服装。"

"专用服装？为什么要这样？穿同样的衣服多不好看呀。"

"你还记得当年赛希莉亚·郑婚礼上的情景吗？一群人在人家新人面前大肆点评我的晚礼服，害得新娘脸都绿了！从那以后，我就坚持穿同一套衣服出席婚礼了，省得喧宾夺主。"

---

[1] 新加坡语中"咖啡"的俚语。"kopi资格"特指并非正式渠道，而是通过非法购买或贿赂官方获得的资格，且花费的价格只够喝一杯咖啡。这个词语可用来埋怨医生、律师等持证人员的无能和失职；但最多的，还是调侃司机买驾照（当然，这类事情在亚洲已经屡见不鲜啦）。——作者注

"呵呵，你这姑娘真有些与众不同……怪不得我儿子从小就黏你，也只有你愿意陪他搞那些稀奇古怪的点子。"

"我就当你这话是夸奖了，艾莉舅妈。"

音乐厅外的低洼花园被彻底装潢成了露天的跳舞场。环绕四周的桉树上，数以千计的烛光在复古的水晶罩中闪耀，古色古香的弧光洒在舞场中央，营造出一种大荧幕的视觉效果。

阿斯特丽德轻倚石栏，俯视着舞场，脑海中幻想着与心爱的丈夫在幽幽月光下共舞的场景。忽然间，晚装包中的闷响打断了她的思绪，当事人会心一笑——一定是迈克感知到自己的思念，来电问候了！她迫不及待地掏出手机，却发现自己误会了：

> 瑞秋的婚礼顺利吗？给你个惊喜：我突然有急事，要去一趟圣何塞。你打算在加州待几天？如果方便，要不要出来聚一聚？约在旧金山可以吗？我会派飞机去接你的，我最近刚得知了一家意大利餐厅，你一定会喜欢的。
>
> 查理·胡
> +852 6775 9999

宾客们纷纷聚集在阳台上，期待着今夜的新人献上开场舞。舞曲还未奏响，人群中的科林忽地叮当一声敲响香槟酒杯，吸引了众人的目光。只见他高声道："各位兄弟姐妹、叔叔阿姨，我是尼基的挚友，也是今晚婚礼的伴郎，你们可以叫我科林……别担心，我不会搬弄那些又臭又长的祝词啦！我只是觉得，在今夜这个特殊的时刻，我们这对幸福的新人，需要一些小小的惊喜！"

舞池边的尼克莫名其妙地睨了一眼好友：这小子又在琢磨什么鬼点子呢？

科林浑然不顾新郎抗议的眼神，笑嘻嘻地说："几个月前，我和妻子在丘吉尔俱乐部里偶遇了瑞秋的一位好朋友……"——他看了人群中的裴琳一眼，裴琳满面笑容地抬了抬酒杯——"据这位裴琳小姐所言，瑞秋在大学四年里，不厌其烦地哼着某支曲子，都快让身边的朋友抓狂了。而我恰好知道，这支曲子也是尼克的最爱。现在，尼克和瑞秋还以为他们要在旧金山交响乐团的伴奏下，完成这支开场舞，但这并不是我们真正的安排。女士们、先生们，让我们以掌声欢迎杨先生与杨夫人，以及这个世界上最出色的歌手们登台吧！"

科林话音刚落，几个身影就出现在花园边缘的小型舞台上，领头的是一位金发碧眼的窈窕淑女。认出来者何人的宾客们爆发出一阵兴奋的尖叫声，惹得老一辈叔叔阿姨们白眼以对。

新婚夫妇目瞪口呆地望向楼上的伴娘和伴郎，眼神既兴奋，又感动。瑞秋不敢相信自己的眼睛，难以置信地问丈夫："我的天！你知道这件事吗？"

"不！这两个鬼灵精，亏他们能瞒这么久！"尼克嘴上笑骂道，迫不及待地拉着瑞秋下了舞池。熟悉的旋律响起，台上台下的气氛瞬间达到了沸点。

菲利普和埃莉诺站在通往花园的楼梯口处，默默地望着儿子搂着儿媳愉悦地漫舞。菲利普看了妻子一眼，安慰道："你看，我们的宝贝儿子笑得多开心啊，你也没必要吝啬自己的笑容嘛！"

"我没笑？今天晚上我笑得还不够多吗？为了应付瑞秋那帮自来熟的亲戚，我的脸都笑僵了。说来也是奇怪，这些姨妈、舅舅们怎么一个个都把我当好朋友似的？他们就一点儿都不恨我？"

"他们为什么要恨你？对，你以前是过分了些……但最后，还是还了瑞秋一个好结果，不是吗？"

埃莉诺刚要辩驳，却硬生生地将话咽回喉咙里。菲利普看到妻子欲言又止的模样，便鼓励道："亲爱的，你有话直说，我知道你今晚一直有话想对我说。"

"唉，我不知道……瑞秋如果深入了解了自己的新家庭，她真的会感激我吗？"

"她当然会感激你了。你怎么会有这种奇怪的顾虑？"

"内地的王先生昨晚给我发了封新情报，我本该第一时间给你看的……说实话，我后悔了，或许从一开始，我就不应该掺和鲍家这趟浑水。"埃莉诺焦虑懊恼，又带着一丝恐惧。

菲利普暗道不妙：这种神情，他还是第一次在妻子脸上看到。

舞池中的新人随着旋律摇摆，完全沉浸在幸福的氛围中。尼克贴在妻子耳边："我们终于挺过来了，真和做梦一样。"

瑞秋顽皮地笑道："话别说得太早，我已经做好觉悟'迎接'下一架直升机了。"

"我保证，不会有什么'直升机'了，也再也不会有什么'惊喜'了。"尼克搂住瑞秋的纤腰，来了个漂亮的转身，"从今天起，我们就做一对普普通通的小夫妻。"

"别想哄我，从和你步入红毯的那刻起，我就做好一生波澜的准备了。我不抱太多奢望，只盼着这个夏天能有个完美的新婚旅行。"

"蜜月计划我早已制订好了，你放心，绝少不了午夜阳光和峡湾（挪威北极圈景色）。不过，岳父希望我们能在入夏后，到上海和他碰个面。他迫不及待想让你们姐弟相认，还保证会带我们把中国最浪漫的景点都走遍呢。你觉得怎么样？"

"我觉得这是我听过的最好的安排了。"瑞秋兴奋地说，眸子里满是小星星。

尼克看着妻子这副可爱的模样，忍不住把她搂进怀里，动情地说："杨太太，我爱你！"

"我也爱你，杨先生……哎？不对不对，我什么时候说要随你的姓了？"

尼克眉头一皱，活像个受了委屈的小孩子，但下一秒便展颜笑道："你当然不必改成我的姓。你可以把名字改成瑞秋·罗德姆·朱，只要你喜欢，我不在乎。"

"你知道吗，我今天想清楚了一件事——'瑞秋·朱'这个名字，是妈妈给我取的，不是我的本姓；我爸爸现在姓'鲍'，而那也不是他的本姓。如此说来，真正由我选择、属于我的名字只有一个，那就是瑞秋·杨！从今以后都不会变了。"

尼克感动得无以复加，对着妻子的红唇就啄了下去，惹得宾客们欢呼声阵阵。饱含爱意的深吻过后，尼克挥手示意宾客们来楼下共舞。小舞台上的辛迪·劳帕（Cyndi Lauper）开始了第二首热门单曲，尼克与瑞秋也跟着哼了起来：

If you're lost, you can look and you will find me,time after time.[1]

---

[1] 这句歌词来自辛迪·劳帕的歌曲 *Time After Time*，意思是："如果你迷失了方向，环顾四周就可以找到我，一次又一次。"——译者注

第二部

想知道上帝是如何看待金钱的？看看他把钱给了谁便知。

——多萝西·帕克

1

古佟咨询集团

社会影响力评估

评估对象：伯纳德·戴夫人

评估人：科琳娜·古佟

2013 年 4 月

戴夫人，让我们推心置腹、开门见山地说：你原名凯蒂·庞，并非出生于香港九龙，也不是英属香港的周边岛屿。谨记，你想取悦的那些人都视钱财如粪土，你不可能用财产打动他们。尤其是这几年，随着腰缠亿万的年轻富豪激增，老派富豪们不得不以新的标准来给这个圈子分层级。现在，比起现有资产，圈子里更注重的是"血统"，其次是家族的发家史……这就有些复杂了，包括你家族的祖籍省份、方言语系，是潮州宗亲，还是来自上海的"流亡者"？你本身是富二代、富三代，甚或是富四代？发家于何处，纺织业还是地产业？上述因素，哪怕只有丝毫偏差，都能影响到你的评级。就你的情况来说，你现在的身价或许有上百亿美元，但在身价勉强百万美元的孔家眼里，你根本算不上什么——别不服气，谁让孔家是衍圣公[1]的后裔呢？接下来这几个月，我们会采取多种方式抹去你这些上不得台面的"履历"，彻底改变你的公众形象。你准备好了吗？

---

[1]孔子嫡长子孙的世袭封号。——作者注

外　貌

体型与相貌

首先，我得先表扬你——缩胸手术确实是明智之举，你目前的体型已经处于最佳状态了。在缩胸之前，你那沙漏形身材只会给三流小报提供"养料"；而如今你这略带节食失调的消瘦体型，正投那帮你意欲交好的夫人、太太们的所好。不过，听我一句劝，不要再继续减肥了！

其次，我还得重点夸夸你在脸上动的刀子（把整容医生的联系方式给我，我可以介绍给其他客户）：浑圆的颧骨、精巧的鼻梁，真是恰到好处（别否认啦，你复制了赛希莉亚·郑-蒙克尔，这充满贵族气息的挺俏可不是人人都有的）。不过，这样无可挑剔的容貌有个致命的隐患——易招人妒。所以，我建议你在短期内还是不要再在容貌上做文章了。私人建议，不要再做面部填充，额头上的瘦脸针也可以停了，你得在眉心留几道皱纹。这些瑕疵今后都能抹掉，但现如今，微微蹙眉能让你看上去更有内涵。

发型

不得不承认，乌亮的秀发确实是你的魅力点之一，但过高的马尾和发髻，会让人觉得你太具侵略性。你若顶着这头发型参加聚会，太太们就会对你心存戒备：这狐狸精要抢我的老公、儿子、瑜伽垫……所以我建议你还是将头发自然垂下，这样足够应付大部分场合了。正式场合上可以梳个松垮垮的假髻。对了，你最好再给头发染一层淡褐色，这种发色能把你的五官衬得更柔和。我会帮你联系西摩台 ModaBeauty 的里基·蒋，他是半山区最权威的造型师。我知道，你多半已经习惯在豪华酒店的天价沙龙里做头发了，但是相信我，里基绝对值得你去笼络。你或许觉得他是不入流的发廊小弟，但我可以毫不夸张地告诉你：这个里基可是香港各大名媛的首席发型师。费欧娜·佟郑、弗朗西斯·刘的夫人、玛丽安·徐都是他的客户。你见到里基的时候，绝不能向他透露半分自己的底细（就算你不说，他也知道）。这段时间，我会尽量杜撰些生活轶事，好让你和他能聊得开。例如说，你女儿会用伦敦口音唱 *Wouldn't It Be Loverly*，你救了只受伤的暹罗猫，你匿名给以前的老师支付了化疗的账单……这些生活上的小趣闻，都能通过理发师之口，不露声色地传达到各位名媛的耳朵里。谨记：千万别愚蠢到给里基小费，他可是 ModaBeauty 的老板。不过，里基非常喜欢昂贵的巧克力，你偶尔可以带一些吉百利巧克力（Cadbury）给他。

妆容

提到你的妆容，恕我直言，必须要彻底"检修"一番。豆腐白粉底和樱桃红唇色并不适合你。要知道，你现在的身份是端庄稳重的夫人和母亲，而不是思春期少年眼里的高岭之花。你的面容应该极力取悦全年龄段的同性，而不是让她们感觉受到威胁。你的肤色应该给旁人传递一种错觉，一种你成天忙于修整花园里的郁金香，花费在化妆上的时间只有一刻钟的错觉。改天我会把杰曼介绍给你，她是铜锣湾伊丽莎白·雅顿（Elizabeth Arden）专柜的导购，我的御用美容顾问（你不用买她家的产品，太贵。我们以后可以在万宁大药房买些平价的化妆品。但你还是得从杰曼那里买一两支口红——托人做你的美妆顾问，总得给对方一些好处。我手上还有几张优惠券，到时候记得提醒我）。

其他建议

别再用你的那些红色指甲油了（没错，粉红色也是红色），这一点没什么可商量的。你得时刻提醒自己：赫拉克勒斯的任务 [1] 就要开始了，你得时刻保护自己的人民不受邪恶爪牙的侵犯。如果你不介意，我甚至

---

[1] 赫拉克勒斯是古希腊神话中的英雄，传说中，他完成了十二项被誉为"不可能完成"的任务。——译者注

想让你戴上白手套和佛珠。从今天起，你得习惯裸色指甲和素色首饰。在一些特殊场合，我会允许你用真顺（Jin Soon）的乡愁（Nostalgia）粉米色系列。

最后，你不是被富豪供养在宝马山单身公寓、身边只有一名司机的情妇，你也不想被这样误解吧？那就别再用香水和任何香氛了。我给你推荐一款精华油，它的配料有依兰花、鼠尾草，以及各种秘密配方。抹上它，能让你闻起来像是清晨刚出炉的苹果馅儿饼。

衣　橱

我知道，你早年和好莱坞的顶级时尚造型师交好，他们会给你量身定制服装，让你走到哪里都是万众瞩目的焦点。但很遗憾，如今你的当务之急，是和各大时尚杂志的头条划清界限，万众瞩目对你而言有弊无利。正如我之前提醒你的，这个圈子里的人最欣赏的品质就是"低调"，没有之一。你还记得上一次见到珍妮特·成和海伦·侯田登上时尚页面是多久之前吗？我来告诉你答案：真正的名媛，一年至多只会抛头露面一两次，这已经是极限了。再看看你，介绍你衣装的报道、杂谈已经堆积成山，而你的曝光率甚至比断臂的维纳斯还要高。是时候更新你的标签了：伯纳德·戴夫人——无微不至的母亲、致力于慈善事业的博爱主义者。（切记，别再自诩为慈善家了，你还没有那个资格。若有人问及你的事业，就告诉他们："我现在是全职妈妈，闲暇时做些慈善。"）

我和助手们已经把你的私人衣橱从内到外地评估、调整了一番，保留在主卧里的衣服和首饰都是合格的，不合格的已经统统挪到几间次卧了（实在是太多了，不够放，多余的暂时放在卡拉OK室里），还希望你不要见怪。我知道，这些衣服首饰随便拿出一件来，都能顶普林斯顿大学一学期的学费了，但恕我直言，它们只会让你看起来像个社区大学的女毕业生——毫无质感可言。根据我的记录，你私人衣橱里目前只剩十二套衣裙和三个手提包符合标准，严格来说是四个手提包，我准许你在特殊场合带上奥林匹亚-谭（Olympia Le-Tan）的"杀死一只知更鸟"

书本手拿包，这完全是因为其主题带有《圣经》的含义。今后如果你想要填充自己的衣橱，请参考附录A，上面是我推荐的设计师与品牌。没上榜的设计师是留下来为明年准备的，只有一个例外：你不能再穿罗伯特·卡沃利（Roberto Cavalli）了。恕我直言，我费尽心思地设计出这个列表，就是为了让你看起来更有档次些。你要牢记香奈儿的一句名言："穿得破旧，人们只会记住衣服；穿得无瑕，人们会记住衣服里的女人。"

应对重大场合（不出意料的话，你明年应该不会被邀请多少次），我们选择礼服的标准应注重由内而外的低调奢华（不懂的话，就去谷歌搜索一下约旦王妃拉尼娅）。

珠　宝

你收藏的珠宝大部分过于硕大艳丽，违反了佩戴首饰的初衷，甚至可以说已经步入了俗气的范畴。你还不明白吗？在你这个年纪，过大的珠宝只会让佩戴者显得更老气。有句话是这么说的：钻石越大，妻子越老，情妇越多。还是说，你想让旁人觉得你丈夫在包养情妇，只会送珍贵珠宝来安抚你这个中年怨妇？我就直说了吧，表单上没有列出来的珠宝——尤其是婆罗洲的苏丹娜殿下送给你的那枚55克拉的钻戒——全部都不能再戴了。我们可以视情况协商，保留一些正式的晚宴珠宝；但日常佩戴的首饰，必须严格限定在下述种类中：

● 结婚戒指（蒂芙尼的那枚不算，我指的是你和伯纳德在拉斯维加斯的小白教堂里交换的那枚）

● 格拉夫（Graff）的4.5克拉单粒戒指

● 御木本的珍珠耳钉

● 琳恩·中村（Lynn Nakamura）的塔希提黑珍珠耳坠

● 金星（K.S.Sze）的单链香槟珍珠项链

● 3克拉珍珠形钻石耳钉（只能搭配日常运动装——因为只有在便服的搭配下，宝石的尺寸才勉强能让人接受）

- L'Orient 的红宝石张力戒
- Carnet 的兰花胸针
- 宝曼兰朵（Pomellato）的马德拉石英指环
- 赵中良（Edward Chiu）的钻石翡翠网球手链
- 卡地亚复古坦克美式腕表

你得再买些平价的首饰来搭配上述珠宝，例如西藏佛珠、孩子玩的仿真项链，抑或是几块钱一条的橡胶腕带，等等。这些便宜货足以应付大部分的慈善活动了，而且还能进一步宣称你是伯纳德·戴的夫人——真正对身份自信的人，是不需要向世人证明自己的。

生活方式

室内装潢设计

卡斯帕·凡·莫格雷特不愧是家装巨匠，把你这套公寓设计得无可挑剔。但在我看来，整体风格还是有些过时，甚至可以说稍稍有些重复了（它的设计理念是你丈夫的吧？如果我没记错，2000 年年初在迈阿密海滩上，你丈夫就用这套理念重塑了一套玻利维亚毒枭留下来的单身公寓，那可是广受好评。我至今仍清楚地记得那乌檀木地板上用珍珠母镶嵌的"案发现场粉笔轮廓"；还有主卧的床头板上，那以假乱真的"弹痕错视画"。这种风格确实有创意，但基本上就和孩子的生日聚会绝缘了，尤其是你这里还挂着丽莎·尤斯塔维奇的裸体画）。

整体翻修太费时费力了，我建议你不如重新买一栋房子。更何况，住在奥普斯大厦的顶层阁楼里会给世间传递一种错误的信息：你是某巨亨不成器的次子，或是某三流瑞士银行的高管……这栋大厦或许是某个美国建筑大师（在我看来真的名不副实）操刀设计的，但真正显赫的家族是看不上这里的。比起这里，我更希望你住在浅水湾、深水湾，甚至是赤柱镇的居民区里，那些地方能帮你更好地建立起相夫教子的形象（别在意那里的法国"流民"，就当他们不存在）。

艺术收藏

我还指望在你家里见识见识那幅价值 2 亿的《十八成宫》图屏呢，你把它收到哪去了？我建议你收藏几件重要的艺术作品，它们能让你的整体收藏更具分量，还能吸引更多资深收藏家群体的眼球。这些作品分别是：托马斯·施特鲁特（Thomas Struth）的药用植物相片之一，康迪达·赫弗（Candida Höfer）对萨克森州市立图书馆的研究，以及贝歇夫妇（Bernd und Hilla Becher）的水塔照片。

家具

看到你善待家政妇，还给她腾出了一间卧室，我感到很欣慰——主人苛待家政妇的案例我见得多了，有些家政妇甚至被迫住在仓库里，稍微地道一些的，卧室里也堆满了衣服鞋帽、雅致瓷偶（Lladro figurines）。但我建议你不要再让她们穿法式女佣服了，换成干练休闲的 J.Crew 海军上衣和白色长裤就行。相信我，不假时日，你的家政妇就会在她们的圈子里称赞你有多么好心肠了。

交通工具

汽车

别再坐那辆劳斯莱斯了。我总觉得坐在劳斯莱斯里的女主人不是年逾 60 的老太太，就是像伊丽莎白二世陛下那样白发苍苍的贵妇。我的建议是，你可以像普通的富人那样，买辆梅赛德斯 S-Class、奥迪 A8，或是 BWM7 系列，这些就足够了（你若有勇气，也可以选择大众辉腾），我们可以根据一年后的进展，再考虑要不要换辆捷豹。

飞机

你现在用的湾流（Gulfstream）V 就挺合适的（暂时不要升级为 VI，除非尤兰达·郭先买——要是你抢在她之前买了，她恐怕会气得封了你在中国田径协会的会员资格）。

饮　食

你日常光顾的餐厅没一家摆得上台面，里面的顾客不是"流民"，就是肥皂剧演员，还有最让人无法接受的所谓"美食家"。总之，全都是些妄想攀附权贵的人物。我的关键策略之一，就是让你只接触"上层建筑"，所以你也要配合些，尽量别在这些时髦的饮食场所露面了。我说的"时髦"，指的是某家餐厅开业不足两年，或是近一年半内被刊登在《杂谈》或《尖端》等主流刊物上。在附录 B 上，我推荐了几家有私人包厢的餐饮俱乐部和餐厅。半年之后，如果我觉得你在社交圈的风评已经有了足够的改善，那么我就会安排狗仔队去拍你在大排档[1]吃云吞面的照片，这种亲民的举动能大幅度改变你的形象。标题我都已经想好了——"闹市中的上流名媛"。

社　交

你的"社交复苏计划"必须从沉寂开始。在接下来的三个月内，请你暂时从公众视野里消失（旅个游、在家陪陪孩子，或者两不耽误……总之，三个月很快的）。在此期间，你要忍住不去参加各种零售店或精品屋举办的宣传活动，除非邀请的人够格（例如，公关公司就绝对不够格，德赖斯·范诺顿的亲笔请帖就够格）。还有，你得尽量推掉所有的日常招待、庆祝餐会、年度舞会、筹款晚宴、慈善拍卖会，与鸡尾酒会相关的所有聚会，马球比赛、品酒会……简而言之，就是"屏蔽"掉所有你本能想参加的活动。

熬过三个月后，你才可以通过一系列缜密的计划登场，向世人重新介绍自己。根据你届时的表现，我再决定要不要选择性地安排你参加一些伦敦、巴黎、雅加达，或是新加坡的公众活动。在国际范围内试水，能提高你的知名度，让香港名流们把你视作看点（注意：艾达·潘在出

---

[1]科琳娜口中的"大排档"位于进教围或摩纳哥会馆男士概念店的正对面，她旗下的狗仔队就在那儿附近待机，随时准备拍摄顾客的亲民一幕。——作者注

席科林·邱和阿拉明塔·李于新加坡的婚礼之前，她还从未受邀参加过嘉道理夫人的年度花园宴会哦）。

旅　游

说到旅游，你应该已经去过迪拜、巴黎和伦敦了。但这些热门旅游地，如今有一半香港人都已经接触过了。因此，为了体现你独特的品位，我们得尝试一些冷门的旅游路线。这是第一年，我推荐你策划一趟虔诚的朝圣之旅：葡萄牙的法蒂玛圣母朝圣地（Shrine of Our Lady of Fatima）、法国的露德圣母朝圣地（Sanctuary of Lourdes），或是西班牙的圣地亚哥 - 德康坡斯特拉（Santiago de Compostela）都可以。别忘了把旅游照片发布在脸书上。只要宣传得当，就算你在照片上啃加利西亚的炸火腿，世人也会把你和圣女联想到一起去的。若有成效，我们明年就可以计划去南非的奥普拉学校逛逛了。

公益机构

你必须隶属于某个公益组织，才能巩固自己在上流社会的地位。例如，我母亲是香港园艺学会的元老；康妮·明牢牢掌控着香港的各大博物馆；艾达·潘身上有癌细胞，她能把这一点利用得淋漓尽致；最后是乔丹娜·邱，她去年刚在联合医院治好了肠易激综合征（IBS）。所以，改天我们得仔细研究一下你身上有什么异于常人的特征或爱好，这能帮我们达到宣传的目的。如果实在找不到，我会从别人还没用过的里面挑一个合适的给你，让我们至少可以在这一点上的前进方向一致。

精神生活

你若准备好了，我会给你介绍一家全香港顶级的教会；而你，必须踊跃参加教会的日常活动。别反对，这可是我"社会形象修复计划"的基石。我不在乎你真正的信仰是什么，道教？佛教？或是梅丽尔·斯特里普（Meryl Streep）？我只要你在教堂里祷告、施舍、吃圣餐、手舞足蹈地念《圣经》……（别小看这些举动，它能让你获得入葬香港岛上天主教公墓的资格，而不是永远憋屈地挤在九龙的低端公墓里。）

文化与交流

归根结底，你通往"上层建筑"的最大障碍，还是你没能就读正确的幼儿园，没能接触正确的人群。这道障碍，会让你在名门聚会上失去至少七成融入话题的机会。你对绅士名媛的儿时轶事一无所知，你知道吗？他们恰巧对自己的幼年时光异常执着：谁胖谁瘦，谁在唱诗班里尿了裤子，谁的父亲包下了海洋公园给他开生日派对，谁在 6 岁时把红豆汤洒在了裙子上……至于剩下的三成话题，有两成是说外地人坏话的，你能参与？还有半成是抱怨时局的。所以说，你手上只剩下可怜的半成机会来展示自己了，你应该最大限度地抓住这些机会。

记住我一句话：再美的容颜也有消逝的那天；只有机智健谈，才能为你在豪门宴会的邀请名单上保留位置。为了达到这个目的，我给你量身定制了一个阅读计划……

此外，你还需要每周参加一次文化活动，包括：话剧、古典音乐会、芭蕾舞会、现代舞会、表演艺术会、文学节、诗友会、文物展览会、外国电影独立鉴赏，还有艺术展会（好莱坞电影、太阳杂技团、粤语流行音乐演唱会可不算文化活动哦）。

推荐书单

我在你家里发现了成百上千本杂志，却找不到哪怕一本正经的书籍，除非你想把家政妇房间里那本雪莉·桑德伯格的《向前一步》计算在内。我给你定个目标吧：一周读完一本书，特罗洛普的作品可以给你三周时间。别问我为什么选这些书，你读过就会知道，还会感谢我的。推荐书单如下：

- 《势利小人》 朱利安·费罗斯 著
- 《钢琴教师的情人》 珍妮丝·Y.K. 李 著
- 《像我们这样的人》 多米尼克·邓恩 著
- 《风格的力量》 安妮特·泰珀特 & 戴安娜·阿特金斯 著（这本书绝版了，我这儿有复本可以借你）
- 《傲慢与贪婪》 尼古拉斯·柯勒律治 著
- 《宋家王朝》 斯特林·西格雷夫 著
- 《自由》 乔纳森·弗兰岑 著
- 《D.V.》 戴安娜·弗里兰 著
- 《公主回忆录：斋浦尔邦主之妻的回忆》 嘉亚特里·德维 著
- 简·奥斯汀作品全集（从《傲慢与偏见》开始）
- 伊迪丝·沃顿作品全集（《乡土风俗》《纯真年代》《海盗》和《欢乐屋》必读，你全部念完，就知道为什么是必读了）
- 《名利场》 威廉·梅克比斯·萨克雷 著
- 《安娜·卡列尼娜》 列夫·托尔斯泰 著
- 《旧地重游》 伊夫林·沃 著
- 安东尼·特罗洛普全集（"巴里塞六部曲"必读，从《你能原谅她吗？》开始）

等你读完上述全部书籍，我会对你的理解做一次评估，再决定是否让你接触一些浅显的马赛尔·普鲁斯特作品。

最后一席话

要实施上述计划，有个不可或缺的大前提——我们得找伯纳德聊聊了。要是继续放任他这么堕落下去，甘愿做你的地下室性奴（别怪我用词不雅，坊间的谣言就是这么说），你做得再尽善尽美也是徒然。我马上就要策划一次你们一家三口的公开亮相了，具体细节，明天来文华，我们边饮茶边聊。

2

上海

2013 年 6 月

"请随我来，这间就是二位的卧室。"酒店经理颇为得意地介绍道。

瑞秋和尼克随他穿过前厅，只见眼前的卧室是双层复式结构，艺术装饰风格（deco-style）的大壁炉很是气派。酒店经理吩咐随从按下门边的开关，只见落地窗的窗帘缓缓拉开，上海这座城市的天际线仿佛触手可及。

"真不愧是总统套房。"尼克对眼前的美景啧啧称奇。另一名随从熟练地开了一瓶香槟，将一对高脚杯注满。在瑞秋眼里，这个豪华套房就像是一盒未开封的巧克力，从黑色大理石浴室里的浸泡式浴缸，到豪华圆床上的毛绒枕头，无处不让人垂涎欲滴。

酒店经理恭敬地说道："游艇已经准备好了，随时听候差遣。我斗胆向二位推荐午后的航班，这样就能欣赏到这座城市昼夜交替的景致了。"

"嗯，我会考虑你的建议的。"尼克嘴上应付着，一颗心早已跑到柔软的沙发上去了……他只想把鞋子踢飞，舒舒服服地睡个觉，不想应付这些人的殷勤。

"若有吩咐，请随时联系我们。那么，祝二位入住愉快。"酒店经理似乎察觉到了贵客的心不在焉，毕恭毕敬地鞠了个躬，识趣地离开了。

房门刚关上，尼克便一头陷进沙发里：从纽约飞到上海，十五个小时的航程着实让人筋疲力尽。他舒展着身子，懒洋洋地说："不错，不错，你父亲的这个见面礼确实让人惊喜。"

136

"何止是惊喜！单是这浴室，就比我们公寓里的要大上一圈！我们在巴黎住的酒店已经够豪华了，但和这里比起来，简直……简直不是一个等级的！"瑞秋参观过卧室，止不住地感叹。

夫妇二人原计划先在中国和瑞秋的父亲待上几周，再正式开始两人的蜜月之旅。但一小时前，他们刚抵达浦东机场，就有一位身穿灰色三件套的男人带来了瑞秋父亲的亲笔信。念及此，瑞秋不由得取出了信件，重新阅读起上面端正的黑色钢笔字：

亲爱的瑞秋和尼克：

旅途是否顺利？请原谅我没能亲自来机场接你们。但我现在还在香港，最快要今天迟些时候才能回到内地。正好，你们夫妻俩可以先享受一天的二人世界，毕竟这是你们的新婚旅行。我已经安排你们住在半岛酒店了，那里比我家有气氛得多。老秦会替你们处理入境安检事宜的，酒店也会派专车来接机。你们下午就在酒店里好好休息，到晚上，我们就能一家团聚了。我已经迫不及待地要向你们介绍瑞秋的阿姨和弟弟了，但在那之前，我们父女得单独碰个面，我看就约在晚上7点怎么样？

爱你的父亲　鲍高良

瑞秋的视线不由得在"一家团聚"四个字上徘徊了许久，满脸的幸福。尼克见状，浅啜了一口香槟，笑道："爸爸真体贴，全给我们安排好了。"

"体贴过头了吧！你看这宫殿一般的套房，还有刚才来机场接我们的劳斯莱斯，我差点儿都不敢踏进去，你呢？"

"不至于吧？幻影（Phantoms）已经很持重了。你是没见过科林祖母的50年代复古版银云（Silver Cloud），就像是从白金汉宫开出来的似的，那才叫人迈不进去呢！"

"好吧，是我少见多怪了……但我现在总算对鲍家的富贵程度有了个大概的认识。"

尼克察觉到妻子心里的紧张，问道："今晚就要见面了，你有什么感想吗？"

"当然是很兴奋、很开心啦！"瑞秋由衷地笑道。

尼克记起了那日在圣塔芭芭拉，母亲对鲍家欲言又止的样子。婚礼一结束，尼克就把自己与母亲的那番谈话一字不落地转述给了妻子。当时，瑞秋豁然地表示："父亲一家能生活富足，我自然开心。但他们是贫是贵，与我没有多大关系……"

"我没别的意思，只是觉得夫妻间不该有欺瞒，这就是我的'婚后完全公开政策'。"尼克狡黠一笑。

"嘻嘻，谢谢老公肯替我着想。说起来，还真多亏了有你陪在身边，我才能适应你们这些富豪的节奏。我已经在你家经历过'战火'的洗礼了，你还担心我今晚会怯场？"

尼克被逗乐了，调侃道："是了是了，你可是在我妈手里'险象环生'过来的，还有什么能难得倒你？我只是想让你对当前的处境有个准确的认识罢了。"

"你还不了解我？我已经默默做好了最坏的打算。要一家和睦，哪有那么容易呀。平白无故地多出个亲人，我那个阿姨和弟弟的震惊之情丝毫不在我之下吧？他们难免会心存顾虑……所以，我不会指望和他们一见面就能亲如骨肉，还是慢慢来吧。"

尼克隐约觉得妻子的神情远不及前几日在圣塔芭芭拉自在，毕竟他们现在是切切实实地站在中国的土地之上了。瑞秋看似舒坦地窝在沙发里，但绷紧的神经让人一望便知，何况还有数个小时的时差要调整……瑞秋想尽力表现得自在些，但尼克心里清楚妻子对骨肉团聚的迫切期待。尼克出身的杨氏家族历史源远，泰瑟尔庄园的走廊上，更是挂满了蔷薇木框装裱的祖辈人物画像。数不清有多少个阴雨的午后，尼克躲在书库中，百无聊赖地翻阅着沉甸甸的族谱。据那本泛黄的手工装订册记载，杨家的血脉最早可追溯到公元 432 年……尼克正在想象着没有父亲、不识家族会是怎样的体验，轻柔的门铃声打断了他的思绪。

138

"又是谁呀？"瑞秋懒洋洋地打了个哈欠，尼克不耐烦地去开了门。

"朱女士的快递。"门外身着绿色制服的快递员轻快地说。得到允许后，他将一辆行李推车推进客房，推车上堆满了包装精美的箱箱盒盒。把推车停稳后，他转身就要去推门外的另一辆……

"这些都是什么？"尼克赶忙制止道，快递员礼貌地呈上一枚信封。信封里是一张精致的明信片，其上是一行龙飞凤舞的字迹：

> 欢迎来上海，这些是为你们准备的一些日用品，玩得愉快！——C

瑞秋看到落款"C"就恍然大悟了："哇，这是卡尔顿送来的！"她迫不及待地拆开其中一个包装盒，里面满满当当地塞了四罐不同风味的果酱——塞维利亚橘子酱、红醋栗果酱、油桃糖水果酱，还有柠檬姜汁酱。极简主义的罐子上各贴着一张白色的标签，写着优雅的英文：*DAYLESFORD ORGANIC*（戴尔斯福德有机）。

尼克看见这个品牌，惊呼道："哎哟！戴尔斯福德是位于格洛斯特郡的一家有机农场，农场主班福德家族是我家的世交。他们生产的农副产品可不是普通人吃得起的，别告诉我这些箱子全是从那儿寄来的。"

瑞秋拆封了另一口箱子，里面装满了苹果酒和蓝莓汁，她哭笑不得地说："蓝莓汁吗？还真健康啊！"夫妻二人随即把其余的箱子都拆了，一一查看后大感吃不消：看来卡尔顿是打算把戴尔斯福德的全部生产线搬过来了。一眨眼的工夫，整个客厅就被有机农副产品淹没了大半：海盐、黄油酥饼、让人眼花缭乱的各类饼干、用来搭配饼干的上等奶酪、设得兰岛特产的熏鲑鱼、怪味的酸辣酱，还有各式各样的起泡酒、高级品丽珠葡萄酒（Cabernet Francs）、能把巨型浴缸注满的牛奶……

瑞秋面对堆积如山的食物，瞠目结舌地说："这……这够我们吃一年了吧？"

尼克调侃道："哈哈，连对付'丧尸危机'的储备粮都给我们备好了……这个小舅子可真够意思啊！"

瑞秋显得十分兴奋："怎么说呢……这见面礼太贴心了，我已经等不及要见见这个弟弟了！"

"嗯，看他挑选的这些食物，我敢说我和他一定合得来。不想这些了，我们先尝哪个——白巧克力柠檬饼干，还是黑巧克力姜汁饼干？"尼克开始食指大动。

上海，鲍公馆
飞机着陆数小时前

鲍高良晨练回来，刚想上楼冲澡，正巧碰见两名保姆拎着几口特拉蒙塔诺（Tramontano）的褐色行李袋从卧室里出来。他喊住其中一个问道："等等，这些行李包是谁的？"

"鲍先生，这些行李包是夫人的。"保姆战战兢兢地回答道，甚至不敢和一家之主对视。

高良皱眉道："这是要搬哪儿去啊？"

"要搬到车上去。这些都是夫人去旅行的行李。"

高良半信半疑地回到卧室，只见自己的夫人正坐在梳妆台前，佩戴着她那对猫眼石耳坠。他连忙问道："小妹说你要去旅行？你打算去哪里？"

"香港。"邵燕头也不回地说，语气中不带有一丝感情。

"你之前没说过今天要出远门呀！"高良着急了。

"临时决定的。荃湾那边的工厂出了些问题，我得亲自去解决。"邵燕冷然道。

高良有些恼了："你……你明明知道今天是和瑞秋夫妻俩见面的日子！"

"哦，是今天？"邵燕做作地惊讶地问道。

"就是今晚啊——我们还在黄埔会（Whampoa Club）预订了一

个包厢呢，不是吗？"

"哦，黄埔的菜不错，别忘了给他们点一份醉鸡。"

高良吃惊于妻子的态度，问道："你没打算晚上赶回来吗？"

"没有，赶不及的。"

高良坐在妻子身边的躺椅上，他看清了妻子的用意，怒气消了大半，无奈道："你说过你能接受的……"

"我原以为我能，"邵燕声如蚊蚋，她不紧不慢地用清洁棉球擦拭着一只耳坠，继续道，"但临到头了，我才发现，自己办不到。"

高良心里微叹：自从3月份从加州回来，他便每晚给妻子做思想工作。邵燕最初对这个爆炸性的消息很是抗拒，这也是人之常情；但如今都已过去两个月了，高良满心以为妻子的心结早已解开，然而……卡瑞·朱是他青年时的挚爱，仅此而已。他当时才18岁，谁又没个初恋呢？高良正是为了宽妻子的心，才提议邀请瑞秋来做客的——让她亲眼见见这样优秀的继女，比千言万语的劝慰都管用。邵燕当时没反对，高良就把整件事情想得简单了。

"唉，我能理解，这有些太难为你了……"高良还想做最后的挽留。

"你理解吗？我不觉得。"邵燕往脖子上喷了些 Lumière Noire 香水。

高良试着劝解道："想想瑞秋，她就能坦然接受了？但她还是愿意主动……"

听到这个名字，邵燕瞬间就爆炸了。她把香水砸在桌上，歇斯底里道："瑞秋，又是瑞秋！这几个月来，你哪天没把她的名字挂在嘴边？你心里还有这个家吗？你站在我的立场上想过吗？"

高良慌了，急忙宽慰道："我不是一直在和你商量吗？怎么就没考虑过你的感受了？"

邵燕的眼神仿佛能吃人，她皮笑肉不笑地说："呵呵！是，你考虑得可真周全，周全到要在一大帮亲戚面前，向我介绍你的私生女！我谢谢你给我脸了！"

　　高良瞬间理屈了，但还是不肯轻易服软："我请的，都是我们的至亲，他们有权利认识我的女儿……"

　　"你省省吧！是呀，'至亲'——爸妈、顾叔就不说了，你还请了你那个大嘴巴的妹妹和妹夫呢！这破事儿要是暴露了，你还有脸在北京的圈子里混吗？做梦吧你！"

　　"我现在要做的，正是将流言蜚语扼杀在摇篮中！你还不明白？坐在我这个位子上的人，是没有秘密可言的。你不是第一个劝我隐瞒的人……流言止于智者，难道世人就不会敬佩我的坦诚，承认我对儿女的爱护吗？"

　　"你若真这样想，那才叫天真烂漫呢！预祝你晚餐愉快吧，我准备动身了。对了，卡尔顿和我一块儿去。"

　　这就让高良没办法接受了："什么？卡尔顿这些天不是念叨着要见他姐姐吗！？"

　　"呵！他不过是顺着你的话说罢了。算了，反正你从来不在乎他……他焦虑、绝望，但这和你有什么关系？"

　　"你把我这个做父亲的看成什么了！？"高良终究没忍住怒气，高声呵斥道，"卡尔顿最近是有些萎靡不振，但这是他自作自受！谁让他自己要到鬼门关走一遭？你别动不动就把矛盾扯到瑞秋身上！"

　　"你就都知道了？再说了，把儿子往浑水里扯的不是我，而是你！这个私生女，给他带来的只有耻辱！你要自毁前程我们拦不住，但别拉上你儿子！"

　　"接下来的两个月里，瑞秋和尼克会住在我们家。你今天可以逃避，往后呢？你避得开吗？"

　　邵燕咬牙切齿，一字一顿地说："开诚布公吧，我是不会和瑞秋·朱、尼古拉斯·杨住在同一屋檐下的。我做不到，也不愿做。"

　　"你仇视瑞秋也就罢了，怎么连尼克也……"高良感到莫名其妙。

　　"母亲是两面三刀、窥探别人家隐私的笑面虎，儿子能好到哪里去？"

"你怎么能这样说埃莉诺·杨？要是没有她，卡尔顿能康复得这么快？"

"呵呵，我们若是普通人家，她还会这么热情？"邵燕冷笑道。

高良恼怒地摇摇头："你现在脑子不清楚，我不和你吵！"

"我才没有闲工夫陪你吵，我要赶飞机去了。最后给你留句话：你要是敢让瑞秋或者尼克住到家里，或者任意一套我的房子里，就等着瞧吧！"

"你简直是不可理喻！"高良怒吼，"他们还能住哪儿！？"

"我管不着！上海这么多酒店宾馆，还怕露宿街头不成？"

"疯了，真疯了……瑞秋是我的女儿，哪有女儿千里迢迢坐十几个小时飞机过来，父亲却把她拒之门外的道理？"

"她是你女儿，但这是我家！就一句话，你是要女儿女婿，还是要妻子儿子！？"邵燕撕破了面皮，留下这道选择题就摔门而出。

高良无助地杵在卧室中，平日里芬芳的玫瑰、水仙的香味，此刻却刺鼻得让人脑壳疼。

3

意大利，威尼斯

"吕蒂文，听得见我说话吗？我正在冈朵拉（Gondola）[1] 上，还没上岸，信号好差。你要是听得见我说话，就给我发短信，我上岸后再打电话给你。"阿斯特丽德收起手机，略带歉意地对身边的多梅拉·弗妮兹-孔蒂尼女爵士笑了笑。她此次威尼斯之行的目的是参加

---

[1] 又译为"贡多拉"或"刚多拉"，是意大利威尼斯的一种特殊的水上交通工具，一种小船。——译者注

两年一度的双年展，现在，她们正划船赶赴布兰多利尼宫殿（Palazzo Brandolini），出席安尼施·卡普尔的庆功晚宴。

"这便是威尼斯特色了，走到哪儿都没信号，更别说我们正位于大运河的正中央了。"女爵士见状调侃道，顺手裹了裹被晚风扯开的羊绒披风，"继续讲你的淘宝故事吧。"

"我刚才说哪儿了？哦……我以前一直以为福图尼（Fortuny）只设计厚丝绒服饰，所以呀，那日在雅加达的某个中古店里见到这件薄纱裙，还真一时没认出来。起初，我还以为这是一件 20 世纪 20 年代的峇峇娘惹婚纱呢，但这独特的褶皱推翻了我的判断，还有这花纹……"

"嗯，福图尼招牌的福图尼花纹，我一眼就认出来了……但这薄如蝉翼的质地，啧啧，真了不得！"女爵士轻抚阿斯特丽德的裙褶，"还有这色泽……这种色差的紫罗兰色，我还是头一次见到，显然是手工染色的，搞不好还是福图尼，或是他妻子亨丽埃特亲手染的呢。天哪！你究竟是怎么淘到这件宝贝的？"

"我为什么要骗你呀，多梅拉？真的是偶遇，它就这样送上门来了，我只花了 30 万卢比 [1]，大概相当于 25 万美元吧。"

"可恶！你就炫耀吧，羡慕死我才好！走着瞧吧，博物馆不会放过你的。我劝你今晚悠着点儿，如果让多迪看见了，他非恨不得当场就把它给扒走。"

不知不觉，布兰多利尼宫殿那恢宏的前门就在眼前了，门前的河道被密密麻麻的冈朵拉、小客轮、交通艇堵得水泄不通。阿斯特丽德趁等候的当口儿，掏出手机，里面有一封新邮件：

尊敬的夫人：

抱歉打扰您，我想向您汇报这几日卡西安少爷的情况。我今天

---

[1] 印度、巴基斯坦、斯里兰卡、印度尼西亚、尼泊尔和毛里求斯所使用的货币名称。——译者注

144

结束了休假，晚上回到家里后，发现卡西安少爷被锁在了大厅的储藏间里，而帕德玛竟坐在门外，摆弄她的 iPad。我当即质问她这是怎么回事，她吞吞吐吐地辩解说迈克先生不让放少爷出来。我再问她少爷被关了多久，她回答说四个小时……先生那时外出应酬了，我就没再追问下去。被放出来的卡西安少爷受到了惊吓，连话都不敢说了。

毫无疑问，迈克先生在体罚自己的儿子，理由是孩子闯祸了。今天下午，卡西安在大厅里玩儿他的激光剑模型，不小心在迈克先生的保时捷 550 Spyder 上蹭了一道划痕；两天前，就因为孩子说了句中文脏话，迈克先生就免了他的晚餐，直接逼他去睡觉——这词语在远东幼儿园里是禁语，但每个孩子都把它挂在嘴边，即便他们根本不知道自己在说些什么……我专程向阿莲请教了这个词语的意思，我能向您保证，5 岁的孩子不可能会理解这个父女间的行为。

我斗胆说一句，迈克先生的这种教育方式，对卡西安只会适得其反。这样做，不仅不能解决根本问题，反而会更激化孩子对父亲的畏惧和仇恨。我们这里现在已经是子夜 1 点了，但卡西安仍然无法入眠，就足以说明问题了。我记得他上一次怕黑，还是在两年前……

吕蒂文

阿斯特丽德越读，就越是愤恨和心疼，但她不能表露分毫。她不动声色地给丈夫发了条简讯，便随女爵士在侍者的搀扶下上了岸。两人被带到一间富丽堂皇的宫殿前厅，穹顶之上的黄金浮雕甚是夺目。

"真是巧夺天工呀！这多半是安尼施（Anish）的新作，你觉得呢？"多梅拉兴奋地询问阿斯特丽德的意见，却发现对方的心思根本不在头顶的浮雕上，便关切地问道："你怎么突然心不在焉了？"

阿斯特丽德不欲隐瞒，叹息道："唉，每次都是这样，我只要踏出家门半步，卡西安那边就总能惹出新的麻烦来……"

"孩子缠着找妈妈了？"

"我知道，卡西安太黏我这个妈妈了，这样不好，我那弟弟就是先例。所以，我总是有意无意地短期旅行，腾出空间，让他们父子培养感情。但事与愿违，我一出门，他们父子间就会起争执。"

"争执？怎么会呢？"多梅拉感到好笑。

"就是这样！迈克对孩子的错误简直是零容忍度，他把孩子当作新兵来教训。我得请教你，卢基诺和皮耶·保罗小时候闯了祸，例如说，损坏了某样值钱的物件，你们会怎么调教他们呢？"

"哎呀，我这两个儿子小时候就差没把房子拆了！家具、地毯，没一处能幸免于他们的魔爪的！记得有一次他们打架，胳膊肘顶在了某幅布伦齐诺的油画上……我只能庆幸那幅画里的女人丑得很，好像是我丈夫祖上某位近亲家族的成员。"

"那你是怎么做的呢？你惩罚他们了吗？"

"为什么要惩罚他们？他们还只是孩子……"

"对呀！"阿斯特丽德深以为然。

正说着，多梅拉忽然神色一变，攥着阿斯特丽德的胳膊道："哎哟，那画商怎么也来了。他近来死缠着向我推销一张古尔斯基（Gursky）的照片，讨厌死了！我脑袋进水了，才会成天盯着阿姆斯特丹国际机场的巨型照片发呆，那还不如挂我的自拍照呢！趁他还没黏上我，我们快到二楼去。"

很不幸，两人还是在二楼宴会厅被逮了个正着。画商殷勤地迎了上来，拿腔拿调地问候道："啊！女爵士夫人，竟在这儿和您偶遇！近来可好？"说完，就凑上前去要行贴面礼。

多梅拉只让他亲了一边的面颊，便退后一步，惆怅道："凑合度日。"

画商一时语塞，转瞬间便聒噪地笑道："啊哈哈，夫人您真幽默！"

多梅拉强颜欢笑地介绍道："这位是我好友，阿斯特丽德·梁张。"

"原来是梁女士，幸会幸会……"画商点头哈腰地推了推那副油腻腻的方框眼镜。他早先就将此次出席双年展的亚洲顶级收藏家名单都整理在案了，里面并没有"阿斯特丽德"这个人名，因此他便将心思又转到了多梅拉身上："女爵士，不知我是否有幸，能带您参观一番德国展馆呢？"

阿斯特丽德心有旁骛，便趁机告罪道："你们先聊着，我得去打个电话了。"说完，便疾步朝阳台方向走去。

同伴走远后，多梅拉朝画商投以同情的目光，她讥讽道："你刚刚错失了一生难遇的大好机会。知道我那位好友是谁吗？她的家族被誉为'东方美第奇'，而她最近正给她在新加坡刚开的博物馆大采购呢！"

"我还以为那位女士就是个超模之类的呢。"书商懊悔不已。

多梅拉幸灾乐祸地说："你看，拉里在找她搭讪了。他显然认真做了功课。而你，错失良机啦！"

阿斯特丽德刚到阳台，就被另一个画商盯上了，死缠烂打地要拉着她去鉴赏昆斯（Jeff Koons）的巨型气球。她好不容易打发走了这个缠人精，才有空拨电话给丈夫。

数声等待音后，电话接通了，迈克的声音听起来倦意浓浓："怎么样，你那边还顺利吗？"

"顺利。"阿斯特丽德冷冷地说。

"怎么这个时间打电话？你不会不知道这边是凌晨 3 点吧？"迈克的语气有些不悦。

"我知道，我是故意的，因为我知道你是这个家里唯一还能睡着的人！我刚才收到了吕蒂文的邮件，她说卡西安现在还睡不着，他又怕黑了。我问你：你真把儿子关储物间了？"

迈克的叹息里带着一丝愠怒，烦躁地说道："你不懂，你离开的这周，他就没一刻消停过。他只要一见我回家，就开始惹各种麻烦。"

"儿子这只是在吸引你的注意力罢了，他想让你陪他玩儿……"阿斯特丽德无力地说道。

"但客厅不是游戏室，我的车子更不是他的玩具。他这个年龄应该学会自律了，我不可能每天都像只愚蠢的猩猩似的逗他开心。"

"他只不过是个好动活泼的孩子罢了，这点继承他的父亲……"

"哼！"迈克真的动了怒，"我小时候要像他那副德行，他爷爷可不会手下留情，少说要用藤杖[1]在屁股上结结实实地打十下！"

"那我还得庆幸你不像你父亲那样严厉了？"

"我们这些年太纵容卡西安了，是时候让他学学规矩了。"

"你儿子很守规矩的，你没看见他在我这个妈妈面前就是个乖孩子吗？倒是你，什么时候才能学会做父亲呢？你以为坐在水池边摆弄笔电，放任孩子自己玩闹就是尽到父亲的责任了？带他去动物园吧，或者带他去滨海湾花园，我们的孩子需要父亲的陪伴。"

"如果你想让我心怀愧疚，你成功了……"

"亲爱的，你怎么就想不明白呢？我是在尽力为你和儿子制造独处的机会。卡西安明年就要读小学了，紧接着就是令人窒息的学业压力。一转眼，他就会长大的。这段父子同乐的时光一去不复返，我只是希望你不要留下遗憾……"

迈克破罐子破摔道："好了好了，我说不过你，我就是一个糟糕的父亲！满意了吧？"

愤怒让阿斯特丽德紧紧攥着衣摆，她忍住火道："我满意什么？我不是要和你争辩，你是个好父亲，只不过……"

迈克不耐烦地打断了妻子的话："别说了，我保证明天会好好补偿儿子的。你在威尼斯好好放松放松，来杯贝利尼（Bellini）什么的。"

"你怎么能这样说？你明知道我这趟不是出来玩儿的！我们这样满世界跑，还不是为了新加坡？而且，我今年几乎都在家里围着卡西安转，

---

[1]这是在新加坡老一辈里很流行的一种体罚工具，父亲、学校的老师都喜欢用这家伙体罚孩子。（陈老师，我还没忘记你的"亲身教导"！）——作者注

反倒是你，有八成时间都在四处旅行。"

"你要知道，总得有人要养家。你这样努力，或许是为了新加坡；但我的目的只有一个，就是支撑这个家！"

"迈克，你心里清楚，我们无论如何也不会沦落到饿肚子的地步的。"

迈克一时无言以对，沉默了一会儿后说道："阿斯特丽德，你知道问题的根源出在哪儿吗？你从小含着金汤匙长大，自然永远不会知道柴米油盐的烦恼；你动动嘴皮子，就有千万入账，更不能明白平民的焦虑、恐惧。而我，深知贫穷之苦，并以此为动力，才有了今天的成就。所以，我觉得有必要将这种'恐惧'灌输给下一代……卡西安日后会继承我们积累的财富，但他得清楚：这些财富来之不易，他必须要心存感激。否则，看看你哥哥亨利，还有你那些傲慢的亲戚们，这都是血淋淋的教训。"

"你的初衷是好的，但做法太过刻薄、狭隘了……"

"哼！你知道我说的是事实。你能否认吗——你儿子毁了我的车，你儿子出口成脏，而你还打算毫无底线地维护他。"

"他才5岁啊！"阿斯特丽德终究没忍住，吼了出来。

"正因为他才5岁，如果现在不及时纠正，那才真会害了他。"迈克丝毫不退让。

阿斯特丽德叹了口气，强作镇静道："迈克，我不想因为这种事，和你吵得不可开交……"

"难道我想？我要睡了，我和某人不一样，明天还得拼命工作赚钱呢！"迈克留下了这句阴阳怪气的话，便挂掉了电话。阿斯特丽德收起手机，身心疲惫地靠在栏杆上。日暮降临威尼斯，运河两岸宫殿的璀璨灯火投射在水面上，美得摄人心魄。

阿斯特丽德恨得直跺脚：自己究竟在做什么？身处如此世间美景之中，不想着去欣赏，竟和千里之外的丈夫争论孩子的教育问题！？

正在这时，多梅拉领着一帮人来到阳台上，阿斯特丽德一眼就认出了老友格雷古瓦·埃尔莫尔-皮埃尔。

"阿斯特丽德！多梅拉刚才跟我说你也来了，我还不信呢！你来威尼斯做什么？这里的艺术品应该不对你胃口吧？"格雷古瓦说完，还不忘给阿斯特丽德一个热情的法式贴面礼。

"我是来欣赏美景的。"阿斯特丽德心不在焉地回答道，她的心境仍没法从方才的通话中平复过来。

"好雅兴啊！对了，我这两位朋友就不用介绍了吧？香港的帕斯卡·庞和伊莎贝尔·胡。"

阿斯特丽德向这对璧人点头问候。帕斯卡身着裁剪考究的定制西服，布料略带微微的光晕；旁边他妻子模样的人则是一席迪奥露肩礼裙，裙摆仅到膝盖处，乌黑的秀发扎成了希腊假髻，当然啦，最显眼的还是那条风格独特的米歇尔·奥卡·多纳棕榈叶形吊坠。阿斯特丽德意识到，他们不是夫妻。这位伊莎贝尔·胡会是查理的妻子吗？

伊莎贝尔捕捉到阿斯特丽德惊疑的眼神，微笑着说："梁夫人，我认得您。"

格雷古瓦开心地笑道："看看，世界可真小呀！"

"幸会，终于和您见面了。"阿斯特丽德熟练地客套道，"查理和我炫耀过您对 M+ 博物馆的募金计划，我觉得您在做一件很有意义的事情。香港是时候要在世界级的现代艺术殿堂里发声了。"

"谬赞了，您和我丈夫最近碰过面吧？"伊莎贝尔保持着礼貌的微笑。

"是的，可惜您那天没和他一起来加州，我们的公路之旅非常开心。"

伊莎贝尔脸色一僵……加州？她说的"碰面"，指的是数月前在香港举办的巅峰宴会，公路之旅又是什么？她强压住疑惑，恢复了笑容道："怎么样？你们玩得尽兴吗？"

"是呀，我们原打算去索萨利托的，但临时改了主意，就一路沿岸南下蒙特雷和大瑟尔了。"

"别说，让我猜猜看……他一定带你去大苏尔酒店（Post Ranch Inn）吃晚餐了吧？"伊莎贝尔假装兴奋地表示。

"你猜对了一半——是午餐。那里简直是人间仙境！"

"是呀，没错。好了，恕我失陪，很高兴认识你，阿斯特丽德·梁。"伊莎贝尔说完，便随帕斯卡重返宴会厅，阳台上只剩下阿斯特丽德、多梅拉和格雷古瓦三人。晚风带着夏日的余温轻拂面庞，远方传来圣马可教堂（Basilica di San Marco）的晚钟声。

三人正惬意间，帕斯卡又回到阳台上，焦急地问格雷古瓦："伊莎贝尔突然说要走，你呢？一起走还是留下？"

"怎么这么着急？一切还好吗？"阿斯特丽德关切地问道。

帕斯卡冷冰冰地睨了阿斯特丽德一眼，冷笑道："您可真'热情'啊，刚见面就狠狠地打了伊莎贝尔一耳光。"

"您这话是……"阿斯特丽德不明所以。

帕斯卡深呼吸了一口气，控制住了自己的火气："我不管您是何方神圣，但您的厚颜无耻伤害到了我的好友，我就不能坐视不理。你喜欢陪那个混账查理·胡沿着加州海岸上下跑，那是你们的自由。但你有必要勾引了人家丈夫，还在妻子面前耀武扬威吗！？"

阿斯特丽德正要上前理论，却被身旁的多梅拉按住了肩膀，她只能激动地摇头道："不，不，不是那样的。这是天大的误会。我和查理只是老朋友……"

"老朋友？笑话！今晚之前，伊莎贝尔甚至都不知道有你这个人的存在！"帕斯卡留下这句话，便愤慨地离开了。

4

布鲁斯特的绿劳斯莱斯（Basilica di San Marco）停在酒店门前待命，不过目的地餐厅距酒店只隔了六条街，因此瑞秋和尼克决定步行前往。虽然已是 6 月初，但日暮下的上海市中心却格外清新凉爽。离约定时间还早，夫妇二人悠闲地漫步在声名远播的外滩上，尼克感慨万千，不由得回想起 6 岁时的那个清晨……

那日，尼克一家三口驱车到九龙新界的某个乡村兜风。车子驶过蜿蜒的山路，抵达山顶观景处。游客们或扎堆用"长枪短炮"对准眼前的美景，或在锈迹斑斑的投币望远镜前排队等待。菲利普把小尼克抱起来，好让他能够着望远镜。"儿子，看见了吗？那就是中国内地的海岸线，你的太祖爷爷就是在那里长大的。多看两眼吧，我们现在到不了那边去了。"

"为什么呢？"小尼克天真地问道。

"那边呢，是社会主义国家。我们新加坡的护照上写着'中华人民共和国禁入'几个字。但你长大后，或许就能过去了。"

尼克眯着眼睛望向远方那条泥泞、贫瘠的褐色海岸线，却只能辨别出杂乱无章的农田和简陋的灌溉沟渠，这哪有"国界"的模样？他试图找到一道长城、一条护城河，哪怕是任何能证明那是英属香港与中华人民共和国之间界线的标志，但只看到了一片荒芜……望远镜的镜头脏兮兮的，父亲的双手又撑得胳肢窝生疼，尼克没了兴致，便让父亲松了手，直奔身边的零食摊去了。在孩子眼里，可爱多（Cornetto）甜筒可比中国的风景有吸引力多了。

尼克无论如何都没法把儿时对中国内地的印象，同眼前的繁华景致联系到一块儿。

上海坐落于黄浦江两岸的千里沃野，素有"东方之珠"的美誉。高耸入云的摩天大楼与庄严肃穆的 20 世纪西方建筑共存于这座现代化大都市之中，争夺着游客们的注意力。

尼克开始向初来乍到的妻子介绍起自己最欣赏的建筑："你看桥对面，那是上海大厦，我就喜欢这种厚重的哥特式轮廓，典型的装饰艺术，不是吗？说到这个，你知道上海拥有目前全世界规模最大的装饰艺术建筑群吗？"

"我可不懂那么多，我只想说，这儿的摩天楼也太夸张了吧！我都不知该怎么形容了——你看看那天际线！"瑞秋兴奋地指向江对岸那仿佛无限延伸的摩天大楼叫道。

"对，这就是浦东的魔力。你敢相信十年前，你脚下还是荒无人烟的田野吗？短短十年，这里便发展成了繁华的金融区，反倒把华尔街衬成了小渔村了。看见那栋有两个球的建筑了吗？它就是东方明珠广播电视塔，有没有觉得很眼熟？像不像是《巴克·罗杰斯在 25 世纪》里的建筑？"

"嗯？你说什么罗杰？"瑞秋根本不明所以。

"你不知道吗？这是一部 80 年代的电视连续剧，故事背景设定在未来，剧里的建筑物全是 10 岁孩子幻想中的银河系风格。那个年代，有很多这种剧，引爆全美后又传到了新加坡，《千面飞龙》就是其中之一。你对这部剧有印象吗？里面的主人公能变身成各种野兽，比如老鹰、老虎、豹子……"

"然后呢？"瑞秋附和道。

"还能有什么'然后'？就是对抗邪恶势力呗！"

瑞秋笑得很灿烂，但尼克仍能感觉到，随着他们离目的地越来越近，妻子的神经就越来越紧绷。尼克停止谈笑，心里期盼着今晚的团聚能如天上的明月那般圆圆满满。瑞秋盼这一天盼得太久、太艰辛了，只求命运不要再和她开玩笑了。

转眼间，外滩三号就在眼前了。这是栋高雅的文艺复兴风格建筑，屋顶是庄重的望江台。

两人按指示乘电梯来到十五层，只见一间低调奢华的前厅映入眼帘。酒红色墙壁上的金色壁画，栩栩如生地描绘了一位美丽的长袍少女，还有两名彪悍的战士跪拜在她左右。

壁画前的女侍者见有顾客来访，迎上前用英语问候道："欢迎二位光临黄埔俱乐部，请问有什么可以效劳的吗？"

"谢谢，我们是鲍先生的客人，能给带个路吗？"尼克回答道。

"是杨先生和杨太太吗？请随我来。"这名女侍者身穿紧身旗袍，尽显东方女性的窈窕之美。瑞秋二人紧跟着她路过主餐厅，周遭的顾客都是时髦别致的上海高端人士。女侍者并未停下脚步，三人继而来到一间宽敞的门厅。门厅左侧排列着一行装饰风格的吧椅，每个座位都配备了一盏绿色的琉璃灯，右侧的墙壁上则是金银色混搭的壁画，看似并无用餐之处。两人正觉得奇怪，只见侍者打开其中一面壁画的墙板——这里竟是包厢门！

"鲍先生还未到，请二位在包厢内稍作休息。"女侍者恭敬地说。

"哦，还没来？好吧……"瑞秋心不在焉地回答道，尼克不确定她这是吃惊还是松了口气。

包厢内的装潢很奢华，温度适宜，内侧摆放着数张生丝软垫的靠椅，靠窗的一侧有一面圆形餐桌，配备了十多张蔷薇木餐椅，桌面上的餐具有十二组，这让瑞秋心里打起了鼓：自己和尼克，加上父亲一家，不过才五人，难道还有其他亲戚要来？

瑞秋故作轻松地调笑道："这酒店里的人怎么都和我们说英文？难道我们看着不像中国人吗？"

"别小看了他们，从我们迈进餐厅的那刻起，他们就知道我们不是本地人了。你的气质和这里的小姐、太太们比起来，简直就像个'亚马孙女战士'。你没发现，不管是衣着打扮，还是言行谈吐，我们都和周围的人截然不同？"

"有这个说法吗？九年前我在成都教书的时候，学生们都知道我是美国人，但他们也没和我说英文啊。"

"成都怎么能和上海比呢。比起那些内地城市，上海更为开放，也更具国际风范，随处可见我们这样的'高仿'中国人。"

"好吧……不得不承认，我们的衣着和本地人的比起来确实有些不一样。"

"是呀，或许在他们眼里，我们才是土里土气的乡巴佬呢！"

瑞秋找了张沙发坐下来，随手翻阅起桌面上的茶饮菜单，边翻边说："上面说这里的私人茶室供应了五十多种茶水，而且都是现场泡的工夫茶。"

"听上去不错，我们晚餐后可以试试。"尼克在包厢里来回踱步，不知道的人，还以为他在鉴赏室内的中式现代风格装潢。

瑞秋见状，不耐烦地说："你就不能安安静静地坐一会儿？这样晃来晃去，真让人心烦意乱。"

"抱歉抱歉。"尼克连忙在妻子对面坐了下来。百无聊赖之下，也拿起了手边的茶饮菜单……

焦心的沉默持续了一刻钟，瑞秋终于忍不住了："有点儿不对劲儿……我们不会被放鸽子了吧？"

"你想太多了，他们多半是堵在路上了。"尼克嘴上不承认，但心里也忍不住往坏处想。

"但愿吧……也不知为什么，我左眼皮直跳……你不觉得蹊跷吗？我爸提前那么早就预订了包厢，现在都超过约定时间半个小时了，怎么还没一个人露面？"

"怎么说呢……香港人是出了名的没时间观念，或许上海人也有这毛病？听他们说，这是颜面的问题，中国人觉得第一个到场是很掉面子的事情，搞得和饿死鬼投胎一样。所以，他们都会有意无意地迟到几分钟，压轴登场才有派头嘛……"尼克强行找理由道。

"真有这么荒唐的观念？"瑞秋皱眉道。

"荒唐？即便是在纽约，这种观念也或多或少行得通，不是吗？你想想看，公司的周会上，最后登场的不都是领导，或资深专家？最后登场都算屈尊了，真正的大人物都是迟到空降的，如果他们老老实实地准时出席，和那些小员工又有什么区别？"

"这怎么能混为一谈呢？"瑞秋不以为然。

"不是吗？摆架子是摆架子，香港人却把它上升成一种艺术形式了。"

"好啦，说不过你。但你举的例子是公司开会，而我们现在是家庭聚会，迟到就是迟到，你那歪理说不通的。"

"怎么说不通？有一次，我们全家在香港聚会，就我傻兮兮地提前就位，足足等了他们一个小时！尤其我那个表哥艾迪，不惜迟到也要最后登场……你太紧张了，别着急，该来的总会来的。"

又是数分钟漫长的等待，门外终于有了点儿动静，但现身的却是一个一席黑衣的陌生男人："两位可是杨先生和杨太太？我是餐厅主管，鲍先生托我给二位带个话。"

尼克心底一凉，这又会是什么"惊喜"？

瑞秋的一颗心提到了嗓子眼儿。主管正要开口，门厅外突然传来一阵喧闹声。两人下意识地看向主管身后，只见一群聒噪的少男少女兴奋地把一个年轻女孩儿团团围住。这女孩儿大概 20 岁出头，穿着一席贴身的白色露肩长裙，奶白的双肩上随意地披着一条亮闪闪的斗牛斗篷。女孩儿的身边跟着两位精悍的保镖，以及一个穿着条纹西装、留着莫霍克发型的中性女人，三人正在尽力驱散周围歇斯底里的人群，好给女孩儿让出一条路来。

若不是身处高级餐厅，谁敢相信这帮少男少女一分钟前还是随父母等待就餐的乖乖仔，转眼间就化身为疯狂的粉丝，争先恐后地要将偶像的照片留在自己手机里呢？

趁女孩儿熟练地在镜头前摆各种姿势的间隙，尼克和瑞秋得以仔细观察她的样貌：黑亮的卷发堆砌成蓬松的蜂窝头，形状姣好的鼻梁和丰润的双唇彰显出超越年龄的性感，这女孩子活脱脱就是中国版的艾娃·加德纳（Ava Gardner）呀！

"她是谁？电影明星吗？"尼克好奇地问主管道。

"您说那位柯莱特·邝小姐吗？她算是以衣着出名的时尚达人吧。"主管解释道。

柯莱特在几张粉丝的餐巾上签了名后，直奔到瑞秋跟前，热情地打招呼道："哎呀，我可算找到你了！"她的语气就像是在问候老友。

"嗯？您在和我说话？"瑞秋又惊又疑。

"还能有谁嘛！这里太吵了，我们快走吧！"女孩儿说完，拉起瑞秋的手就要往外走。

瑞秋忙挣开对方的手："抱歉，您似乎认错人了，我是在这里等人吃饭的……"

"你是瑞秋，对吧？是鲍家叫我来找你的，计划临时有变。跟我来就对啦，我会跟你解释的！"柯莱特不由分说，便把瑞秋推出包厢。门厅再度沸腾起来，手机摄像头闪得人眼花缭乱。

"你们的员工电梯在哪儿？"那个"莫霍克"女人不客气地问主管。尼克一头雾水，但既然这是鲍家的安排，他也只能乖乖地跟上去。一众人乘员工电梯来到一楼，再通过员工通道直达广东路，门外迎接他们的是狗仔队的"长枪短炮"。

柯莱特的保镖顶在最前面开路："让开！都给我让开！"事实证明，他们的咆哮对于蜂拥而上的狗仔队毫无震慑力。

"这也太疯狂了！"尼克忍不住喊道——一个狗仔突然蹿到他面前，差点儿让他屁股着地。

那个"莫霍克"女人转向尼克，在混乱中自我介绍道："你就是尼克吧？我叫罗克珊·马，是柯莱特的私人助理，幸会。"

"幸会幸会……柯莱特走到哪儿都是这阵仗？"

"差不多吧。这算好的了，只是些小报记者而已；你是没看到她在南京路上被认出来时的阵势……"

"她有这么出名？"

"她现在是内地最前卫的时尚界宠儿，单单是微博和微信上的粉丝就超过了 3500 万，你说呢？"罗克珊的语气颇为自豪。

"你说多少？3500 万？"尼克深表怀疑。

"信不信随你，但我奉劝你保持微笑、看向镜头——明天你的照片会上头条的。"

两辆奥迪七座 SUV 开到路边，险些把一个不要命的狗仔撞飞。保镖们立刻护着柯莱特和瑞秋夫妇上了前一辆车，严严实实地关上车门，彻底断了狗仔们的念想。

骚乱终于停歇了。柯莱特问道："你们没受伤吧？"

"其他都还好，就是眼珠子被闪得疼。"尼克苦笑道，他坐在前排的副驾驶席上。

"简直太狂热了！"瑞秋好不容易才平复住呼吸。

"自从我的照片登上中国《世界时装之苑》封面的那天起，上海就待不住了。"柯莱特小心翼翼地用英式口音解释道，但语速节奏还是暴露了她的国籍。

尼克留了个心眼儿，警惕地问道："你打算把我们带到哪里去？"

不等柯莱特回答，车子就骤然减速，停靠在了路边。一个年轻的男子蹿上车来，坐在瑞秋身边，害得瑞秋惊呼出声来。

"吓着你了？抱歉抱歉，不是有意的。"男子的英语口音和尼克相似，他朝瑞秋友善地一笑，"瑞秋姐，我就是卡尔顿。"

"啊！你好……"瑞秋惊魂方定，看向对方，但这一对视，却让两人都惊呆了。瑞秋这还是第一次近距离观察弟弟的容貌：只见卡尔顿的肤色和自己一样呈健康的浅栗色，头发的两侧剃成了短寸，中间却茂密且不拘一格，显得潇洒帅气；下身穿着简洁的褐色灯芯绒裤，上身是褪色的橘色 Polo 衫，外面还套了件手肘处带补丁的粗花呢（Harris Tweed）运动夹克，不知道的人还以为他刚完成了《睿度》的时尚采风呢。

尼克第一个反应过来，惊呼道："天！你们简直就是一个模子里刻出来的！"

"对吧对吧！我第一眼看到瑞秋，就觉得她和卡尔顿是失散多年的双胞胎了！"柯莱特也连声附和。

瑞秋的嘴唇微微颤抖，发现自己的嗓子都不听使唤了，这不仅仅是吃惊于弟弟的相貌与自己如此相似，她更是从对方身上感受到某种更深层次的血缘羁绊——某种从父亲身上感受不到的羁绊。瑞秋深深地闭上了眼睛，强行抑制住心中呼之欲出的情感。

尼克见状，关切地问道："瑞秋，你还好吧？"

"好，从没这么好过……"瑞秋的声音微微哽咽。

柯莱特轻轻搂住瑞秋的胳膊，自责道："对不起，是我没安排妥当，委屈你们了。我刚在外滩三号一下车就被认了出来，那帮疯子一路跟着我进餐厅，甩都甩不开！进了黄埔俱乐部就更没地方躲了……卡尔顿不想在三流小报的镜头下和你姐弟相认，我就把他先送到这儿来，再去餐厅接你们。"

"谢谢您这样费心……对了，其他人呢？"瑞秋疑惑道。

卡尔顿有些难以启齿，但还是解释道："老爸让我跟你们说声抱歉，香港那边出了些状况，我们一家要赶去处理。他们原以为能来得及赶回来的，但计划赶不上变化，所以就让我先飞回来了……"

"等等，你的意思是，你刚从香港回来？"瑞秋感到莫名其妙。

"是呀，所以才耽搁了这么久，抱歉抱歉……"

柯莱特帮着解释道："这是我的主意。聚餐计划是泡汤了，但至少我们得赶回来接待你们，总不能把你们丢在上海不管吧？"

"谢谢，真是给你们添麻烦了。香港那边没什么大碍吧？"瑞秋关切地问道。

卡尔顿略加犹豫，答道："没事。就是他们在香港的工厂出了些问题，至少也得处理个几天才行。"

"没事就好，正事要紧。你和女朋友还专程赶回来，我们已经很开心了。"

听到这话，柯莱特大笑起来："哈哈，卡尔顿，你听见没有？你姐说我是你的女朋友呢。"

卡尔顿尴尬地笑了笑："姐，我和柯莱特……只是好朋友而已啦！"

"抱歉抱歉，是我想当然了……"瑞秋忙不迭地道歉。

"不要紧，你也不是第一个这样误解的人了。我今年23岁，换成其他女孩儿，恐怕这正是需要爱情滋润的年龄吧？但我偏偏不一样，我可不愿意大好年华被爱情捆绑。卡尔顿只是我众多追求者中的一个，能否虏获我的芳心，全看他的表现啰！"

　　瑞秋通过后视镜偷偷观察着卡尔顿的神情，只见弟弟的眼神里写满了憋屈，好似在说："她真把这话说出口了？"她不敢再看这小眼神儿，忙别过头去，紧紧咬住嘴唇憋住笑意。最后，还是瑞秋打破了尴尬的沉默："我完全能理解，像我在你这般年纪的时候，心思也没放在谈恋爱上。"

　　卡尔顿不愿在这个话题上浪费时间，便郁闷地插嘴道："那么，单身的柯莱特小姐，说说你接下来的计划吧！"

　　"要什么计划——走到哪儿逛到哪儿就是了。你们想去夜店、酒吧，还是餐厅？或者说，我们去泰国找一块还没开发的沙滩？"柯莱特兴奋地憧憬道。

　　卡尔顿在一旁提醒道："我补充下，她没在说笑。"

　　尼克哭笑不得："唔，沙滩还是改天吧，当务之急是吃晚饭！"

　　"那好办，你们想吃什么？"

　　瑞秋身心俱疲，不是很有胃口："我随意。尼克，你有什么想吃的吗？"

　　"好不容易来上海一趟……在哪儿能吃到最地道的小笼包？"

　　卡尔顿和柯莱特相视一笑，异口同声地说："鼎泰丰！"

　　"等等，你们说的这个'鼎泰丰'，是在台北和洛杉矶都有店的那家吗？"

　　"对，它是台湾的连锁餐厅。不过，信不信由你，上海分店的小笼包才是最地道的。从它开张那天起，我就没见过哪天不用排队的，但今天就未必了，谁让我们沾了某人的光呢——"卡尔顿说完，还促狭地对柯莱特扮了个鬼脸。

　　"好吧，我先让罗克珊联系店家，让他们给开个后门。今天的曝光度已经超标了。"

　　短短一刻钟的工夫，瑞秋和尼克就置身于舒适的包厢之中了。瑞秋俯视着美不胜收的都市夜景，抬头便是辽阔的天际线，不禁感慨道："你们在外面吃饭都有包厢？"

放眼望去，几乎所有的高层建筑都在上演着光之秀：有些大厦的表面仿佛涂了日辉的荧光漆，有些大厦的表面则布满了闪烁的霓虹灯，简直就像是巨型手提录音机。

"我还有其他的选择吗？在公众场合吃饭……除非你能忍受千百个镜头记录着自己的吃相。"柯莱特打了个寒战，表示没法接受。

没过多久，服务员端上来几组笼屉，里面装着上海最驰名的美味小吃——小笼包。除了各种风味的小笼包，还有肉末手擀面、鸡丁蛋炒饭、蒜香豆角、猪肉白菜馄饨、虾仁米糕、芋包……众人刚要动筷，罗克珊突然闯入包厢，举起照相机就拍了几张柯莱特对小吃食指大动的照片。

柯莱特苦笑着解释道："抱歉啦诸位，我每隔一小时就会给粉丝们一些福利。"说完，转头熟练地和罗克珊探讨方才拍摄的照片："唔……就上传这张蘑菇的吧。"

尼克憋住笑——这柯莱特真是有趣。大家都知道，她并非有意炫耀，而是有一种非常纯粹的直率。和那些生长在豪门望族中的"金丝雀"一样，柯莱特似乎对外面的世界毫不了解，也满不在乎。

相比之下，卡尔顿就显得世故多了，包括待人接物也无可挑剔，哪有母亲口中"被宠坏的败家子"的模样？只见他熟门熟路地给诸位夹菜、倒啤酒，确保在座的所有人，尤其是两位女士的碗碟都满了，才开始给自己夹菜。

"你先尝尝这个蟹肉味儿的！"卡尔顿灵巧地夹了个小笼包放到瑞秋的调羹瓷盘上。瑞秋习惯性地咬破包子皮儿，小心翼翼地让鲜香的汤汁流溢出来，再享用多汁的肉馅儿。

柯莱特又惊叫起来："你们发现没有，瑞秋吃小笼包的方式都和卡尔顿一模一样！"

"这也能遗传呀？真是姐弟！"尼克调侃道，"怎么样，瑞秋，这里的小笼包地道吗？"

"我就没吃过这么地道的小笼包！尤其是这咸淡适中的汤汁，简直太棒了！我至少能吃一笼屉！天哪，这简直就是可卡因！"

"一笼屉？那你一定是饿坏了。"柯莱特撇了撇嘴。

"午饭吃早了嘛！对了，说到吃，差点儿忘了——卡尔顿，谢谢你的礼物。"

"礼物？我什么时候送礼物了？"卡尔顿很是费解。

"戴尔斯福德有机……那些食物不是你送来的吗？"

柯莱特忽然举起手来："那些是我送的啦！"

"呀！抱歉，我还以为那个'C'是卡尔顿呢……谢谢你！"[1]瑞秋吃惊道。

"是呀。我听说鲍叔叔临时才订的酒店，就怕酒店安排不过来，让你们饿肚子。所以呀，索性就让专机给你们送些补给品。"

"嗯？你是说临时预订？"尼克觉得有些奇怪。

柯莱特慌慌张张地掩住了嘴，简直生怕别人不知道她说漏了嘴。

还是卡尔顿脑子转得快，快速补救道："哈哈！我爸做事喜欢提前计划，相比之下，这次真算匆忙的了。他一心想着给你们准备一趟特别的新婚旅行，你们别怪他照顾不周才好。"

柯莱特连忙转移话题道："那些零食怎么样？还合胃口吧？"

尼克不疑有他，笑道："很棒！戴尔斯福德有机果酱是我的最爱。"

"你也喜欢？我从赫思费德女校（Heathfield）时代起，就对它上瘾了！"

"你在赫思费德念的中学？我是在斯托中学（Stowe）哦！"尼克笑道。

卡尔顿砰地拍了下桌子，兴奋地说："哎哟！我也是老斯托人！"

"哈哈哈，果然果然！我一看见你这件运动夹克，就猜到七八分了！"

"你住在哪个宿舍？"

"格伦维尔。"

---

[1] 柯莱特的英文为 Camelot，与卡尔顿（Carleton）一样，英文简写都是"C"，故而导致了瑞秋的误会。——译者注

"太巧了！那儿的舍监是谁？弗莱彻？"

"奇蒂……我想你已经知道他的绰号了吧？"

"哈哈，妙极了！你玩橄榄球或板球吗？"

见两个大男孩儿聊得火热，柯莱特翻了个白眼，对瑞秋道："看这架势，今晚我们得自己找些乐子了。"

"是呀。尼克上回和新加坡的老同学聚会，也是这么开心。猜得没错的话，小酌几杯之后，他们就会勾肩搭背地唱不知所云的《老男人之歌》[1] 了。"

卡尔顿不想冷落姐姐，转过头和瑞秋搭话："看来我被某人嫌弃了呀……让我猜猜，你一定是在美国上的学，对不对？"

"对，库比蒂诺的蒙他维斯塔高中。"

"你真幸福！"柯莱特艳羡道，"我就没这个福分了，一到年龄，就被爸妈送到英国念书了。那时的我，天天都梦想着在美国的高中里做一回玛丽莎·库珀呢。"

"你自动忽略了车祸情节，对不对？"卡尔顿不忘趁机调侃[2]。

"说到车祸，卡尔顿，你的恢复速度真是惊人！"尼克感叹道。

提起这茬儿，卡尔顿的脸上不易察觉地掠过一抹阴沉之色，他强笑道："谬赞了，这完全是托埃莉诺阿姨的福。要不是在新加坡做复健，我哪能康复得这么快？说起来，要是没有埃莉诺阿姨，也就没有我们今天的团聚了！"

"世事难料，缘分到了，想躲都躲不掉，不是吗？"

话题刚好告一段落，罗克珊算准了似的进门汇报道："巴普蒂斯特到了。"

"终于来了！快让他过来。"柯莱特兴奋地说。

---

[1]《老男人之歌》的歌词："曾几何时，在西边的码头，来自岛屿的无畏男儿……"——作者注

[2]请参照美剧《橘子郡男孩》第三季：女主角玛丽莎·库珀（米莎·巴顿 饰）被车撞死（注意剧透）后，这部剧的人气就开始急转直下。——作者注

卡尔顿凑到瑞秋耳边道："这位巴普蒂斯特之前是巴黎瑰丽酒店
（Hotel de Crillon）的首席调酒师，在国际业界也是数一数二的。"
他话音刚落，一位留着八字胡的男人便推门而入，双手还捧着一个精致
的红酒袋，那虔诚的模样，仿佛正在抱着皇室婴儿接受洗礼。

"巴普蒂斯特，你找到我想要的东西了吗？"柯莱特问道。

"那是自然。上海私人珍藏的拉菲酒庄（Château Lafite Rothschild）
极品。"巴普蒂斯特恭敬地回答道，灵巧地取出一瓶红酒，展示给柯莱
特看。

"平时我最喜欢波多尔的陈酿，今晚之所以选这瓶，是看准了它的
年份——1981年！瑞秋，这是你的生日吧？"

"是的。"柯莱特的用心让瑞秋很感动。

调酒师给众人斟满了酒，柯莱特举杯道："就由我这个做'地主'的，
来敬这第一杯酒吧！对于我们这代中国年轻人来说，身边能有兄弟姐妹，
那可是奢望。就拿我来说吧，从小我就盼着父母能给我生个弟弟或妹妹，
可我没那个福分……我和卡尔顿认识好多年了，他得知自己有亲姐姐那
一刻的喜悦，还是我从未见过的。所以，这第一杯酒，我要敬你们这对
姐弟——瑞秋、卡尔顿！"

"举杯！"尼克欢呼道。

卡尔顿也起身宣称："我也要先敬一下瑞秋。首先欢迎你来上海。
我们姐弟今后要和睦相处，互相交心，弥补这二十年来空缺的手足之情。
这第二杯酒嘛——要敬我们的柯莱特小姐，感谢你今晚对我们一家的热
情款待，更要感谢你坚持赶鸭子上架！最让人开心的是，我今晚不仅'收
获'了个姐姐，还'附赠'了个哥哥！瑞秋、尼克，欢迎来中国！我敢
保证，我们会一起度过一个毕生难忘的夏天。"

尼克不是很明白"赶鸭子上架"这句话是什么意思，但现在显然不
是纠结这种细节的时候。他温柔地望向妻子，只见她的眸子里溢满了喜
悦而晶莹的泪花……至少，之前的顾虑现在看来都是杞人忧天了，现状
远比自己想象得理想太多。

5

查理的首席秘书将脑袋探进董事长办公室，汇报道："胡先生，现在到意大利早上9点了。"

"好，谢谢提醒，爱丽丝。"查理闻声，便迫不及待地用私人专线拨通了阿斯特丽德的号码。几声难熬的等待音后，对方接了电话。

"查理！你总算给我回电话了！"阿斯特丽德很是焦急。

"有没有打扰到你休息？"

"怎么会！我早就起床等你回电了。你听说昨晚发生的事了吗？"

"嗯……我得向你道歉，害你被误会了。"

"该道歉的是我，我不该对伊莎贝尔说那些话。"

"别瞎说。要不是我那日执意邀请你，要不是我事后故意瞒着伊莎贝尔……真的，错全在我，对不起。"查理很是自责。

"你向伊莎贝尔解释清楚了没有？告诉她我表弟阿历斯泰全程陪着一起了吗？"

查理沉默了数秒，强作镇静地答道："我说了，都解释清楚了，不用担心。"

"你确定没有误会了吗？我昨晚几乎没合眼，就怕伊莎贝尔找你麻烦，误会我是第三者插足……我本来想亲口和她解释的，但我没有她的联系方式。"

"好啦，真解释清楚了。我说那天凑巧我们都在加州，就临时想着结伴四处逛逛……伊莎贝尔能理解的，她已经消气了。"查理这话说得连他自己都不信。

"你还要告诉伊莎贝尔,那趟旅行里最'浪漫'的事,就是见证了阿历斯泰一口气吞下了太多的 In-N-Out 汉堡包,朝车窗外吐了个昏天黑地。"

"哈,不用你提醒,我都一五一十地跟她交代了。"查理强颜欢笑道。

听到对方轻松的语气,阿斯特丽德悬着的心才放下大半,叹道:"那就好,那就好……我这次真是吸取教训了,应该万分谨慎才对。毕竟,我和伊莎贝尔是初次见面,而且我还是你的……"说到这里,她突然语塞。

"是我的前女友——以前甩了她的丈夫。"查理对这点毫不避讳。

"对的……希望她能明白,我们根本就不适合做情侣,更适合做好朋友。"阿斯特丽德大大咧咧地笑道。

"伊莎贝尔当然清楚这一点……"查理心里发苦,忙转移话题,"你在威尼斯怎么样?现在在哪儿?"

"我和多梅拉·弗妮兹-孔蒂尼一起来的,她家族拥有全威尼斯最豪华的宫殿,就在圣克罗切教堂(Santa Croce)。我一到阳台上,就有种步入卡拉瓦乔[1]画作的错觉……你还记得多梅拉吗?她当年在 LSE[2] 读书的时候,几乎都在跟弗雷迪和桑鬼混。"

"记得,就是那个染金发的疯女孩儿吧?"

"纠正一下:是白金色。她现在可老实了,头发变回了自然的栗子色……有她陪在我身边,至少在昨晚之前,这趟威尼斯之旅还算愉快。"

"唉,都怪我们,坏了你的兴致……"查理又开始自责了。

---

[1] 意大利画家,全名米开朗琪罗·梅里西·达·卡拉瓦乔(意大利语:Michelangelo Merisi da Caravaggio),1571 年 9 月 29 日～1610 年 7 月 18 日在世,是巴洛克画派的重要人物。——译者注

[2] 伦敦政治经济学院(The London School of Economics and Political Science)的英文简拼,也被称为伦敦经济学院或伦敦政经。——译者注

"你误会了。我指的是另一件烦心事——"阿斯特丽德忙不迭地解释道，"我家里那一大一小两个'男孩儿'总不愿意和睦相处。"

"哈哈！他们大概是太离不开你这个'母亲'了。"查理调侃道。

阿斯特丽德恼了："连你也这样取笑我？你知道吗，卡西安被关在储藏室里整整一个下午。"

查理意识到问题的严重性，连忙问道："谁干的？"

"还能有谁？他爸爸。"

"迈克？"查理怀疑自己听错了。

"对，就在昨天，他关了自己儿子四个小时的禁闭，而他的儿子才5岁。"

"别说5岁了，无论孩子多大，父亲都不能这样做！"查理愤慨道。

"我也是这么说。唉，看来我得提前结束这趟旅行了。"

"做母亲，做妻子，难呀……"

阿斯特丽德叹了口气，问："伊莎贝尔大概几号回去？"

"不出意外，周五就到家了。"

"她真是光彩夺目。昨晚的伊莎贝尔，就像她胸前的钻石吊坠一般耀眼。最令人钦佩的是，我无意中出言冒犯了她，她竟能冷静地待我如常……真庆幸她没误会，我可不愿失去她这样的朋友。"

"我又何尝不庆幸呢？"查理尽力让电话那边可以感受到自己的笑意，这可着实不易。

话虽如此，阿斯特丽德仍然深感内疚，觉得需要以实际行动来补偿自己的过失，她沉默了一会儿，然后说："我和迈克改日会到香港拜访你们的，到时我们来场四人约会吧？也好让我和伊莎贝尔重新认识对方。"

"好主意，我们两家的友谊应该更深厚才行。"

两人许下约定后，就结束了通话。查理拖着疲惫的身躯站起身来，眼前忽然一阵眩晕，胃里仿佛有几升培根油在翻滚似的。他用内线打给秘书，说："爱丽丝，我去楼下透透气，有急事打我手机。"随后，他乘坐私人电梯直达底层，穿过车库离开大厦。现在已临近日暮，外面的空气不算清新。查理先是无力地倚在墙上，深吸了几口气，待眩晕缓解几分后，才挪步前往平日里最爱的消遣地。

在呼啸大厦和遮打道的其他高楼之间，夹着一条不起眼的小巷，一个简陋的小吃路边摊就坐落在小巷之中。这个路边摊的两台冷柜上搭着一张厚实的蓝条纹塑料油布，勉强作挡雨之用；冷柜里塞满了汽水、果汁、新鲜水果等饮品吃食。店家是位中年阿姨，她成日站在噼啪作响的荧光灯下，时刻准备为顾客提供鲜榨豆奶、橙汁、菠萝汁、西瓜汁……午休间隙和傍晚下班时分是生意的高峰期，摊子前总会排起长龙。不过现在这个时间点正好处于两个高峰期之间，没有那么多顾客。

店家阿姨一看见查理，就用粤语调侃道："小伙子，又摸鱼啦？"她只把查理当作对面写字楼里时常在上班时间偷偷溜出来觅食的小白领。

"忙里偷闲啦，老姐。"

"小伙子，别嫌阿姨我唠叨，收敛着点儿吧！哪天要让你老板逮着了，非要炒你鱿鱼不可。"阿姨好心奉劝道。

查理哑然失笑：这位阿姨大概是附近最后一位不认识自己的人了。面前这座五十五层的大厦剥夺了她享受阳光的权利，她要是知道眼前这个小伙子就是"罪魁祸首"，不知会做何感想……查理忍住笑，说："多谢阿姨关心。我今天想喝冰豆奶。"

阿姨熟练地摆弄器具，关切地说："你今天脸色不太好呀，怎么面如死灰的？听阿姨的，别喝凉的了，来杯热饮提提气。"

"老毛病啦——多半是工作负担太重，过度操劳了。"查理随意找了个借口。

"你们这些年轻人啊，成天待在空调房里，空气不流通，身子迟早得垮……"阿姨话未说完，兜里的手机就响了。她一面聒噪地通话，一面朝印着"FIFA"logo的马克杯里倒满混着参根的液体，然后加了几勺凉粉和砂糖，一把推到查理面前："喝了它。"

168

"谢谢阿姨。"查理拿着饮品来到折叠桌前，随意找了口塑料牛奶箱坐下。他尝试着啜了几口……说实在话，查理不大喜欢凉粉，但出于礼貌，他并未表明。

阿姨一结束通话，便兴奋地说："理财师刚给我的第一手讯息，和你分享分享！你如果持有 TTL 的股票，赶紧卖空！你听说过 TTL 吗？就是戴东履旗下的集团。这戴拿督两年前已在苏州送了命，听说是暴毙在女人肚皮上的……我的理财师刚得到了最新消息，他那不成器的儿子被三合会绑架了！要是这消息曝光，TTL 必然暴跌！眼下不卖，就等着血本无归吧！"

查理不以为然，建议道："唔……若你信得过我，等我确认了这则传闻的真伪，再行动不迟。"

"哎呀！哪里还能等到你去查？我的理财师已经行动了，假不了！我得赶紧了！"

查理摇头苦笑，不顾亢奋的阿姨，径自拨通了公司 CFO[1] 艾伦·石的电话："你好呀，艾伦！听说你最近和 TTL 的 CEO 走得很近……哦，经常结伴去打高尔夫呀……我刚听到个传闻，说是伯纳德被三合会绑架了，你能帮我确认下真伪吗？什么？没必要？"查理听对方说了片刻，哑然失笑道："真的假的？哎哟，我倒希望他真被黑社会绑架了呢……我怎么会不信你，你的消息自然不会错啦！"

结束通话后，查理对阿姨说道："确认好了。我的这位朋友和戴拿督的儿子很熟，他说绑架一事纯属子虚乌有，他儿子精神着呢。"

"真的？"阿姨显然不信。

"如果你信我，就把股票保留到晚上，肯定能大赚一笔。我拿身家担保，这就是个负面谣言罢了。你的理财师或许不会骗你，但也许会有人骗他。谣言散布者说不定正等着你们上钩，好赚个盆满钵满呢！"

"有道理！哎呀，这个世道还有诚信可言吗？人与人之间还能互相

---

[1] 即首席财务官（Chief Financial Officer）的英文缩写。——译者注

信任吗？这个社会可真是病得不轻！"

查理深以为然地点点头，脑海里忽然回响起父亲许多年前的话语……

那时，父亲胡浩连卧病在床，自知已是弥留之际。他把查理喊到病榻前，交代临终遗言，全程长达好几个小时。除去一些诸如确保他母亲能在新加坡的家里颐养天年，把他弟弟"圈养"的人妖遣散之类的琐事，还有一句话至今让查理难以忘怀："终有一天，你会坐上一家之主的位子，到时候，你将操持我这三十年来创建的家业。切记，站稳你的开发岗，不要去管理琐碎的账入账出。你唯一的任务，就是确保随时能填平眼前的巨坑；至于算账这种琐碎的工作，大可以雇佣哈佛或沃顿的 MBA 高才生来处理。我告诉你为什么——因为你太诚实了，根本不是做生意的料。"

如今，查理亲手缔造了属于自己的商业帝国，证明了父亲对自己的评价是错误的。但有一点，父亲说得非常正确：查理痛恨说谎，每当不得不隐瞒真相时，胃就会不由自主地翻江倒海。直到现在，他的胃还在抽搐，这全拜向阿斯特丽德撒谎所赐。

阿姨见查理不动杯子，便催促道："小伙子，快点喝，别浪费！我还给你加了最上等的人参呢！"

"好，谢谢阿姨！"查理喝下了这杯特制的养生饮料。

和阿姨道别后，查理回办公室写了封邮件。

From: 查理·胡 <charles.wu@wumicrosystems.com>
Date: 2013.6.10 5:26 PM
To: 阿斯特丽德·张 <astridleongteo@gmail.com>
Subject: 坦白

很抱歉，又打扰你了，阿斯特丽德。

我不知该如何开口，索性就实话实说了吧。我刚才在电话里对你撒谎了，伊莎贝尔她……她昨天凌晨一通电话把我叫醒，不肯接受任何解释，张口就骂，甚至让她父母把女儿接走了。现在我联系不上她了。格雷古瓦告诉我，她今天早上登上了帕斯卡·庞的游艇，不出意外的话，他们应该是一起去西西里岛了。

其实，我一直瞒着你，第二趟蜜月之旅（马尔代夫）并没让我们和好如初，我和她之间的矛盾反倒越发激烈了。现在，我已经搬到半山区的公寓住了一段时间。我们之间唯一达成的共识，就是我不会让她在公开场合难堪。很不幸，从昨晚发生的事来看，就连这我也没能做到。至少在帕斯卡·庞面前，她用心维护的幸福妻子的形象已经轰然倒塌了——你应该了解帕斯卡·庞，一旦他知道什么事，那就和曝光无异了。我现在无论做什么都于事无补，其实我甚至不太确定我是否还在乎。

阿斯特丽德，我希望你能理解的是：我和伊莎贝尔的婚姻，也许从一开始就是一个错误。在世人眼里，我是来香港操持家族事业的功臣，可事实上，我只是个可耻的"逃兵"。和你分手以后，我就彻底垮了，过了几个月浑浑噩噩、行尸走肉般的生活。这样的我，险些毁了家族生意。父亲无奈，只得把我安排到 R&D 部门，不再让我染指经营。他恐怕也没想到，我能在这个岗位上大显身手吧……我不想和别人一样，只满足于复制、粘贴硅谷的创意，于是开始潜心开发新产品。终于，功夫不负有心人，在我的创新理念下，企业蒸蒸日上。追根究底，这还是你的功劳。

我和伊莎贝尔是在一场游艇派对上邂逅的。说来也巧，主办方就是你的表弟艾迪·郑和他的好友里奥·明。艾迪是少数真正了解我的人，他同情我的遭遇。我必须承认，最初我一直想避开伊莎贝尔，因为她身上有你的影子……她和你一样，无论走到哪里，都会因为低调的打扮而被旁人低估；但事实上，她不仅是伯明翰法律学院的高才生，更是年纪轻轻就成了香港顶级律师之一。她身上有种独特的气质，让她有别于同龄的女孩儿。她的父亲杰里米·赖是声名远播的法律顾问，赖氏也是九龙塘的传统名门；而她的母亲同样出身于印尼豪门。那个时候，我不想再爱上另一个无法摆脱家族桎梏的"小公主"。

但造化弄人，随着了解的深入，我惊奇地发现这个女孩子与你完全不同。请原谅，无意冒犯，但伊莎贝尔仿佛真的就像镜子中的你一般——看似相同，却桀骜、不羁、无忧无虑，这怎能叫我不欣喜若狂呢？她视家族桎梏如无物，父母反倒对她言听计从，毫无保留地信任她；最关键的是，她父母对我印象很好。（我明白，这主要是因为伊莎贝尔的三位前任男友分别是苏格兰人、澳大利亚人和美国黑人，看到女儿终于带了像我这样的华人回家，想必两位老人也松了口气。）我们交往没多久，她的父母就热情地招待我到家里做客。被女方长辈接纳、喜爱，对我而言仿佛是一针强心剂。所以，相处不到半年，我们就结婚了。接下来发生的事，你应该都知道了。不过，你并不知道全部的真相。

在旁人看来，我们之所以闪婚，完全是因为伊莎贝尔怀孕了。没错，她确实是怀孕了，但那不是我的孩子。伊莎贝尔的不羁、神秘就像可卡因，既让人痴迷，也让人痛苦。就在我们相处的第三个月，她突然从我身边消失了。本来，我已渐渐走出了和你分手的阴影，开始憧憬未来的生活，可她就那样凭空消失了。那天，她和一个印尼亲戚约在佛罗里达州的某个酒吧小聚（你还记得兰桂坊那家乌烟瘴气的酒吧吗？就是那种气氛的地方），那个亲戚带了一个印尼籍的朋友——听说是模特儿。一夜过后，伊莎贝尔就和那个模特儿一起消失了。几天之后，我得到了消息：这对露水鸳鸯正在毛伊岛的一栋别墅里逍遥快活。我和她父母心急如焚地到处寻找，她却斩断了和外界的所有联系。那时的我，不明白她为什么要这样做。

后来我才知道，这种事不是第一次发生了。就在我们邂逅的前一年，她在去伦敦的航班上认识了个美籍黑人，一下飞机就辞掉了国内的工作，随这个男人私奔到了新奥尔良；再前一年也发生了同样的事，只不过那时的男主角是澳大利亚的某个冲浪选手，地点则移至黄金海岸的一栋公寓里……我意识到，问题的严重性远超过我的想象，因此专程请教了研习精神科的妹妹，她怀疑伊莎贝尔患有一种名为"边缘性人格障碍"的精神疾病。我试图找她的父母商量，但他们表现得很抗拒，不愿相信自己的女儿有任何精神问题。女儿的行为如此匪夷所思，他们却从未咨询过心理医生。他们只是将这些荒唐的举动称为"巨龙之相"，把原因归咎到女儿的生肖上……但即便如此，他们还是恳求我去夏威夷"解救"他们的女儿。

我去了。我连夜飞去了毛伊岛，发现那个模特儿早已离开，只留下一身激进妖精（Radical Faeries）装扮的伊莎贝尔在岛上。而她已经有了四个月的身孕。她的癫狂症状已经过去，但因为觉得太难为情而一直没有回家。那时已经来不及做流产手术了，她也不愿意打掉自己的孩子，但她不能那样回香港。当时，她对我说没有人像我一样爱她，然后她恳求我和她结婚。她的父母也请求我在夏威夷和她结婚……我于心不忍，做出了一生中最愚蠢的决定。我们在怀基基的哈利库拉尼酒店举办了婚礼，对外宣称"只邀请了挚友亲朋"。

我希望你不要误解我，步入婚姻殿堂的那一刻，我的头脑是非常清醒的。我见证过伊莎贝尔身上的美好，我迫切地想帮助她。正常时的伊莎贝尔仿佛是能够治愈心伤的阳光，我既然痴迷于这温暖的一面，就也要接受她阴暗的另一面。因此，我不断地说服自己，她只是缺少可以依靠的肩膀，若有丈夫时刻陪伴在侧，这些精神上的健康问题是可以解决的。

然而，现实无情地击溃了我的天真。克洛伊出生之后，伊莎贝尔因为剧烈的激素紊乱，患上了严重的产后抑郁症。她开始无来由地恨我、骂我。自那以来，我们就再没同过床（之前也没有那种意义上的"同床"，她从毛伊岛回来以后，我们就没有过肌肤之亲了）。她不准任何人把婴儿带出卧室，只允许保姆进出。事急从权，我只好忍耐。

然而，之后的某一天，伊莎贝尔突然恢复了正常。过往的折磨仿佛不存在一般，她准我回卧室，也准许保姆抱克洛伊出去睡。时隔一年，我们终于做回了真正的夫妻。她回归工作，我们的夫妻生活也逐渐步入正轨。我得以投身到事业之中，吴氏微软一路标红，伊莎贝尔也怀上了达芬。然而，就在我刚重拾对未来的憧憬时，她却再一次无情地把我推下了深渊……

这回的"新症状"就没有之前那么戏剧性了：既没有命运般的邂逅，也没有说走就走的伊斯坦布尔，抑或天空岛之旅，但更为阴险致命、令人心碎。她公开向我坦白，自己与三位已婚男士保持着地下情关系，这三人都是她法务公司里的同事——没错，她为了前途，竟不惜出卖色相。与此同时，她还和一名法官有婚外情，而这名法官的妻子当时正威胁要让她身败名裂……

我就不在这里赘述后来发生的事了。我只是想让你知道，我和伊莎贝尔的婚姻早已彻头彻尾地名存实亡。眼下我搬到了半山区的公寓，而她则在山顶的房子里带着女儿一起住。

阿斯特丽德，和你的重逢让我彻悟了两件事：其一，我始终没办法斩断对你的情丝，你是我的初恋，从 15 岁时在福康宁教会（Fort Canning Church）邂逅你的那刻起，我这辈子就不会再爱上其他人了；其二，你与我是不同的人，你坚强、上进，我清楚你深爱着迈克，誓死都不会放弃你的家庭。我还意识到，我的这段婚姻从一开始就对伊莎贝尔不公平。我忘不了你，也对不起她……所以，我痛下决心，只有彻底放下你，才能挽回这段婚姻、拯救伊莎贝尔。我应该把对你的真情都倾注到妻子身上，并像你对卡西安那样，毫无保留地疼爱自己的女儿。

我拼尽了全力，真的……这两年来，我强迫自己把你视为情感咨询师，我们两人的每一封邮件，都仿佛是我重筑婚姻的指路灯。然而，这一切的努力，正如你所见，全是徒然。我承认，这都是我的过错。这段婚姻始终逃脱不了支离破碎的命运……

因此，你完全不必为威尼斯的事情感到内疚。而且，我想对你坦白这一切，是因为我再也无法忍受在你面前强装笑颜了，请谅解我此前对你的隐瞒。在我这一塌糊涂的人生里，阿斯特丽德，你永远是为数不多的亮光之一。

希望你我之间的情谊能够天长地久。

你的挚友
查理

查理坐在电脑前，把邮件看了一遍又一遍。不觉间桌子上的时钟指针已指向了 7 点——此刻的威尼斯正值正午，阿斯特丽德或许正在西普里亚尼餐厅的泳池边，愉快地享用午餐吧……又不知纠结了多久，查理一声长叹，把这封邮件扔进了垃圾箱。

6

中国，上海

"你太伤我的心了！你怎么能对我这么狠心？"电话那头的邵燕恨铁不成钢地抱怨道。

"我真不明白你为什么会这么铁石心肠。"卡尔顿用普通话还击母亲。

"不明白？你不知道你这样做我会有多伤心吗？"

"你的那些心思，我怎么可能明白。更何况，我不觉得自己做错了。"

"你背叛了我，你选择了和你父亲站在一边，你这样做……"邵燕气得舌头直打结。

"妈，不要再无理取闹了！"卡尔顿也恼了。

"我顶着压力把你带到香港，就是为了保护你的利益。你可倒好，偷偷溜回上海见那个……那个野……野女人的女儿！"

卡尔顿此刻正躺在他的特大号床铺上，舒适的棉绒并没有挡住电话另一边的来自香港的斥责。卡尔顿忍住怒意，冷冷地回道："我再说一遍，她叫瑞秋。你有些被害妄想了，妈妈。相信我，见到瑞秋以后，你会改变你的想法的。她聪明果敢，却一点儿也不张扬，比你儿子我优秀太多了。"

邵燕怒极反笑，讥讽道："你这蠢货……我怎么会培养出这么愚蠢的孩子。你没看出来吗，你越是把她当姐姐，失去的就越多？"

"母亲大人，我究竟会失去什么？"

"你一定要我把话说得那么明白？听着，她这个私生女的存在，只会把鲍家钉在耻辱柱上。她抹黑了我们的姓氏——你的姓氏。若这桩丑事曝光，你能想象世人会怎样戳我们的脊梁骨吗？堂堂一家之主，和来历不明的乡下人生了个私生女，这也就算了，这个孩子居然还被对方'绑架'去了美国。你知道有多少人等着揪你爸的小辫子吗？你知道，为了鲍家能有今天的成就，我付出了多少努力？好吧，就当是我自作孽不可活好了。我当初就不该送你去英国读书，你给我惹了无数的麻烦，我都忍了。那场车祸一定是把你的脑袋给撞坏了！"

柯莱特看到枕边男人那副敢怒不敢言的模样，忍不住咯咯直笑。卡尔顿郁闷地操起枕头砸在她脸上，同时对着电话说："妈，我向你保证，瑞秋绝不会给我们……哎哟！"——他抓住柯莱特的手，不让她戳自己的下肋——"绝不会……给我们家抹黑的。"

"你保证？你今天带着她在上海四处现眼，已经是在给自己的名声抹黑了！"

"我们都很低调的，哪有'现眼'这么夸张？"卡尔顿一面回复，一面对柯莱特的胳肢窝予以还击。

"低调？方爱兰的儿子昨晚看到你们在 Kee Club 里吃饭了，带着他们去那种场合，你这还叫低调？你脑子进水了吗？！"

"Kee Club 本来就是人人都可以光顾的'大众食堂'嘛。况且，谁会知道她的身份啊？放心吧，我跟别人介绍时都是说瑞秋是我好友尼

克的妻子。尼克和我一样，都是斯托的毕业生，我和他交好，没有人会
怀疑的。"

邵燕可不会善罢甘休："方爱兰的儿子说你在餐厅里左拥右抱，一
边是柯莱特·邴，另一边是个不知名的美女，风流得很……我都不知道
该怎么反驳！"

"哼！瑞安·方纯粹是嫉妒我有美人做伴。那小子可怜得很，被家
里逼着娶了邦尼·许，她长得就像褪了毛的鼹鼠。他嘴上酸几句，我完
全能谅解。"

"你好意思说人家？瑞安·方比你懂事千万倍，人家愿意遵从父
母的意思，一切以家族利益为先。而且，他马上就要成为史上最年
轻的……"

卡尔顿最听不得"别人家的孩子"，不待邵燕说完，便烦躁地打断
道："够了！我才不管他是要成为维斯特洛最年轻的君主，还是坐上铁
王座[1]呢。"

"是柯莱特怂恿你回上海的，对吧？这个不省心的死丫头。她明知
道我的意思，偏偏要和我对着干。"

"别把柯莱特扯进来，这不关她事。"

柯莱特听见了自己的名字，腾地跃起，跨坐在卡尔顿的肚皮上，一
把扯掉上衣，赤裸相见。卡尔顿望着她，他对这样的柯莱特毫无抵
抗力。

女孩儿狡黠一笑，凑到卡尔顿耳边，魅惑地娇喘道："上马吧，我
的牛仔男孩儿……"卡尔顿忙不迭地捂住女孩儿的嘴巴，只觉得手上传

---

[1] "维斯特洛"和"铁王座"都出自美国作家乔治·R.R.马丁的奇幻小
说系列《冰与火之歌》。维斯特洛（Westeros）是故事世界中四块已知大陆中最
西面的一块，小说的大多数故事情节都发生在维斯特洛大陆上。铁王座（Iron
Throne）则是故事中七大王国的王座，经常用作比喻、代替象征国王权威的词语。
在本书的第三卷《风暴之剑》中，托曼·拜拉席恩年仅7岁就登上了铁王座的宝
位。——作者注

来一阵刺痛——被咬了。

"别装了，我知道是柯莱特怂恿你的。你和她谈恋爱以后，就没做过一件让我省心的事。"邵燕愤怒中透着无奈。

柯莱特将柔嫩的肌肤贴了上去，缓缓摩挲着。卡尔顿喘了口粗气，道："我说过多少次了，她不是我的女朋友，我们只是普通朋友。"

"哼，随你便吧。你昨晚又去哪儿疯了？爱梅说你好几天没回家了。"

"我一直陪瑞秋姐住酒店呢。没办法。谁让你不准他们进家门的？"卡尔顿正躲在波特曼丽思卡尔顿酒店，一点儿也不担心母亲手下那些人会找到这里来。

"我的天，你已经叫她姐姐了！"邵燕歇斯底里地哀号道。

"妈，你再怎么否认都没用，我和她确实是血脉相连的姐弟呀！"

"她和你血脉相连，那我呢？你这是在要你母亲的命啊！"

"行了，我知道你想说什么。没错，我让你们失望了，辱没了祖宗，抹黑了家族，你甚至后悔把我生下来，对不对？"卡尔顿说完，不待对方回应，就烦躁地按下了挂断键。

"哎呀，阿姨这回是真动怒了？"柯莱特停止胡闹，用英文问道（她的"后宫"里，只有卡尔顿操着一口地道的英音，听着就享受）。

"唉，她昨晚就和我爸吵翻了天，凌晨 2 点把我爸赶出公寓，害得他大半夜的去奕居酒店睡觉。她这通电话，根本就是要找我麻烦，让我内疚。"

"你为什么要觉得内疚？这件事里有哪部分是你的责任了？"

"就是说啊，我妈已经气昏了头了。她口口声声说瑞秋会败坏鲍家声誉，可她这几天做的事就是在抹黑自己的形象啊。"

"阿姨最近是有些失常了，她以前明明挺喜欢我的，怎么突然就变了？"

"没有，她还是挺喜欢你的。"

"唔，可她刚才还骂我来着……"

"放心吧，我妈现在的仇人只有一个，就是我爸。你还不知道吧，我爸昨晚说要先回上海见瑞秋，她竟然用离婚来要挟他……她生怕他们父女在公开场合相认，惹得传闻漫天飞。"

"哇，真有那么糟吗？"

"她不过是口头威胁吧，所以我才说她现在气昏了头。"

"不如在我家安排瑞秋和你爸见面？这总不是公开场合了。"

"你还真是看热闹不嫌事大。"

"我有吗？我只是想好好招待你姐姐。她已经来上海一个星期了，你爸爸还没去见她，这也太说不过去了，最开始还是你爸邀请她过来的呢。"

卡尔顿考虑了一会儿，说："我们当然可以安排他们见面，就是不知道我爸会不会露面。你别看他总是和我妈吵来吵去的，其实到了最后他还是不敢不照我妈说的去做。"

"交给我吧，以我爸的名义邀他来就行了，他不会拒绝我爸的邀请的。然后我们再叫上瑞秋。"

"唉，你对瑞秋和尼克的热情，都超过我这个做弟弟的了。"

"不应该吗？她是你姐姐，而且我很喜欢他们。他们两个根本就不是一路人，不是吗？瑞秋的性格简直无可挑剔，没猜错的话，她是'香蕉人'[1]吧？看她那朴实无华的衣着穿搭，和我平时接触的中国女孩儿相比简直大相径庭。至于尼克，我还在研究分析中……你说他是新加坡的富家子？"

"还行吧，在我看来也不过就是普通的富裕之家而已。他爸以前是工程师，如今在家待业；埃莉诺阿姨好像就炒些期货吧，我也不确定。"

"就这样？不过我觉得他的家教非常好，而且浑身散发着一种……潇洒的魅力？礼节方面更是无可挑剔。不知道你注意到没有，我们乘电

---

[1]指"外黄内白"的美籍华人。——作者注

梯的时候，他总是让女生先出去。"

"所以呢？"卡尔顿面无表情地问。

"这表明他是真正的绅士。而且我觉得他不是从斯托学到这些的，看看你这个德行就知道了。"

卡尔顿突然生气了："得了吧！无非是因为他长得像你那个韩国偶像，你才会怎么看他怎么顺眼！"

"啧，你吃醋了吗？放心吧，我可没打算跟瑞秋抢尼克。我记得你说过，尼克是大学讲师？"

"他教历史的。"卡尔顿仍然妒意未消。

柯莱特咯咯直笑："历史老师和金融专家吗？真想知道他们的孩子会是什么样。这么体面的家庭，真不知你妈为什么会觉得受到了威胁……"

卡尔顿微叹，他比谁都清楚母亲焦虑的原因，与瑞秋的出现无关，全是因为那场可怕的车祸。母亲并没有把那起事故挂在嘴边，但卡尔顿能明显感觉到她在事故之后的变化。邵燕一向性子急躁，那件事之后，她变得更无理取闹了。卡尔顿懊恼得很：那晚应该直接回宿舍的，就因为一个错误的决定，险些毁了自己的人生，还留下了无穷的后患……他不禁侧过身子，和柯莱特面对面。

柯莱特能清楚地看到阴霾重新爬上卡尔顿的面庞，这些日子的经历犹如做梦一般，上一秒还如登云霄，下一秒便堕入地狱。柯莱特想鼓励鼓励眼前这个大男孩儿，便轻柔地解开了对方的睡衣纽扣，用纤指在他的肚脐眼附近画圈圈，甜甜地笑道："我喜欢你吃醋耍小性子的模样。"

"我不知道你在说什么……"卡尔顿的眼神有些闪躲。

"别傻了，你知道的。"柯莱特在床上站起来，从上方望着卡尔顿，"你真的相信上一位睡在这张床上的人是奥巴马吗？"

"这间套房的安保堪比要塞，来上海访问的国家首脑都住在这儿。"卡尔顿说。

180

"那你说，奥巴马他享受过这个待遇吗？"柯莱特说完，妩媚一笑，缓缓褪去巴黎神女绮绮（Kiki de Montparnasse）情趣内裤……

卡尔顿盯着她，说："不，我想他没有。"

7

上海

尼克睁开惺忪的睡眼，看见瑞秋坐在窗边浅啜着咖啡，阳光打在她的面颊上，有种朝气蓬勃的美感。他慵懒地开口问道："几点了？"

"你醒啦？快下午1点了。"瑞秋莞尔道。

尼克瞬间睡意全无，腾地弹起身子，活像昨晚忘记调闹钟的学生："这么晚了！你怎么不叫醒我？"

"你睡得那么熟，我不忍心。再说了，我们还在度假呢。"

尼克伸了个懒腰，哈欠连连道："哪有我们这样窝在酒店里度蜜月的？"

"先来杯咖啡提提神吧？"

"再给我几片阿司匹林。"

瑞秋心里苦笑，过去这一周，他们几乎要被卡尔顿的社交生活"摧残"殆尽了。其实，这更像是柯莱特的社交生活——时尚派对、艺术展、餐厅试营业、法国领事馆的音乐会、VIP散场聚会，还有各种特定场所的艺术表演……全是柯莱特安排的。频繁倒也罢了，只是它们大多是通宵举行的。

"谁能想到，上海的夜生活比起纽约来都有过之而无不及！我今晚打算告假了，你弟弟不会介意吧？"

瑞秋边往热腾腾的咖啡上吹着气边说："不会的，就说我们年纪太大了，让他们年轻人继续疯吧。"

"这话真是昨晚在 M1NT[1] 至少被搭讪了十次的美女嘴里说出来的？我差点儿要对那帮法国帅哥们 [2] 实施'忍者行动'，好让他们离你远点儿了。"

瑞秋被逗乐了："哈哈，你这呆瓜！"

"我是'呆瓜'吗？好吧，至少我不是科技宅男。真奇怪，每个在上海的欧洲人都在开发颠覆世界的 APP？还有，他们为什么一定要留那么浓密的胡子？不怕接吻时把女孩子给扎伤了吗？"

瑞秋幸灾乐祸地说："哈哈，我觉得这样挺性感的—— 你不就和那个可爱的巴黎理工大学毕业的男孩儿'亲密交流'了一番吗？他叫什么名字来着，卢瓦克？"

"别提了，别提了……要亲密，我也得找柯莱特身边的那位美女朋友啊！她叫克拉丽莎还是克拉米蒂亚？我忘了……"

"哈哈！你得庆幸自己选了卢瓦克。要是你真亲了那个假睫毛的女孩儿，她可就赖定你了。别忘了，她一开口就问你有没有美国护照。"

"假睫毛？那对楚楚可怜的睫毛是假货？"尼克后知后觉道。

"就说你是呆瓜！何止睫毛，她全身上下哪里不是人造的？你没注意吗，知道你已经结婚了的时候，她差点儿当场哭出来……她们怎么全都没发现我们戴了结婚戒指？"

"你真以为一枚小小的金疙瘩就能挡住她们吗？这里的富家千金们没理解你的社交性暗示！毕竟，从外貌上看，你完全就是个中国人，但你的言行举止却非常美式，看起来不像是已经结婚的人，所以她们都没发现我们是夫妻。"

---

[1] 全球四大顶级富豪俱乐部之一。——译者注

[2] 据统计，在上海工作生活的 22 万外国人之中，有超过 2 万是法国人，其中，欧洲工商管理学院（INSEAD）和巴黎综合理工大学（École Polytechnique）的毕业生占了绝大多数。欧洲仍深陷债务危机，因此，欧洲顶级名校的毕业生们纷纷"转战"上海谋生。他们对中文一窍不通，但 M1NT、Mr.&Mrs.Bund、Bar Rouge 里的服务员同样不懂中文，照样能混得风生水起，这些高才生还有必要费神去学吗？——作者注

"好吧，那从今天开始，我就无时无刻不侍奉在你左右，再饱含爱意地注视着你，你就是我唯一的高富帅——满意了吧？"瑞秋满眼促狭，货真价实的睫毛扑闪扑闪的。

"这么说，我要重振夫纲了？我的咖啡呢？"

"在吧台的咖啡机里，自己去拿，顺便给我也续上一杯。"

"咦，我那乖巧的贤内助去哪儿了？"尼克哭笑不得，懒洋洋地爬起来，正要冲咖啡，就听到瑞秋在隔壁喊道："对了，我爸今早来电话了！"

"哦？他说什么了？"尼克晕乎乎地琢磨着眼前的高科技浓缩咖啡机——上面的按钮实在是太多了。

"没说什么，就是道歉。"

"香港那边的问题还没解决吗？"

"解决好了。但他突然又有公务要处理，就飞北京去了。"

"真忙……"尼克往法压壶里加了勺咖啡粉，他猜不透鲍高良究竟是什么意思。没等他发表意见，瑞秋继续说道："我爸本想安排我们这周末到北京去，但这两天北京雾霾很严重，他建议我们下周再过去。"

尼克回到卧室，把热腾腾的咖啡递给瑞秋。瑞秋迎上丈夫的视线，认真地说道："不知你是怎么想的，我觉得有点蹊跷。"

"我又何尝不是呢？"尼克在窗前席地而坐，正午的阳光比浓郁的咖啡更提神。

"对吧！我就知道不是我想太多。怎么说呢，我就是觉得他的说辞太牵强了……雾霾？我漂洋过海来探望他，又怎么会因为天气就放弃？你说，他是不是有意躲着我们？"

"不好说。"尼克犹豫道。

"你觉得是因为邵燕阿姨吗？我们到上海这么多天了，她连声招呼都没打。"

"或许吧……卡尔顿有没有和你提起过他的母亲？"

"完全没有。自从我们到上海来，卡尔顿几乎每晚都陪我们，但我还是觉得一点儿都看不懂他。没错，他既体贴又健谈，待人接物丝毫没给你们这些英国公学毕业生丢脸，但他很少表现出自己真实的样子……有些时候，他完全可以表露出一些负面情绪的，你觉得呢？"

"嗯，我也有所察觉。好几次了，我都觉得他在压抑自己的情绪。你还记得我们在浦东丽思的顶层酒吧，和爆炸头女孩儿喝酒的那晚吗？"

"留着非洲爆炸头的那个？当然记得了——她叫什么来着？"

"不知道，不过这不是重点……那女孩儿不是有一点儿出言不逊吗？卡尔顿沉默了好一会儿，我还以为他生气了呢，没想到他很快就恢复如常，又有说有笑的了。"

瑞秋面露担忧之色道："会不会是喝太多酒了？反正这些日子以来，我的肝脏是超负荷了。"

"是呀，这里的人一个个喝起酒来都是海量。不过也别忘了，卡尔顿不久前刚遭遇了那么严重的车祸，留下点儿心理阴影，也是正常的。"

"说的也是，他表面上生龙活虎的，我差点儿都忘了他刚从鬼门关上走过一遭了。"

瑞秋从扶椅上站起身，坐到丈夫身边，远眺窗外上海大厦那奇特的外形，不由得出了神。这座新建的螺旋状摩天楼迟早会被评为世界上最高的建筑之一的。"这里面肯定有古怪。我本来以为，这次来上海，是为了深入了解父亲和他的家庭，结识新家庭的亲戚好友……但你看看我们这段日子都做了些什么？没日没夜地和上海的绯闻女孩儿们开派对！"

尼克深以为然地点点头，但他还是不想表现得太消极，于是说："确实，于情于理，你爸早就该现身了……但也许他真有急事呢？别忘了，他可是中国的超级 VIP，站在风口浪尖上，难免有身不由己的时候，也许这根本就不关你的事。"

"你说，我要不要有意无意地问问卡尔顿，到底出了什么事？"瑞秋苦恼地问道。

"我觉得还是先别问了吧。如果他家里真出了问题，你这么一问，他反而左右为难了。其实，这次鲍家对我们算是很大方了，你看这间总统套房，卡尔顿还每天为我们安排活动。我们还是静观其变吧……好啦，别愁眉苦脸的啦，趁今天告假，我得试试果汁排毒套餐。"

"你忘了今晚柯莱特的父母请我们吃饭吗？"

"哦，对，我忘了。你知道在哪里吗？别又是十二道菜的饕餮盛宴。"

"卡尔顿好像说是去他们家里吃。"

"你觉得他们会有干酪汉堡吗？我现在超级想吃汉堡和薯条。"

"我也是！不过……大概不会有吧。我觉得柯莱特不是那种喜欢吃汉堡和薯条的人。"

"或许吧。我敢打赌，柯莱特一个月在衣服上的开销，比我们一年的薪水加起来还多。"

"一个月？一个星期还差不多。你注意到她昨晚穿的那双龙纹高跟鞋了吗？要是我没看错，那是纯象牙制的。柯莱特简直就是阿拉明塔的翻版。"

尼克笑了："阿拉明塔的翻版——你确定？阿拉明塔是典型的新加坡女孩儿，明明能活出精彩的人生，却宁愿在瑜伽室里汗流浃背，在沙滩上啃椰子。柯莱特应该是阿拉明塔的升级版才对。我觉得，不用几年，她的名字就会响彻中国或好莱坞。"

"我是很喜欢她。要我说，这次来上海最大的收获，就是认识了她。第一眼见到她的时候，我就惊叹：这女孩儿是从电视剧里走出来的吧？她对我们太好了……想想看，到上海以后，她每天都陪着我们。"

"不是我要泼凉水，我觉得她只是顺便带上我们罢了。你注意到没有：每到一家餐厅或俱乐部，罗克珊都会给柯莱特拍照，发到推特或博客上去做宣传。在别人看来，我们就是去混吃混喝的罢了……"

"唔……反正，她对卡尔顿也特别好。"

"你不觉得柯莱特只是在钓着卡尔顿吗？卡尔顿对她倒是真心实意，但柯莱特但凡有一丝意思，怎么会在别人面前称他只是'众多追求者之一'呢？"

瑞秋故作生气地睊了丈夫一眼："你这人，就知道挑刺！我觉得这样挺好的，柯莱特有事业、有追求，不愿意早早结婚，不像传统的女孩儿，一过20岁就想着要把自己'推销'出去，结婚生子。"

尼克思考了一下妻子说的话，笑道："你说得对，是我目光短浅了。不知怎么，在你身边，我的脑子就不转了。"

"哼，你嘴倒是挺甜。"瑞秋随手操起枕头，往丈夫脸上砸去。

傍晚5点，瑞秋和尼克收拾妥当，在酒店门口等候。尼克身着浅蓝色牛津衬衫和牛仔裤，外面搭配着一件海德斯曼（Huntsman）夏日夹克，瑞秋则选了一条Erica Tanov亚麻罩裙，显得清新随意。片刻后，外滩方向传来一阵轰鸣，一辆黄色的麦克拉伦（McLaren）F1带着它那价值连城的低沉引擎声停在了中环线上，周围门童争先恐后地拥上前去，生怕同伴抢走了泊车的机会。但下一秒，他们的期待就被无情地击碎了——卡尔顿从车窗里伸出脑袋，催促尼克和瑞秋赶快上车。

尼克绅士地让妻子先上车："你坐前排，宽敞一些。"

"得了吧，你比我大一号，后面可装不下你。"瑞秋说。但他们的前后之争，在翼门自动升起的那一刻，瞬间变得毫无意义。这辆车的驾驶座位于正中央，乘客席则分布在两侧。

瑞秋见此情景，惊呼道："这……这也太帅气了吧！车子还能这样？！"

尼克则镇静多了，他瞥了眼车厢，笑道："是够帅气的，但你确定这家伙能上路？"

"鬼知道，别在意这些细节啦。"卡尔顿满不在乎地招呼道。

瑞秋爬上了右边的座位，好奇地打量着身边的装潢："我还以为你们只开奥迪呢。"

"最近载你们的奥迪车都是柯莱特家里的。"

"哇，真新鲜！"瑞秋任由身子沉进柔软的座椅里，鼻翼抖了抖，"我就喜欢闻新车的皮革味儿。"

"你确定你没闻错？这家伙可一点儿也不新，是 1998 年生产的。"

"真的吗？"瑞秋显然不信。

"这是经典款，我只有在像今天这样的晴天，才敢开它出来兜风。你爱闻的气味儿，是周围这些手缝康纳利（Connolly）牛皮发出来的。别小看了这些牛皮，它们的主人可比神户牛还要养尊处优呢！"

"看来，卡尔顿无意间又向我们展露了他的一大爱好。"尼克调侃道。

"嘻嘻，其实我做了很多年的豪车进口生意了，客户都是国内的朋友。这生意最早可以追溯到我在剑桥大学念书的时候。当时，每年我都会在某个周末跑伦敦一趟，顺便给朋友淘些好车。"

"这么说，你每年都没错过在骑士桥举行的'阿拉伯跑车游行'咯？"尼克问道。

"你真懂我！我和朋友每年都会在拉杜丽占个头等席，那些宝贝就在我们眼前呼啸而过！"

瑞秋郁闷地插嘴道："你们到底在说什么？我听得云里雾里的……"

尼克耐着性子给妻子解释道："你没听说过吗？这是豪车界的盛会。每年 6 月，阿拉伯的石油公子哥儿们都会带上他们的顶级跑车齐聚伦敦，而骑士桥周边就是他们的'私人一级方程式赛道'。周六下午，这些跑车会集中在巴兹尔大街的哈罗德百货后面，照惯例举办豪车跳蚤市场。届时，这些稚气未脱的公子哥儿们会身着价格不菲的破洞牛仔衣裤，他们的女伴都戴着希贾布面纱搭耀眼的墨镜。奇装异服的男男女女们坐在千万豪车上，堪称奇景。"

聊到爱好，卡尔顿眼里尽显兴奋："对！那可是目前国际上最好的跑车卖场了，有些奇形怪状的跑车不是寻常车展能见到的。圈子里的好友知道我慧眼识车，自从我开始做这生意，订单就没有断过。就拿这辆麦克拉伦来说吧，迄今为止全世界只有六十四辆。所以呀，我每次带车子回国，买家们总是提着现款在码头排长队……"

"好潇洒的赚钱伎俩！"尼克由衷赞道。

"对吧？改天见我爸妈，你可得帮我美言几句，省得他们总觉得我买车是在败家。"

"爸和阿姨只是怕你又出意外而已……"瑞秋话音刚落，卡尔顿就以九十码的速度飞驰过三条街道，这让她不由得倒吸了一口冷气。

卡尔顿见状，道歉道："抱歉抱歉，这几辆货车太烦人了，我就稍稍超了个车……放心啦，我是老司机了，很稳的。"

瑞秋和尼克交换了个眼神，不约而同地想起卡尔顿最近的那场车祸。瑞秋默默地勒紧安全带，尽量不去看近乎模糊的街景和左摇右晃的前车。

车子驶离上海市区，一路飞驰了将近半个小时才下停下。瑞秋惊魂初定，发现车子来到一条崭新的林荫大道上，便好奇地问："这是哪儿？"

"这里是上海新开发的黄金海岸高端生活区 Porto Fino，规模堪比加州的新港滩。"

"何止！"尼克由衷地赞叹道。只见崭新商业街的道路两侧都是黄褐色的地中海风格建筑，其中还有星巴克的门店。车子驶出主干道，来到一条侧边是粉饰灰泥高墙的支道，道路尽头有一条精致的雕塑瀑布，旁边便是巨大的铁门和门卫亭。车子在铁门前停下，三位制服保安立刻走出门卫厅，其中一位谨慎地检查车身，另一位用查抄镜检查底盘，仿佛车里的人是携带炸弹的恐怖分子。领头的保安认出了卡尔顿，但还是仔细询问了尼克和瑞秋的身份，随后才挥手放行。

"安保还真到位啊！"尼克感叹道。

"嗯，这里是绝对的私人领域，禁止外人入内。"卡尔顿的话音刚落，厚重的铁门便在“哐啷啷”的巨响声中缓缓开启了。麦克拉伦减速驶上一条天然的沙砾小道，视线穿过道路两侧的意大利柏树，可以看到多处装饰着喷泉的人造湖，玻璃和钢铁混合的奇形建筑，还有一望无际的高尔夫球场。车子经过两座饱经风化的方尖碑，终于抵达了接待大楼。这栋恢宏而抽象的建筑由石砖和玻璃堆砌而成，四周围绕着姿态各异的槐树。

尼克好奇地问道：“怎么会有开发商在荒郊野外建这样大规模的度假村？这个地方叫什么？”

“这里其实算不上是真正的度假村，只不过柯莱特会到这儿来过周末。”

“什么？你的意思是说，我们一路过来看到的这些，全部都是柯莱特的私人财产？”瑞秋目瞪口呆。

“刚才看到的只是一部分，这里总面积有 1000 多亩呢，是柯莱特的爸妈专门建给女儿消遣周末用的。”卡尔顿的语气仿佛在说一个玩具。

“那她父母住哪儿？”

“邴家在香港、上海和北京有好几处这种规模的房产，但他们最近好像常驻夏威夷。”

“他们家一定赚了不少钱。”瑞秋感叹道。

卡尔顿露出一个似笑非笑的表情：“我忘记说了，柯莱特的父亲，是中国的五大富豪之一。”

8

上海

卡尔顿刚在主厅门前停好车，两名身穿詹姆士•珀思（James Perse）黑色 T 恤、长裤的随从就迎了上来。其中一人扶瑞秋下了车，另一人恭敬地提醒卡尔顿道："抱歉，鲍少爷，今天您不能像平时那样把车停在这儿。邴先生马上就要回来。您要是不介意，我们可以替您把车子停进车库。"

"谢了，我自己开进去就行。"卡尔顿熟门熟路地把车驶进车库，没过一会儿就回来同瑞秋、尼克二人会合。三人通过气派的做旧枫木制大门，来到宁静的露天内院。只见宽敞的内院被一片倒影池占据了大半，周围种满了青竹，使水面上的倒影显得更为清幽神秘。一条孔石过道横贯池子中央，对面是一扇及顶的黑褐色木门。三人刚走到石道中间时，眼前的木门就静静开启了。

木门对面是大约 30 米长的巨型玄关，黑白相间的配色尽显其格调之高雅。十几名身着旗袍的女孩子娉婷而立在一根根石柱门风格的顶梁柱边，每根柱子上都挂着一幅龙飞凤舞的书法绘卷。地砖闪烁着黑色的光泽，映衬着白色的低腰沙发，营造出一种素净的氛围。通过玄关最里侧的玻璃门，眼前就是一片通透的户外空间：这里的整体风格和内院相似，只不过倒影池和亭阁的规模更大，还多了许多造型别致的沙发和黑木制咖啡桌。

此情此景，即便是在泰瑟尔庄园长大的尼克也不禁大为赞叹："这真是私宅？确定不是四季度假村？"

"柯莱特当时看上了上海的璞丽酒店，缠着她爸要买下整家店。但店方死活不肯转让，她爸就找建筑师为她量身设计了这套度假山庄。眼前这座庭院，就是模仿璞丽的设计。"

这时，一名衣着干练的英国男士迎了上来，恭敬地问道："三位午安。鄙人沃斯利，是这里的管家，请问有什么需要为您服务的吗？"

不待三人回应，柯莱特就翩然而至了。只见她把一头秀发梳成一个圆髻，丝质轻薄的淡粉色及踝长裙上扬起一道道波纹，宛如从 20 世纪60 年代的时尚杂志里走出来的封面模特。

"瑞秋，尼克，你们肯应邀赴宴，我好开心！"柯莱特欢欣地向客人表示欢迎。

瑞秋主动迎上前去，给了对方一个热情的拥抱："柯莱特，你这身打扮，就像从《蒂凡尼的早餐》里走出来的一样！还有，你这房子也太梦幻了吧！"

柯莱特谦虚地咯咯笑道："一般般啦——我待会儿带你们四处转转，但在此之前，当然要先喝上两杯啦！你们想喝什么酒，尽管和管家说……卡尔顿就不用说了，照惯例，一大杯伏特加；我嘛，就来杯堪培利兑苏打吧，和这身打扮也衬一些。瑞秋你呢？要不要来杯贝利尼？"

"好是好……只是方便吗？会不会太麻烦了？"瑞秋有些心动。

"一点儿都不麻烦！沃斯利，我们有现成的白桃吧？尼克，你要什么？"

"我来杯松子酒兑奎宁水。"尼克笑道。

"哼！男生真没意思。"柯莱特示意管家去准备酒，然后转向好友三人："随我来，我带你们四处看看。卡尔顿有没有和你们提过这里的设计理念？"

"我们刚才还在聊这个话题呢。卡尔顿说你喜欢上海的某家酒店，名字叫什么来着？"

"璞丽，但我这里更奢华，毕竟有些珍稀材料，酒店那样的公众场合是不可能用上的。国际上对我们中式住宅总是充满偏见，觉得我们必定生活在路易十四时代那样金灿灿的房子里，还在室内挂满各式各样的流苏，简直恶俗到极致。所以，我就想把这里打造成现代中式装潢的橱窗。你们在这里见到的所有家具，都是由最优秀的工匠，用最珍稀的材料手工制作的，古董字画更是国宝级水准……比方说，看到那面墙上的画卷了吗？它们可全部都是元代画家吴伯里的真迹。再看看这尊明代酒杯，我两年前花了60万美元买的，但只要我愿意出让，圣路易博物馆就会出1500万美元！"

瑞秋目瞪口呆地望着眼前这口小瓷碗，除了碗口内侧的小鸡纹样，似乎再没有什么特别之处了……它的价值真的相当于自己一百年的年薪？

众人逛了一圈露天休憩区，随后来到后花园。这里同样有一个宽敞的倒影池，隐藏在树木之间的户外音响播放着空灵的新世纪音乐。柯莱特领着三人在池塘边的石子路上漫步，边走边介绍道："与其说这里是宅邸，还不如说是私人温室。你们仔细看看周围，就会发现所见之处无不贯彻着绿色环保的理念，就连屋顶上都配备有太阳能电池板，倒影池里还藏着顶级的鱼菜共生系统。"

说话间，一行人走进一栋未来感十足的玻璃屋顶建筑中，只见里面的照明亮得耀眼，数十平方米的空间内竟交替分布着鱼塘和菜地。柯莱特对众人惊奇的表情颇为满意，自豪地解释道："这些鱼塘是和外面的倒影池相通的，我们在池塘里养鱼，再用营养丰富的鱼塘水灌溉隔壁的菜田——你们看这蔬菜的颜色，何止是绿，简直是翠绿！"

"我今天真算是大开眼界了！"尼克识相地赞叹道。

众人随即来到规模最大的中央庭院，柯莱特继续介绍道："别看这套宅院的整体风格偏现代，设计师还是在特定的区域保留了八座中式亭阁，排列成皇帝宝座的形状，来确保风水不乱——大家等等！"

众人闻声驻足。柯莱特张开双臂，闭上眼睛，一脸陶醉地说："不要说话，用心感受……大家有没有感觉到空气中弥漫着某种'气'？"

尼克只能闻见一股若隐若现的清香，有点儿像纺必适（Febreze）芳香剂的味道。不过，他可不敢实话实说，只得随瑞秋和卡尔顿乖乖地点点头。众人再次回到室内，柯莱特双手合十，敬了个纳马斯卡拉礼 [1]，笑道："这里就是消遣用的亭阁了，地下还有泰亭哲官方给我们设计的酒窖，这层是放映厅。"

众人所在之处是一间宽敞的圆弧形电影院。放眼望去，厅内至少摆放了五十张瑞典太空椅。卡尔顿指了指身后，说道："你们注意到这后面有什么了吗？"

瑞秋和尼克好奇地推开身后的房门，只见悬挂的放映设备之下，竟

---

[1] 印度友人之间的一种礼仪。——译者注

藏着一家低调的寿司摊！身穿黑色和服的寿司师傅朝众人鞠躬致意，吧台里的年轻学徒正忙着把萝卜片切成精巧的猫咪形状……这一切，使他们宛如置身于日本的六本木 [1] 一般。

瑞秋不敢相信自己的眼睛："还能这样？！"

尼克也调侃道："早知如此，我们周三的时候，就不该在蓝带寿司点那么多……"

"你们有没有看过一部讲日本寿司泰斗的纪录片，叫《寿司之神》？"柯莱特问道。

"看过。你不会要告诉我，这位师傅是小野二郎的儿子吧？！"瑞秋看向正在木质吧台后面揉搓章鱼的寿司师傅，眼神里满溢着敬畏。

"他是二郎师傅的表弟啦！"柯莱特满脸自豪地宣称道。

逛完户外庭院，柯莱特带领众人继续参观：一间又一间堪比五星级酒店的豪华客房，一套又一套瑞典顶级海丝腾 [2] 马毛寝具……终于到了压轴大戏——她自己的卧室。柯莱特的房间是一栋通体透明的玻璃建筑，房间中央是一张云朵状的大床，其中一面墙靠边摆放着一根根蜡烛，房间的一角还有一块圆形的莲花池塘，除此之外别无他物（用柯莱特的话说："这间卧室讲究一个'禅'字，在这儿睡觉，能够进入一种'天人隔绝'的境界。"）；盥洗室和衣橱则位于卧室隔壁的建筑内，面积比卧室大了四倍多。

瑞秋直奔最让她好奇的浴室，这是个全方位无死角、以冰河白卡拉卡塔（Calacatta）大理石打造的透亮空间。空间内没有配备传统的洁具，只是在一块半人高的大理石块上凿了个水槽形状的凹槽，就像是霍

---

[1] 位于日本东京日比谷沿线，赤坂以南，麻布以北。六本木以丰富的夜生活及西方人聚集区而闻名。——译者注

[2] 自 1852 年起，海丝腾（Hästens）就成为瑞典皇室的御用寝具制造方了。海丝腾最基础的寝具就能要价 15000 美元，顶级寝具 2000T 更是卖到高达 12 万美元的天价。铁杆粉丝声称海丝腾的床能抗癌……好吧，这主要还是取决于你愿意花多少钱在一张床铺上。——作者注

比特贵族专用的水坑一般；空间的另一侧是圆弧形的私人内院，里面又有一片深绿色的倒影池，池塘中央种着一颗茂密的柳树，摇曳的柳枝下，是一口纯玛瑙打磨而成的蛋形浴缸，数颗圆形踏脚石连接在池岸和浴缸之间。

瑞秋由衷地赞叹道："柯莱特，我现在的心情只有两个字能形容——艳羡！像这样的浴室，我只在梦境里才想象过！"

"太好了！你能欣赏我的理念！"柯莱特握住瑞秋的手，感动得热泪盈眶。

尼克见状，不解地向卡尔顿问道："真奇怪，浴室对她们真有这么大的吸引力？瑞秋每到一家酒店，从来都是直奔浴室，对其他设施不闻不问。前几天去安娜贝尔·李的精品店也是，只对人家的浴室品头论足。再看看现在这副如登极乐的模样……"

卡尔顿觉得好笑，瞥了眼尼克，调侃道："瑞秋姐，你选男人的眼光不太准啊，怎么就挑了这么一位不解风情的直男？"

"是呀，我当初怎么就看走了眼呢？后悔死了！"瑞秋说完，还不忘朝尼克摆了个"恶狠狠"的鬼脸。

尼克苦笑不迭，叹道："我改，我改还不行吗？等我们回纽约，我就叫装修公司给我们家的浴室再贴上一遍砖，由你亲自指挥，可以了吧？"

"你真笨，谁说要重新贴砖了？！"瑞秋笑骂道，痴痴地轻抚着玛瑙浴缸，就像在抚摸婴孩娇嫩的皮肤。

柯莱特不想再纠结浴缸了，便转换话题道："好啦——盥洗室之旅就到此为止！我可不想害得你们为了一口浴缸吵架。下一站，SPA 室！"

众人离开起居区域，经由一条深红色的走廊，在巴厘装修风格的医疗室内稍作驻足，便来到了一间别有洞天的地底空间。置身于此处，周遭的立柱让人仿佛身在土耳其的苏丹宫殿一般，中央的盐水池竟呈现出天空的蔚蓝色。柯莱特解释道："这水池底面是用青绿石铺装的，所以水面会是这种颜色。"

瑞秋表现出羡慕不已的神色："真是令人难以置信，你竟然有属于自己的私人 SPA！"

"瑞秋，我们现在是好姐妹了，有些事不怕和你说——我曾经重度 SPA 上瘾，最严重的时候，甚至一年到头都不做正事，只游走于世界各地的 SPA 疗养地之间。但即便如此，我仍感觉不尽兴，因为我总是能从那些 SPA 胜地里挑出各式各样的瑕疵。比如说，马拉喀什安缦杰纳度假村蒸汽房的角落里，胡乱躺着一把脏兮兮的拖把；再比如说，瑞提拉度假岛上唯一一个无边的泳池里，某个大腹便便的猥琐男色眯眯地盯着我……所以，我得出结论——必须要建造属于自己一个人的 SPA 中心。"

瑞秋不知该如何评价，只好说："好吧，你该庆幸你的家庭有条件能够让你把这疯狂的'结论'付诸实践……"

柯莱特语气一转，严肃地说道："你这可就错了。我这个决定可给家里省下大钱了！这块开发区如今高楼林立，但曾经只是一片农田。如今我把所有因失地而无家可归的本地人都雇佣到这里来工作，既节省了人工费，又促进了就业。比起我之前每周末环游世界，寻找 SPA 的花费，这些成本根本不值得一提！"

尼克和瑞秋默契地对视了一眼，不约而同地点了点头。

"另外呢，我还会时不时在这里举办各种公益活动。比如说下周，我就计划组织一场夏日花园派对，旨在展出近来从巴黎搜罗来的藏品，到时候还会邀请明星潘婷婷助力，绝对是场顶级时尚盛会！瑞秋，你会来的吧？"

"我当然不会推辞啦！"瑞秋下意识地就答应了下来，但话一出口就后悔了，尤其是"顶级时尚盛会"这说法，更是让她打起了退堂鼓。这让她不由得联想到以前阿拉明塔在私人岛屿上举办的单身派对……现在想来都有些后怕。

四人聊得正欢，楼梯口处忽然传来一阵犬吠声。"一定是我的宝贝儿们回来了！"柯莱特话音刚落，就看到她的私人助理罗克珊吃力地牵着两只意大利猎犬现身了。这两只狗亢奋地拉拽着鸵鸟皮牵引绳，害得罗克珊差点儿没站稳。

柯莱特一把将两只宠物拥入怀中，宠溺地说："凯特、皮帕，宝贝儿，妈妈想死你们了！你们也有时差反应了？小可怜……"

瑞秋凑到卡尔顿耳边，偷偷问道："她真的给宠物狗取这名字？"

"嗯，真的。柯莱特从小就憧憬皇室，除了这两只小家伙，她还在她父母在宁波的房子里养了一对藏獒，取名叫威廉和哈里……"

柯莱特抬起头来，担忧地问罗克珊道："我的宝贝儿们到底怎么了？医生是怎么说的？"

卡尔顿小声地跟瑞秋和尼克解释道："罗克珊昨天带着这两个小家伙乘私人飞机到加州看宠物心理医生去了，应该是刚回来。"

罗克珊如实汇报道："医生说它们的身体都很健康，放心吧。你知道我一向都不信任那个奥哈伊的宠物心理名医的，真是大开眼界。诊断报告上说，皮帕仍对上次被宾利撞飞一事有心理阴影，所以一登上那辆宾利就会躲在座位下直哆嗦。我可是什么都没和医生透漏，她竟然连车子的牌子都准确地诊断出来了。不得不承认，我真是佩服得五体投地……"

柯莱特痛心疾首地抚摸着狗狗，歉疚地说："都是我不好，皮帕，都是我害了你……罗克珊，给我和它们拍张合照，发朋友圈，就说……'和女孩儿们重聚'。"说完，她熟练地摆了几个姿势，站起身抚平裙子的皱褶。这时她眼里掠过一抹凌厉，冷冰冰地吩咐道："把那辆宾利处理掉，我不想再见到它了。"

妥善安顿了宠物狗后，众人来到最后一栋亭阁。这是八大亭阁中规模最大的一栋，表面寻不见一扇窗户，只有一道密码门。戴着耳机的罗克珊利落地上前解开了电子锁，柯莱特献宝似的喊道："欢迎参观邝家私人博物馆！"

众人走进一间大约篮球场面积的展厅，最先映入眼帘的，是巨幅丝网印刷画像。

瑞秋好奇地问道："这莫非是安迪·沃霍尔的……"

"正是！这画像怎么样？是我爸送我的 16 岁生日礼物！"

"哇，你爸的眼光真独到！"瑞秋奉承道。

柯莱特感慨万千道："对呀，这是我当时最中意的生日礼物了……要是有时光机就好了，我真想重回 16 岁，让安迪给我画一张画像。"

尼克来到画像前，近距离观察画中人物以假乱真的五官，心想把画中人换成柯莱特会是何种模样，唇角现出掩不住的笑意。他和瑞秋想到右边区域参观参观，被柯莱特叫住："那边没什么好看的，都是我爸刚涉足收藏时买的一些枯燥玩意儿——毕加索、高更之类的。来这边，看看我最近的收藏。"

在柯莱特的催促下，众人进入另一间展厅，才明白"大开眼界"的真正含义。墙上作品之丰富、新潮，堪称国际艺术界的"今日菜谱"。第一眼看去，有威克·穆尼兹（Vik Muniz）那令人垂涎欲滴的巧克力糖浆画，有布里奇特·赖利（Bridget Riley）那足以引起观众偏头疼的密集方块，有尚·米榭·巴斯奇亚（Jean-Michel）那毒瘾发作似的疯狂涂鸦……当然了，自然少不了莫娜·库恩（Mona Kuhn）镜头下，在湿润阶梯上摆出各种奇异姿态的北欧鲜活肉体。

众人继续往前走，来到一间面积更加宽敞的展厅，不过偌大的空间里，只展示了一个藏品——由二十四张画卷组成的一幅恢宏又不失细致的水墨图。

尼克一眼便看出了其中的端倪，惊讶道："哎呀！这不是凯蒂前段时间入手的《十八成宫》图屏吗？怎么会在你这里！？"

柯莱特正待解释，罗克珊忽然"啊"的一声惊呼，朝耳机的话筒急问道："真的？你没看错？"紧接着，她就攥住柯莱特的胳膊道："坏消息！老爷和夫人回来了，车子刚过门卫亭！"

柯莱特的脸色顿时煞白，愣了数秒才惊惶失声道："不会吧！怎么提前这么多？！我们还没来得及准备呢！"随即转头对瑞秋说："抱歉，抱歉！我爸妈提前回来了，参观得到此为止了。"

众人匆匆返回大庭院待命。柯莱特激动地命令罗克珊："全员待命！沃斯利又去哪儿了？让高平赶紧把鸡肉烤上！巴普蒂斯特准备好威士忌了没有？谁把中央池塘边上竹林的照明给关了？"

罗克珊镇静地回答道："照明的开关是定时的，7 点钟才会自动开启。"

"全给我开启！等等，把这白痴似的'哭声'给我关了！换民歌，我爸只爱听民歌……还有，快把凯特和皮帕赶窝里去，让我妈撞见了可就糟了！"两只狗听到主人喊自己名字，立刻躁动起来。

罗克珊一面拽着宠物狗往管家楼走，一面冲话筒里吩咐道："立即把美好冬季乐团换成民歌串烧。"

四人刚抵达主厅，就看见庄园里的全部员工都已在此集合、严阵以待了。

瑞秋默算人数，粗略算出了三十多人，女性员工一席黑丝旗袍俏立在左，男性员工则身着黑色詹姆士·珀思制服立正在右。众人如南徙的大雁一般，面向楼梯站成了整齐的 V 字形。

柯莱特仔细检点了一圈，最后确认道："热毛巾准备了吗？热毛巾在谁那儿？！"

一名女佣闻声出列，双手捧着一台小型银制保温柜，那里面正是热毛巾。罗克珊见状斥责道："谁让你出列的？快站回去！"话音刚落，一列黑色的奥迪 SUV 车队就浩浩荡荡地驶到了楼梯口。

领头的 SUV 最先开门，车厢内钻出数名黑衣黑裤的墨镜大汉，其中一名大汉健步走到中间的车子旁，小心翼翼地打开了车门。尼克一看车门厚度，便知这车子至少是防爆级别的。

在黑衣保镖的掩护下，一位矮小健壮，身着定制三件套的男人最先从车厢中走出来。罗克珊见状，面露惊讶之色。此人的年龄最多不超过30 岁，尼克疑惑地说道："别告诉我这就是柯莱特的父亲……"

"他不是。"罗克珊简短地回道，用余光瞥了眼卡尔顿。

9

新加坡

"你就打算这身打扮去赴宴？"迈克倚靠在衣帽间门边，神情有些不悦。

"怎么？我这身打扮给你丢脸了？"阿斯特丽德没抬头，这双凉鞋的扣绳实在太难系了。

"丢脸倒不至于，只是……有些太随意了。"

"很随意吗？我不觉得。"阿斯特丽德系好了鞋子，站起身来，一席带钩织镂空的黑色束腰连衣裙显得简约大方。

"我们这是要去新加坡最好的餐厅赴宴，同席的可都是 IBM 的高层。"

"安德烈是顶级餐厅没错，但我们又不是去参加舞会……这只是简单的商务接洽而已，没必要那样正式吧？"

"话虽如此，但毕竟出席的都是有头有脸的人物，家眷更应该穿得体面。"

阿斯特丽德瞥了丈夫一眼，心里有说不出的失落。外星人把自己的丈夫绑架了？把他洗脑成了挑三拣四的时尚主编？结婚六年了，这还是迈克第一次对自己的穿着指指点点。他偶尔会称赞自己的打扮"性感"或"可爱"，但从未用过"体面"一词。今天之前，他的词典里根本不存在这样的词语。

阿斯特丽德强忍住情绪，继续往脖颈上抹玫瑰精华："体面？真正体面的妻子，是能够欣赏我这身奥图扎拉（Altuzarra）连衣裙的。还有，我这双塔碧瑟·西蒙斯（Tabitha Simmons）纯丝带凉鞋、这对莱茵·沃特林（Line Vautrin）黄金耳坠，以及娘惹金手链，都是永不过时的 T 台款。"

迈尔克皱眉道："唔……首饰全是金的，在我看来有些 kan chia[1] 了。你就不能换些有档次的？比如说钻石之类的……"

"你竟然说 kan chia！？这条手链可是大姑妈玛蒂尔达·梁继承给我的遗物，她的其他首饰如今可都在亚洲文明博物馆里展览呢！博物馆三番四次恳求我出借这条手链，我都拒绝了，因为它对我意义重大。"

"抱歉，我不是有意冒犯你姑妈的。我不像你一样懂时尚，我只想体面地迎接今晚这场重要的商务晚宴。你随意穿吧，我在楼下等你。"迈克语气倨傲，没有丝毫的歉意。

迈克转身离开后，阿斯特丽德默默地叹了口气。她比谁都清楚丈夫在闹什么别扭，无非是因为上次参加香港晚宴后无良小报专栏的嘲讽，说他赚了大钱，却不愿给妻子升级首饰。迈克当时一笑置之，但这话显然戳到了他的痛处。阿斯特丽德只能妥协，她来到保险柜前，输入九位密码打开柜门，心里却一沉——自己想要的耳环都存在 OCBC 金库里了。眼下可用的，只有那对硕大的沃尔塔斯基（Wartski）钻石翡翠耳坠了，这对耳坠是当年在泰瑟尔庄园，外祖母打麻将打得兴起，莫名其妙塞给自己的。两只翡翠耳坠近乎核桃大小，据说外祖母最后一次戴它，还是在 1950 年泰王普密蓬（Bhumibol）的加冕礼上。好吧，迈克无非想要自己"艳惊四座"，这件首饰正合他的心意，问题是要穿什么衣服来搭配……

阿斯特丽德稍加思索，从衣柜里拿出一件带束腰、串珠袖的伊夫·圣洛朗黑色连衣裤。这件衣服算得上体面，且风格低调简约，足以掩盖两粒硕大翡翠的锋芒，如果再配上那双阿莱亚（Alaïa）短筒靴，就更理想了。

---

[1] 闽南语中的"人力车"，比喻某物上不了台面、档次低（迈克显然没去过曼哈顿岛，那儿踩人力车的，可都是失业的男模，收费比优步的专车要高多了）。——作者注

阿斯特丽德换上这件连体衣，却觉得有些不习惯。这件衣服太珍贵了，阿斯特丽德从来不舍得穿出去，它来自伊夫2002年最后的时装收藏。犹记得她第一次试穿时才23岁，这么多年过去了，这件衣服竟还是合身如初。伊夫果然是鬼才。

阿斯特丽德准备妥当，下楼到育儿室，只见迈克正陪儿子坐在儿童桌旁，大口咀嚼着他的肉丸意面。

卡西安的保姆看见女主人进屋，用法语由衷赞叹道："哇，夫人，您今天可真美！"

"谢谢夸赞，吕蒂文。"阿斯特丽德用法语答复道。

"这件衣服是圣洛朗的吗？"

"是的。"

吕蒂文双手紧握在胸前，眼角都湿润了，显然艳羡得无以复加（好吧，她已经迫不及待地盼着女主人出门，这样她就能趁机试穿这身宝贝了）。

阿斯特丽德转身问迈克："怎么样？这身行头，能入你那些大人物的法眼吗？"

"你这对耳坠是哪儿淘来的？Tzeen还是keh[1]？"迈克语带玩味道。

"Tzeen！这是我外祖母给我的！"阿斯特丽德恼了，丈夫竟对这身独特的衣装视而不见，偏偏要挑耳坠的不是。

"Wah lan[2]！梵克和阿嬷又他妈的撞一块儿了！"

阿斯特丽德只觉得头皮发麻：丈夫严禁儿子用词不雅，自己却在儿子面前如粗鄙水手一般出口成脏。

"你看妈妈今天漂亮吗？"迈克转向儿子问道，顺便从儿子碗里叉了粒肉丸塞进自己的嘴里。

---

[1]闽南语，意为"真的还是假的"。——作者注

[2]闽南语中的粗口，意为"他妈的"。——作者注

"当然了，妈妈一直都很漂亮。"卡西安先是脆生生地回答，接着朝父亲抗议道："不要偷我的肉丸！"

阿斯特丽德怒意顿消，看着父子间这和谐的一幕，她怎么还能对丈夫生气呢？迈克纵然有不是，但自己从威尼斯回来以后，父子关系的改善是切切实实的。

夫妻二人吻别了儿子，来到家门口。只见司机约瑟夫刚刚给迈克那辆 1961 红色法拉利 California Spyder 完成了最后一道打蜡。显然，迈克今晚做好了全套的准备，要去一鸣惊人。

"亲爱的，谢谢你愿意迁就我，今晚对我真的很重要。"迈克上前一步为妻子打开了车门。

阿斯特丽德上车，点头道："你要是觉得这样比较合适，我自然愿意配合。"

最开始，他们一直没说话，享受着从顶棚涌进车厢的拂面微风。车子开到荷兰路时，迈克主动搭话道："你这对耳坠值多少钱？"

"不知道，但至少比你这辆车子值钱。"

"你确定？这辆法拉利可花了 890 万美元，你最好把它们也拿去估个价。"

阿斯特丽德只觉得这一连串的问答庸俗不堪，她从来不关心珠宝的价格，不明白丈夫为什么要提起这个话题。"我又不卖，知道价格有什么用？"

"它既然这么值钱，我们至少得给它买个保险之类的……"

"这就不用你费心了。只要是我们家族的财产，就会被自动纳入伞覆式保单内。我只要把它们添加到宋会计管理的财产清单里就行了。"

"我可没听说过这事。那我的复古跑车能享受这个待遇吗？"

"我想不行，你又不是梁家人……"阿斯特丽德脱口而出，但话刚出口就后悔了，这说法有些过分了。但迈克似乎没察觉到言辞中的不妥，继续说："你阿嬷把她的珠宝全传给你了吧？你的那些亲戚不嫉妒你吗？"

"珠宝多的是，费欧娜继承了公爵夫人奥尔加的蓝宝石，赛希莉亚拿走了所有皇室翡翠。阿嬷一点儿也不偏心，而且看得很透彻，她只把珠宝给懂得欣赏它们的人。"

"真大方。她是知道自己剩下的日子不多了吧？"

"你知道自己在说什么吗！？"阿斯特丽德简直不敢相信丈夫能说出这种话来。

"得了吧，你敢说她没考虑过？要不怎么会这么慷慨地大派送？别否认了，人一上年纪，多多少少都会有预感，你懂的。"

"迈克，求你不要再说了！我自小是阿嬷带大的，实在不愿意想象她哪天消失了，我该怎么熬过去……"

"抱歉，我就是没话找话聊，让你伤心了。"

车厢内再次陷入尴尬的沉默，迈克满门心思都是今晚的聚会，阿斯特丽德则一遍遍地反思刚才那话不投机的交流……他们刚结婚的时候，迈克羞于在妻子面前谈论金钱，更不愿提及她那显赫的家族，甚至要不择手段地证明自己对梁家的财富不感兴趣。事实上，迈克在妻子显赫家族前的自卑，以及妄图让她脱离娘家的幼稚想法，差点儿毁了这段婚姻。好在那些都是过去式了，他们终于努力挺了过来。

那以后，迈克的事业登上了巅峰，他成了众口相传的大人物。阿斯特丽德有过亲身体会，最近几次的家族聚会上，她的丈夫总是男性亲戚们谈论金融话题时的焦点。转眼间，迈克晋升为家族里的高科技行业咨询师，连岳父也对他刮目相看，不再把他当"入赘"的女婿。然而，一朝扬眉吐气也催生了他的虚荣和贪欲。他的"品位"急遽上升，比在小卖铺购物后问店家"收不收 Amex 信用卡"还要夸张……

此刻的迈克身着深灰色切萨雷·阿托尼里（Cesare Attolini）套装，搭配博雷里（Borrelli）领带。随着右手强有力地换挡，他手腕上的百达翡丽（Patek Philippe）机械表在路灯的照射下，划出一道潇洒的弧光。无论是詹姆斯·迪恩（James Dean），还是费利斯·布依勒（Ferris Bueller），这辆坐骑都是世间多少热血男儿的毕生梦想……阿斯特丽德对丈夫如今的成就感到欣慰、自豪；但与此同时，她心底里又怀念当初那个喜欢窝在家里看球赛，给他一碟 tau you bahk[1]、一碗米饭和一罐啤酒，就能喜笑颜开的大男孩儿。

车子开到路边种满棕榈树的尼尔路上，阿斯特丽德注视着窗外五颜六色的传统骑楼，突然发现车子驶过了目的地，她忙提醒道："喂，我们开过头了，你是约在布吉帕索的，没错吧？"

"没事，我故意地，我们先在附近转转。"

"为什么？你看看时间，我们会迟到的。"阿斯特丽德感到莫名其妙。

"放心吧。你至少得让贵客先歇歇脚……我已经让店家先安排他们去酒吧了。他们这会儿估计正坐在窗边的雅座上呢。我要让他们亲眼看到我的坐骑，还有我美丽的妻子。"

阿斯特丽德几乎要笑出来：身边这个荒唐的男人，真的是自己的丈夫？迈克丝毫没注意妻子古怪的眼神，继续道："你有所不知，我和这些商务人士正在玩斗鸡博弈，就等着谁先开口了。他们想得到我们最新研发的专利技术，但就是不愿表态。我现在有必要给他们一个下马威了。"

片刻之后，车子终于驶到了高雅的白色骑楼前，这栋殖民时期风格的建筑如今是这块岛屿上最负盛名的餐厅。阿斯特丽德刚迈出车门，迈克就从头到脚地审视了她一番，点评道："你不应该把那条短裙换掉的，把这双大长腿包起来实在可惜。但还好，这对耳坠足够让他们大开眼界——尤其是那群贵太太。太好了，我想今晚过后，他们不会再小看我，说我小家子气了。"

阿斯特丽德难以置信地盯着丈夫，没看脚下，一不小心在通往前门的木制小道上趔趄了一下。迈克眉头一皱，埋怨道："拜托！希望他们没往这边看……你干吗偏偏要穿这双奇形怪状的靴子？"

---

[1] 酱油煮猪肚，闽南的家常菜，做法简单。——作者注

阿斯特丽德深呼了一口气，强压下心中沸腾的怒火："贵客的夫人叫什么名字？我忘了。"

"温蒂，她养了只狗叫'小玩意儿'，你可以在宠物上找找话题。"

一阵抽搐向阿斯特丽德的腹部袭来，让她忍不住作呕。这还是她生平第一次，感觉到自己受到了多么"小家子气"的对待。

10

上海

尼克、瑞秋和卡尔顿三人不敢妄动，只能随助理罗克珊站在邝家庄园的石阶上。柯莱特上前，给了下车的矮壮男人一个热情的拥抱。尼克看见这一幕，好奇地问罗克珊道："那是谁？"

"他叫里奇·杨，"罗克珊凑到尼克耳边，"柯莱特的众多追求者之一，北京人。"

"唔，怪不得了……他今晚显然精心打扮过，穿得还真上相。"

"那您可就错了，他向来如此——毕竟是《贵族周刊》评选出来的'中国最会穿搭男士'之一嘛……对了，他的父亲是《赫伦财富报告》公认的中国第四大富豪，坐拥 153 亿美元的资产。"

这时，另一位矮瘦男人走出装甲 SUV，他的年龄在 50 岁上下，五官略微往里缩，只能留着类似于埃罗尔·弗林（Errol Flynn）的小胡子来凸显轮廓。尼克问道："这应该就是柯莱特的父亲了吧？"

"是的，您可以称呼他为邝先生。"

"邝先生是排行第几的富豪啊？"尼克语带调侃地问道，他发现这类排行榜不仅不准确，而且愚蠢至极。

"第十五，但赫伦的统计过时了。按如今的股价，邝先生的身家已超过了里奇的父亲。《财富亚洲》上的数据才是准确的，邝先生排行第三。"罗克珊很较真。

"好气啊！我今晚回去就给赫伦写投诉信，让他们赶紧纠正。"尼克憋着笑道。

"不劳您费心，我们已经向他们反映了。"

继邝先生之后，一位留着及肩的蓬松长发的女士在其搀扶下迈出车门，她戴着墨镜和蓝色医院口罩，看不清相貌。尼克正要问，罗克珊抢先低语道："这位就是邝夫人。"

"我猜也是……她身体不舒服吗？"

"不，她患有重度洁癖，所以常年住在空气清新的夏威夷。对了，这栋庄园配备的最尖端的空气净化系统，就是为她准备的。"

待柯莱特先后与父母拥抱后，站在一旁的女佣捧着装满热毛巾的银柜，毕恭毕敬地俯立在两位主人面前，好似在向圣人敬献黄金、乳香与没药 [1] 一般。身着爱马仕蓝色羊绒衫的夫妇用热腾腾的毛巾擦过脸和手后，邝夫人伸出手来，另一位女佣连忙上前，往她的手掌上喷了些消毒剂。走完了这一道流程，管家沃斯利才上前行礼。柯莱特朝阶梯上的友人招招手，让他们过来。

"爸、妈，这几位是女儿的朋友。卡尔顿就不用介绍了吧，这位是他的姐姐瑞秋，还有他姐夫尼古拉斯·杨。他们住在纽约，不过尼古拉斯是新加坡人。"

"卡尔顿·鲍，你父亲近来可安好？"邝先生熟稔地拍了拍卡尔顿的肩膀，继而与瑞秋和尼克热情地握手，说道："幸会！我是柯莱特的父亲，杰克·邝。"他饶有兴致地看着瑞秋，用普通话感叹道："不愧是姐弟，长得真像啊！"再看看邝夫人，她没有伸出手来，但隔着口罩和芬迪墨镜，可以感觉到她在向众人点头致意。

邝先生就里奇·杨这位不速之客向柯莱特解释道："我们刚下飞机，

---

[1] 黄金、乳香与没药，均为《圣经·新约》中东方三博士朝圣时向耶稣进贡的礼物。——译者注

碰巧撞见里奇的飞机停在我们旁边……"

"巧得很，我刚从智利办事回来。"里奇补充道。

"所以，我就邀他来家里吃饭了，你应该不会介意吧？"虽是询问，但那语气分明不容拒绝。

"当然不介意，我高兴还来不及呢！"

里奇这才向卡尔顿搭话："哎呀，这不是'不死的卡尔顿'吗？好久不见！"

瑞秋眼尖，注意到卡尔顿牙关紧锁，这表示恼怒的小习惯，真的和自己一模一样。但他还是强作欢笑，向对方点头示意。

众人移步至大庭院。一位瑞秋觉得颇为眼熟的男人正在门旁恭候。他双手捧着一张托盘，上面摆放着一瓶气泡水，以及一杯刚倒好的威士忌——对了！这人就是刚到上海那天，在鼎泰丰见过的顶级调酒师。原来他不是餐厅的雇员，而是邝家的私人调酒师。

只见他迎了上去，恭敬地对雇主说道："邝先生，请允许我用 12 岁的'雪莉'给您接风。"

尼克差点儿笑出声，咬住舌头才勉强忍住——这酒保说话真是不经大脑，不知情的人，还以为他为邝先生安排了童工呢。

"巴普蒂斯特，感谢。"杰克·邝的英语带有浓重的口音。

邝夫人摘下口罩，径直来到最近的沙发旁，疲惫地坐下。柯莱特见状便招呼道："妈，别坐这儿，我们坐到窗边去，那边的景色好。"

"哎呀，我坐了一天的飞机，腿都麻了。你就不能让我清净会儿？"

"妈，我让女佣在那边的沙发上给你准备了一个特制的丝绒莲花枕，窗外的木兰花也开了。听我的，到那边坐去吧！"

瑞秋惊愕不已：柯莱特这语气哪里像是对母亲说话的态度。邝夫人心不甘情不愿地起身，随众人来到玻璃墙边的休息区域。

不待众人坐下，柯莱特又开始发号施令了："妈，你坐这里，面朝园艺；爸，你坐那边，我让梅青给你端张放脚的板凳来——梅青，脚枕呢？"说完，柯莱特自己挑了张面向窗户的躺椅，舒舒服服地安卧其上，浑然不顾宾客和父母的座位正对着夕阳，晃眼得很。

瑞秋和尼克这才明白过来，刚才在门口的欢迎仪式，确实只是单纯的"仪式"，而非出于柯莱特对父母的敬畏。很显然，柯莱特有严重的控制倾向，一定要旁人迁就她、围着她转。

众人忙着调整坐姿，以躲避刺眼的阳光，唯独杰克好奇地看着尼克：这个下巴如刀削的小伙子有什么能耐，竟能把鲍高良的爱女娶回家？唔，果然生得一副好皮囊，行为举止也颇具风范……他对尼克点点头，问道："你是新加坡人？新加坡是个好地方呀！你在哪儿高就？"

"高就可不敢当，区区历史老师而已。"尼克自谦地说道。

柯莱特插嘴道："尼克毕业于牛津大学法学系，现在是纽约大学的历史教授。"

"你千辛万苦在牛津拿了法律文凭，怎么不学以致用，反倒教起历史来了？"杰克心里忍不住嘲笑：这孩子多半是在老本行上跌了跟头，才改行的。

"我虽然是学法律的，但历史学科才是我毕生的兴趣所在。"尼克字斟句酌地回答道。他只要看到对方的眼神，就知道接下来的问题是什么了——无非是打探自己的月薪和父母的职业。

"不错，不错……"杰克点点头，心里却颇不以为然：新加坡人就喜欢花钱给孩子买牛津文凭，他八成出身于某个富有的印尼籍华侨家庭，"敢问令尊在何处高就？说不定我还认识。"

来啦来啦！尼克心里只是苦笑，他身边充斥着杰克·邝这种类型的长辈——事业成功、野心勃勃，且不遗余力地收拢着身边可用的人脉。尼克知道，只要摆出几个名字，就能让对方对自己刮目相看，但他没兴趣这样做，只礼貌地回答："我父亲是工程师，如今已经退休了。"

"工程师呀！好，很好！"杰克言不由衷地赞叹道，心里却在可惜：以这个小伙子的才情相貌，只要稍稍有些家世，假以时日，无论是成为银行家，还是政府高官，都不是问题，真是可惜了。

看对方打算继续刨根问底，甚至打探妻子的底细，尼克没好气地反

208

问道："邴先生，您又在哪里高就呢？"

杰克随意糊弄过尼克的提问，转而向里奇·杨搭话道："里奇，你这趟去智利做什么？帮你父亲考察当地的矿产企业？"

尼克心里自嘲：看看，自己已经被轻视了。这人显然不太把瑞秋放在眼里，这样也好，落得清净。

里奇的注意力本来全在自己的 Vertus 钛制手机上，听了杰克的话便笑道："您也太高看我了！我不过是去参加达喀尔拉力赛的训练罢了。您听说过这个越野比赛吗？它每年都在南美举办，赛道连接阿根廷和秘鲁。"

"你还在玩赛车？"卡尔顿插嘴道。

"干吗不玩儿？"

"不可置信！"卡尔顿恼怒地摇了摇头。

"怎么？你要我像某人一样，出了个小车祸，就躲在家里做乖宝宝？"

卡尔顿憋红了脸，若不是柯莱特把手放在他的胳膊上，恐怕他会立刻向对方发难。

柯莱特有心缓和气氛，便欢快地说："我一直想去马丘比丘逛逛，可惜我有高原反应，不能去。去年我只到了圣莫里茨，身体就彻底垮了，连购物的力气都没有了。"

邴夫人苛责女儿说："你什么时候又跑到瑞士去了？怎么都没和家里说？多危险呀！"

柯莱特不耐烦地对母亲说："你就别操心了，妈妈。我倒是要问问，你这一身杰奎琳·奥纳西斯的打扮，是在悼念谁呀？在家里还戴什么墨镜？"

邴夫人重重地叹了口气，说："唉，你有所不知，我这几天是遭了大罪了。"她摘掉墨镜，露出肿胀的双眼："你看到我的眼睛了没有？我都没力气抬眼皮了，看见了吗？我怀疑自己得病了，叫什么来着——肌无力重症？"

"您说的是重症肌无力吧？"瑞秋礼貌地纠正道。

"对！就是这个名字！"邝夫人颇为激动，"我眼睛附近的肌肉已经受影响了！"

瑞秋点点头，同情地说："我听说得了这病，就会浑身虚弱。邝夫人，您不要紧吧？"

"别喊我夫人，怪生分的，我叫莱娣。"柯莱特的母亲对瑞秋顿生好感。

柯莱特又不客气地插嘴了："妈，你既没得'肌无力重症'，也没得'重症肌无力'！你纯粹就是睡得太多了！一天睡十四个小时，换谁都得肿眼睛！"

"没办法，我有慢性疲劳综合征。不多睡，一天都没精神。"

"不，妈妈，你也没得慢性疲劳综合征。你得知道，慢性疲劳综合征才不会让你想睡觉呢。"

"反正我打算下周就去新加坡请教重症肌无力的专家。"

柯莱特翻了个白眼，还不忘向瑞秋和尼克说明："我妈几乎和亚洲九成的医学专家都有联系……"

"哦？那真得给她介绍介绍我的那些亲戚了。"尼克打趣道。

邝夫人一听，顿时有了兴趣："你有亲戚从医？"

"我想想……我的迪基叔父，哦，他全名叫理查·钱……他是一名全科医生；他的弟弟马克·钱是眼科专家；我表兄查理·尚是血液专家。哦，还有我的另一个表兄彼得·梁，他是神经科专家……"

邝夫人惊喜道："彼得·梁医生？是那位和妻子格莱迪丝一起，在K.L.[1] 开私家诊所的梁医生吗？"

"您认识他？"

"哎呀呀，这个世界真是太小了！我前不久刚到他那儿去检查脑瘤，还顺便咨询了格莱迪丝。"邝夫人说完，转头就和丈夫用中文叽叽喳喳地说了些什么。杰克上一秒还在听里奇吹牛他那辆赛车，听了妻子

---

[1] 英文"Kuala Lumpur"的缩写，是指马来西亚的首都吉隆坡。——译者注

210

的话，立刻转向尼克："彼得·梁是你表兄？这么说，你是哈利·梁的侄子？"

"是的。"尼克心里感到好笑：这下他以为我是梁家人了，我的"市值"要回涨了。

杰克看尼克的眼神都变了：天啊，我真看走了眼，这小伙子竟然是梁氏棕榈油集团的公子哥儿！梁家可是赫伦上排行第三的亚洲豪门！怪不得，怪不得他有闲情逸致去教书……杰克激动地问道："你母亲是梁家人？"

"不是的，哈利·梁娶了我父亲的妹妹。"

"哦，这样呀……"杰克的热情凉了半截：也是，他姓杨，我可没听说梁家还有这分支。看来，他属于梁家底层。

邴夫人凑到尼克面前，兴奋地问道："还没说完呢，你家里还有哪些医生啊？"

"唔，还有马尔克姆·郑，香港的心脏专家，您认得吗？"

"认得认得！他也是我的医生之一！他检查出我心律不齐……我怀疑自己瓣膜病复发了，看来今后得少喝些星巴克。"

里奇听腻了医生的话题，大声地问柯莱特："我们晚上吃些什么？"

"急什么？厨房那边正准备着呢！我的私人粤菜大厨给我们准备了她的招牌菜——纸包鸡 [1]，再配上新鲜的白松露，包你满意！"

"哇！听得我都流口水了。"

"我刚才还让大厨特别准备了你最爱的柑曼怡橙香舒芙蕾，你有口福了。"

"啧啧，你真懂得怎样抓住男人的心。"里奇暧昧地表示。

"那就要看这个男人值不值得我抓了。"柯莱特朝对方抛了个

---

[1] 中国传统美食。将切好的鸡肉配以海鲜酱、茴香等调料，以玉扣纸逐件包裹，彻夜卤制后，待香浓的卤汁融入鸡肉，最后油炸而成，让人吮指（昂贵的白松露并非传统的粤菜配料，纯粹是邴家主厨的独创，反正贵就对了）。——作者注

媚眼。

瑞秋见此一幕，不由得瞥了眼卡尔顿，看他做何反应。卡尔顿似乎全然不在意，只是一个劲儿地摆弄他的 iPhone，接着抬头向柯莱特使了个眼神；柯莱特会意，却没说话。瑞秋一时不确定弟弟和这个女孩儿之间到底是什么关系。

正在百无聊赖间，沃斯利前来告知晚餐已准备妥当了，众人便起身前往餐厅。

这个地方与其说是餐厅，倒不如说更像是通体以玻璃覆盖的天台，垂眼就可观赏到庭院里的倒影池。柯莱特解释说："今晚只是随意的家庭聚餐，我就不安排正式的宴会厅了，大家在恒温的小天台上吃吃聊聊，不是更开心吗？"

但眼前的天台既不随意，也不凑合。这里的空间大约有网球场大小，边缘处摆列着一排等人高的银质防风灯，光源是闪烁的蜡烛；紫檀木八人餐桌上随意摆放着宁芬堡陶瓷餐具，八张餐椅后面各站着一名女佣，看那严阵以待的架势，仿佛生命的意义就在于侍奉每位宾客愉快用餐似的。

众人入座后，柯莱特宣布道："在用餐之前，我给在座的各位准备了一个小惊喜。"说完，她朝沃斯利点点头。只见灯光骤然昏暗，户外音响里流淌出名曲《茉莉花》的前奏，倒影池周围的树木散发出梦幻的翡翠色光芒。水面开始微微涌动，在耀眼的光线下呈现出清澈的湛蓝。在首句歌词响起的瞬间，数以千计的水柱喷射出池面，随着音乐的节奏在夜空中摇曳、变色。

邝夫人发出由衷的赞叹："太美了！一点儿也不输拉斯维加斯的贝拉吉音乐喷泉！"

杰克满意地点点头，好奇地问女儿："你什么时候装了这个？"

"几个月前就开始悄悄动工了，我准备在夏日花园派对那天再正式公开，那天潘婷婷也会在场……"

"你下了这么大的手笔，就是为了讨好潘婷婷！？"杰克难以置信。

"怎么可能，这是我送给妈妈的礼物。"柯莱特强辩道。

"好吧……说说看，这份'礼物'花了我多少钱？"

"哎呀，没你想得那么费钱啦，也就二三十块。"柯莱特不愿如实交代，打了个哈哈。

杰克叹了口气，伤脑筋地摇了摇头，满脸的无可奈何。尼克和瑞秋默契地对视了一眼，他们已深有体会，在这些有钱人的眼里，"块"是百万的单位。

柯莱特自豪地问瑞秋："你觉得怎么样？喜欢吗？"

"美，而且很大气……这背景音乐是谁唱的？真好听，声音好像席琳·迪翁。"

"不是席琳，更胜席琳！唱歌的这位堪称中国版的席琳·迪翁，她叫宋祖英。"

众人欣赏完喷泉秀，十来名手捧梅森瓷质托盘的女佣鱼贯进入天台。照明恢复如常，女佣们动作一致地将盛着纸包鸡的托盘摆放在各位食客面前。大家各自拆去纸包上的麻绳，撩人的肉香登时从纸缝之间喷涌而出。

尼克撕下一条鲜嫩多汁的鸡腿，正要下口，余光瞄见罗克珊悄悄走到柯莱特跟前，低声向她耳语了几句。只见柯莱特露齿一笑，点点头，向桌对面的瑞秋道："瑞秋姐，先别着急吃。我还给你准备了最后一个惊喜呢。"

柯莱特刚说完，一位儒雅的中年绅士随即步入餐厅——没错，正是鲍高良。

在座的各位主宾都起身迎接这位贵宾，瑞秋欣喜地迎上前去。鲍高良见女儿在场，也难掩惊喜之色，不禁温柔地将女儿拥入怀中。这父女团聚的一幕让卡尔顿不敢相信自己的眼睛，他从未见过父亲对任何人这般真情外露过，即便是对相守半生的母亲。

"抱歉，我是不是搅扰了你们用餐的雅兴？今天我本来在北京公干的，谁知让两位小朋友'绑架'到了飞机上了。"高良慈祥地笑着瞥了眼卡尔顿和柯莱特。

"说什么打扰呀！鲍先生光临寒舍，邴某人荣幸之至！"杰克·邴慌忙迎上去和贵客握手，"设宴，设宴！巴普蒂斯特！我珍藏的虎骨酒呢？快端上来！"

"哈哈！喝了伯父的虎骨酒，大家都虎虎生风！"里奇很兴奋，抢着和鲍高良握手，"领导，晚辈有幸聆听了您关于通货膨胀的重要讲话，可真是高瞻远瞩啊！"

"哦？这位先生当时也在场？"鲍高良好奇道。

"不，晚辈哪有那么荣幸呀！我是在 CCTV 上看到的，不瞒您说，我这人没什么兴趣，就爱关注些时政要闻。"

"不错，不错。现今肯关注政治的年轻人不多了。"高良说这话时，还不忘瞥了一旁的卡尔顿一眼。

里奇得了夸赞，越发得意了："我只关注真正有水准的政治家，那些哗众取宠、沽名逐利之辈，我是打心底里看不上的。"

卡尔顿毫不掩饰地翻了个白眼。

女佣利索地在瑞秋旁边的席位上摆放了餐具，柯莱特礼貌地说："鲍叔叔，请坐。"

"阿姨呢？还在香港吗？"瑞秋好奇地问道。

高良反射性地回答道："是呀，她让我给你带句道歉，这几天都没能回来陪你……"

卡尔顿鼻孔出气，一时间惹得所有人都朝他看来。卡尔顿斟酌再三，决定还是不说为妙，只能把杯里的蒙哈榭一饮而尽。

宴席重新开始，瑞秋兴奋地向父亲分享了在上海的见闻，尼克则有一搭没一搭地陪邴家人及里奇·杨闲聊。鲍高良的现身，让尼克悬在心头的石头终于落了地，看见妻子开心，他也由衷地欣慰。但在座的另一个人令他不得不上心——卡尔顿摆着一张扑克脸坐在一旁，话也不说。再看柯莱特，每上一道菜，她似乎就会烦躁一分。他们这是怎么了？一副随时就要暴走的样子。

就在众人享用龙虾鲍鱼手擀面的时候，柯莱特忽然放下碗筷，对杰克耳语了些什么。父女二人猛地起身，柯莱特强笑道："大家慢用，我们失陪片刻。"

父女二人来到楼下，柯莱特再三确认没人跟下来后，转头便对父亲咆哮道："我们高薪聘请了全英最棒的管家，你怎么还是一点儿长进都没有！？你那吸溜面条的声音，简直震得我牙关疼！还有，你怎么能把骨头吐在桌子上？！这一幕要让克里斯蒂安·利艾格雷（餐桌设计）看到，他能和你拼命！还有还有，我教训过你多少次了，不要在用餐时脱鞋——别狡辩！你当我的鼻子是摆设？那绝对不是臭豆腐发出来的气味儿！"

杰克丝毫不因女儿的话语而不快，反倒哈哈笑道："我说过多少次了，我打小在渔村长大，骨子里就是渔民，你改变不了的。但这有什么要紧？"杰克拍了拍屁股口袋里鼓鼓囊囊的钱夹子，得意地说："在中国，只要这儿有料，就算你在最高档的餐厅里吐痰，也没人敢说个'不'字。"

"别瞎说！这就是习惯问题，怎么不能改？你看看妈，她还像以前那样吃饭吧唧嘴吗？拿筷子的手势，也很接近上海淑女了！"

杰克完全没当回事，只是笑道："哎呀，别说我了……我真同情里奇那傻小子，现在怕是要心急如焚咯！"

"这话是什么意思？什么乱七八糟的？"

"别装啦——爸爸能不知道你的小心思？你故意钓着卡尔顿，就是想让里奇吃醋、着急，对不对？好谋略呀！里奇这两天恐怕就要开口求婚咯！"

"胡说八道！"柯莱特仍在气头上，没闲心理会父亲的玩笑。

"我误会了？那里奇为什么千方百计地上了我们的飞机，还哀求我把女儿许配给他？"

柯莱特着急了："他真这样做了？你明确拒绝他了没有？"

"我还没老糊涂呢！我只给了他最诚挚的祝福。不过我觉得你们还真是绝配，要是我们两家能联合，就等于少了个竞争对手。"杰克展颜大笑，露出了歪歪扭扭的门牙——柯莱特早让他去矫正了，可他嫌麻烦，就是不愿去。

柯莱特斩钉截铁地说："爸，别做联姻的白日梦了！我不可能嫁给里奇·杨！"

杰克收起笑容，凑到柯莱特耳边："傻女儿，我问过你的意见了吗？嫁不嫁，可不是你说了算的。"说完，便扬长而去。

11

香港

科琳娜气恼地站在荣耀大厦的旋转门旁：她又迟到了。自己再三叮嘱她10点半前一定要到，但现在已经快11点了。

看来，有必要加强对这位客户的"守时教育"了，这还是从业以来的头一例……科琳娜一面盘算着要怎样教训凯蒂，一面笑眯眯地和路过的熟人点头问候。

数分钟后，一辆崭新的珍珠白梅赛德斯 S-class 停在了街对面的路边，凯蒂急匆匆地开门下车——没错，这已经是她最低调的座驾了。科琳娜憋着火，对着她指了指手表，凯蒂忙不迭地横穿过广场。

科琳娜仔细打量了对方的打扮，怒意消了三分：至少，凯蒂采纳了自己的妆容哲学，摒弃了复杂的高髻、惨白的粉底，还有小丑一般的烈焰红唇。

今天的凯蒂略施粉黛，面颊上两团微晕，双唇呈淡淡的杏黄光泽，栗色的长发至少也剪短了十厘米。再看衣着，只见她身穿嫩黄色的卡罗琳娜·埃莱拉（Carolina Herrera）灯笼袖连衣裙，脚踩不知品牌的低帮帆布鞋，手上是外形朴素的纪梵希（Givenchy）绿色鲨鱼皮手拿包。

浑身上下的珠宝，只有一对珍珠耳钉和一条精巧的艾琳娜钻石十字架项链。整体看下来，眼前的凯蒂就像是香港街边随处可见的精致女人。

但科琳娜还是颇为恼火道："你知道自己迟到多久了吗？这下好了，待会儿进去，别想低调地混进人群里了！"

"对不起，我从没参加过这样的宗教活动，有些紧张，前后换了六身衣服，就耽搁了……你看我这身还合适吗？"凯蒂一面道歉，一面抚平裙子上的皱褶。

科琳娜重新审视凯蒂的打扮："你是生面孔，神父不会那么容易让你过关的。不过你放心，有我在，没人会拦你。至于这身打扮嘛，不得不承认，非常合适，终于没有达芙妮·吉尼斯（Daphne Guinness）的影子了。"

两人走进荣耀大厦的桃红色大理石前厅，凯蒂问道："这栋大厦里真有教会？"

"我说过了，这不是普通的教会。"

两人登上自动扶梯，来到二楼的接待大厅。前台上面覆盖着一张带褶边的蓝布，三名未成年的迎宾员和数位保安在前台待机。见两人接近，一名戴耳机的美国小女孩儿拿着一台 iPad 迎了上来，露齿笑道："两位早安！请问是来参加主礼拜，还是探索者课程的？"

"主礼拜。"科琳娜答道。

"请问二位贵姓？"

"科琳娜·古佟和凯蒂……不对，凯瑟琳·戴。"科琳娜报出了凯蒂在演肥皂剧之前的旧名。

女孩儿划拉了几下 iPad，回应道："对不起，周日的礼拜名单上找不到二位的名字。"

"啊，我忘了说，是海伦·莫 - 阿斯普雷邀请我们来的。"

"哦？噢……找到了，海伦·莫 - 阿斯普雷和两位友人。"

女孩儿确认过她们的身份后，一位女保安上前来，为二人分别发了一枚吊绳胸牌，上面是刚印上不久的紫色字体：

天际教会　周日参会权　海伦·莫-阿斯普雷

下行是斜体的教会座右铭——

站在高处，聆听上帝。

"请戴上胸牌，乘坐第一间电梯上四十五楼。"保安指引道。

两人抵达四十五层，一名同样佩戴耳机的迎宾员领着她们来到另一间电梯间，两人换乘电梯来到七十九层。科琳娜最后给凯蒂理了理领口，道："准备好，再换乘一组电梯，我们就到目的地了。"

"这教会不会在楼顶吧？"

"嗯，最高层。所以我才千叮咛万嘱咐让你提前，我们单单是乘电梯，就要一刻钟。"

凯蒂嘀咕道："就一家教会而已，至于吗？"

"凯蒂，你这次要拜访的，是全香港最高端的教会。这个天际教会是五旬节派的萧氏姐妹创立的，不仅入会门槛高过'天际'，九十九层的地理位置同样高过'天际'。最关键的是，其会员名列《南华早报》富豪榜单的人数，也是香港私人俱乐部之最。"

科琳娜刚介绍完，电梯就抵达了九十九层。电梯门开启的一瞬，耀眼的光线陡然灌入，让人睁不开眼。等双眼适应了光亮，凯蒂才察觉到，头上高耸的教堂式穹顶是用纯玻璃制造的。烈日毫无遮挡地打入室内，凯蒂下意识地从包里取出了墨镜，但生怕科琳娜责备，又塞了回去。

凯蒂还没有从透明屋穹顶的震撼中平复过来，又再次受到了冲击——摇滚乐，没错，这里响彻着震耳欲聋的摇滚乐。两人低调地在最后一排找位置坐下，只见数以百计的会员教徒们疯狂地挥舞着双手，随着祷告台上的基督摇滚乐队一同恣意呐喊。

乐队里最显眼的当属一头金发的男主唱，他身材魁梧，很容易被当成海姆斯沃斯兄弟中的一员，他旁边是留着帅气平头的华人女鼓手，另外还有一位白人贝斯手、三位学生模样的华人女伴奏，以及一位套着尺码大过身板三倍 T 恤的精瘦华人男孩儿，狂热地敲击着雅马哈电钢琴的琴键。

众人在唱："耶稣基督走进我心！耶稣基督占据我身！"凯蒂如天真的孩子一般，被眼前的一切吸引：无论是触手可及的烈日、震人心魄的旋律，还是狂野不羁的匈牙利摇滚，这些与她印象中的基督教会有着天壤之别。然而，最打动她的，还是眼前美不胜收的高空绝景——这一刻，她仿佛化身为盘旋在香港上空的飞鸟，从金钟的太古广场到北角，将整片岛屿的景致尽收眼底。

如果这世上真有天堂，或许就是这样子的吧？凯蒂想要鬼鬼祟祟地用手机记录下眼前的奇景，因为她还从没离 2IFC（香港国际金融中心 2期）这样近过……

科琳娜见状，压低声音怒斥道："你干什么？！把手机收起来！这里是上帝的庇护所！"

凯蒂把手机塞回包里，满脸涨红，委屈地说："你骗我，看看在场的人，哪个不是打扮得光鲜亮丽？"说完，还不服气地指了指坐在前排的某位女士。那个女的身着白色香奈儿套服，她挥舞的右手上戴了三枚硕大的宝格丽钻戒，惹眼得很。

科琳娜没好气地说道："这位女士是牧师的妻子，穿着富贵一些无可厚非。你是什么？区区新人而已，还不低着脑袋做人？"

凯蒂又羞又恼，但眼前是近在咫尺的蓝天白云，耳边是引人入胜的众人合唱，这让她置身于一种从未体验过的感受之中，甚至忘记了该怎样发火。就在她身侧，一名身穿犬牙针织夹克和圣罗兰（Saint Laurent）紧身牛仔裤的英俊男子，正不成调地哭喊着："吾之所欲，就在此地！就在此刻！"细看之下，才发现他满脸都是幸福的泪痕。年轻小伙子如痴如癫地号啕大哭，竟然有种莫名的魅力……演唱持续了半个小时才结束，金发主唱摇身变为牧师，用纯正的美式口音对台下会众道："今朝见诸位年轻容颜，欢喜满溢心间！让我们和身边同胞共享喜乐平安！"

牧师的话音刚落，凯蒂身边的美男子就给了她一个拥抱，她还没搞清楚状况，前排的中年太太也转身拥她入怀。凯蒂彻底懵了……香港人都这样放得开吗？熟人倒也罢了，陌生人之间也能这样毫无忌惮地拥抱？这就是基督教徒？太棒了！凯蒂只觉得相见恨晚。

礼拜结束，众人散场。科琳娜对凯蒂说："饿了吗？跟我来吧，我带你去吃些咖啡甜点填填肚子。"

凯蒂有些不情愿："就在这里吃？不要吧，这儿的吃食怕是不合我胃口，要不去国金轩吧？"

科琳娜语重心长地教导着眼前这位不开窍的学生："凯蒂呀，我大费周章地把你安排进来，就是为了让你在这里喝咖啡、吃甜点啊！这家教会的会员有八成是香港名门里的年轻一辈，你处心积虑，不就是为了进入他们的圈子吗？别忘了，你现在可是重生的耶稣信徒，他们会自然而然地对你心生亲近的。"

"重生？这是什么意思？"凯蒂好奇地问道。

"说来话长，我改日再给你细细解释吧。简而言之，一旦成为重生信徒，你就必须心存忏悔、心存上帝；你以往所犯下的罪恶都会被世人饶恕，无论是杀父弑母、乱伦继子，还是挪用百万公款进军演艺事业……你接下来的任务，就是加入《圣经》研究小组。在这里，海伦·莫-阿斯普雷的小组最为热门，可惜这个小组只对最上流的名媛开放，你想都不用想。我打算把你安排进贾斯廷娜·魏的小组，她是我侄女，而且她的小组里的年轻人居多，还是能找出几个上档次的千金小姐的。对了，贾斯廷娜的祖父是 Yummy 杯面的创始人，没错，贾斯廷娜就是人们口中的'泡面女王'。"

科琳娜带着凯蒂来到一名 30 岁出头的女性跟前。凯蒂暗暗吃惊：这身着蓝色便服的圆脸女人就是大名鼎鼎的"泡面女王"？她看上去更像是个总裁秘书。科琳娜热情地问候道："哎呀，贾斯廷娜，gum noi moh gin[1]！我向你介绍一下，这是我的朋友，凯瑟琳·戴。"

"幸会幸会，请问您和史蒂芬·戴是——"贾斯廷娜马上就开始打探对方的底细了。

"唔，我不认得这位先生……"凯蒂尴尬地答复道。

贾斯廷娜的态度有些僵硬，她一向只习惯和自己圈子里的人交流。既然对方不在这个圈子里，她也只能回到常规问题上了："哦……那您是哪个学校毕业的？"

"我不在香港读书……"凯蒂有些慌了。说起来，这贾斯廷娜一头泡面卷，还真没辜负"泡面女王"的名头，不知拿开水泡个三分钟，会不会有香味儿。

科琳娜忙解围道："凯瑟琳是留学生。"

"噢……之前没见过您，您是第一次来我们教会吗？"

"是的。"

"那欢迎您加入'天际'。请问，您之前都在哪家教会活动呢？"

这问题太突然了，凯蒂连忙回忆在太平山周边见到过的教堂，但脑子里空荡荡。"唔，沃尔图里教堂？"她脱口而出……好吧，"沃尔图里"是《暮光之城》里老吸血鬼的巢穴，长得像教堂而已。

"哪里？恕我孤陋寡闻……是九龙区域的教会吗？"

"是的，就是在那一片。"科琳娜再次解围，"我要把凯瑟琳介绍给海伦·莫-阿斯普雷了，刚看见海伦取走了圣坛上的花束，怕是马上就要走了。"

科琳娜把凯蒂扯到一旁，训斥道："天！看看你刚才像什么样子！你今天怎么了？那个用一张巧嘴把伊万杰琳·德·阿亚拉哄得笑嘻嘻的凯蒂·戴呢？"

"对……对不起，我真的没搞清楚状况。我只是还没习惯这些：新

---

[1] 粤语，意为"好久不见"。——作者注

名字、假信仰，还有这身衣服，这些首饰……我觉得自己就像什么都没穿一样。以前，周围的人都会谈论我的衣着首饰，而现在……"

科琳娜恨铁不成钢地摇摇头："你是演员！你的即兴演技上哪去了？你就把今天的你当成一个新角色。记住，你不再是以前的凯蒂了。现在的你，是一心相夫教子的凯瑟琳。你平时忙着照顾自己不成器的丈夫和襁褓中的女儿，今天是你每周仅有的社交时间。所以，你得表现得更积极、更渴望交流才对。现在我会把你介绍给海伦·莫-阿斯普雷，我们再试一次。海伦出生在莫家，早年嫁给了一个郭姓男人，离婚后又嫁给了哈罗德·阿斯普雷伯爵，你现在应当称她为阿斯普雷伯爵夫人。"

科琳娜领着凯蒂来到接待桌旁，一位头发浓密如高帽的女士正偷偷地把几块黑森林蛋糕包装好，一一塞进黑色 Oroton 手提包里。科琳娜率先打招呼："嗨！海伦，在干什么呢？谢谢你呀，把我们加到你的邀请名单里。"

海伦显然吓了一跳，尴尬地笑道："哦，科琳娜，我正打算给哈罗德带些甜点回去呢，你知道他喜欢这个。"

"哈罗德还是那么无甜食不欢呀？对了，趁你还没走，介绍一位我的朋友给你——这位是凯瑟琳·戴，之前从属于九龙的沃尔图里教会，她想换换环境，所以我就带她来'天际'了。"

凯蒂热情地笑道："这家教会果然名不虚传！感谢您的邀请，阿斯普雷夫人。"

海伦上下审视着凯蒂，眼神投注到了对方胸前的项链上，赞叹道："这个十字架真不错。"接着压低声音对科琳娜埋怨道："我本来也有一条和这个一样的十字架，但突然就失踪了，我怀疑是那个新来的女佣偷走的。这些人，即便查清了她们的底细，也根本没几个能信任的！唉，要是诺尔玛和娜蒂还在就好了……你知道的，我对她们一向很大方，付给她们很高的薪水。结果呢，她们却丢下我不管，到宿务开沙滩酒吧去了。"

这时，一位身穿绿色 A 字裙的女士端着两杯咖啡来到了桌边。只听她叹道："蛋糕呢？这么快就被吃完了？看来我又要去一趟厨房了。"

科琳娜叫住这位女士："费，别急着走，先来认识认识我的朋友——凯瑟琳·戴。凯瑟琳，这是我的表妹，费欧娜·佟郑。"

"幸会，凯瑟琳。"费欧娜投向凯蒂的眼神闪了一下，"咦——我是不是在哪儿见过您？您是否认识史蒂芬·戴？"

"她是戴先生的远房亲戚。"科琳娜抢着回答，堵住了对方的疑问。

凯蒂不慌不忙，对费欧娜甜甜一笑，道："您这身裙子可真美！要是我没看错的话，这是纳西索·罗德里格斯的，对吗？"

"您真有眼光！"费欧娜挺开心的，并不是经常有人称赞她的衣品。

"几年前我见过那位设计师。"凯蒂继续聊衣服的话题，完全不顾科琳娜在一旁瞪着自己——时尚才是她的主场，即便是在神圣的教会里。

"真的吗？您见过纳西索本人？"费欧娜兴奋道。

"是呀，我参加了他在纽约举办的时尚秀。一个古巴移民家庭出身的小孩子，凭借自身的努力，一步步地爬到如今世界顶级时尚设计师的位置，他的传奇人生，不正迎合了今天的布道主题——'有志之人，必当重生'吗？"

海伦赞赏地微笑起来，说："您说得太棒了！容我冒昧，不知是否有幸邀您加入我的小组呢？我的小组很需要像您这样有独到观点的新鲜血液。"

凯蒂感觉到了科琳娜赞赏而自豪的目光，不由得羞赧起来。科琳娜懊恼自己低估了凯蒂的实力：这孩子可真不简单，短短几句话就能一雪前耻。照这个势头，她可以轻而易举地压过小组里的其他名媛；不出意外的话，到下个圣诞节，她就会是各个名门盛会争相宴请的对象。

众人正聊得兴起，艾迪·郑上前来，催促妻子费欧娜道："我不是让你给我拿杯咖啡吗？"接着他转而对海伦和科琳娜吹嘘道："抱歉，我们今天要去嘉道理爵士家用午餐，不敢有耽搁。"

"急什么？我还得去厨房要些蛋糕呢。今天的蛋糕太受欢迎了，一会儿就没了。对了，来见见科琳娜的朋友——凯瑟琳·戴。"

艾迪礼貌性地向凯蒂点头问候，费欧娜挽起丈夫的胳膊说："你和我一起去拿蛋糕吧，这样会快很多，你不是着急去赴宴吗？"两人向厨房走去时，费欧娜对丈夫说："那位女士要加入我们小组，我喜欢她的那身打扮。你要肯让我穿亮色，我可不会比她差。"

艾迪回头瞥了一眼凯蒂，微微皱眉："唔……她叫什么名字来着？"

"凯瑟琳·戴，史蒂芬的远房亲戚。"

艾迪冷哼："亲戚？火星来的亲戚吧？在地球上，史蒂芬可没这门亲戚！费，你再仔细看看她……"

费欧娜不明就里，又观察了凯蒂一会儿，忽然恍然大悟，手一抖，托盘哐当一声落在了地上。一时间，全场宾客的视线都投向这边来。艾迪就喜欢受人瞩目，他扬扬得意地回到科琳娜和凯蒂面前，坏笑道："科琳娜，我知道你一心想涉足慈善事业，但你这次真是失策啦！你身边的这位'凯瑟琳·戴'女士，是个不折不扣的骗子。史蒂芬·戴的亲戚？让我来告诉你，她就是凯蒂·庞，两年前玩弄了我弟阿历斯泰的感情，然后和伯纳德·戴私奔。你好呀，凯蒂小姐。"

凯蒂几乎要把脑袋埋进胸口，刀绞般的心痛让她忘记了反驳——他凭什么骂自己"骗子"？她欺骗谁了？所谓"史蒂芬·戴的亲戚"，不是科琳娜强加到自己头上的吗？凯蒂向科琳娜投以求援的目光，但对方却无动于衷。

海伦·莫-阿斯普雷厌恶地盯着凯蒂，冷冰冰地骂道："你就是那个凯蒂·庞？卡罗尔·戴和我是好朋友，你对她的儿子做了什么？你又为什么不让她见孙女儿！？你这个 Gum hak sum[1]！"

---

[1]粤语，意为"坏心肠"。——作者注

12

新加坡

"怎么，你要去慢跑？"阿斯特丽德看见丈夫穿着一身彪马运动服从二楼下来。

"嗯，我憋得慌，想去出出汗。"

"你忘了，还有一个小时我们就要去参加星期五的晚宴了？"

"你先去，我迟到一会儿。"

"那可不行，我们必须准时出席！我在泰国的表亲亚当和皮亚今晚会来，泰国外交大使还为我们准备了一场表演，他们……"

"我才不在乎你的那些泰国亲戚。"迈克轻蔑地打断了妻子，破门而出。

唉，他还没消气……阿斯特丽德疲惫地从沙发上起身，回到二楼书房。她打开电脑登录邮箱，看见查理在线，又有了精神，不由自主地点开了对话框……

　　梁：还在上班？

　　胡：嗯，最近几天忙得离不开公司，只能偶尔偷闲去外面喝杯果汁。

　　梁：请教你一个问题，你和潜在客户谈判时，会有意取悦他们吗？

　　胡：你指的"取悦"是——

　　梁：比方说，请他们吃饭？

　　胡：LOL！我还以为你问我有没有出卖肉体呢！请客吃饭是难

免的，午饭居多吧。如果生意谈得顺利，我们还会安排庆功晚宴。怎么突然问这个？

梁：没别的意思，我是觉得，自己在这一点上有待改善。说来有趣，从小到大我什么社交场合都见识过了，但就是不太应付得了商务应酬。

胡：你也没必要出席这种场合吧。

梁：伊莎贝尔经常陪你出去应酬吗？

胡：她？怎么可能，她去的话绝对会冷场的。这种应酬场合一般不太有人携眷参加。

梁：就算对方是远道而来的国际客户？

胡：国际客户自己就不会大老远地带家眷过来。要是八九十年代，也许还会有太太愿意来香港或新加坡购物，但如今真的不多了。不过，要是偶尔有客户带了家属一起来，我们当然也会妥善招待，省得客户担心妻子在赤柱市集被宰，而无法集中精力谈生意。

梁：所以说，你不觉得带家眷应酬是明智之举咯？

胡：那还用说吗？尤其是最近，我的客户里有八成都是 20 岁左右的"扎克伯格（Zuckerbergs）"，连女朋友都没有，更别说还有一部分是女客户了……到底怎么了？迈克想让你一起去应酬吗？

梁：不是他想让我去，是我已经去了……

胡：你去都去了，还有什么好问的？

梁：你有所不知，生意彻底谈崩了。你猜猜，迈克把错归咎到谁头上了？

胡：不会吧？生意没谈下来为什么要怪你？你又不是他公司里的员工。还是说，你把滚烫的 bak kut the[1] 打翻在客户的笔电上了？

梁：说来话长。我下个月要去香港，到时再和你细说，你肯定

---

[1] 是指"肉骨茶"。肉骨茶不是茶，而是排骨汤。做法是将排骨佐以各种香料和草药，放入浓郁的汤汁里温火慢炖数小时，之后即可享受高汤的香醇和骨头肉入口即化的感觉。——作者注

会觉得好笑的。

　　胡：拜托，别吊我胃口了！

　　阿斯特丽德双手离开键盘，心中纠结着是否要找借口中止对话——查理眼下已经对迈克心存芥蒂了，阿斯特丽德不想在他面前抱怨丈夫，但她此刻需要发泄，需要倾诉……

　　梁：迈克和那些客户接触了很长一段时间，应该很快就可以签约了。其中一个大客户这次是和夫人一起来的，迈克就让我安排一家餐厅，想给他们留下好印象。我听说客户夫妻二人对美食颇有研究，就选择了 André。

　　胡：那里还不错。另外还有 Waku Ghin，也是招待外地来宾的好去处。

　　梁：我喜欢哲也师傅的手艺，不过我觉得也许那里不适合招待那天的客人。唉，其实问题也没出在餐厅上……迈克对我赴宴的衣着挑三拣四，这是前所未有的。我精心挑了一套自认为无可挑剔的衣服，他却嫌弃我穿得不够华丽。

　　胡：华丽？这又不是你的穿搭风格！

　　梁：不过我也希望能融入他们吧，所以戴了一对硕大的翡翠钻石耳坠。我敢保证，你只会在温莎古堡的正式晚宴，或雅加达的婚礼上，才能见到类似的款式。

　　胡：听起来不错呀，我真想亲眼看看。

　　梁：你觉得不错，事实上却是大错特错！我们抵达餐厅的时候已经迟到了——迈克执意要把他那辆全新的复古法拉利停在最显眼的地方，所以进餐厅的时候所有人都看着我们……结果，你猜怎么样？那位大客户来自加州北部，夫妻两人都很优雅低调。客户的夫人穿着一条合身的束腰连衣裙、一双扣带凉鞋，戴着一对极具艺术气息的耳坠。反观我，全身穿金戴银，与整个环境格格不入，徒惹人不快。今天，迈克带着一身脾气回家，我才知道，这笔生意彻底泡汤了。

胡：然后呢？他把责任都推到你头上了？

梁：那倒没有，他只是一个劲儿地自责，但我还是觉得自己有一部分责任。我要是坚持第一套打扮，结果或许就不一样了。不瞒你说，迈克质疑我的衣着选择，让我心里憋着火，所以我报复性地换了身夸张的打扮。这样想来，我确实也有责任。

阿斯特丽德正在等待对方的答复，手机突然响了。她见是查理的号码，犹豫了片刻还是接了……

"阿斯特丽德·梁，我从没听说过这么荒谬的说法！这都什么年代了，尤其是在科技行业，根本没有哪个生意人会在意合作人妻子的穿着打扮。生意谈不下来肯定有很多原因，但绝对不可能和衣着打扮有关系。其实你比谁都清楚这一点，不是吗？"

"道理我都懂，但是……你当时不在场，不知道……"

"阿斯特丽德，这是彻头彻尾的推卸责任。迈克的态度，就是想让你自责！这个浑蛋！"

"唉，我知道这次失败根本和我无关，我就是觉得，我当时要不那样意气用事，结果会不会……不提了，抱歉，害得你也郁闷了。我太自私，不应该把你当成我们夫妻不睦的情感宣泄口。但说实话，无论是否有责任，我都挺内疚的。迈克为这桩生意倾注了太多的心血……"

"哦，你真是想太多了。迈克的公司怎么了？是从此一蹶不振了吗？他名下的股票可是一毛钱都没跌。这也是我为什么会这么担心。这样看下来，迈克是故意想让你感到内疚。这太荒谬了，阿斯特丽德。听我的，你没做错任何事，任何事！"

"听你这样说，我心里舒服多了，谢谢……卡西安喊我了，我得挂了，改天再聊。"阿斯特丽德挂掉电话，沉沉地合上双眸，任凭委屈的泪水划过脸颊。她不敢告诉查理那天迈克回家后的实情……

那天下午，回家的迈克来到卡西安卧室，碰巧遇上阿斯特丽德正在陪儿子玩游戏。当时，她正戴着那对翡翠耳坠，蹲在桌子底下，面前摆着三张小板凳，和儿子演着亚瑟王囚禁桂妮维亚的戏。

迈克见状，无名火顿起，咒骂道："你还敢戴这副耳坠？！就是它害得我丢了一笔大生意！"

阿斯特丽德从桌底探出脑袋，奇怪地问道："你到底在说什么？莫名其妙……"

"生意谈崩了，那天的客户说什么都不接受我的报价。"

"亲爱的，都是我不好，你别灰心……"阿斯特丽德连忙从桌底下钻出来，想给丈夫一个慰藉的拥抱，却被无情地推开了。

阿斯特丽德跟着丈夫回到卧室。迈克烦躁地脱下西装，怨气满满地说："我们把那晚的应酬搞砸了。别误会，我不是在责怪你，我是怪我自己。要是我没让你换衣服就好了，你那身打扮和周围完全不搭。"

阿斯特丽德怀疑自己听错了，错愕道："我不明白，我穿什么和这件事有关系吗？谁会真的在意我穿什么？"

"你不懂，做生意就是细节决定成败。合作方的伴侣，毫无疑问也是左右结果的重要因素之一。"

"但是，我和那位温蒂夫人相处得挺愉快的呀！她对每一道菜肴都赞不绝口，我们还交换了手机号码……"

迈克疲惫地坐在床上，双手扶额道："你还没搞懂吗？你是取悦了他的老婆，但这有什么用？我设宴的目的，是要让他们知道，我旗下的科技公司是全新加坡最顶尖的，我不仅在事业上是'蓝筹股'，私生活上更是无可挑剔！这样一来，就能让他们觉得我的报价是物有所值的。但显然，我的计划泡汤了。"

"或许，你不该开那辆法拉利，那有些太显摆了……"

迈克斩钉截铁地说："不可能，不会是车的问题，所有人都爱法拉利。真正让他们感到不快的，是你的穿搭。"

"我的穿搭？"阿斯特丽德感到匪夷所思。

"你那身奇怪的复古服饰，普通人根本欣赏不了。你就不能随大流，穿些香奈儿之类的？我想过了，我们是时候做出一些改变了。我必须要重塑自己的形象。长久以来，外界根本没把我放在眼里，他们只会见缝插针地对我挑三拣四：这人自称坐拥亚洲第一的科技公司，为什么还住在那种破烂房子里？为什么没经常上电视？为什么他的妻子还在开讴歌（Acura），珠宝首饰还是那样上不了档次？"

阿斯特丽德忍无可忍，颤声辩驳道："你说我的珠宝首饰上不了档次？那些都是我的家族所收藏的首饰，真正有水准的珠宝收藏家都知道它们的价值。"

"这就是问题的所在！宝贝儿，你还没察觉到吗？你的家族家大业大，但实在是太过神秘。如果没人听说过，那它就一文不值。那晚的客户根本不相信你耳朵上的两粒'核桃'是真货。它们非但没抬高你的身价，反倒让你看上去廉价庸俗。昨晚他们的顾问喝醉了酒，你知道他和塞拉斯·赵说了什么吗？他说，那晚我们一出现，所有人都以为我的女伴是从豪杰大厦里出来的！"

"豪杰大厦是哪里？"阿斯特丽德显然没听说过这个地方。

"就是公关场所，你那晚穿那种长靴、戴那种耳环，说得难听些，他们还以为你是高级三陪呢！"

阿斯特丽德难以置信地望着丈夫，脑袋嗡嗡作响，心疼得说不出话来。迈克浑然不觉妻子的异样，继续自说自话道："现在，摆在我们面前的有两条路——要么翻身做大，要么任人践踏。我要雇一个新的公关顾问；而你，需要一场从头到尾的变革。事不宜迟，你明天就联系你那个在MGS当中介的朋友，她叫什么名字？米兰达？"

"卡门？"

"对，就是卡门。告诉她我们要搬新家，我要让所有的人都 lao nua[1] 我的新房子！"

---

[1]闽南语，意为"流口水"，即羡慕嫉妒恨。——作者注

13

上海，波托菲诺宅邸

2013 年 6 月

"拯救女裁缝"时尚秀

NOBLESTMAGAZINE.COM.CN

今夜，世间将见证中国最具影响力的两股时尚势力在上海擦出火花。现在，由流行专栏作家赫尼·蔡，为大家带来这场时尚盛宴最前沿的微博文字直播……

5：50 p.m.

观众朋友们，本人刚刚抵达那家千金——微博流行女王柯莱特·那的别墅庄园。几个小时后，柯莱特将会和她最好的朋友——巨星潘婷婷在这栋梦幻庄园里，举行一场别具一格的秋季时尚预热大秀。这场时装秀只对外发出了三百张邀请函，只有中国最显赫的人物才能获此殊荣。Prêt-à-Couture 的主创班底带来了欧洲最前卫的流行元素，杜鹃、刘雯等亚洲顶级超模也将前来助阵。时装拍卖所得将作为"拯救女裁缝"公益基金，此组织旨在改善亚洲纺织从业者的工作环境。

5：53 p.m.

本人跟随受邀嘉宾们通过鹅卵石步道，来到接待大厅。数十位身穿拿破仑领制服的法籍侍应生在门前排成一列，双手捧着盛满巴黎美女鸡尾酒[1]的复古高脚杯迎接我们，向世人展现真正的格调。

6：09 p.m.

这栋庄园神似璞丽酒店，占地面积却是璞丽的好几倍。我们现在抵达了邢家的私人博物馆。在这儿，视线所及范围里都是沃霍尔、毕加索、培根的画作。而比这些杰作更闪耀的，是在场的嘉宾——莱斯特·刘，以及他那位身裹拉克鲁瓦性感复古礼服的妻子瓦莱丽；一席 Sacai 碎布连衣裙、头戴耀眼斯黛芬·琼斯金色淑女帽的佩玲·王；身着皇室蓝罗莎礼裙的斯蒂芬妮·史；还有即便是一席卡纷仍能让人一眼认出的蒂凡尼·叶……今夜，全上海都将聚焦于此！

6：25 p.m.

我和 Prêt-à-Couture 的创始人维吉尼·德·巴斯雷碰面了。他向我保证：这次时装秀之精彩，绝对会让在场宾客为之疯狂。就在刚才，鲍家公子卡尔顿·鲍携一名长相与他如出一辙的靓丽女士出场，她究竟是何方神圣？还有她身旁那位男神……天呀！他不会是大热韩剧《来自星星的你》的男一号吧！？

6：30 p.m.

第一手消息！这位男神并不是来自星星的都教授，而是卡尔顿的友人，来自纽约的历史教授。真是让人空欢喜一场。

6：35 p.m.

绝密消息！莱斯特夫妻二人站在画廊的某幅巨型山水画卷面前挪不动步子，瓦莱丽还倚靠在丈夫的肩膀上抽泣——究竟出了什

---

[1] 由圣日耳曼接骨木花烈酒、琴酒、白利莱三者混合而成，再配以新鲜的葡萄汁，造就了这款高级的餐前起泡酒……千杯不醉！——作者注

么事?

6: 45 p.m.

我正身处户外庭院里!眼前是一片数十平方米的倒影池,池边围绕着上百张座位。我极度怀疑这户外庭院安装了恒温装置,上海正值盛夏酷暑,但在这里,我竟能感受到凉爽的微风,还带着淡淡的金银花香气……

6: 48 p.m.

更新!每个座位上都准备了一台 iPad,每台 iPad 里都有一款专门的 APP,其中展示了今晚登场的所有时装,并支持线上出价。真是科技的进步!

6: 55 p.m.

众宾客已入席,正翘首盼望女主角柯莱特和潘婷婷登场。这对姐妹花今夜会给我们带来怎样的时尚惊喜呢?

7: 03 p.m.

柯莱特闪亮登场!里奇·杨第一时间迎上前去,挽住柯莱特的玉臂,绅士般地护送其到座位上。(传言他们已复合,看来是真的?)只见柯莱特一席淡黄色的迪奥露肩长裙,裙面质地轻薄透明,修长的双腿在其中隐隐若现;再搭配脚踝处那双珠链缠绕的红色 Sheme 高跟鞋,简直性感得令人窒息……注意,我这里绝对是第一手快讯,我们的微博女王现在可没空给自己做宣传!

7: 05 p.m.

柯莱特的贴身助理——罗克珊·马身着瑞克·欧文斯(Rick Owens)DRKSHDW 系列的纯黑外套。就在刚刚,她告诉我柯莱特脚踝上的珠链，都是货真价实的红宝石！

7：22 p.m.

潘婷婷仍未现身，她已经迟到超过一个小时了！我们得到最新消息，潘婷婷的飞机刚刚才在上海着陆。数小时前，她还在伦敦和导演阿方索·卡隆（Alfonso Cuarón）合作拍摄一部神秘的新电影。

7：45 p.m.

潘婷婷抵达现场！再说一遍，潘婷婷抵达现场！一根干练的马尾辫、一身潇洒的素绉纱连体衣、一双做旧的及膝皮革马靴，全身上下唯一能称得上珠宝的，只有那对造型狂野的马赛马拉部落耳坠了。这身装扮即使远远谈不上耀眼，但又有谁在乎呢？今夜的潘婷婷，仿佛是在戈壁摩托拉力赛上驰骋的女车手，狂野另类的气质，让在场的其他盛装美女都黯然失色！看那全场的沸腾，足以击溃任何质疑！

瑞秋注意到了倒影池对岸的骚动，好奇地问卡尔顿："那位就是中国的詹妮弗·劳伦斯（Jennifer Lawrence）？"

"你这可低估她了。詹妮弗·劳伦斯、吉赛尔·邦辰（Gisele Bündchen），以及碧昂丝（Beyoncé）加起来，都只是刚好能和她匹敌而已。"

瑞秋显然不信，笑道："夸张了吧？今晚之前，我根本就没听说过这号人物。"

"信不信由你，事实就摆在那儿。多少好莱坞导演踏破门槛，只求她能在影片里露个面。要知道，她这一露面，可就是数千万美元的票房保障！"

潘婷婷俏立在庭院的入口处，接受着现场宾客满怀爱慕的注视。那张曾被上海《服饰与美容》比喻为"米开朗琪罗雕刻刀下圣母"的轮廓分明的娇颜，那对如小鹿斑比一样灵动可人的双眼，还有那索菲亚·罗兰（Sophia Loren）式的性感曲线……她身上的每一个角落，无不令人心生向往。

第一波"长枪短炮"的"轰炸"结束后，潘婷婷依旧保持着招牌式的笑颜，不露痕迹地扫了一眼宾客席，心里犯起了嘀咕：这不就是普通的时装秀吗？哪有什么惊喜？真搞不懂为什么要让我大费周章地从伦敦赶过来……经纪公司说这是个千载难逢的曝光机会——有没有搞错！我这个月已经上了六次主流杂志的封面了，曝光度已经超标了好吗？我本来可以在奥图蓝吉（Ottolenghi）享受白胡桃泥沙拉，填饱肚子后，说不定还能骑单车逛逛陌生的诺丁山（Notting Hill）……现在呢？我现在就像试验台上的昆虫，台下的那些人恨不得拿显微镜把我看个遍！看看这些人——佩玲·王头上戴的是什么鬼东西，她要做观音吗？糟了，一不小心和她对视了，得赶紧移开视线……哇！摄影师罗素·荣果然也来了，真是奇怪，他有分身术吗？怎么能同时在亚洲的好几个派对上现身？没人纠正斯蒂芬妮·史的坐姿吗？她看上去就像一只被绑上电刑椅的贵宾犬！走着瞧，她待会儿准会有意无意地贴在我右边蹭镜头，明天杂志上就会出现斯蒂芬妮·史和潘婷婷如何如何的头条。她还会不择手段地让自己的名字排在我前面。幸好她的祖父退居二线了，听说那老头子最近都用上瘆袋了？呵呵，看看斯蒂芬妮身后是谁？这种场合怎么会少得了京城双妹阿黛尔·邓和文芘芳呢？这姐妹俩还真敢穿一样的巴尔曼网织裙呀，站在一起，活像一对移动的藤椅……

在场的女士们一口一个"婷婷"，争先恐后地迎了上来。她们挽住潘婷婷的胳膊，仿佛和她是密友一般。罗素趁机没停歇地按着快门……潘婷婷面上带笑，心里哀号：完了完了，镜头下的我多半成了巴尔曼三明治夹心了。还记得五年前，这帮小姐们还恨不得往我脸上吐痰呢！这样想来，我果真是宽容慈爱的圣母玛利亚了！

骚动渐缓，众宾客重新就位。阿黛尔对芘芳说："我刚才一直在找她眼皮上的刀疤呢。我可不信她这对水汪汪的浣熊眼睛没动过刀子。哼，算她机智，知道要用假睫毛打掩护。媒体都爱吹嘘她出门只化淡妆，事实上，她在特定的位置上是下足了心思的——粉都要结块儿了！"

芘芳深以为然，点点头："我仔细观察了她的鼻子……普通人能长得出那样完美的鼻孔？伊凡·官可是发了毒誓的，说这女人早年在苏州某 KTV 做'公主'，后来钓了个大款，资助她到首尔做了全套。据说，整形医生还专门给她准备了一份身份证明，上面有她手术前后的照片。没办法，她整容前后完全是两个样子，海关都过不了。"

"你们别躲在这儿造谣了！"蒂凡尼·叶在一旁偷听到两人对话，不禁勃然大怒，"照你们的说法，这世上的美人儿都是人造的了？你们自己在首尔搞砸了鼻子，就以为身边的人都和你们一样？还有，你们记好了，婷婷她不是苏州人，是济南人。她一直都很坦诚，说自己以前在 SK-II 专柜卖化妆品，直到被张艺谋发掘。"

阿黛尔仍不服气，嘀咕道："哼！我说的没错吧？她太擅长遮瑕了，不仅在脸上，还在过往经历上……"

潘婷婷身份不凡，自然是上座，就在女主人柯莱特和她妈妈之间。她入座前，不忘礼节性地和邴夫人握手问候。柯莱特欣喜地把好友拥入怀中。婷婷露出了今夜第一个由衷的笑容：柯莱特这小妮子，还是这样性感迷人。世人都说她的这份美丽源自富可敌国的家世，我可不能苟同。她的气质、性格，可不是金钱能换来的。算起来，截至今晚，我们应该只见过十五次面吧？真搞不懂媒体为什么喜欢给我们贴上"姐妹淘"的标签。但不得不承认，柯莱特确确实实是完美的上镜伙伴，和在场的其他庸脂俗粉截然不同。还有，她钓男人的手段还真是教科书级别的，那帮不可一世的公子哥儿在她面前，都快沦为应召生了……这邴夫人又是怎么回事？她都快用完一整罐洗手液了，我的手有那么脏吗？算了，就当没看见，就当没看见。

主客归位，庭院的照明骤暗。短暂的间歇后，倒影池后方的小竹林里升腾起生动的伊夫·克莱因（Yves Klein）蓝，同时倒影池深处黄光隐现，如机场跑道的指示灯一般有节奏地闪烁着。赛日·甘斯布（Serge Gainsbourg）与碧姬·芭铎（Brigitte Bardot）合作演绎的《邦妮和克莱德》从户外音响中流淌而出。伴随着音乐声，首位登场的模特身着金色长裙，拖着长长的雪纺裙摆，迈着专业的台步，袅袅横穿过倒影池上的步道，从远处看，仿佛是漫步在水面上一般。

宾客席响起不绝的掌声，但柯莱特双手交叉在胸前，满脸的若有所思。随着模特接二连三地盛装登场，坐在前排的数位名媛开始窃窃私语。当一位身着摩托夹克，搭配丝质牡丹花饰的模特在众人眼前走过时，瓦莱丽·刘终于忍不住失望地摇起头来；蒂凡尼·叶则不禁和斯蒂芬妮·史对视，两人都从对方眼睛里看出了莫名其妙。紧接着登场的是鱼尾裙三人组，裙摆上的珠串在背景光的照射下熠熠生辉。宾客们再迟钝，也都看出不对劲了，佩玲·王凑到柯莱特耳边嘀咕道："你确定这是时尚秀，不是世界小姐竞选？"

"我还想问呢！"柯莱特眉头紧锁，显然很不开心。登场模特的服饰越发和"时尚"不搭边了。终于，当一位身着古典龙纹刺绣旗袍的模特登场时，柯莱特彻底忍无可忍了。她怒气冲冲地赶到 T 台的另一头——时尚秀的总导演奥斯卡·黄正在这里忙前忙后。

"给我停下！"柯莱特上来就一顿咆哮。

"停什么？"奥斯卡没搞清楚状况。

"我说，给我停止这场愚蠢的走秀！"柯莱特一字一顿地吼道。罗克珊不待吩咐，就已经小跑到音频间了。庭院内的音乐声戛然而止，照明恢复如常。没了舞台效果的烘托，模特们不知所措，尴尬地站在水面上，鞋子和裙子都湿透了。

柯莱特一把拽下导演的耳机，踢掉红宝石高跟鞋，跃上隐藏在水面下的玻璃树枝步道，风风火火地来到水池中央，高呼道："走秀结束！这不是我想呈现的表演，抱歉让各位失望了！"

Prêt-à-Couture 的创始人维吉尼·德·巴斯雷跌跌撞撞地跑上步道，哀号道："邝小姐，您这是什么意思？"

柯莱特恶狠狠地瞪了"罪魁祸首"一眼："你还敢问我是什么意思？！你向我保证过，会带来伦敦、巴黎和米兰下个季度的流行元素——我问你，流行元素在哪儿呢！？"

自己的业务水平受到质疑，维吉尼不服气地辩驳道："不都在 T 台上吗！？"

柯莱特怒极反笑："哪儿的 T 台？乌鲁木齐机场的？就冲这龙凤呈祥紧身衣和闪瞎眼的珠串，我还以为自己在看俄罗斯花样滑冰比赛呢！即便是于贝尔·德·纪梵希（Hubert de Givenchy），也不会厚脸皮到把亮片镶到披风上吧？这种档次的时尚秀，只有庸俗的富二代才会买单，对我的客人们来说，根本就是侮辱。今晚的宾客不是时尚达人，就是行业大咖，我完全能道出他们此刻的心声：就这样子的衣服，即便是给家里的用人穿，都是往自己脸上抹黑！"

维吉尼无言以对，浑身不住地颤抖。

时尚秀不欢而散，最后一位宾客离开后，柯莱特执意挽留下卡尔顿、潘婷婷、瑞秋夫妇等密友，准备了一席简单的晚宴。

众人回到大庭院，佩玲·王没见到里奇，问柯莱特："你家杨公子呢？怎么不见人影？"

柯莱特发脾气了："他？我早就让他滚蛋了！谁让他刚才自作主张，在公开场合挽着我的手，搞得我和他之间有什么似的！"

"干得好！"阿黛尔喝彩道，"对这种人，就不能客客气气的！还有呀，你能果断中止走秀，真的非常明智。要是让它多进行个几分钟，你在圈子里的清誉，可就要彻底毁于一旦了！"

瑞秋和尼克面面相觑，斟酌再三后才问道："等等，恕我多问一句，这到底是什么状况？我看 iPad 里的介绍，刚登场的那些服饰，全是出自名家之手呀！到底是哪里让你们不满意？"

柯莱特耐心地解释道："怎么解释好呢……我承认，他们确实是顶级名家，但你发现没有，今晚登场的时装，全都在讨好中国市场。说难

238

听一些，就是在捧我们的臭脚。没错，这是国际品牌来华的大势所趋，但我想要的，是真正的时尚，是伦敦、纽约、巴黎的前卫女性愿意往身上穿的时尚，而不是这种阿谀奉承。"

婷婷深以为然，附和道："这一点我深有体会。每周都会有所谓的国际设计师给我发来一组又一组的服饰，想让我穿上给他们做免费宣传。那些衣服也都是和今晚的这些一样。"

"唔，我还是不太懂……"瑞秋对时尚真是一窍不通。

"你干吗不邀请加雷思·皮尤（Gareth Pugh）？侯赛因·卡拉扬（Hussein Chalayan）也好呀！还好你及时阻止了，我要再看到一件亮片单肩长裙，会当场呕吐的，你信不信？"佩玲仍在后怕，脑袋上的黄金"天线"仿佛有了魂儿似的左右摇摆。

蒂凡尼·叶躺在沙发上，叹气道："我还指望着今晚能把我下季度的衣柜填满呢！呵呵，看来是我想多了。"

斯蒂芬妮不以为然地表示："我就学乖了，这几年都不在中国买衣服首饰了，要买就直接到巴黎去！"

阿黛尔附和道："好主意！改天我们也一起去巴黎购物吧！就我们几个人去，一定会很开心的！"

柯莱特瞬间来劲儿了："别改天啦，我们马上就可以出发，坐我家的私人飞机去！"

"真的可以吗？"斯蒂芬妮活像要远足的小姑娘。

"当然没问题！"柯莱特转问罗克珊，"我要 Trenta（星巴克用语，超超大杯），下周能安排得过来吗？"

罗克珊熟练地操作着 iPad，回答道："邝先生下周四要用 Trenta，你忘了吗？我已经给你预定了下周一的 Venti（超大杯），但行程是带瑞秋和尼克去桂林。"

"哎呀！看我这记性……"柯莱特一拍脑袋，羞愧地瞥了瑞秋一眼。

瑞秋赶忙客气地说："柯莱特，你们尽管去巴黎玩，不用管我们。

我们可以自己去桂林。"

"别瞎说，我是那种言而无信的人吗？我说要带你们到桂林去看山水，就绝对不会食言的。只不过嘛……得麻烦你们先陪我跑一趟巴黎了。"

瑞秋向丈夫递去求援的眼神，仿佛在说："上帝呀！又是私人飞机之旅，饶了我吧！"尼克见状，谨慎地推辞道："柯莱特，你的好意我们心领了，但我们真不能再给你添麻烦了。"

柯莱特没搭腔，转而对卡尔顿道："哎呀，卡尔顿，你劝劝你姐姐和姐夫，叫他们别对我这么客气！"

"你放心，他们会跟我们一起去的。"卡尔顿的语气像是下了最终决定，不容反驳。

柯莱特心满意足，转问潘婷婷："婷婷你呢？要不要一起来？"

有那么一瞬间，潘婷婷显得很惊恐：我宁愿被关小黑屋，也不想和这帮聒噪的女孩儿挤在机舱里十二个小时！但下一秒，她便万分不舍地说："哦！我好想去！可惜了，我下周必须得跑一趟伦敦，唉……"这痛心疾首的姿态，竟没有一点儿做作，不愧是首屈一指的女演员。

柯莱特丝毫没有生疑："好吧，工作要紧。"

罗克珊清了清嗓子，低声提醒道："唔，还有点儿小麻烦……夫人明天要用 Trenta，不确定下周赶不赶得回来。"

柯莱特秀眉一蹙："她又打算上哪儿去？"

"多伦多。"

柯莱特二话不说，当即抽干肺里所有的空气，用最大分贝吼道："妈！！！"

邴夫人应声摇摇晃晃地来到庭院，手里还端着吃到一半的咸鱼粥碗。柯莱特毫不客气地问道："听说你明天打算去多伦多？"

"是呀，玛丽·谢给我介绍了那里的一位足部专家。"

"你的脚又怎么了？"

"哎呀！不仅是脚，还有腿肚子和大腿！我现在一挪步子，就火烧

240

似的疼！希望别是脊椎出问题了……"邴夫人又开始碎碎念起来。

"妈，你要真想治腿上的毛病，听女儿的，别去多伦多，得去巴黎！"

"法国的那个巴黎？"邴夫人狐疑道，还不忘往嘴里送一调羹粥。

"对呀！世界上最先进的腿部医疗技术就在巴黎，你连这点儿常识都没有？法国女人就喜欢穿着罗杰·维维亚，在鹅卵石小路上慢性摧残自己的双腿，没点儿这方面的医疗技术还得了？算你走运，我们今晚就打算去巴黎，你要愿意来，我还能顺便给你介绍一位当地的权威名医。"

邴夫人既惊讶又欣慰，还有一丝感动：这还是女儿第一次关心自己的病情。她兴奋地说："那我能喊上奶奶和潘娣姑妈吗？姑妈她早就想去巴黎逛逛了，顺便带奶奶去治治拇囊炎。"

"当然可以了，随你带谁，反正座位多得是。"

邴夫人瞄了眼斯蒂芬妮，体贴地说："要不要叫上你母亲？自从你弟弟被耶鲁开除后，她就愁眉不展的，趁这个机会带她去散散心多好啊！"

斯蒂芬妮万分感激："邴阿姨，您真贴心！有您在，妈妈她一定愿意来！"

邴夫人欢天喜地地回屋准备后，柯莱特吩咐罗克珊道："你赶紧去谷歌上搜搜巴黎有没有治腿的医生。"

"已经查好了。"罗克珊利落地汇报，"Trenta 能在三小时之内做好起飞准备。"

柯莱特转向众友人宣布道："这样吧——大家先各自回家准备，午夜时在虹桥机场汇合！"

"好嘞！带上我们的高雅德（Goyard）[1]，飞往浪漫之都喽！"佩玲欢呼道。

[1]法国一个历史久远的箱包品牌。——译者注

14

Trenta

上海—巴黎，邴家私人飞机 [1]

虹桥国际机场私人登机口的安保人员将护照交还给卡尔顿和瑞秋，给他们放行。三人乘卡尔顿的 SUV 靠近一架湾流 VI 旁，瑞秋赞叹道："我有点怕所谓的私人飞机，不过不得不说，柯莱特的私人飞机好漂亮。"

"呵呵，这架飞机的确还凑合，但柯莱特的，是那一架。"卡尔顿笑笑，一拐方向盘，把车子开到隔壁的停机坪上。眼前是一架波音 747 巨型客机，机体上有一条鲜红的波纹图案，甚是壮观。卡尔顿介绍道："这架波音 747-81VIP 是柯莱特母亲收到的 40 岁生日礼物。"

眼前的巨型飞机在泛光灯下，仿佛一只发光的钢铁怪物，瑞秋痴痴地说："生日礼物？你一定是在逗我！"

尼克忍俊不禁道："瑞秋，你还没看懂吗？柯莱特一家人就是喜欢越大越好，不是吗？"

卡尔顿解释道："邴家人一年到头满世界跑，买架舒适的座驾也无可厚非。尤其是，对杰克·邴那样的商业大亨来说，每分每秒都意味着百万美元的金钱。上海和北京的航班延误率那么高，私人飞机算得上是生活必需品。至少，可以不用浪费时间在等待起飞上。"

---

[1] 乘客列表：瑞秋夫妻、卡尔顿、柯莱特、邴夫人、邴老太太、潘嫦姑妈、斯蒂芬妮·史、史夫人、文芘芳、文夫人、佩玲·王、蒂凡尼·叶、罗克珊·马，最后，还有六名女佣（柯莱特的朋友们各带了一名贴身女佣）。——作者注

242

"这么多架私人飞机，而且还有优先起飞权……依我看，这才是延误率飙升的罪魁祸首吧！"尼克一针见血地说。

"嘿嘿，我无话可说。"卡尔顿尴尬地眨眨眼，把车子停在一条通向机场的红地毯边上。一群地勤人员迎了上来，开车门的开车门，提行李的提行李。十五名地勤排队立正在红毯边严阵以待，像是等待检阅的步兵队伍。他们的打扮和柯莱特庄园里的男佣一样，都是简约的詹姆士·珀思制服。

三人步上红毯，瑞秋凑到丈夫耳边："不知道的人还以为是奥巴马乘空军一号来访华了呢。"

卡尔顿偷听到他们咬耳朵的话，笑道："等登机了再惊讶不迟，空军一号和这家伙比起来，不过是沙丁鱼罐头而已。"

三人登上舷梯，在舱门前，首席乘务长恭敬地向他们行礼："欢迎诸位登机！鲍先生，很荣幸能再次为您服务。"

"许久不见，费尔南多。"卡尔顿回礼道。

乘务长身边的空姐向三人深深鞠了一躬，向瑞秋夫妇问道："请问两位的鞋码是？"

瑞秋不知对方有何用意，但还是如实作答："我是 6 码，他是 10 码半。[1]"

空姐点头走开。片刻后，她提着三口丝绒拉绳袋回来："这是邴夫人送给各位的礼物。"瑞秋接过布袋，往里面瞥了一眼，看见一双葆蝶家（Bottega Veneta）真皮拖鞋。

"柯莱特她妈坚持要让别人穿这个上她的飞机。"卡尔顿踢掉便鞋催促，"别磨蹭了，快换鞋！趁那几个女孩儿还没来，我先领你们上去参观参观。"

三人通过一条灰色枫木铺装的走廊，卡尔顿推了推走廊尽头的木门，

---

[1] 此处为美国鞋码尺寸。6 码相当于中国的 39 码, 10 码半相当于中国的 45 码。——译者注

嘟囔道：“该死，谁把门给锁了？门对面是一道楼梯，通往空中诊所。那里有一间配备全套生保系统的手术室。这个飞机上能缺任何人，就是不能缺医生。”

尼克哑然失笑：“我猜，这也是邴夫人特别要求的吧？”

“除了她还能有谁？她总是担心自己在求医路上病倒……来，走这边。”

三人通过另一条过道，走下宽敞的阶梯，卡尔顿介绍道：“这里是主机舱，柯莱特称之为‘大堂’。”

瑞秋瞠目结舌：理智勉强告诉她，这是一架飞机；但眼前的空间，让人不敢相信是机舱的一部分。这是一间半圆弧的大厅，整齐地摆放着数十张巴厘风格的柚木沙发，操纵装置全被装饰成了复古的银质箱子，随处可见轻纱笼罩的莲花灯；但最吸引眼球的，还是那面三层楼高的石墙，上面雕刻着各路佛像，墙面上覆盖着异域情调的蕨类植物；石墙的背面，是石头和玻璃制成的螺旋状阶梯，直通楼上。

卡尔顿解释道：“邴夫人执意要把这儿装修成爪哇古庙的风格……”

尼克轻抚潮兮兮的石壁，自言自语道：“爪哇倒还另说，这还真和婆罗浮屠 [1] 有几分相似。”

“还是你内行。我怀疑，这架飞机上的装修风格纯粹是在模仿她某个心仪的旅游景点。据说，这块石壁是正宗的考古文物，偷偷从印尼走私来的。”

“好吧——事实证明，747 上只要少四百张座椅，真的可以为所欲为。”尼克感叹道。

“可不是吗？1500 平的总空间可不是开玩笑的。顺便一提，这些沙发的皮革可是俄罗斯驯鹿真皮。楼上是卡拉OK包厢、放映厅和健身房，

---

[1]位于东南亚的印度尼西亚，大约于公元 750 年至 850 年间，由当时统治爪哇岛的夏连特拉王朝统治者建造。“婆罗浮屠”这个名字的意思很可能来自梵语 Vihara Buddha Ur，意思是“山顶的佛寺”。它与中国的长城、印度的泰姬陵、柬埔寨的吴哥窟并称为“古代东方四大奇迹”。——译者注

还有十间套房。"

两位男士正交谈，瑞秋突然在大厅的另一头尖叫道："我的天！尼克，快过来！"

"出什么事了！"尼克赶到妻子身边。

只见瑞秋愣愣地站在一片室内游泳池边缘，难以置信地摇头道："快看！这……这是锦鲤池！"

"一惊一乍的，我还以为你闯祸了呢！"尼克哭笑不得。

"尼克，你一点儿也不吃惊吗？这是锦鲤池……别忘了，我们在飞机上！！"

卡尔顿跟了过来，对姐姐的反应同样忍俊不禁："小心，这几条锦鲤可是邝夫人的心头肉。看见那条没，就是那条白底、背上带红斑的。上次有个神经兮兮的日本乘客出价 25 万美元求邝夫人出让，说是这东西神似他们的国旗……我还挺想知道的，这几条鱼天天随着飞机南来北往，用不用倒时差啊？"

三人正说笑着，柯莱特裹着一袭戴罩帽的安哥拉披风现身了。她身后跟着一大群人：她的母亲、祖母、助理罗克珊，刚才那几个女孩儿，还有随身服侍的女佣。柯莱特看到他们三人，不开心地噘着嘴："那群蠢货就让你们先登机了？我还想亲自带瑞秋和尼克参观呢！"

瑞秋安慰她说："我们也是刚到，只参观了这间大厅。"

"那就好！你肯定对浴室感兴趣，我先带你见识见识这里的水按摩！"说完，柯莱特突然凑到瑞秋耳边："先声明哈——我爸妈装修这架飞机的时候，我还在摄政大学（Regent's University）读书。这莫名其妙的装修风格可不关我的事。"

瑞秋先给出一颗定心丸："柯莱特，你的要求太高了！我觉着这儿的装修简直不可思议！"

柯莱特暗舒了一口气，笑道："来见见我的祖母。奶奶，这两位是我来自美国的朋友，瑞秋和尼克。"

柯莱特祖母是一位身材臃肿的老太太，烫着一头典型的中式奶奶卷。

她老态龙钟地朝众人笑了笑，露出几颗金假牙。看这副筋疲力尽的模样，仿佛刚从睡梦中被拽起来，塞进一件小两码的圣约翰针织毛衣里，被扔到飞机上似的。

柯莱特环顾机舱，脸又拉了下来，吩咐罗克珊道："叫费尔南多立刻来见我。"

乘务长很快就现身了。柯莱特瞪了他一眼，责问道："茶呢？我母亲和祖母登机十分钟内，乘务组那边就应该准备好热腾腾的雀舌龙井，还有起飞时嚼的话梅[1]。你们没人读过《机组员工手册》吗？"

"很抱歉，小姐。我们刚着陆不到一小时，没有足够的时间准备，请见谅……"

"刚着陆？什么意思？Trenta 这周末不是一直停在这儿吗？"

"不是的，小姐。邴先生刚乘坐本机从洛杉矶回来。"

柯莱特的气消了一半："这样吗？我怎么没听说？算了，快去准备茶点，告诉机长准备起飞。"

"我们立刻去准备。"乘务长说，正准备离开。

"等等……"

"还有什么吩咐，小姐？"

"今晚舱内的空气好像有些问题。"

"我这就派人去检查恒温系统。"

"不是温度，是气味儿！你没闻到不对吗，费尔南多？我的鼻子不会错的，这气味儿是弗雷德里克·马莱（Frédéric Malle）的侏罗纪香氛！谁不经我的允许就擅自更换了香氛？"

"我不清楚，小姐。"

乘务长离开后，柯莱特又对罗克珊说："等我们到了巴黎，要去多印一套《机组员工手册》，给机组成员每人发一本，并让他们背熟。返航时，我要举办一场机组须知问答比赛。"

---

[1]中国人缓解恶心的"神器"，但对我只有反效果。——作者注

15

新加坡，克卢尼公园路

卡门·罗在卧室里刚开始一组肩倒立，电话应答机就响了。自动接听后，听筒里传来熟悉的声音："卡门，是我，妈妈。玉珠来电话了，说是你 C.K. 叔父刚住进托福园慈怀病院（Dover Park Hospice）。医生说他要是能熬过今晚，就能再撑一个星期。我要去医院探望，你最好也能一起来……不如这样，你明晚 6 点到莉莲·梅唐家来接我。只要李咏娴别半路杀出来，那个时候我们的麻将局应该能结束。你得准时，医院的探视时间最迟到 8 点……还有，我今天在 NTUC（新加坡职工总会平价合作社）碰见耿莲了，她从宝拉那儿听说，你想卖掉丘吉尔俱乐部的会员资格，用这些钱来做新项目。我当然是不信的，回答她说这都是些荒谬的传言，我女儿不可能做出这种荒唐事……"

卡门解除姿势，暗骂自己失策：竟忘了把这该死的机器关掉，这下可好了，难得的闲情逸致，让一通电话给毁了。卡门不情不愿地走到电话旁，拿起话筒："妈，C.K. 叔父怎么又被送进疗养院里去了？他们家不是安排了二十四小时的家庭护理，让叔父在家里度过最后的时光吗？那家人怎么这么 giam siap[1]？"

"哎呀，叔父也想在自己家临终啊！但那帮不孝儿女，怕家里死人会影响房价……"

卡门恼怒地翻了个白眼：早在矿产大亨 C.K. 王收到癌细胞扩散的

---

[1]闽南语，意为"吝啬""小家子气"。——作者注

MRI[1] 结果之前，他家的那些子女们就开始算计遗产了。早年的房产中介，晨起的第一要务就是过一遍报纸上的讣告，盼望着某位大亨能"登榜"——那意味着有大批不动产要公开售卖。而现今，随着高档次的房子越发奇货可居，顶级房产中介的主战场逐渐转向了各大医院……

还记得五个月前，MangoTee 地产的董事长，也就是卡门的老板欧文·郭，把卡门喊进办公室，问道："我在 Mount E.（伊丽莎白医院）的 lobang[2] 看见 C.K. 王去做化疗，你好像是他的亲戚？"

"是的，他是我父亲的表兄弟。"卡门如实回答。

"他在克卢尼公园附近的房子可足足有 18 亩呢！而且，那可是现存为数不多的优质洋房 [3] 之一了。"

"我知道，我基本就是在那儿长大的。"

欧文把身子陷进舒适的簇绒革办公椅中，追问道："我只知道他的长子叫昆丁，他应该不只有这一个孩子吧？"

"是的，他还有两个儿子和一个女儿。"卡门很清楚老板问此事的意图何在。

"若我没猜错，两个儿子都在海外？"

"是的。"卡门耐着性子回答，只希望对方能快点进入正题。

"那我就不拐弯抹角了……王先生逝世后，他的族人是否有意出售房产？"

"天！欧文，你这叫什么话？我叔父上周日还在普劳俱乐部打高尔夫呢，我们这就开始打他遗产的主意了？"卡门一时没法接受。

"别激动，我体谅你的心情……但身为老板，我得确保 MangoTee

---

[1] 英文 Magnetic Resonance Imaging 的简写，即磁共振成像。——译者注

[2] 马来俚语，即"线人"。——作者注

[3] 说来可笑，这栋所谓的"新加坡真正的豪宅"，占地不过 1400 平方米，楼高不过两层。在人口多达 530 万的新加坡，同类的优质洋房仅余一千套左右。它们大多分布在 10、11、21、23 住宅区。只要 4500 万美元，你就能在高档 GCB 里享受新加坡式富豪生活。——作者注

抢到这单大生意！"

"不要让我觉得你 kiasu[1]，欧文。你明明知道这笔生意会让我来做的。"卡门语气不善。

"你错怪我了，我只是想问你准备好了没有……我听说 Eon 地产的威利·沈已经在蠢蠢欲动了。你知道吗？他前些天刚招待昆丁·王到莱佛士吃饭。"

"他要破费是他的事，反正这单溜不走。"

半年后的今日，卡门就身处 C.K. 叔父老宅顶层的小阁楼里，向她的好友——阿斯特丽德介绍这栋房子的历史。

阿斯特丽德环顾四周，惊喜地问："我喜欢这个小阁楼！这里原来是做什么用的？"

"建造这栋房子的先人叫这里'瞭望台'。据说，当时的女主人是一位诗人，她嫌家中的孩子吵闹，便躲到这里来创作。通过这扇窗户，她能实时掌握房子的人员进出，久而久之就把这里称为瞭望台了。我叔父买下这栋房子时，这里只是间储藏室。还记得我小的时候，表兄弟们把这里当作游戏室，我们都戏称它为'阿道克船长[2] 的秘密基地'。"

"卡西安一定会把这儿当大本营，赖着不愿出来的！"阿斯特丽德瞥了眼窗外，正巧看见迈克的 1956 黑色保时捷 Speedster 潇洒地停靠在路边。

"你家的詹姆斯·迪恩到啦！"卡门撇撇嘴道。

"哈哈！他看起来确实挺叛逆的，对吧？"

"乖乖女最终还是爱上了坏小子！来，我们赶紧带他到屋里逛逛。"

卡门拽着阿斯特丽德到门口迎接，看见迈克从那辆复古跑车里下来时，简直不敢相信自己的眼睛……算起来，卡门上次与迈克见面，还是

---

[1]闽南语，意为"不淡定""患得患失"。——作者注

[2]《丁丁历险记》中的男二号人物。——译者注

在两年前阿斯特丽德娘家的派对上。那时的迈克，上身 Polo 衫，下身工装裤，留着陆战队的板寸头，标准的邻家男孩风貌；再看如今，一席伯尔鲁帝（Berluti）灰色西装，一副罗伯特·马克（Robert Marc）墨镜，一头时髦的蓬蓬发……这真是一个人？

"又见面啦，卡门！发型不错，我喜欢！"迈克风度翩翩地在卡门的面颊上贴了一下。

"谢谢夸赞！"卡门前阵子刚把一头长直发，修剪成了干练的小短发，迈克还是第一个夸赞她新发型的异性。

"我听说你叔父的事了，请节哀，他这辈子了无遗憾了。"

"谢谢。这栋房子明天就要公开售卖了。在此之前，有你这样的青年才俊愿意来看房，叔父泉下有知，肯定会开心的。"

"这得归功于阿斯特丽德，我今天本来走不开，但她坚持要我跑一趟。"

"我敢保证，这房产一旦公开售卖，一定会引起轩然大波的。要知道，这样的房子已经有好几年没在房产市场上出现过了，搞不好还会演变成拍卖呢！"

迈克环顾着眼前这个茂盛棕榈树包围的宽阔前院，赞同道："嗯，可以想象……这儿有多少平？1000 还是 1500？算是周边社区的吗？嗯，确实，就怕开发商会对这块土地垂涎欲滴。"

"是的，这也就是我的家人执意要让你提前看房的原因——我们不想看到祖产被拆掉，沦落为开发商的摇钱树。"

迈克玩味地瞥了妻子一眼："嗯？这里不是要拆的？我还以为你想雇个法国建筑师，在这片地上重新设计一套房子呢。"

阿斯特丽德严肃地驳道："你搞混了。我想重建的是 Trevose Crescent 那边的房子。这里不同，这套房子是一件瑰宝，我不会拆的。"

"这里的地段是不错，但房子有什么特别的吗？看起来不像是有年头的古宅。"

"这幢房子比那些所谓的古宅要珍稀得多。它的'生父',是新加坡最知名的建筑泰斗弗兰克·布鲁尔,国泰大厦（Cathay Building）就是他亲手操刀设计的。我带你四处逛逛,先看一下房子的外观吧。"

三人环绕房子外围转了一圈,阿斯特丽德越看越喜欢,她向丈夫一一指出:那满满都铎王朝风格的半木制山形墙、门廊通道处的优雅拱门……还有许多精巧细节,诸如马金托什概念的网格排风口,它让整栋房子都隔离于热带气候之外,等等。"什么叫工艺美学、查尔斯·马金托什概念（Charles Rennie Mackintosh）与西班牙传教所风格三者的完美融合……在这世上,你找不到第二栋同类型的宅邸。"

"宝贝儿,这房子确实不俗。但问题是,在我们新加坡,你可能是唯一能欣赏得了这些细节的人……"迈克不敢苟同,转问卡门:"你叔父买下这里之前,都有谁住在这儿?"

"这幢宅邸最早的主人是星狮集团的总裁,之后转让给了比利时公使。"卡门如实作答,还不忘跟上一句推销,"这是货真价实的新加坡文化瑰宝。"

看完了外部结构,三人步入室内。参观完一楼的各个区域,迈克也逐渐被这份典雅吸引,赞叹道:"我喜欢这一楼的层高。"

"室内还是有些老朽了,到处嘎吱作响。不过没关系,稍稍做些保养维护就行。我能联系到一位建筑大师,他曾在我舅公阿尔弗雷德家做过事。听说他最近刚给威尔士王子翻修了苏格兰的邓弗里斯庄园。"

三人来到客厅,和煦的阳光透过窗户,在实木地板上映照出各种折纸艺术般的阴影。眼前这闲适高雅的空间,让迈克不禁回想起最初迈进泰瑟尔庄园的震惊和艳羡。那时,他就是在类似的客厅里,和阿斯特丽德的祖母见面的……此刻,迈克仿佛看到这栋宅邸被自己打造成当代博物馆后的模样;他甚至能想象出三十年后,功成名就的自己坐在这座"宫殿"之中,向全世界展示他毕生的收藏,商业伙伴们从世界各地赶来,向他致意的景象……

想到这里,迈克情不自禁地一拳击在墙壁的扶垛上,兴奋地说:"我就喜欢这样结实的石头构造，不像你爸那栋'老古董'，一阵风都能吹得嘎吱响。"

"你能喜欢就再好不过了，这儿和我爸家完全是两种感觉，都很艺术。"阿斯特丽德谨慎地回答道。

这儿比你爸爸的房子还要大得多，迈克暗想。他已经在想象兄弟们登门造访时，一个个"Wah lan eh, ji keng choo seeee baaay tua![1]"的表情了。迈克沾沾自喜，问卡门道："开门见山吧，要出多少钱，才能把这儿的钥匙塞进口袋？"

卡门斟酌了一会儿，慎重地答复道："这套房子的市价至少在 6000 万新币到 7500 万新币之间……你要是真有意，恐怕得多出些血，让卖家取消明早的公开售卖。"

迈克轻抚栏杆上的木雕，其充满艺术感的光泽，让他联想到了克莱斯勒大厦。"没记错的话，C.K. 王有四个孩子？这样吧，我出 7400 万，这其中的 400 万就当是我给他们的私人补偿。"

"稍等，我得先问问我表姐玉珠的意思。"卡门说完，从圣罗兰手提袋里掏出手机，走出客厅。数分钟后，她一脸严肃地回来："玉珠表姐感谢你的慷慨，但考虑到印花税，还有我的私人佣金，这价格怕不合适。但如果你愿意出 8000 万，明天就可以签合同。"

"我就知道你会抬价。"迈克露出胸有成竹的笑容，转头问妻子："宝贝儿，我再确认一下，你有多想搬到这里来住？"

阿斯特丽德被问懵了：不对呀，怎么成了她想搬家了？但她还是谨慎地回答道："只要你喜欢，搬去哪里都可以。"

迈克满意地一拍手，笑道："好，那就转告那位玉珠女士，我会出 8000 万新币。"

卡门保持着矜持的微笑，其实心里早就乐翻了天，真没想到会这样顺利。她走到客厅外向表姐汇报好消息，步伐难免有些飘忽。

---

[1] 闽南俚语，即"我的天呀，这房子太气派了！"——作者注

客厅里再次剩下夫妻二人，迈克问妻子："翻新加装修，你觉得要花多少钱？"

"那得看我们预期的效果了。我有个想法，这房子挺像科茨沃尔德的乡村庄园，我们完全可以把它装修成朴素的英式乡村风格，再混搭些杰弗里·本尼森（Geoffrey Bennison）的设计元素。这样装修，你的古董文物，还有我的中国字画摆里面才不会显得突兀。先说楼下，我们可以……"

迈克直接打断了妻子的构想，不容置疑地说："不用多想了，一楼是我的复古车展览馆。"

"一楼全部？"

"那是自然，我刚走进前门，脑子里就构想好了。很简单，把所有墙壁都推了——待客室呀玄关呀，全都汇聚成一个整体的空间！我的复古车就摆在巨型轮盘上全方位展示……啧啧，你能想象那场景有多么壮观吗？"

阿斯特丽德盯着丈夫半天没言语，却迟迟没等到"开玩笑的啦"这句话。察觉到丈夫是认真的，她心里慌了，却强迫自己附和道："你喜欢就好……"

迈克焦急地问道："你朋友怎么半天没回来？别告诉我，他们又要坐地起价了，那可真掉进钱眼儿里了。"

片刻后，卡门终于现身了。但这一次，她脸憋得通红，显然出了状况。"抱歉抱歉，我刚刚在屋外有没有喊得太大声？"

阿斯特丽德的一颗心揪了起来："没听见呀，出什么事了？"

卡门难以启齿："我真不知道要怎么和你们开口……这笔买卖怕是要泡汤了。我刚得到消息，这房子已经被其他买家预订了……"

"有没有搞错！8000万新币还填不饱他们？"

"我真要以死谢罪了……你出的价很良心，是我那昆丁表哥不地道。他已经和其他买家在谈了，还用你的出价去哄抬那边的价格，简直混账透顶！"

迈克还不死心，倨傲地说："那边买家出多少？我保证比他们的价格高！"

"我就是这么说的，但是……唉！那买家直接无视行情，在你的价格上翻了一番——1亿6000万成交的。"

"1亿6！？脑子进水了吧？这买家究竟是谁？"

"我不知道，连我表哥都不知道……对方显然匿名了，只知道是中国的某家企业。"

"中国……中国内地吧？"阿斯特丽德叹气道。

迈克怒不可遏地朝栏杆上猛踹了一脚，爆出一句肮脏至极的粗口："Kan ni na bu chao chee bye！[1]"

"迈克！"阿斯特丽德的心脏如蒙重击，脑袋嗡嗡作响。

"怎么？"迈克嫌弃地瞪了一眼妻子，怒道，"你不了解清楚，就把我叫来？这是在浪费我宝贵的时间，知道吗！"

卡门看不下去了，出来劝道："你妻子有什么错？！你要怪也该怪我！"

"你们都有责任！阿斯特丽德，你知不知道我今天很忙？你让我抽空来看房，我来了。但你至少得搞清楚这房子到底能不能买！然后是你，卡门，你的房产中介资格是花钱买的吗？我没空陪你们玩儿！"迈尔克留下一通咒骂，不顾两位目瞪口呆的女士，直接摔门而出。

阿斯特丽德两腿一软，瘫坐在阶梯上，把脑袋埋在双臂之间，似在抽泣。过了一会儿，她通红着眼睛抬起头来，虚弱地道歉："卡门，对不起，对不起……"

"阿斯特丽德，你可千万别这样说……就算退一万步，该道歉的也是我！"

"栏杆没被踢坏吧？"阿斯特丽德疲惫地摸了摸迈克刚才踹过的

---

[1] 闽南语中最不堪入耳，却使用率最高的脏话……直译英文，就是"Fuck your mother's smelly rotten pussy"。——作者注

地方。

"栏杆很结实，坏不了。我更担心你……"

"我没事。这房子很棒，不过既然没缘分，我也不强求。"

"我担心的不是这个，而是……"卡门停顿了一会儿，犹豫着要不要打开"潘多拉魔盒"，"阿斯特丽德，到底出了什么事？"

"你指什么？"

"好吧，我们这么多年的朋友，我不拐弯抹角了。迈克他怎么能这样对你？你为什么任他……任他恶语相向？"

"你想多了。迈克他只是出价被人压，心中懊恼罢了。我了解自己的丈夫，他要是看上了什么东西，就一定要搞到手。"

"气急败坏的客户我见得多了，早习以为常了。明说了吧，从他踏入这房子的那刻起，就没说过一句让我舒心的话。"

"你这话……"

"你是装傻，还是真傻？我不信你一点儿都感觉不到他的变化。"卡门叹了口气，"算起来，我最初结识迈克，是在六年前吧？那天他木讷地跟在你身后，显得挺笨拙的；但是看到他看你的眼神，我就知道：这男孩子是真的在乎阿斯特丽德，我怎么就碰不到这样一个好男人呢？没办法，我见惯了饭来张口，衣来伸手的妈宝男——我前任就是这样。但你身后的那个大男孩儿，他人高马大、少言寡语，只躲在暗处默默照顾你，给你捏肩捶背。你还记不记得，我们结伴到帕特里克画廊购物的那天？只因为你无意间提起当年保姆领着你从老式铁车那儿买了块嘟嘟糕[1]，迈克二话不说，花了一个钟头跑遍了整个唐人街，给你带回了一块。"

"他现在也还是会做些事情逗我开心的……"

"你还是不懂啊，这是重点吗？我想说的是——刚才那个又是骂人，

---

[1] 新加坡传统糕点，花朵外形的蒸米糕，内有红糖、花生，或椰蓉的馅儿料，通常盛放在自带芬芳的班兰叶之上。从前，推着三轮车的嘟嘟糕小贩在新加坡的唐人街上随处可见，如今却快要绝迹了。——作者注

又是摔门的男人，根本不是我认识的那个躲在你身后的大男孩儿。"

"他确实比以前更有自信了，毕竟事业大获成功，谁都会有变化的。"

"问题是这些改变究竟是好是坏。迈克刚到的时候，给了我一个绅士的吻，我当时就吓坏了：这人真是那个 chin chye[1] 的大男孩儿吗？然后，他又开门见山地赞美我的外貌……你敢信吗？他把穿着德赖斯·范诺顿（Dries Van Noten）连衣裙的妻子晾在一边，熟视无睹也就罢了，竟还当着你的面去赞美其他女人。"

"算了吧，我们也是老夫老妻啦，要是一见面就互相夸，那还怎么过日子啊……"

"我爸爸可是一有机会，就把我妈妈夸上了天，他们都相守四十年了。抛开这些不说，我在乎的是他对你的态度和他的行为举止。这些细节，比千万句虚华的奉承都更有说服力。"

阿斯特丽德想笑话对方太较真，却发现自己的嘴角不听使唤。

"这不是在开玩笑。你身在其中却不自知，这才是最可怕的。说严重些，我都怀疑你得了斯德哥尔摩综合征了。昔日的女神是怎么了？我认识的阿斯特丽德，绝不会忍受这种委屈。"

阿斯特丽德沉默了一会儿，幽幽地说："卡门，别说了……我怎么会感受不到呢？"

"那你为什么要听之任之？听我说，这种关系一旦建立，就刹不住车了。别看眼下只是些小疙瘩，但某一天你会突然发现，不知从何时起，自己和丈夫已经无法正常交流了。"

"这件事，比你想象得要复杂千万倍，卡门……"阿斯特丽德深吸了一口气，"事已至此，就不瞒你了。早在几年前，我和迈克的关系就急转直下，甚至还分居了一段时间，一度徘徊在离婚的边缘。"

卡门惊讶极了，问："什么时候的事？"

---

[1] 闽南语，意为"好相处""老实本分"。——作者注

"三年前。准确说来，是阿拉明塔大婚前后。迄今为止，我没向任何人提过这件事，你当然也不会听说。"

"到底出了什么事？"

"说来话长。简单地说，阿拉明塔的盛大婚礼，直接增加了迈克的压力……你知道的，无非就是钱上的那些事。我想替他分担些，但他的自尊心，不允许我这样做。他觉得自己像上门女婿，我家人对他的轻视更是火上浇油……"

"这我能理解，要做哈利·梁的女婿，哪有那么轻松？但他实现了世间所有男人的梦想呀，穷小子娶公主自然要付出一些代价的。"

"这恰恰是症结所在。迈克根本就不是普普通通的'穷小子'，这也是我会选择他的原因。他才华横溢、心怀抱负，一心想拼出属于自己的事业，绝不允许我们家族插手他的生意。你能相信吗？结婚这些年来，他没用过我的一分钱。"

"这就是你们当年执意要挤在克里蒙梭道上那间破公寓里的原因？"

"是的，那公寓虽小，却是他一分一厘靠自己能力挣来的。"

"你们简直不可理喻！知道当年圈子里的人是怎样在背地里编排你的吗？他们说，女神堕入凡间了，嫁给军营出来的傻大汉，住进肮脏不堪的破公寓……"

"迈克是不会娶所谓的'女神'的，更不需要'女神'的庇护。如今，他成功闯出了自己的天地，我更应该尽到妻子的本分，默默地守在背后看他冲锋陷阵、功成名就。"

"回归家庭是好事，但前提是你不能迷失了自己呀！"

"好啦好啦，我看上去有那么不靠谱吗？迈克是变了，但同时，我们的兴趣点也在一点点地接近呀。例如说，他开始关注穿着和生活品质了……还有，他越发勇于发表自己的意见了，虽然时不时地会和我吵架，但这其实是件好事。我们正处于两个阶段的过渡时期，难免会有磕磕绊绊。换个角度想，这就是最初他吸引我的地方。"

"算了，你自己觉得幸福就好。"卡门认输。

"卡门，看着我的眼睛……我很幸福，我从来没有这么幸福过。"

16

巴黎

瑞秋日记节选

6.16 星期天

　　陪柯莱特·邴飞巴黎，让我重新定义了"豪华航班"。我哪想得到，这辈子竟有机会在离地面10000米的"颐和园"里吃北京烤鸭，观看IMAX《超人：钢铁之躯》（这片子在美国刚上映，多亏了阿黛尔·邓的父亲是世界级的院线大亨，我们才得以抢先"尝鲜"）呢？哪想得到，这辈子竟有机会在动感十足的空中KTV里，见证六位酩酊大醉的中国女孩儿，大着舌头合唱中文版的*Call Me Maybe*呢？然而，我刚从一连串的震惊中回过神来，飞机就在勒布尔歇机场着陆了……正如我所料，没有排队、通关及各种麻烦的手续；等待我们的，只有三名在护照上干脆盖戳的海关人员，以及一列威风凛凛的黑色车队。十几辆路虎在停机坪上严阵以待……噢！差点儿忘了，还有六名神似阿兰·德龙的英俊保镖。柯莱特雇了法国前外籍雇佣兵团，提供全天候的安保服务。她称这些人"走在街上，都能制造头条"。

　　黑色车队把我们送到了市中心的香格里拉酒店，柯莱特一口气包下了顶楼两层，这里简直就是一栋高空别墅。听说它曾经是拿破仑的孙子——路易·波拿巴（Louis Bonaparte）[1]的行宫，酒店方花了整整

---

　　[1]纠正一下，路易·波拿巴，即拿破仑三世其实是拿破仑孙侄，并非孙子，看来瑞秋被一连串的震惊弄晕了。——作者注

四年的时间，将此处翻修一新。豪华套房中的一砖一瓦、一桌一椅，统统呈高贵的乳白、青瓷色调；其中最吸引我的，就是那张精致的三折镜化妆台，我从各个角度拍了几十张照片。我认识一个布鲁克林的大工匠，只要有照片，他肯定能复制出这张桌子。我逼自己像尼克那样眯一会儿，但又是兴奋，又是时滞的，再加上宿醉，真是半分睡意都没有。

十一个小时的航班 + 一个手艺高超的菲律宾酒保 = 一夜无眠。

6.17 星期一

早上醒来，眼前是尼克那对娇俏的屁股蛋倚靠着埃菲尔铁塔，好吧，我还在做梦……不对，我现在就在浪漫之都！巴黎之旅的第一天，尼克混迹于拉丁区的各家书店；而我陪着几个女孩儿开始了首回合的"采购大战"。我上了蒂凡尼·叶的 SUV，她给我一一介绍了这群女孩儿的背景：首先是斯蒂芬妮·史，这位端庄的淑女，是毋庸置疑的顶级富二代，她母亲旗下的矿产和房产遍布全中国；阿黛尔·邓，那头利落的小卷发自幼儿园起就没变过，她的娘家垄断了中国内地的院线和超市产业，夫家更是了不得；文芘芳是石油大亨的千金；整张脸刚"装修"过的佩玲·王则是新兴豪门中的佼佼者——十年前，她老爸还在自家卧室里开网店，而现如今，他已成了中国的比尔·盖茨……

当我问及蒂凡尼她自己时，她却一笔带过："我？我家和她们可比不了，只做些小买卖。"看来，她对自己的事情口风很严。不过最让人惊讶的是，这些女孩儿都在 P.J. 惠特尼银行工作，而且全部身兼要职。例如说，蒂凡尼的头衔就是"大客户部，副总经理"。我问她，你们这样结伴翘班出来旅行，公司那边不会出问题吗？她回答："当然不会。"

她们的第一站是圣奥诺雷购物街。众人下车后，各自奔赴心仪的奢侈品店：阿黛尔和芘芳直奔连卡佛（Balenciaga）；蒂凡尼和佩玲一头钻进玛珀利（Mulberry）；邝夫人为首的妈妈团则热衷于戈雅的箱包；至于我们的领队柯莱特，她一下了车就单独行动，不见人影了。我陪着斯蒂芬妮迈入一家摩纳（Moynat），说实话，我根本没听说过这个皮草奢侈品牌……橱窗里精致的 Rejane 系列无带包确实让人喜欢，但我再败家，也不至于花 6000 欧元买一个包，哪怕售货员说它的牛皮能防蚊虫。再看斯蒂芬妮，她在一面展示墙前来回踱步，精心钻研过后，先后指了指三个包。

售货员见状，连忙殷勤地问道："请问您是要试穿这三件商品吗？"

"不。这面墙，除了这三件，全部给我包起来。"斯蒂芬妮利落地掏出了一张黑色钯金卡。

……OMFG！真人真事，绝无虚构。

6.18 星期二

我只能说，中国最残暴的六台"消费兵器"此刻都已齐聚巴黎。今天一早，当地的各大顶级奢侈品店相继"遣使"来到酒店，亲手呈上邀请函，其中自然不会少了特别优惠和专属包场……

我们收拾妥当后，就直奔"第二战场"蒙田街道。这儿的香奈儿专程为我们提前营业，还看在柯莱特的面子上，为我们准备了精致的早点。我还在对蓬松可口的煎蛋饼大快朵颐时，那几个女孩儿就迫不及待地投身到奢侈品的海洋中了……之后呢，我们在蔻依用了午餐，在迪奥喝了下午茶。

在我的熟人里，吴裴琳和阿拉明塔·李的奢侈程度就已经让人大跌眼镜了，却仍然远远不及这六个女孩儿的皮毛。我长这么大，还是第一次目睹这种规模的消费……怎么形容呢？她们就像风暴般袭来的蝗虫——振翅之处，寸草不留。柯莱特在刷卡间歇中，还不忘拍照发微博。在如此消费热潮的推动下，我竟也开天辟地买了这辈子第一件奢侈品——一条百搭的海军蓝便裤。它孤零零地挂在蔻依的促销橱窗中，还好我一双慧眼……很显然，促销橱窗在她们看来连摆设都不如，她们眼中只有下季度的最新款。

尼克受够了香奈儿，提前离队，到周边搜罗动物标本博物馆去了，相较之下卡尔顿就耐心多了，全程跟在柯莱特身后，热忱地欣赏着心上人尝试各种风格的服饰。这小子还在装蒜，但他的心思早就昭然若揭了——一个年轻男孩儿，竟能陪一群女孩儿外加她们的妈妈连续购物十五个小时，谁会相信这不是真爱的驱使？当然了，卡尔顿的信用卡也没闲着，但他要速战速决得多：当邠夫人还在680万欧元的宝格丽红宝石项链和840万欧元的宝诗龙（Boucheron）之间苦苦纠结时，卡尔顿已默不作声地消失了二十分钟；回来时双手提满了十几个Charvet的购物袋，并悄悄塞了一个给我。回到酒店后，我拆开包装袋，里面是一件纯手工缝制的淡粉白色纹衬衣，我从未感受过这样柔弱的质地。他一定是觉得这件衣服可以完美搭配我刚买的裤子。这个弟弟也太贴心了！

6.19 星期三

今天正好是当地的时装节。上午，我们先后参观了布什哈·加拉尔（Bouchra Jarrar）和艾历克西斯·马毕（Alexis Mabille）举办的私人秀。在布什哈，我可算是开眼了——现场女性观众爆发的欢呼声一浪盖过一浪——没办法，布什哈设计的裤子，确确实实，至少在她们眼里，就如同是耶稣降临。在下一站时装秀的尾声，艾历克西斯本人突然现身，女孩儿们瞬间化身One Direction演唱会上的狂热粉丝，争先恐后地在偶像面前表现，生怕第一手的订单被旁人抢了去。尼克也让我去挑几件喜欢的，可我不想……我正在积攒翻新浴室的资金，可不能胡乱花钱。

尼克颇为坚持："得了吧！你攒的钱足够把我们家的浴室装修个百八十遍了！听我的，去挑一件。"

我拗不过他，只能从数百件梦幻的宴会礼服里，选了件精致的黑色短上衣。它的袖管上是纯手绘的渐变色，腰部以一条高雅的蓝色丝带扎起，素雅高贵，我能把它穿到100岁！

量尺寸的时候，女店员执意要了我全身各个部位的数据，很显然，尼克背着我多买了那条手绘裤子！我从没想过自己会亲眼看到女裁缝展示她的高超技艺，也没想过我竟会拥有一套属于自己的定制时装……那一瞬间，我脑海里浮现出早年间加班加点做苦力活儿赚钱的妈妈。家境清贫如此，她仍坚持从富裕的亲戚家里要来旧衣服，用一双巧手翻新后给我穿，使我在学校中穿的与同龄人无异。如今，该轮到我给妈妈买衣服了。

时装秀结束后，我们在孚日广场（place des Vosges）吃了一顿值得奉上我年终奖的丰盛午餐（所幸有佩玲慷慨解囊）。尼克和卡尔顿离队，结伴去参观莫尔塞姆的布加迪工厂。邝夫人还没买尽兴，坚持要去沃日拉尔路上的爱马仕旗舰店（大家轧了三天的马路，她竟还能毫无愧疚地提出这项要求，真不知该怎么说）。我一向欣赏不来爱马仕所谓的别致，但这家旗舰店确实让人眼前一亮：它位于卢特西亚酒店（Hôtel Lutetia）的室内游泳池前，琳琅满目的商品无规则地陈列在店内的各个角落。

店长不愿意给我们提供包场服务，这让佩玲很生气，当场决定回国后呼吁抵制这家店。她一面购物，一面把火气撒在身边的中国内地客身上，抱怨道："我竟然沦落到要和这帮暴发户一起购物了！"

我调侃道："你好像对中国富人颇有成见呀？"

佩玲冷哼："富人？得了吧！他们充其量只是亨利一族（HENRYs）罢了。"

"亨利？怎么又扯到亨利了？"我一时没明白她说的话。

"不是吧？你不是搞金融的吗，连这都不知道？"佩玲难以置信地看着我，发现我的困惑不是装的，便嫌弃道，"High Earners, Not Rich Yet（高薪，但不富），在国外就是普通的中产阶级。"

6.20 星期四

今天，我和尼克决定做一天"逃兵"，享受一番巴黎的文化熏陶。我们起了个大早，打算趁大家不注意，偷偷溜去居斯塔夫·莫罗美术馆（Musée Gustave Moreau），谁知道还是在电梯里碰见了柯莱特。

她执意不让我们走，说是在卢森堡公园（Jardin du Luxembourg）里为大家准备了特别的早餐。我对这公园印象极好，便欢天喜地地应邀去了。

清晨的公园真令人神清气爽。没有聒噪的游客，只有推着娃娃车的时髦妈妈、阅读晨报的老绅士，以及肥硕悠闲的鸽子。我们徒步登上美第奇喷泉旁的石阶，来到一家别致的室外咖啡厅。众人点了奶油咖啡或达曼茶，柯莱特还要了一打巧克力面包。

服务生很快就端来了十二个装着面包碟子。我迫不及待地张口就要咬，却被柯莱特制止住："别吃！别吃这个面包！"

咖啡尚未起到提神的效果，我还一头雾水，没明白眼前发生的事，只见柯莱特跳到罗克珊身旁，低声催促道："快！趁服务员没朝这边看，赶紧动手！"罗克珊闻声迅速地打开疑似 S&M 的黑皮书包，取出一口装满巧克力面包的纸袋。下一幕，让卡尔顿和尼克笑得肚子抽筋，更让邻桌两位规规矩矩的情侣大跌眼镜：只见柯莱特主仆二人七手八脚地把碟子上的面包全部调换为纸袋里的面包。两人完工后，柯莱特擦擦手，若无其事地说："好了，可以吃了。"

我半信半疑地啃了口面包，只觉得口感松软，入口生香。面包的轻薄、黄油的浓郁、巧克力的先苦后甜同时在味蕾上爆炸。不等我发出赞叹，柯莱特就解释道："这些面包，可是我找白色乡村（Gérard Mulot）特别定制的。他家店里的糕点是我的最爱，可惜那里不提供座位。而我，吃巧克力面包是绝对要配一杯好茶的。问题在于，我喜欢的咖啡厅要不就是产不出合格的面包，要不就是禁止外带食物。所以呀，不做些小变通可不行。虽麻烦了一点儿，但都值得，不是吗？我们现在正身处世上最闲适的公园中，吃着最美味的面包，品着最纯正的咖啡，多惬意呀！"

卡尔顿满眼的宠溺，苦笑道："柯莱特，你真是个惹人爱的坏女孩儿！"说完，美美地啃了两口巧克力羊角包。

下午，大家休息够了，又去参加 L'Eclaireur 的私人购物派对，斯蒂芬妮母女则到克雷默工作室（Kraemer Gallery）参观，尼克认识那里的古董商，愿意和她们一起去。他戏称这间工作室为"亿万富翁的宜家"，我亲眼所见后，才明白这不是玩笑话。它坐落于蒙梭公园旁的宏伟宫殿中，里面展示的家具和装饰全部达到了博物馆水准，说它们的前任主人是国王或皇后也绝没有人会怀疑。尖尖瘦瘦的史夫人在精彩的时装秀前都不为所动，到了这儿，却瞬间化身为电视购物重度上瘾者，所见之物，无不刷卡……尼克则在一旁和克雷默先生攀谈甚欢。片刻后，克雷默先生从里屋取出一本账簿，上面竟有尼克的曾祖父在 20 世纪初的购买记录，尼克大呼不虚此行……

6.21 星期五

猜猜谁来巴黎了？里奇·杨！里奇自然不甘心落于卡尔顿之后，他本想跟着入住香格里拉，可是顶级套房被我们包完了，便只能退而求其次，在文华顶层的总统套房凑合一晚。他今天一早就来到香格里拉，给邝夫人捎来了 Hédiard 的璀璨鲜果礼盒，一看就知道价格不菲。卡尔顿见情敌来了，便识相地表示自己买了辆复古跑车，要到巴黎市外去和车主见面，说完扭头就走了。其实大家心知肚明，他这是有意在回避……我有点儿奇怪，情敌相见本该分外眼红，卡尔顿为什么要避开呢？

晚上，里奇执意邀请大家去"巴黎最最最高级、预约座位都能闹出人命"（他的说法）的餐厅用餐。该怎样形容这家餐厅呢？我不大明白，好好的餐厅为什么要装修成公司会议室的风格呢？里奇给我们准备了主厨推荐的品尝菜单，菜单的名字很荒诞——搞笑、逗乐、十六步……光看这些名字是毫无食欲可言的，但实际上桌的菜肴却十分丰盛，而且别出心裁，尤其是那道洋蓟白松露汤和糖蒜萨芭雍里竹蛏。在座的妈妈们显然被眼前这些鲜活的食材吓得不轻，特别是柯莱特的祖母——老太太没见过蒸汽活海鲜，更别说那五颜六色的泡沫和千奇百怪的蔬菜了，她战战兢兢地问邝夫人："这些外国人是不是欺负我们是中国人？怎么故

264

意给我们残羹剩饭？"邴夫人忙压低声音道："妈，别胡说！你看隔壁的法国人，吃的也和我们一样！这家饭店一定是店大欺客！"

晚餐过后，妈妈们都回酒店休息了。"花衣领导者"里奇怂恿大家去大卫·林奇创办的巴黎最高档的夜店，他吹嘘自己是那儿的元老级别会员，创立的第一天便拿到了会籍。我和尼克好不容易才得以"告假"，享受塞纳河畔的漫步时光。回酒店时，我们在走廊上撞见了邴夫人，她正在套房门前和一名女佣窃窃私语。

邴夫人把我们招呼到身边，兴奋地说："看看，那女佣小妹给了我什么好东西！"她神神秘秘地扯开手中的垃圾袋，里面装满了宝格丽的沐浴露、洗发水和护发素，"你们要吗？我还可以搞到很多呢！"

我和尼克赶紧婉拒，借口说我们从不用酒店的卫浴用品。邴夫人一听却更来劲儿了："真浪费呀！不用的话都给我呀，还有浴帽！"

我们回房间，把卫浴用品一股脑儿地送到了邴夫人的房里。邴夫人的眼神就像吸毒者见到免费的海洛因，懊恼道："可惜了，可惜了！我早就该向你们要的，这都住了一周了……你们先别走！"邴夫人扭身回里屋，出来时提着五瓶矿泉水："把水拿去喝，我和我妈都是自己烧水喝，这水都没碰过，不用掉就让宾馆白赚了！"

尼克恨不得撒腿就跑，但柯莱特奶奶现身了，埋怨儿媳道："莱娣，你怎么不请客人进来坐坐？"

老人家都发话了，我们不好拒绝，只能老老实实进屋，没想到潘娣阿姨、史夫人以及文夫人都在屋里。妈妈团正环坐在餐厅的便携火锅旁叽叽喳喳地闲聊，桌边还有一口硕大的路易·威登（Louis Vuitton）行李箱，里面塞满了风味各异的袋装拉面……

潘娣阿姨用一双筷子麻利地搅拌着锅里的拉面，问我们："你们要什么口味的？猪肉虾仁怎么样？"

邴夫人鬼鬼祟祟地提醒道："我们每晚都在这边开小灶，自己煮的面条哪比那些五星级的法国菜差？你可别向柯莱特告密。"

文夫人也大倒苦水："哎呀！天天吃起司，搞得我都上火便秘了！"

我问她们为什么不到楼下的米其林中餐馆香宫（Shang Palace）吃些夜宵，史夫人嫌弃地说："别提了，我们去过了！但你猜怎么着？那儿一碗炒饭就要 25 欧元，太坑人了！我们撒腿就跑。"若没记错，这位史夫人今天下午在克雷默工作室把玩一座古董钟 [1]，不到两分钟便刷卡买下了，那可是 450 万欧元……

6.22 星期六

天还没亮透，柯莱特就敲开了我们的房门，劈头就问我们看见卡尔顿没有，和他有无手机联系……很显然，卡尔顿昨晚一夜未归，还不接电话。柯莱特看上去担心坏了，尼克却不以为然地安慰道："放心，买车哪有那么利落。我猜，他这会儿正和卖家讨价还价呢，没空接电话。"

我们刚洗漱完毕，里奇就登门了。他邀请大家傍晚到他的总统套房去，说是打算在包下的文华屋顶举办一场日落鸡尾派对，并称："开个小派对，给柯莱特小姐接接风，虽说迟了一个星期。"

旅途进入尾声，大家只想放松。午餐后，女孩儿们便结伴去做 SPA 水疗；我和尼克则在蒙梭公园的草地上度过了悠闲的午后时光。

傍晚，我们到文华赴约，却被守在 VIP 电梯口的保安拒之门外——很显然，我们的名字没在受邀名单上。我们向柯莱特电话求援后，才得以放行。然而乘电梯到了屋顶，我就打起退堂鼓了。好吧，这哪里是"小小派对"呀！？只见屋顶上塞满了衣着光鲜的男男女女，现场被装潢得像是高新产品发布会一般，环绕四周的护栏边上，摆放着熠熠生辉的高耸灌木。一面是华丽的舞台，另一面是用餐区，十几名五星级大厨正在此各显神通。

我穿的是蓝色连衣裙和休闲凉鞋，本来自认合身，但在此情景下，

---

[1] 路易十五时代的座钟，设计者是 18 世纪钟表巨匠让 - 彼埃尔·拉兹，造型和普鲁士国王腓特烈大帝在波兹坦新皇宫里的收藏极其相仿。——作者注

也和一丝不挂没多少分别了。片刻后，今晚的女主角柯莱特盛装登场了——她脖间是邢夫人昨天刚买的黄钻项链，一席让人挪不开眼的黑色斯蒂芬·罗兰（Stéphane Rolland）做旧露肩长裙，那裙摆上的皱褶，仿佛走过了千里之遥。邢夫人今晚上了浓妆，让人险些认不出来，一席红色艾莉·萨博礼服衬上硕大的蓝宝石项链，相当引人注目。

然而，最让我吃惊的，还要属卡尔顿的登场了。他闭口不提过去二十四小时去了哪儿，依旧保持了平日的风采。宾客中似乎有许多卡尔顿在上海、迪拜及伦敦的相识，我瞬间被卷入介绍的狂潮之中，并先后认识了肖恩和安东尼兄弟（负责当晚 DJ 的型男），曾是卡尔顿斯托同窗的阿拉伯王子，还有几位不住向我埋怨美国移民政策的法国伯爵小姐……直到数名当红歌星登台亮相，惹得全场沸腾时，我才算彻底明白过来——这根本不是普通的朋友聚会嘛！！

17

巴黎，文华酒店

尼克登上顶层天台，想在喧嚣的人群里寻觅一丝清净——他不愿意凑这种热闹，尤其身边之人还都是成天乘坐私人飞机到处飞的那种富豪——楼下简直就是各种自负、攀比的秀场。

忽然，他身后那列精心修剪的柏属盆栽开始窸窸窣窣地颤动，紧接着是男人欢愉的喘息声："哦，你这个小妖精……"尼克暗道倒霉，转身欲撤，却还是迟了一步，和躲在盆栽后的男女撞了个正着。只见里奇窘迫地提着裤子，他的女伴则捂着脸开溜了。

"哎呀！你怎么在这儿偷闲？"里奇厚着脸皮打招呼，"怎么样，晚上玩儿得开心吗？"

"开心得很。尤其是这里的夜景，棒极了。"尼克客套道。

"那是自然！巴黎人真是暴殄天物，他们要是愿意在这座城市里建摩天楼，那还不赚得盆满钵满？不说他们了，求你个事儿，刚才看见的，你……你懂得哈！"

"没问题。"

"还有那姑娘……"

"哪个姑娘？哪有什么姑娘？"

里奇满意地一笑："哈哈！你是我好友清单里的 A 级了！对了，听说刚刚在电梯口发生了些不愉快？我得给你道个歉。但说实在的，还真不怪我的那些保镖，你这身打扮，确实让人误会。"

"该道歉的是我们。我们在公园里睡了一下午，瑞秋原本是打算回酒店换身正式行头的，但我以为今晚只是几个朋友小酌，就强拉她过来了。要是知道男主人一席潇洒非凡的酒红色西装，我们一定会穿得像样些。"

"瑞秋穿得倒是酷劲十足。女孩儿们不会主动奢求什么，但我们作为男人，该做的还是得做，不是吗？其实你用不着盛装，只需秀·秀'百万手腕'，就能给她无限的面子了，何乐而不为呢？"

"我不大懂你的意思……"

里奇指了指尼克的手表："你现在戴的是百达翡丽最新款，不是吗？"

"新款？你看走眼了，这块表是我祖父传给我的。[1]"

"保存得很好，但你应该清楚，百达翡丽这几年已沦为中产阶级的标配了。看看这只表——最新款的理查德·米尔陀飞轮，这才足够彰显身份。"里奇把手腕凑到尼克鼻子跟前，"我是理查德·米尔陀的 VIC，也就是重要客户（Very Important Client）。所以，这款手表在巴塞尔钟表展上甫一登场，我就能直接入手了；而官方正式的发售，要

---

[1] 极其珍稀的百达翡丽 18K 金表，垂直定位，Ref.130 分区式表盘，1928 年纯手工制造。尼克 21 岁生日时，他祖父送的礼物。——作者注

等到 10 月份。"

"一看外形就知道不简单。"尼克附和道。

"不只是外形独特，内部的精密内核就多达七十七组，全部由钛硅化合物制造而成。这里面似乎有台微型的离心机，能实现分子层面上的高速运转。"

"哇。"

"只要戴上它，即便只是穿 T 恤凉拖、嘻哈牛仔裤，也能在国际顶尖的会所和餐厅里畅通无阻。只要是高端场所的门卫和服务员，脑袋上都安装有'理查德探测器'，你藏得再隐蔽都躲不过他们的慧眼，他们清楚这小玩意儿的价值堪比一辆快艇！嘿嘿，'百万手腕'就是这意思！"

尼克瞥了眼复杂到让人头皮发麻的手表表面："这表要怎么看时间？"

"你仔细看，是不是有两组边缘有绿色星星的表盘？"

尼克费劲地眯起眼睛："唔……看到了。"

"这些星星会和表盘上的齿轮汇集……看，这就是分针和时针！顺带一提，打造这些齿轮的特殊金属可是下世代军事无人机的指定素材。"

"哇！真的假的？"尼克佯装惊奇。

"你以为呢？这款表的承受力可高达十万 Gs！知道是什么概念吗？这意味着，用火箭把它送上外太空，它都照常能走！"

"表受得住，但戴表的人可受不住了……"尼克没忍住，说了句大实话。

"哈哈，幽默！我不用戴它去感受真空，但它的价值明摆在那儿，不是吗？伸手，让你体验一下戴它的感觉！"

眼见对方就要解自己的表带，尼克忙缩回手："不用啦！我知道它的厉害了！"

说来凑巧，一阵短信铃声转移了里奇的注意力："哇！猜猜谁来了？

穆罕默德·萨班哲！那家伙的家族可是希腊一霸！"

"咳，是土耳其……"尼克纠正道。

"你认识他！？"

"嗯……他是我的朋友。"

里奇惊讶不已，问："你怎么会认识这种大人物？"

"我们是在斯托认识的……"

"滑雪认识的！？"

"……不是佛蒙特州的斯托镇，是英国的斯托大学。"

"噢，那我不了解。我毕业于哈佛商学院。"

"嗯，我听你提起过好多次了。"

片刻后，电梯门开了，穆罕默德现身宴会场。里奇的视线立刻就被他的女伴吸引了，兴奋地喊："哇，他身边那个女孩儿是谁？"

尼克好奇地瞥了眼主会场，也惊讶得不得了："天哪，真是难以置信。"

主会场上，卡尔顿和剑桥老友哈利·温特沃斯-戴维斯远离人群，倚靠在栏杆上，欣赏着夜景。现场太嘈杂，哈利不得不凑到卡尔顿耳边吼道："我建议你尝尝这里的鹅肝馅甜甜圈，比可卡因还带劲儿！还有，那厨师就是成天上电视的那个？真没想到呀，我有生之年竟能让这种厨艺界的超级大咖亲自来一次一对一的服务！"

"呵呵，这就是里奇的交友手段了……贵到让人不忍下嘴的美食，还有奢靡至极的所谓朋友小聚。还真别说，许多人就吃这套。"卡尔顿话里带着赤裸裸的轻蔑。

"真地道！没有多少男人能抵御得住罗曼尼·康帝的诱惑！"哈利美美地将高脚杯里的红酒一饮而尽。

"我可不吃这套，但吃人家的嘴软，我们还是要放开肚皮帮他们处理些库存，不然浪费了多可惜。"卡尔顿自嘲道。

哈利提醒道："你是打算不醉不归了？待会儿才是正场呢，你最好保持好状态。"

"你说得对，我得管住酒虫。"卡尔顿嘴上这么说，脖子一仰，又干掉一杯红酒。他扫了眼会场——果然，放眼望去，往来宾客都是里奇的酒肉朋友。柯莱特不会察觉不到吧？他后悔来赴宴了，眼前这些装模作样的男女，只会让自己血压升高，牙根发痒……四小时前，他还在安特卫普，原打算到布鲁塞尔，乘航班直接飞回上海的……其实，他最想回的是英国，但老秦千万叮嘱，让自己这一两年远离大不列颠，避避风头。想到这里，卡尔顿就恨不得扇自己一耳光：自作孽不可活，唯一能畅快呼吸的地方，让自己给作没了。

"啧啧，柯莱特可真是女神！"哈利一双贼眼锁在柯莱特身上移不开，她正陪瑞秋在香槟塔旁拍照。

"你才知道？"卡尔顿睨了老友一眼。

"哎哟！和她拍照的漂亮女孩儿，长得和你有点儿像呀？！"

"那是我姐——亲姐。"卡尔顿冷冷地回答道。不得不承认，瑞秋就是他逼自己回来的理由。他此刻真有些迁怒于这位姐姐了，但同时，他又觉得自己有责任护她周全。他怎么忍心把瑞秋一个人扔在巴黎这个烂摊子里呢？其实，没和瑞秋见面时，他暗自下了决心，要给这个莫名其妙的私生女一个狠狠的下马威——谁让她的出现搅得家里鸡犬不宁？但姐弟相见后，他却情不自禁地被瑞秋独特的性格所吸引，就连"附赠"的姐夫也和自己意气相投……是因为尼克是斯托校友吗？还是因为他和在场包括自己在内的所有"寄生虫"都不同，不屑于和里奇争风吃醋？

哈利打断了卡尔顿的思绪："你什么时候冒出个姐姐？我都没听说过。"

"我也是刚知道不久，她比我大了好几岁。"

"仔细看，你们简直就是同卵双胞胎嘛！你们中国的女孩儿就这毛病，年龄永远不会写在脸上。"

"不尽然，通常会有个临界点，搞不好今天看起来刚 20 岁，过了一晚就 200 岁高龄了，你会被吓坏的。"

"不要紧啦，要是她们都像柯莱特和你姐那样漂亮，我来者不拒！说正经的，你这段时间到底在和柯莱特搞什么名堂？怎么时聚时散的？我真有些跟不上你们的思维了。"

"别说你了，我自己都没弄明白……"卡尔顿疲倦地应道。说真的，他已经厌倦这种暧昧游戏了。在过去的一周里，每每光顾一家珠宝店，这个女孩子总会有意无意地抛些让人心花怒放的暗示。卡尔顿心里比谁都清楚，自从周二婉拒了柯莱特去梦宝星的邀请后，她就默默将他赶出了局，所以才会叫来里奇。柯莱特有时就是这样幼稚，她真以为让里奇用他老爸那点儿臭钱给她办场宴会，就能让自己羡慕嫉妒恨了？

哈利戳了戳老友的手臂："喂！你认识那个女人吗？9 点钟方向，穿白色裙子的。"

"哈利呀，我们亚洲人都是邻居吗？怎么可能谁都认识？要我说多少遍，你才能明白这一点……"

"你往那边看看，就知道我怎么这么兴奋了——天哪！我这辈子，还没如此一见钟情过！"

"心动不如行动，随我来。"卡尔顿下定决心，柯莱特想玩这个游戏，他乐意奉陪到底。他理了理领口，从路过的服务生那里抓了两杯红酒，风度翩翩地走向白衣女子。他正准备拿出搭讪的手段，尼克却抢在他前面；接下来的一幕，让他差点儿端不稳杯子——尼克竟二话没说，给了白衣女子一个热情的拥抱！

"阿斯特丽德！你怎么会在这里？"尼克兴奋地问。

"尼基！"女子显然很惊喜，"我还想问你呢！你不是陪瑞秋到中国度蜜月去了吗？"

"是呀，但计划有变，我们临时决定陪瑞秋的弟弟，还有些新朋友来巴黎逛逛。哎——说曹操，曹操到。你身后这位就是瑞秋的弟弟卡尔顿。卡尔顿，这是我在新加坡的表姐，阿斯特丽德。"

"幸会，卡尔顿。"阿斯特丽德落落大方地和来人握手，对面的卡尔顿痴痴呆呆：这绝世佳人是尼克的表姐？这还让我怎么下手！

"还有，这人是我的死党，穆罕默德。"尼克介绍完，还不忘调侃道，"你这个家伙，使了什么手段把我表姐拐巴黎来了？"

穆罕默德不知轻重地拍了拍好友的肩膀："我哪有那个能耐啊？就是巧合，巧合！我是来巴黎办正事的，恰巧和你表姐在伏尔泰酒店碰上罢了。我当时正打算和客户吃午饭呢，就看见夏洛特·甘斯布和你表姐来用餐！我多想上前去打声招呼呀，但忍住了——总不能让我的客户嫉妒嘛？还好阿斯特丽德也看见了我，之后还主动邀我去吃晚餐，正好我晚上有局，就把她也拉这儿来了。"

瑞秋和柯莱特察觉到了这边的动静，便赶了过来。"阿斯特丽德！穆罕默德！我的天，你们是从哪里冒出来的？"瑞秋又惊又喜，上前抱住两人。

新老朋友介绍了一圈后，柯莱特的一双眼睛就没从阿斯特丽德身上挪开过。这位超模打扮的姐姐，就是瑞秋口中的表姐了？若她没看走眼，对方脚上那双性感的金色凉鞋产自卡普里岛，是达·科斯坦诺纯手工制作的；手上的复古白漆皮手拿包是安德烈·库雷热的牌子，那对伊特鲁里亚风格的金色狮头袖扣则产自希腊的拉洛尼斯；唯独那身略带皱褶的纯白色礼裙，柯莱特认不出品牌，但这身衣服简直无懈可击！轻薄的布料紧致得恰到好处，让异性想入非非，却又能免于媚俗。衣领处的皱褶隐隐凸显了锁骨的魅惑……眼下柯莱特脑子里就一件事儿——打听这衣服的设计师是谁！

"姐姐好，我是一位时尚博主，不知你介不介意和我合个影呢？"柯莱特甜腻腻地问道。

尼克忍俊不禁道："柯莱特这是在谦虚呢！她是时尚博主没错，但少了前缀——'中国最出名的'。"

"啊！当然乐意效劳……"阿斯特丽德挺吃惊，不由得多看了对方两眼。

"罗克珊!"柯莱特高声呼唤,助理罗克珊应声出现,"啪啪啪"就给两人留下了几张合影;接着拿出纸笔,准备替柯莱特做笔记。

"我还得附些文字说明,要确认一下。鞋子和包就不用问了,还有这对袖口,是拉洛尼斯的……"

"拉洛尼斯?恐怕不是。"阿斯特丽德打断道。

"哎?那是——"

"是伊特鲁里亚人设计的。"

"这我知道,我问的是具体的设计师……"

"公元前 650 年的事谁知道呀?"

竟然是古文物!柯莱特强行把视线从阿斯特丽德的手腕上挪开,问了关键的问题:"好吧,接下来才是重点……你这身裙子,是哪位巨匠设计的?我先猜猜——乔赛普·方特,对不对?"

"这衣服?不不不,这是我今天临时在 Zara 买的。"

尴尬的沉默……罗克珊这辈子都忘不了柯莱特此时此刻的表情。

数小时后,瑞秋夫妇陪同阿斯特丽德和穆罕默德到布鲁先生饭店吃夜宵。这是一家位于东京宫身后的啤酒餐厅。瑞秋抿了口干煎塌目鱼,环顾一圈四周的环境——通体的大理石卡座、幽光熠熠的青铜浅浮——实在令人享受:"阿斯特丽德,谢谢你。我们来巴黎的这个星期不是五星级,就是米其林,但还是这顿夜宵最舒心了。"

穆罕默德附和道:"可不是嘛!这个餐厅就厉害在既亲民,又奢华,还内敛。虽说味道只能算凑合吧,但到这里吃饭的顾客,就是为了感受这特别的气氛的。"

见朋友们喜欢,阿斯特丽德自然很开心:"你们能喜欢,当然是再好不过啦!我之所以选这儿,纯粹是想见识见识这家餐厅的装修——听说这里的装修是约瑟夫·戴兰德操刀的。实不相瞒,我和迈克决定请这位大师来布置我们的新房子。"

"真期待呀!别忘了乔迁时叫我。"穆罕默德显然听说了此事。

尼克很吃惊："你们去年不是刚搬进新家吗？怎么又要搬？"

"是呀！要怪就怪迈克今年赚得太多了。我们差一点点就能入手克吕尼路上的 FBH，可惜，最后还是失之交臂了。但还好，我在武吉知马路有块地皮，我们打算直接在那儿盖一栋。"

尼克环顾眼前的几张笑脸，由衷地感慨道："你们说，这世界是不是太小了？在这样人生地不熟的异乡，我们四个人都能聚在一块儿吃饭聊天。"

穆罕默德深以为然："这就是缘分！我本来不愿意参加这类没营养的聚会的，但想到我爸最近在和杨家谈生意，觉得还是有必要露露脸，就硬着脑壳来了。"

"事实证明，我这趟真是不虚此行！"阿斯特丽德兴奋道，"真神奇呀！先是偶遇穆罕默德，现在又是你们……瑞秋，你弟弟和弟妹怎么不一起来？我还想和他们深入交流呢！"

"卡尔顿应该是愿意随我们开溜的，但他必须得留下来陪柯莱特。至于柯莱特，她就更不能中途退场了——这派对就是给她准备的。"

"这女孩儿真是……有个性，我还是第一次遇见对我的穿着这样刨根问底的人呢。我可是出了身冷汗，生怕她下一句就要问我的内衣牌子。"

瑞秋笑喷，调侃道："还好，要不是你一句'Zara 买的'把她给吓傻了，她估计真能问得出口。"

阿斯特丽德很郁闷："百货店里买了件衣服而已，真没搞懂他们为什么大惊小怪，我有些衣服还是在二手服装店、路边摊上买的呢！"

尼克笑道："没办法，柯莱特和她的朋友们这辈子怕是都没碰过普通衣服。说实话，和他们相处的这段日子，我真是长见识了。"

"毫不夸张，从登陆巴黎的那一刻起，这群年轻人的消费账单就没停过。刚开始的两天，陪着他们购物，顺便多认识了些没见过的品牌，还挺新鲜的，但之后就越来越煎熬了……"瑞秋苦笑着解释，"柯莱特很热情，很照顾我们，我本不该抱怨的。但是，我只希望能多给我和弟弟一些相处的空间。"

阿斯特丽德凑到瑞秋身旁，好奇地问道："怎么样？和你的新家人相处得融洽吗？"

"说实话，有些失望。我来这么久，只和父亲见过一次面。"

"一次？不会吧？"

"匪夷所思吧——其中一定有古怪。我怀疑，阿姨，就是我爸的妻子那边出了问题。你想想看，我们到中国这么久了，她连次面都没露过。"

尼克不禁皱眉，陪瑞秋来中国见家人就已经波澜重重了，他真不敢想象在新加坡还有怎样的雷池等着自己去蹚……难道，自己和瑞秋注定要无家可归了？

阿斯特丽德似乎看透了表弟的忧愁，忍不住安慰道："这次回去，你要不要来我家住几天？卡西安成天念叨着要找你玩儿，大家都很想你呢。"

尼克沉默了，瑞秋知道安慰是苍白的，也不说话。穆罕默德试图打破这沉重的气氛，大大咧咧地说："回什么家呀！跟我到伊斯坦布尔吧，多两张嘴又吃不垮我家。"

"这主意不错，我还没去过土耳其呢！"瑞秋挺心动。

见瑞秋有意，穆罕默德连忙添了把火："坐我的飞机，从巴黎起飞，三小时就到了。阿斯特丽德，你也会一起来的，对不对？"

愉快的消夜结束，四人悠闲地沿着东京宫的石阶，漫步在威尔逊总统大道上。瑞秋掏出手机，屏幕上跳出一串来自柯莱特的短信：

10: 26 p.m.-Sat[1]

　　瑞秋，卡尔顿有没有陪你们去吃夜宵？

---

[1] 星期六 Saturday 的简写。——译者注

10：57 p.m.-Sat

　　瑞秋，要是你和卡尔顿取得了联系，马上通知我！

11：19 p.m.-Sat

　　没事了，我找着他了……

11：47 p.m.-Sat

　　立刻联系我！

12：28 a.m.-Sun[1]

　　紧急！！立刻联系我！！

　　瑞秋读完最后一条短信，暗道不妙，立刻拨通了柯莱特的电话。

　　"喂，哪位？"柯莱特闷声闷气的，显得有些疲惫。

　　"柯莱特？我是瑞秋，我刚看见短信……"

　　"瑞秋！天，你怎么玩起失踪了？你在哪儿！？"柯莱特歇斯底里地吼道。

　　"柯莱特，你先别急，到底出了什么事儿？"

　　"卡尔顿他……瑞秋，只有你能帮我了！"

18

巴黎，香格里拉

　　"瑞秋，你终于……终于回来了！"柯莱特激动地把瑞秋一行四人迎进复式套房。瑞秋安慰性地把柯莱特搂进怀里，对方竟在自己肩头嘤嘤地抽泣起来。

　　"柯莱特，你到底怎么了？和卡尔顿吵架了？"瑞秋轻声问道，搂

---

　　[1] 星期日 Sunday 的简写。——译者注

扶着心碎的女孩儿到身旁的沙发坐下。

"怎么就你一个，其他人呢？"尼克从进门起就觉得不对劲儿，柯莱特身边竟没有好友、用人相陪，这可不寻常。

柯莱特带着哭腔道："我说自己累了，让他们各自回房休息去了……不能让他们察觉到出了什么事！"

"那到底是出了什么事？"瑞秋有些心焦了。

柯莱特抹掉泪痕，强作坚强道："糟透了！我自己造的孽，我活该！就在你们离场后不久，工作人员忽然搬了台三角钢琴到舞台上。然后约翰·梅杰上台，说是要给我演奏一曲，让我站在他身边……"

尼克完全不明所以，皱眉道："谁？英国前首相要给你演奏一曲？"

"口误，是约翰·传奇（John Legend）。"柯莱特赶紧纠正道。

"吓我一跳！"穆罕默德给了阿斯特丽德一个苦笑。

"然后，约翰就开始弹唱 All of Me 了，"柯莱特的声音又开始发颤了，"歌曲结束后，我还沉浸在浪漫的气氛中，这时里奇突然登台，单膝下跪，让我……让我嫁给他！"

在座之人都大惊失色，面面相觑——这事儿确实有些严重。

"他在大庭广众之下，埋伏了我个措手不及！我妈和斯蒂芬妮她们显然都被他收买了！派对上那么多来自中国的熟面孔，我早该看出些端倪的！我真的懵了，在场那么多公众人物，我能怎么答？戈登·拉姆齐就站在露松薯条摊位的边上等我给出答复，我要是拒绝，他会怎么想？"

"你到底是怎么回答的！？"瑞秋催促道。

"我想尽量打圆场，就打哈哈说：'别闹了里奇，你以为我会上当？'没想到他却满脸诚挚地说：'你以为这是玩笑？'说完，就从口袋里掏出了一个小盒子递到我面前，里面是一枚雷波西（Repossi）32 克拉蓝宝石钻戒。这男人真不能嫁，雷波西是我最抵触的牌子之一，他根本就不了解我！所以我就用拖字诀，说：'我很开心，但你至少得给我些时间考虑……'他却不愿退缩，坚持说：'我们已经相处三年了，这还不够你考虑的吗？'我反驳：'得了吧！三年相处又不是交往……'谁知那家伙瞬间翻脸咆哮道：'你到底什么意思！？硬生生吊了我三年，我是受够了！你知道我为今晚花了多少钱？你以为约翰·传奇是想请就能请得动的！？'他话还没说完，卡尔顿就冲到台下，指着他的鼻子骂：'浑蛋！你耳朵聋了？柯莱特她不愿嫁你！'没等我反应过来，里奇就爆了一句粗口，跳下舞台，朝卡尔顿的脸上就是一拳……"

瑞秋掩嘴惊呼道："上帝！卡尔顿怎么样？受伤了没有！？"

"卡尔顿还好，只是蹭破了点儿皮，但马雷欧·巴塔利就……"

"名厨马雷欧？他怎么了？"阿斯特丽德催道。

"两个失去理智的男人在地上厮打，我赶紧叫保镖上前去劝架。混乱中，不知是谁撞翻了马雷欧的厨台——他当时正在炸杂烩，一锅子的橄榄油浇在火上，火苗蹿得老高，把马雷欧的小辫子给……"

"哦！真难以想象那场景，马雷欧太冤了！"阿斯特丽德哀号道。

"所幸史夫人那时就在马雷欧身边，她端起一罐小苏打水就往他脑袋上浇，这才止住了火势。马雷欧真是捡回了一条命。"

"吓死了，他没事就好……"阿斯特丽德松了口气。

"然后呢？拜托你一口气说完！"尼克焦急地说。

"事情发展到这个地步，派对当然是提前结束了。我把卡尔顿哄回酒店，正要给他处理伤口，却跟他吵了起来，天呀！我们从没吵得这样凶过。我知道他喝醉了，难免会口不择言。他谴责我利用他玩弄里奇，他还说我是这一切的罪魁祸首……然后，他就头也不回地摔门走了……"

瑞秋暗自赞同卡尔顿的说法，但她还是好言劝慰道："没事，让他静一晚，等明早酒醒了，一切都会恢复如常的。"

"等不到明早了！卡尔顿走后，我接到赫尼·蔡的电话……赫尼是上海八卦专栏的写手，她第一时间听说了这场闹剧。更糟糕的是，她还得到了确切的消息——数月前，里奇曾向卡尔顿发出拉力赛的决斗挑战，并且决斗的时间就是今晚！"

"拉力赛决斗？说笑的吧？"瑞秋苦笑。

柯莱特急了："我这表情，像是和你开玩笑？"

"他们是不是还没长大！？""拉力赛"这三个字眼，让瑞秋首先联想到的是《阿飞正传》里的叛逆青年。

"你不懂，这可不是小孩子的玩闹。他们会开超跑在市中心全速飞驰，一路逃避警察的追捕。稍有不慎，就会闹出人命的！赫尼·蔡还说，圈子里的人都在给这场决斗下注，卡尔顿和里奇就各自给自己下了1000万。所以，今晚的派对才会聚集这么多里奇的朋友，他们都是来旁观决斗的！"

尼克插嘴道："我在报纸上读到过一篇文章，上面说一些富家子弟热衷于在多伦多、香港、悉尼等城市举行地下拉力赛。这类比赛会引发城市交通瘫痪，沿途造成的公共损失更是不计其数。怪不得呢，卡尔顿那天为什么要一圈又一圈地尝试那辆布加迪，原来是在热身。"

柯莱特懊悔道："我真的错了。我一直以为他买那辆车是要搞副业，没想到……还有，他这几天的态度也反复无常：失踪、酗酒、打架……我真傻，怎么就没看出点儿端倪！？"

"别自责，我们不也都被蒙在鼓里吗？"瑞秋安慰道。

柯莱特的眼珠子心虚地环顾着四周，不知是否应该继续往下说："你们知不知道，这不是第一次了。同样的决斗，在伦敦也发生过……"

"听过一些，卡尔顿不幸出了车祸，对不对？"尼克问道。

柯莱特点头："那天的决斗地点是斯隆大街，卡尔顿的车子……"她仍惊魂未定："他的车子突然失控，一头撞进了某家店铺。"

阿斯特丽德插嘴道："等等，我貌似读过这篇报道。他开的是法拉利，撞进了一家周仰杰精品店，对吗？！"

"就是！但媒体掩盖了部分事实。法拉利上除了卡尔顿，还有两名女乘客……其中的英国女孩儿下半辈子都要和轮椅为伴，而中国女孩儿……当场就不行了。鲍家动用后台势力，才把事情压了下去，所以知道的人不多。"

瑞秋脸色惨白，问道："你怎么会知道的？卡尔顿告诉你的？"

"我那晚就在现场。里奇开的是一辆兰博基尼，遇难的中国女孩儿……是我在 LSE 的同学……"说到这里，柯莱特强忍已久的泪水终于决堤了。

众人震惊得不知该如何安慰，尼克嘀咕道："怪不得，怪不得呢……"他总算明白了母亲为何一提到这起事故就讳莫如深。

柯莱特颤着嗓子继续说："自事故以后，卡尔顿就彻底变了……我知道，他内心根本就没迈过那道坎。他痛恨自己，痛恨里奇。我怀疑，他想通过今晚的决斗来实现自我救赎，但我们绝不能再让他坐上驾驶席了！无论是身体还是心理，他都还没有痊愈。他已经把我的手机号码屏蔽了，瑞秋，现在只有你有可能劝得动卡尔顿！"

事不宜迟，在众人沉重的期待眼神下，瑞秋掏出手机，拨通了卡尔顿的号码："不行，直接转到语音留言去了。"

柯莱特失望地说："现在只能希望他看到留言后会主动联系你了……"

尼克起身，道："怎么能这样坐以待毙？我们要直接去找他。比赛地点在哪里？"

"我要是知道，还能在这儿苦恼吗？所有人都不知去向，我已经暗中吩咐罗克珊去找了，但至今没有任何回音。"

阿斯特丽德忽然眼神一亮，急急问道："卡尔顿的手机号码是多少？"

"8613585809999，怎么了？"

阿斯特丽德没有回答，只是取出手机拨通查理·胡的私人专线："啊！是我……我好得很，别担心我。唔，我这边遇到些麻烦，需要你帮忙……那位黑客大咖还在你手下做事吗？太好了！你能帮我追踪一部手机吗……我真的没事，是我的朋友需要帮助……嗯，承你的情，改天请你吃饭，再跟你细说。"

片刻后，阿斯特丽德的手机嗡嗡作响，她立刻打开邮件，兴奋地说：

"有消息了！卡尔顿正位于马拉科夫大道上的某个停车场，具体位置……就在马约门旁边！"

巴黎
凌晨 2 点 45 分

瑞秋、尼克和柯莱特三人静静地坐在路虎之中，疾驰的车速让他们紧紧贴在座椅靠背上。车厢内充斥着令人窒息的沉默，瑞秋双眼无神地望着窗外 16 街区的寂静街景，巴黎特有的昏黄街灯，让高雅的路边建筑平添了一分忧伤。瑞秋正苦恼要如何才能劝住意气用事的弟弟，但前提是他们得赶得及……

突然，路虎嘎吱一声停在马拉科夫大道边。司机指了指前方的停车场，那里人头攒动，显然在举行某项活动。亲眼看到这场密谋了几个月的比赛，瑞秋才意识到自己把事情想简单了。透过半开的车库门，瑞秋隐约能看到一群技术员正围着一辆布加迪·威龙超跑[1]左右忙碌，与其说是地下车赛，这阵仗更像一级方程式的总决赛。在车库外的人群中，瑞秋认出了好几张熟面孔，她凑到柯莱特耳边："没想到这地下车赛的规模这么大！"

尼克讥讽道："这几天，你单单见识了那几个女孩儿的消费能力，这回得见见小伙子们的了。"

柯莱特激动地指着前方："快看那边！卡尔顿在那儿！他身边是……哈利·温特沃斯-戴维斯？天哪我早该知道的，那个家伙现身肯定没好事！"

瑞秋深吸一口气，强作镇定："我自己过去和他谈，要是让他以为我们在跟踪他，会更难办的。"

---

[1] 布加迪·威龙被称为"世界上最快的公路合法交通工具"，最高时速可达 267.856mph。270 万美元，把它开进你家的车库！——作者注

柯莱特点头如捣蒜："好，好！我们就在车里等你。"

瑞秋下车，小心翼翼地靠近车库。很不幸，卡尔顿在第一时间就注意到了这群"不速之客"，他懊恼地翻了个白眼，步履蹒跚地闯到路中间，挡在瑞秋前面，质问道："你们怎么会知道我在这里？快回去，这不是你们该来的地方！"

"你别管我们怎么知道的。"瑞秋看着弟弟，眼里满是心疼——他左眼眶和下巴的乌青还未散去，嘴唇上破了道口子，还在流血，不知道赛车服下是不是伤痕累累，"卡尔顿，别拿性命去意气用事。你明明知道的，你现在完全不在状态。"

"我脑袋已经清醒了，知道自己该做什么，不用你教！"

清醒个鬼！瑞秋深知不能和醉鬼讲道理，就换了种方式："卡尔顿，我听说派对上发生的事了，我能理解你的愤怒。"

"我不认为你能理解……"

瑞秋抓住弟弟的胳膊，劝慰道："你想想，里奇已经无法和你争了，他彻底输给了你。你没看见柯莱特在派对上甩了他吗？你还没发现，柯莱特有多爱你吗？成熟点，别再继续这场愚蠢的比赛了。"

然而，卡尔顿完全不吃这一套，粗暴地甩开瑞秋的手，说："别在这儿装什么好姐姐，你快点走吧。"

瑞秋毫不退缩，直视着弟弟的眼睛，"卡尔顿，我听说伦敦发生的事了……柯莱特全跟我说了，我能理解你此刻的感受。"

卡尔顿的眼神有些慌乱，但立刻就迸发出怒意："你到中国才半个月，就对我们所有人了如指掌了？听着，你什么都不懂。你根本就不了解我，更不了解我的感受，你不知道你给我、给我家添了多大的麻烦！"

"你这是什么意思？"瑞秋不由得往后退了一步。

卡尔顿见势，"乘胜追击"道："你知道你这次来中国，让我爸顶了多大的压力吗？你没感觉到他一直在躲避你吗？你就一点儿都不奇怪，他为什么临时把你安置在半岛？告诉你吧——因为我妈说了，只要你踏入我们家门半步，她马上就去自杀。我这段时间耐着性子陪你们，无非是在故意和她作对罢了。你就不能放过我们，别多管闲事吗？"

卡尔顿一字一句，如一把尖刀扎在瑞秋的心口上。她觉得一阵晕眩，身子向后一仰，眼看就要瘫倒在地。柯莱特发疯似的冲出车厢，抬起穿着沃尔特·斯泰格-独角兽（Walter Steiger Unicorn）的高跟鞋，对着卡尔顿就是一踹，破口大骂道："你怎么能这样对自己的姐姐说话！是呀，你根本就不觉得有人关心你是多幸运的事。我们都欠你的，你是唯一的受害者，满意了吧？我知道，你一直没办法放下伦敦发生的事情，但那不是你的错！你可以责怪里奇，甚至可以责怪我！但赢下今晚的决斗，也无法让时光倒流、死者复生，更不能帮你走出阴影！是，我没资格管你。你和里奇自便吧，你们就是往凯旋门上撞也不关我的事！"

卡尔顿被骂懵了，身子如筛糠般颤抖，好一会儿才回过神来，冲所有人咆哮道："去死，去死！你们都给我去死！"怒吼罢，甩头便跑回车库。

柯莱特眼神里满是绝望，强忍着泪水，走回SUV。众人正要放弃，谁知卡尔顿跑到拐角处，竟一屁股瘫坐在路边，疯癫似的揪着自己的头发，仿佛脑袋要爆炸一般。瑞秋连忙跟上前去，此刻的卡尔顿就像是个不知所措的孩子。瑞秋在他身边坐下，小心翼翼地搂住他，轻声细语道："卡尔顿，我很抱歉，没想到我的出现，会给你家带来这样大的伤害。我只是想见见至亲——你、爸爸，还有你妈妈，仅此而已。只要你中止这场比赛，我发誓，以后我都不会再踏入中国半步。我不能眼睁睁看着你去冒险，你是我的弟弟，该死的，你是我唯一的弟弟呀。"

卡尔顿的泪水喷涌而出，狠狠地捶了几下自己的脑袋，说："对不起，我不知道我是怎么了，我不知道我怎么会说这种话。对不起，那些不是我的真心话。"

284

　　"我懂，我都懂……"瑞秋轻抚着弟弟的背。

　　柯莱特看情形有所好转，来到他们面前，小心翼翼地说："卡尔顿，我可是顶着万千压力才拒绝了里奇的求婚，你就不能拒绝继续这场胡闹的决斗吗？"

　　卡尔顿意志消沉地点点头，大家心里的石头这才落了地。

第三辑

树木为什么有年轮呢？——日记本里

1

香港，石澳

凯蒂在管家的指引下，来到露天座席。恭候已久的科琳娜满意地说：
"很好，你终于有一天不迟到了。"

"天哪！这儿的景致太夸张了！这里真是香港吗！？"凯蒂由衷地
赞叹道。她此刻正身处古佟公馆绝壁一面的阳台上，眼前是波光粼粼的
中国南海。这番景致，恐怕只有地处香港西海岸半岛的此地，才能有幸
领略。

"呵呵，来这儿的人，都会这样说。"科琳娜很满意凯蒂的反应。
她之所以邀凯蒂到自家宅邸共进午餐，为的就是弥补前日在天际教会的
过失。

"我来香港这么久了，就没见过这样棒的宅邸！令堂还住在这儿
吗？"凯蒂好奇地问道，在拱门下的席位就座。

"我家平时没人住在这里。这房子以前是我祖父的避暑山庄。他临
终前，怕后辈争夺遗产，直接把这栋房子的产权捐给了古佟集团。所以，
这里算是我们家族的公共财产吧。我的族人只把这里用作私人会所，其
实，主要还是古佟集团的活动场所。"

"难道说，这儿就是古佟老夫人每隔数月，宴请牛津女伯爵的会
场？"凯蒂诚惶诚恐道。

"不只是宴请女伯爵，我记得，1966 年玛格丽特公主和斯诺顿勋爵
访问香港，我母亲就邀请过他们……对了，之后好像还宴请过亚历珊德
拉公主。"

"公主？她们都是哪国的公主？"凯蒂抑制不住自己的好奇心。

　　科琳娜忍不住翻了个白眼，说："玛格丽特公主是伊丽莎白二世女王陛下的胞妹，亚历珊德拉公主——又称肯特公主，是女王陛下的表妹。"

　　"哇！英国王室有这么多公主？我只认得戴安娜和凯特……"

　　"凯特只是昵称！她的全名是凯瑟琳，位列剑桥女公爵，并不是皇室的直系公主；但嫁给威廉王子之后，她……跑题了，剩下的你自己去了解！"科琳娜不耐烦地中断了这个话题，"做好准备，艾达和费欧娜马上就要到了。记住，对费欧娜热情些，艾达可是她强拉来的。"

　　凯蒂感到不解："这位费欧娜·佟郑女士，为什么要对我这样照顾？"

　　"其一，费欧娜和天际的大多数伪教徒不同，她信仰虔诚，真的相信所谓的救赎；其二，她是我表妹，当然会给我面子；其三……哼，艾达对这房子日思夜想好多年了，只是苦于没机会进来观光。"

　　"我完全能理解。就在今天之前，我还以为香港的顶级豪宅都在浅水湾和深水湾呢……真想不到如今的香港，还有像这样屹立在峭壁之上的豪宅。"

　　"这便是妙处，不是吗？真正的传统豪门，都倾向于把大本营安在与世隔绝的隐秘之处。石澳的海岬和绝壁确实是不二之选。"

　　"你当初为什么不推荐我搬这儿来？要是住这儿，开门就是夏威夷！"

　　科琳娜倨傲地笑了笑，说："凯蒂呀，你不会天真地认为，自己能在这片地界上买到哪怕一块砖、一片瓦吧？首先，这个地区的房子非常少，而且多是代代相传，不可能转售的；其次，即便机缘巧合让你给碰上了出售中的房子，你想买，还得有石澳发展委员会的批准才行——他们几乎控制了这里所有的土地；最后，能住在这儿，就相当于一脚已经迈进香港的顶级俱乐部了——事实上，可以说石澳的居民撑起了香港高级俱乐部的半壁江山。"

　　"说了这么多，你到底能不能帮我混进来？这才是我们合作的重点，不是吗？"凯蒂硬生生地把后半句话——你收我这么多服务费，总得做些什么吧——咽回了肚子里去。

"这还得取决于你今后的表现。要是'形象重塑计划'实施顺利……你的孙辈或许能混进来。"科琳娜认真地说。

凯蒂语塞，心里却在哀号——孙辈？我现在就想搬进来，我要在自家阳台上享受全裸太阳浴！

"别痴想那些有的没的了。我问你，待会儿向艾达道歉的话背熟了没有？"

"我都倒背如流了，还和女佣排练了一上午，至少在她们看来，我足够真诚。"

"很好，我要的就是真诚。凯蒂，我要你把这次道歉当作这辈子唯一争夺奥斯卡的机会。我不指望你现在就能和艾达成为好朋友，但至少不能像仇人。她的谅解，是你继续推进'形象重塑计划'的关键。"

"我会尽力的。你看，我今天都老老实实按你的吩咐穿衣打扮了。"凯蒂叹息道。此刻，她上身是普林格尔（Pringle）粉色毛线衫，下身是詹妮·帕克汉（Jenny Packham）淡色花纹裙，只觉得自己是待宰的羔羊。

"你能采纳我的意见，我很欣慰。再听我一句话，把羊毛衫的扣子再往上系一个……对啦！这就完美了。"

片刻后，管家现身汇报："夫人，潘夫人和佟郑女士到了。"他话音刚落，两位女士便步入阳台。费欧娜礼貌地向在座二人递去飞吻，艾达却当凯蒂是空气，径直和科琳娜热情拥抱，赞叹道："上帝！科琳娜，我这是穿越到伊甸豪海角酒店（Hotel du Cap）了吗！？"

宾客到齐，用人端上尼斯沙律（Niçoise salade）。寒暄过后，凯蒂深吸一口气，拿出最真挚的眼神望向艾达："潘夫人，我知道现在说这话很不知廉耻，却不得不开口——我要对自己在尖峰晚宴上的所作所为，向您说一句：'对不起！'自从那日之后，我每日都饱受歉疚的折磨。我愚蠢、无知，我千不该万不该，不该在弗朗西斯爵士领奖时上台去丢人现眼！但当时您看，我一时没能控制住情绪。事到如今，我有些心里话，不得不向您倾诉一番……"凯蒂暂停，环顾在座三人，酝酿足情绪后继续道："那晚，当弗朗西斯爵士提及非洲儿童深陷肺结核之苦时，我不禁回忆起了自己的童年……很多人以为我是台湾人，但其实，我生长于青海省某个山沟沟里的贫农家庭——贫穷到无法在大山中定居……我的家，是废铁皮和硬纸板搭成的河边小屋，父母常年在广州的纺织厂里打工赚钱，我是奶奶一手拉扯大的。每天都是勉强度日。然而，我12岁那年，奶奶她……"说到这里，凯蒂突然哽咽："奶奶她突然患上了肺结核，她……"

"凯蒂，别说了……"费欧娜轻轻搂住凯蒂，安慰道。

"不，我必须往下说！"凯蒂佯装坚决地摇摇头，把泪水憋了回去，"潘夫人，我说这些，是想请求您谅解我那晚的失礼之举……我奶奶身患肺结核，我不得不辍学在家照顾她。即便如此，她还是在三个月后撒下我去了……所以，我得知爵士在和非洲肺结核抗争后，才会控制不住感情，当场奉上2000万港币支票！我真不敢相信，自己这样出身卑贱的女孩子，竟有幸帮助那些结核病患者……那一刻，我完全没意识到自己做了多么严重而荒唐的事。您的丈夫——弗朗西斯先生，他就是我心目中的英雄！还有您——潘夫人，我敬佩您！敬佩您对香港的贡献，敬佩您防治乳腺癌的事业。是您，让我重新认识了自己的乳房……然而，我究竟对自己这辈子最敬仰的两位前辈，做了什么不可饶恕的事情呀！？我真恨不得把自己碎尸万段！"凯蒂说到这里，早已泣不成声。

科琳娜看着凯蒂一把鼻涕一把泪的样子，心想：天啊，这演技比凯特·布兰切特（Cate Blanchett）都要好！至于艾达，听凯蒂解释的时候全程保持着一张扑克脸，此时却突然莞尔一笑，柔声道："我了解你的苦衷了。这件事就到此为止吧，以后也无须再提。"

费欧娜泪眼涟涟，紧紧攥住凯蒂的手说："凯蒂，我真没想到你一路走来经历了这样的艰辛……好不容易熬出了头，却又嫁给伯纳德那样的……唉，你真命苦。"

凯蒂瞥了对方一眼：这女人在说些什么？

"其实，我一直在为伯纳德祷告。虽然我和他不算熟悉，但我丈夫和他是老交情了，艾迪一直把他当好兄弟的。"

"真的吗？我从没听伯纳德提起过呀！"

"他们两个曾是 P.J.惠特尼的同僚，经常结伴到一家名叫 Scores 的运动俱乐部消遣。那段时间，我打电话给艾迪的时候，他总在气喘吁吁地和伯纳德比试。总之，我相信上帝会创造奇迹，伯纳德一定会康复的……"

"借您吉言。"凯蒂柔柔弱弱地回答道，心里想着：的确需要借助奇迹的力量。

艾达也把身子向前倾，主动问凯蒂："恕我冒昧，诊断的结果怎么样了？这病真的会传染吗？"

凯蒂面无表情地说："唔，我们也不知道……"

艾达和费欧娜告辞后，科琳娜吩咐管家拿来一瓶香槟，欣喜地说："凯蒂，100 分！今天我可真是对你刮目相看了。"说完，就和凯蒂碰了碰酒杯。

"不不，这完全是你的功劳！奶奶得病和河边破屋这种故事，我想破脑袋也编不出来。你到底是怎么想到的？"

"没什么大不了的，我只不过是照搬了以前看过的一部纪录片而已。了不起的是你，把剧本演活了。有那么一瞬间，连我都要信以为真了呢。"

"不过，艾达真的吃这一套？这样向她道歉，再吹捧一下她，就能让她冰释前嫌？"

"我认识艾达很多年了，我很了解她。说实话，我想她根本不在乎你那所谓的'道歉'。她最愿意听到的，不过是你承认自己身世卑微罢了。她需要觉得自己高你一等。所以，你能主动匍匐在她的脚下，当然再好不过了。她现在看你顺眼多了，等着吧，从现在开始，你的'上流之路'会平坦很多的。"

"已经感觉到了……真不敢相信，费欧娜会邀请我参加下周的慈善派对，我真能去吗？"

"是在景贤里举办的那场？你当然要去了。费欧娜会给你引荐很多重量级人物。"

"她今天对我的态度，热情得有点反常……是因为伯纳德吗？"

"我想是的。不过，你心里得清楚，同情心不会帮你走得更远。今天这场苦情戏，她们能信个两三分，就算大获成功了。如你所见，艾达不像费欧娜那样好糊弄……凯蒂，你要做好心理准备，世人会在背后对伯纳德和你的女儿指指点点。"

凯蒂注视着远方的某座小岛，一脸决绝道："随他们想说什么吧。"

"凯蒂，我们应该互相信赖。你能告诉我真实情况吗？你丈夫……伯纳德他真的病了？他真把病遗传给你女儿了？"

提起这件事，凯蒂哭了出来。科琳娜知道，这次她的眼泪是真实的。凯蒂瓮声瓮气地说："我无法解释，我不知道该怎么解释。"

科琳娜微微叹息道："那你能带我去看吗？如果你想让我帮你，就必须要让我知道真相……你得明白，只要关于伯纳德的流言蜚语不结束，你在香港的形象就不可能好转。"

凯蒂用手绢抹去泪珠，内心斗争了片刻，点头道："好，我会带你去见伯纳德。"

科琳娜十分满意："那就这么定了。这周四以后，我都有时间去澳门。"

"不是澳门，我们已经好久没住那儿了……你得和我飞一趟 LA。"

"洛杉矶？"科琳娜有些吃惊。

"是的，洛杉矶。"凯蒂咬牙道。

2

新加坡，樟宜机场

阿斯特丽德下了飞机，途经 T2 航站楼的 Times Travel 时，正好看到店员在往货架上摆放《尖峰》的最新刊，隐约瞥见杂志的封面是一个年轻男子搂着个小男孩儿……那孩子可真可爱。《尖峰》以往的封面照全是过度美颜的名媛，这期怎么突然改变风格了？阿斯特丽德不由得驻足，来到杂志架旁。然而，当她看清了封面上的两人时，竟硬生生地打了个寒战。

"父子兵专刊"标题下的两张面孔，阿斯特丽德再熟悉不过了——没错，正是她的丈夫和儿子。丈夫的脑袋上还有一行小标题："迈克＆卡西安·张扬帆远航！"照片中，迈克威风凛凛地站在某条游艇的船头，身着蓝色海军条纹衫，肩膀上还搭了件一丝不乱的羊毛衫。他的手以极其别扭的姿势放在围栏上，只为炫耀那款劳力士-保罗·纽曼（Paul Newman）戴托纳牌的手表；卡西安则半蹲在父亲膝旁，身着蓝色格子衬衫，海军夹克上的金纽扣异常抢镜，但最尴尬的还是那头仿佛用光了半罐发胶的头发，以及皮笑肉不笑的表情……

上帝！他们究竟对我的宝贝儿做了什么！？阿斯特丽德疯癫似的抄起一本杂志，费了一番功夫，才从珠宝和名表的广告海洋里找到了那篇让人抓狂的文章……文章的开头是另一张父子合影，这回是一张俯视照：迈克带着儿子坐在他那辆法拉利275GTB的敞篷车中，两人身着同款的布鲁奈罗·库奇内利（Brunello Cucinelli）羊绒赛车夹克和潘索（Persol）墨镜。照片之下，报道以夸张的加粗白色字体进入正题：

新加坡的"年度爸爸"——迈克·张

世人只道迈克·张坐拥新加坡最有前景的科技公司，但谁又知道，他的私生活更是美煞旁人：娇妻、爱子、豪宅，还有那每日更新的复古豪车收藏……更令人称美的是，这样一位完美的男人，还拥有堪比CK内衣御用模特的身材，以及刀削般俊美的面颊。本专题笔者奥利维亚·依拉维吉亚有幸零距离接触这位男神，为各位挖掘其隐藏在光芒万丈表面之下的更深层的秘密……

在超现代主义的衣帽间里，众人还在为数以百计的布里奥尼

（Brioni）、卡拉切尼（Caraceni）、希佛内里（Cifonelli）叹为观止之时，张先生指了指墙上的钛制相框，轻描淡写地问大家："你们知道那是什么吗？"

相框中，文件上的字迹已模糊得不堪辨认，最后的署名却让人大惊失色：亚伯拉罕·林肯！张先生见众人有所察觉，便微笑道："没错，这是《独立宣言》的副本。这样的副本，全世界只有七份，其中一份就在各位眼前。"张先生看上去很自豪："我把它挂在穿衣镜的正对面，每日披上不同的'外皮'之时，它总能提醒我：我到底是谁。"

没错，迈克·张就是这样一位特立独行的男人，不接受任何外界的质疑……就在数年以前，他还是裕廊开发区内数以万计的创业大军中的一员。"没办法，谁让我父亲只是大巴窑里朝九晚五的中产阶级呢？"张先生丝毫不以卑微的出身为耻，他凭借自身的勤奋努力，被圣安德鲁学校录取，毕业后成为新加坡国防部杰出的一员。

"早在入学之初，张就崭露头角，向我们证明了谁是新生中的佼佼者。"曾担任张先生教官的迪克·张少校（无血缘关系）回忆起那段往事，感慨良多，"他的自持、自律已超乎常人；但助他登顶的，还是那极高的天赋和智商。"张先生通过不懈的努力，获得了加州理工学院计算机工程专业的留学奖学金，并在毕业时荣获拉丁文学位（Summa Cum Laude）荣誉。深造归国后，他不忘初心，来到国防部任职。

我们采访了另一位军队高层——纳温·辛哈中校。提及张先生，他扼腕叹息道："迈克·张的工作内容是军方的一级机密，恕我不能透露。但我可以告诉你们的是，迈克·张的工作，切实地推进了我们国防科技实力的进步。他选择离开国防部，对我们来说是一件憾事。"

那么：究竟是什么，让张先生放弃国防部的雄图伟业，甘愿做起早贪黑的创业者呢？

"是爱情！"张先生说出这个词汇时，鹰隼般的星目隐现泪光，"我遇到了命中注定的人，和她结了婚。那时，我就决定要担起自己对家庭的责任。不间歇地到各个军事基地出差、通宵工作，这些已经不再适合我了。而且，为了妻儿，我必须建立一个属于我自己的帝国。"

我们问及张夫人时，张先生似乎有些闪烁其词："她很低调，不喜欢吸引外界的关注……"

在卧室里，我看到了床头上的照片，上面是位惊为天人的少女，便问道："那便是您的妻子吗？"

张先生点头："是的，不过这张照片是很多年以前的了。"

在张先生的默许下，我凑近仔细观察这张照片，发现右下角有一行小字："赠阿斯特丽德，让我至今仍魂牵梦萦的女孩儿，迪克。"我好奇地问道："迪克是谁？"

"不大清楚，好像是一位很有名的摄影师，叫理查德·伯顿。听说前几年去世了……"张先生模棱两可地回答道。

"等一下，"我恍然大悟，"是那位传奇时尚摄影师理查德·阿维顿吗？"

"啊……对，就是这个名字。"

这一段小插曲，让我对这位神秘的张夫人有了兴趣——莫非她曾是纽约的超模？在此之前，媒体口中的阿斯特丽德·张并无显赫的背景，只是又一个幸运的女人——曾经的校花，在嫁对了潜力股之后成了家庭主妇。此前的尖峰晚宴后，有媒体曝出她是哈利·梁与费莉希蒂·梁的独生女。这两个名字，对大部分读者来说或许很陌生，但在某些层次的圈子里，却重若泰山。

为探求真相，我们专程采访了一位致力于研究东南亚豪门望族的专业人士（本人要求匿名）："说起梁氏家族，你们不会在公开的文献上找到他们的蛛丝马迹。这个家族一向谨小慎微，深谙隐世之道。谁又能想到，这样一个'籍籍无名'的海峡华人（Straits Chinese）家族，旗下的产业竟遍布全亚洲。其涉足的产业更是从原材料、农产品，到房地产，而且无一不是垄断地位。阿斯特丽德的祖父 S.W. 梁，被称作'婆罗洲的棕榈油之王'。不夸张地说，他们的财产能买下半个东南亚。如果新加坡是帝制国家，那么毫无疑问，阿斯特丽德就会成为女王候选。"

我们还拜访了某位新加坡传统豪门老夫人，说起这位张夫人，她说道："你要是以为她的背景只有梁氏家族，那可就大错特错了。她的母亲是费莉希蒂·杨。告诉你吧，杨氏家族的子女多与钱氏、尚氏通婚，普通的豪门和他们相比，不过是草芥……Alamak！不行，我已经说得太多了。"

妻子的显赫背景，是否是张氏商业帝国迅速崛起背后的神秘助力？"当然不是！"张先生先气愤地否认，但下一秒又哑然失笑，"不得不承认，我确实高攀了……但是现在，我已经得到了他们家族的认可，原因很简单——我从未向他们寻求过任何帮助。今日的成就，完全是靠自己打拼下来的。"

张先生的成就确实有目共睹。三年前，他那间刚刚起步的软件公司与硅谷某集团建立合作关系后，市值在一夜之间就翻倍至千万美元。那一年，全新加坡都在忙着对安娜贝尔·李的豪华度假山庄品头论足；张先生则默默让公司市值翻番，并成立了属于自己的科技风投公司。

张先生表示："作为企业家，决不能在 33 岁的年纪耽于享乐。我手握千载难逢的良机，不能辜负命运女神的眷顾。在新加坡，潜藏着非常多精妙绝伦的创意。我已经取得了事业上的成功，有责任替亚洲下一代的'谢尔盖·布林'们搭建实现梦想的舞台。"如今，张先生的宏伟蓝图远不只是展翅翱翔，而是有如搭乘火箭登陆月球。他创建的 APP"Gong Simi？"和"Ziak Simi？"改变了当代新加坡人的社交和美食点评方式，他投资的数个项目已获得谷歌、阿里、腾讯等业界巨头的青睐。据赫伦财富统计，张氏商业帝国的市值已突破 10 亿美元大关，谁能想象它那年仅 36 岁的拥有者，在上大学之前，甚至都没有一张属于自己的床铺呢？

　　说到这里，读者朋友们一定对这位俊杰富豪"挥霍"钱财的方式很感兴趣吧？首先，不得不提我们目前所在的这栋位于武吉知马路上的豪宅，你们若开车经过，千万别把它误认成安缦度假酒店（Aman Resort）的新址，此处的奢华远凌驾于安缦之上。如我所见，整栋主宅被倒影池与地中海风格的庭园环绕，而千逾平方米的室内空间，竟险些容纳不下这家主人日益更新的古董与豪车收藏。"你们来早了，我们正在装修另一栋新居，还邀请了伦佐•皮亚诺（Renzo Piano）、让•努维尔（Jean Nouvel）等当代建筑巨匠参与设计，将会给新加坡带来一些与众不同的建筑风格。"

　　采访快要结束时，我们有幸参观了张先生这几年来的收藏。在一楼的藏品间里，我们见识到了国家博物馆都难以匹敌的古董收藏：日本江户时代的武士刀、拿破仑战争中的火炮……当然，还有张先生最引以为傲的保时捷、法拉利、阿斯顿•马丁复古跑车。"我的梦想，是集齐西半球的所有顶级复古跑车。你看，那辆是1963年的法拉利-摩德纳-斯派德。"张先生怜惜地用中指抹掉铬合金车架上的灰尘，"你没认错，这辆车就是《春天不是读书天》（Ferris Bueller's Day Off）里男主角开的那辆。"

　　我们准备离开的时候，张家少爷卡西安从幼儿园放学回来了。孩子很活泼，进门后还一连做了数个侧手翻。张先生哭笑不得地揪起儿子的衣领，一把将他搂在怀里，百般宠溺道："即便能拥有一切，要是少了这个小淘气，那也都是徒然。"

　　卡西安•张，这个活泼好动的孩子过了今年生日就6岁了，他完美地继承了父母在外貌上的优良基因。张先生已决定将他培养成张氏商业帝国的接班人。"在育儿方面，我坚信一句谚语——严师出高徒，棍棒出孝子。对待孩子，只有严加管束，才能激发他们最大的潜能。我的儿子天资聪颖，在我看来，幼儿教育对他而言毫无难度。请恕我直言，我想新加坡的小学教育都未必能让他有所提升。"

如此看来，张先生是打算把刚到学龄的儿子送到国外去接受教育了？"我和他母亲还在商议中，暂时定了苏格兰的高登斯顿校园（Gordonstoun，菲利普、查理亲王的母校）或瑞士的萝实学院（Le Rosey）。只要用钱可以买到，我都会竭尽所能为他提供最优质的教育。我希望能让他和未来的王子公爵、国家首脑同窗学习。"毋庸置疑，张先生已位列此阶。

这份对儿子无私的父爱，让迈克当仁不让地成为新加坡的"年度爸爸"！

阿斯特丽德马不停蹄地赶回家，开门就看见丈夫站在踏脚架上，正在给心爱的尼禄王胸像调节灯光。她怒气冲冲地质问道："迈克！你都做了些什么！"

"宝贝儿，你回来啦。怎么一进门就发火？"

阿斯特丽德把杂志摔在丈夫面前："这采访是怎么回事？"

迈克瞥了眼杂志封面，兴奋地说："哎呀，这么快就出版了！"

"是呀，出版了！你怎么能放任这种三流杂志在这里胡说八道！"

"放任？不不不，是我要求他们这样写的。我一早就在做准备啦！这照片是你去加州出席尼克婚礼的时候拍的。你知道吗？这封面本来是洪秉祥父子的，不过，既然要登我的采访，自然是把他们给换掉了。SPG 的策划安吉丽娜·赵李果然好手段，没辜负我出那么多钱雇她做公关顾问……正文里的照片你看了吗？感觉如何？"

"我觉得如何？我觉得蠢透了——无论是照片，还是文章！"

迈克面带讥讽，说："别嫉妒了，我知道你是在气我们没带上你一起。"

"上帝！你根本不知道自己错在哪里！你读了这篇文章吗？"

"我才刚看到杂志，怎么读？不过你放心吧，我接受采访的时候特别注意了，对你和你那不敢见光的家族只字未提。"

"你根本不用提，你都让那群狗仔登堂入室了！天啊，他们就差没有弄到我们的银行密码。"

"你别这么歇斯底里。你不明白吗？适度的曝光对我和我们家都有好处。"

"你先看文章吧，看完你就知道了。我看你还得考虑怎么向我父亲解释，而不是冲我强词夺理。"

"你父亲，你父亲，动不动就提你父亲……"迈克有些心虚地嘟囔道，继续摆弄着射灯。

阿斯特丽德说："你做好准备吧，他会比你所能想象的更生气。到时别怪我没有提醒过你。"

迈克无可奈何地摇摇头，爬下梯子，失落道："唉，这是我和儿子给你准备的礼物，本以为你会开心……"

"礼物？"阿斯特丽德没跟上丈夫的逻辑。

"拍照时，卡西安很兴奋，他盼着给妈妈一个惊喜。"

"嗯，我确实很吃惊，但喜从何来？"

"说实话，我也很吃惊：你离家差不多一整周了，回来以后首先做的事不是去看看儿子，而是揪着杂志不放。"

阿斯特丽德感到不可思议，说道："你这是打算反咬一口？"

"行动胜过雄辩。儿子就在楼上，彻夜等着母亲的归来；而你，只会在这里对我们的好心大肆批判。"

阿斯特丽德没再多说什么，离开了房间，上楼去了。

3

上海，进贤路

飞机抵达上海数小时后，在半岛酒店休息的瑞秋接到了卡尔顿的电话。

"休息得还好吗？"卡尔顿关切地问。

"还行，但我又得倒时差了……不用担心尼克，他头沾着枕头就呼呼大睡了，真不爽！"

"唔，我想邀你出来吃个晚饭，就我们两个……尼克应该不会介怀吧？"卡尔顿有些难以启齿，似乎怕对方拒绝。

瑞秋干脆地应道："当然不会！更何况，他应该还要再睡上十个小时。"

傍晚，卡尔顿驾车到酒店接瑞秋(这回开的是低调的奔驰 G -Wagen)，两人一同前往进贤路。这条狭长的街道以前是法租界，如今挤满了各种老店铺。

卡尔顿缓缓减速，嘟哝道："这儿就是餐厅了，但停车是问题……"

瑞秋瞥了眼挂着白色窗帘的低调门面，路边挤满了一列豪车。卡尔顿又开了半个街区才找到车位。离用餐时间还早，他们悠闲地步行去餐厅，顺便逛了逛沿途古色古香的小酒吧、古董屋，还有各种奢侈品旗舰店。

两人抵达用餐地点，瑞秋本来满心以为是金碧辉煌的五星级餐厅，可她错了——见方不过百平，席位不过五张，闪烁的日光灯、嘎吱作响的风扇、泛黄的白墙壁，这不就是闹市区里常见的小餐馆吗！？可这市井味儿十足的空间里，食客却都是衣着光鲜的男男女女。

"这里八成是美食家的打卡地吧？"瑞秋判断道，好奇地打量着眼前的食客：一对绅士淑女领着两个小学生模样的孩子挤在桌边用餐，看两个孩子精致的灰白色校服，就知道学费不一般。邻桌是两位身着格子呢战袍的德国嬉皮士，摆弄起筷子来比本地人都要熟练。

一位白衣黑裤的服务生迎了上来，殷勤问道："请问是冯先生吗？"

"不，我姓鲍，预约了 7 点半的位子，两个人。"卡尔顿回答道。

服务生点点头，把两人带到了里屋。一位两手湿漉漉的阿姨招呼道："上楼坐，上楼坐，别客气！"两人登上又窄又陡的木梯，脚下嘎吱作响。走到半中央，有一块直通后厨的小平台，可以看见两个阿姨正在灶台旁噼里啪啦地颠勺，锅里爆出阵阵诱人的油气。

楼梯的顶端是一间小屋，里面有一张床铺，外加一张梳妆台，上面的衣服叠得老高。床前摆着一张小圆桌，还有几张矮凳。角落里的老式彩电接不上信号，嗡嗡作响。瑞秋惊奇道："这明显是人家的卧室吧？我们真要在这里用餐吗？"

卡尔顿神秘地笑道："不满意？我觉得很好呀！这里可是这家餐厅的 VIP 包厢了。"

"你没在开玩笑？那这可是我见过的最了不得的餐厅了！"瑞秋很兴奋，好奇地向窗外张望，只见一条晾衣绳跨过窄窄的街道，直接挂到对面人家的窗台上，一切都是如此地接地气。

卡尔顿见状，笑道："可别小看这栋不起眼的民宅，这里可是美食圈子里认证的最地道的上海家常菜。到这儿来吃饭，就别想着点菜了，他们今天吃什么，我们就吃什么。只有这样，才能确保时令和新鲜。"

"这是对一周巴黎之旅的'补偿'吗？我只能说，太合我意了！"

"别傻站着了，坐吧！你坐床上，那是主位。"卡尔顿催道。

瑞秋舒坦地坐在床垫上。她还是第一次坐在别人的床上吃饭。这特殊的体验让她既兴奋，又新鲜。

片刻后，两位阿姨端来了一道道热腾腾的菜肴。很快，两人面前的富美家板餐桌就被红烧肉、酱鸭、酒酿草头、干烧鲳鱼、腌笃鲜摆得满满当当。

瑞秋笑道："我们怎么消灭得了这么多啊！"

"这些家常菜可不比寻常餐厅，非常开胃的，我还怕这些不够你吃呢！"

"唔，我担心的就是管不住嘴。"

"放心啦——就算吃不下，我们还可以打包，留些给姐夫做夜宵嘛！"

"那他今晚可有口福了。"

瑞秋和卡尔顿随意地碰了碰青岛冰啤，就开始专心"对付"起眼前的美食来，连话都不舍得多说一句。直到喷香多汁的红烧肉见了底，卡尔顿才抬起头，语气诚挚地对瑞秋说："我今晚之所以单独邀你出来，是想正式向你道声对不起。"

瑞秋放下碗筷，莞尔道："不用多说了，你的歉意都在美食里呢！"

"一桌粗茶淡饭而已，远不够弥补我的过错。我这几天不停地反思，一回忆起那晚的冲动，就汗毛倒竖……谢谢你，在危急关头站出来拉住了我。我当时那种状态还摸方向盘，简直和自杀无异。"

"你能明白大家的苦心就好。"

"还有……我得为自己那晚的出言不逊，向你道歉。我之所以言语过激，完全是出于羞愧——没想到你已经知道了伦敦发生的事故。所以，我情不自己地把所有苦闷都发泄在你身上了……我知道，说出口的话已经收不回来了，但是……对不起，对不起……"

瑞秋沉默了一会儿，幽幽地说："我不怨你，相反的，我还得感谢你能坦白呢，否则我到现在还被蒙在鼓里。你的话虽不中听，但也解开了我到中国以来的许多疑惑。"

"我能想象。抱歉，都怪我们。"

"听了你的话以后，我又想了很多，在这种情况下，父亲确实很难做。该道歉的是我，如果不是我，你们一家现在还是和和气气的。我最对不起的就是阿姨……我能理解她此刻心里的矛盾。这种事，换成谁都没办法接受。事到如今，我不奢求她能接纳我，只希望她不要恨我……"

"她没有恨你，她根本不认识你。她只是……我妈过去这一年里承受的压力太大了，先是儿子出车祸命悬一线，紧接着又知道了你的事情，知道了我爸以前的那些事……她以往为人处世很老成的，多烦心的事情都能处理得很妥当，在内在外都帮了我爸很多。同样，她也为我的将来铺平了道路。我出车祸这事对她打击很大，她生怕花在我身上的心血会毁于一旦，才会……"

"她给你规划了前程？莫非，她打算让你像爸爸一样？"

"八九不离十，是的……"

"你呢？你有什么自己的打算吗？"

卡尔顿叹道："我？我不知道，没想法……"

"唔……不着急，你还年轻。"瑞秋安慰道。

"年轻？事实上我一直在挥霍光阴，身边的同龄人早就把我远远甩在后面了。其实，我原本是有些想法的，但那场事故之后，我就不敢有任何奢望了……你23岁的时候在做什么？"

瑞秋尝了口竹笋排骨汤，顷刻间唇齿留香，不由得享受地闭上了眼，几乎忘记思考对方的问题。卡尔顿见状，忍俊不禁道："怎么样？这道汤可是这儿的招牌菜。"

瑞秋赞叹道："舌头都要融化了……你得拉住我，否则我能把一缸子都喝掉了。"

"回答我的问题呗。"

瑞秋羞赧地笑了笑，清清嗓子道："23岁的时候，我在芝加哥念大学，正准备到北欧读研呢……对了，我还在加纳待了半年。"

"加纳……非洲？"卡尔顿吃惊地问。

"是呀，谁让我选了'小额贷款'做毕业课题，非得到那儿去实地考察。"

"那也太酷了！我做梦都想到纳米比亚的骷髅海峡（Skeleton Coast）去看看。"

"你可以跟尼克聊聊，他去过那儿。"

"真的？"卡尔顿很兴奋。

"是呀，尼克当年和他的朋友柯林一起住在英国时，成天就喜欢往这类稀奇古怪的地方跑。别看尼克现在斯斯文文的，他从前可是混世魔王，遇到我之后才安定了下来。"

卡尔顿既羡慕又惆怅："真好，我也想过你们那样丰富的人生。"

"卡尔顿，你可以拥有任何你想要的人生。"

"你要见了我妈，就不会这样想了。你们应该很快就能见面了——我已经和爸谈过了，他必须和我妈摊牌，这种愚蠢的隔阂要再持续下去，对所有人都没有好处。你们见面互相了解以后，她就能卸下对你的警惕……她肯定会喜欢你的，相信我。"

"卡尔顿，谢谢你能这样想。但我和尼克商量过了，我们在考虑是不是要改变旅行计划……没别的意思，我的朋友裴琳打算周四从新加坡飞来见我，她邀我这周末到杭州来一场 SPA 之旅，正好尼克要去北京的国家图书馆搞他的研究。下周，我们就直接返程回美国……"

"下周就要走？你不是准备待到 8 月份的吗？不行，你不能这么快就回去。"卡尔顿激动地抗议道。

"这样对大家都好。我想通了，从一开始我就不该来。我完全没考虑过阿姨的感受，更没给她适应的时间。我现在能做的，只有主动消失了，这样多多少少能抚平我给你家带来的伤痕……真的，你就别固执了。"

"你再让我和他们谈谈。不管怎么说，你走之前总要和老爸道个别吧？我还是想让我妈妈见你一面，她应该见你一面的。"

瑞秋面露难色，斟酌了片刻，妥协道："你要是坚持，我也不好推辞……但事到如今，我也不想再强求什么了，我已经给你们添了太多麻烦了。听着，我们这次来中国玩得很开心，不仅有你的陪伴，还认识了许多好朋友。"

卡尔顿注视着姐姐，泪光隐现，眼神中蕴藏的骨肉亲情无须再言。

4

上海，维多利亚大厦

在上海本地人眼里，真正的"老上海"永远是浦西，浦东再繁华靡丽，也都只是外地。若把上海比作美国，浦西就是当仁不让的纽约，浦东不过是后起之秀的新泽西罢了。不过，对于外地人——来自浙江宁波的杰克·邝而言，就没有所谓的"东西之争"了。作为给浦东建设添砖加瓦的一分子，他打心底里以此为傲。邝家住在江滨-维多利亚大厦顶层 888 平方米的三楼复式豪宅中。这栋摩天楼是邴家旗下的产业，地处浦东江滨 CBD。每次有客人来，杰克都会领他们登上顶楼的空中花园，指着一望无际的都市天际线，自豪地说："你能相信吗？就在几十年前，这里还是莽荒的农田，如今却成了世界的中心。"

现在，杰克·邴正悠闲地半躺在马克·纽森设计的原羚沙发上，品尝着 2005 年的柏图斯，回忆着数年前在凡尔赛宫独自度过的惬意午后……那日，那座路易十四时期的宏伟行宫正在举办中国艺术品的小型展览。镜宫旁的展厅里，杰克在一幅乾隆肖像前挪不开步子。他正沉浸于往日帝王的风采中，一群游客聒噪地拥入展厅。一位身着史蒂芬劳·尼治的大叔挤到杰克身边，指着画中的帝王，兴奋地叫道："快来看，快来看！是成吉思汗！"

杰克避之不及地逃出展厅，生怕被误认作是那位大叔的同伴。他心里鄙视道：呵呵，成吉思汗？这帮人连统治了中国整整六十年的不世明君都不认得，还敢到这里来现眼？他避开喧闹的人群，独自沿着庭院中的运河漫步。望着这条将凡尔赛宫"一刀两断"的水源，杰克不由得心生惆怅：不单我们中国人，就是他们法国人，又有多少能认得一手建造眼前这些神迹的君王呢……思绪回到当下，同理，眺望着自己在江滨之上缔造的"王国"，数百年后，还有多少人在意它的创建者是谁呢？

杰克正在感慨千万，楼梯口处传来了"咯嗒咯嗒"的响动，这声音杰克再熟悉不过了——女儿的高跟鞋。他迅速揪出酒杯里的冰块儿，扔向身边的昙花盆栽——没办法，若是让女儿看见自己吃凉的，免不了又是一通说教。这盏明代陶瓷花盆还是太小了些，其中一粒冰块没扔准，给帝王大理石地面上留下了一抹淡淡的紫色。

柯莱特神色匆匆地闯进书房，劈头便问："出什么事儿了？妈又犯病了？还是奶奶她……"

杰克冷静地打断道："别瞎说！你奶奶健康得很，倒是你妈，又跑去做反射疗法了。"

柯莱特俏脸一寒，不高兴了："那你这么着急把我叫回来干吗？我正陪着几位国际级的名厨用餐呢，全让你给搞砸了！"

杰克皱眉道："你这丫头，一走就是一个星期。回家了又不来见父亲，反而去陪几个厨子吃饭？"

"你知道什么？你来电话的时候，同席的松露商人刚想给我些白芥子松露呢。这下可好，全让埃里克·里佩尔独吞了，亏我还想带回来孝敬你呢！"

杰克冷哼道："孝敬我？你别一次次地让我伤心，我就烧高香了！"

柯莱特毫不畏惧，回击道："我怎么让你伤心了？"

"别装了！你真的什么都不知道？我煞费苦心地帮里奇准备了一场浪漫的求婚礼，你是怎么回报我的！"

"你掺和到那件事里了？好吧，我早该料到的……可不就是你才能想出那种稀烂的点子嘛。"

"这是重点？重点是你的答复！我替你把这世上身价最高的情歌天王都请来了，你就不能像普通女孩儿那样，感动地说句：'我愿意'？"

柯莱特翻了个白眼，说："我很喜欢约翰·传奇，但这和求婚有什么关系。别说约翰·传奇了，就算你把约翰·列侬从墓地里拽出来，让他来唱《你只需要爱》，我的答复还是'不愿意'。"

柯莱特的余光瞄到些动静，转头一看竟是母亲鬼鬼祟祟地藏在门后，便厉声质问："你躲在那儿做什么？你这星期都在家吗？你早就知道爸和里奇的鬼把戏了，不是吗？"

邢夫人无处可躲，只能倚在镶金的门框上，苦口婆心地说："哎呀！女儿，你怎么能让里奇下不来台呢？里奇哪里不好了？我和你爸从三年前——你们刚开始交往的时候起，就认定他是女婿了。"

"交往也不代表我对他有感觉。我和那么多男孩子交往过，也没见你们多想呀！"

邢夫人一反常态，怒斥道："以前你把谈恋爱当儿戏，我们没管你，你也应该玩够了。现在你又到了适婚年龄，我在你这个岁数时，都生你了！"

"这种荒谬的话，你们是怎么能说得出口的！你们要想让我年纪轻轻就相夫教子，又何必费尽心思送我去英国留学？我在摄政大学里的努力算什么？我还有那么多人生目标没实现，凭什么现在就要用婚姻来束缚自己！？"

"你的人生目标和婚姻有什么关系？结了婚，你照样能去追梦。"杰克争辩道。

"爸、妈，现在不是你们那个年代了。别说着不着急结婚了，我还考虑过到底要不要结婚呢！没有男人我照样能活得舒舒坦坦的。"

邴夫人不客气地打断女儿："废话少说。直说了吧，你打算让我们等多久？"

"这我可不好说，十年内大概都不可能吧。"柯莱特说。

"我的天啊！到时你都30多岁了，卵子都衰老了！完了完了，我的外孙不是畸形，就是弱智了！"邴夫人歇斯底里地哀号。

"妈！你知道自己这话有多愚昧吗？亏你三天两头地看医生！别说30岁了，以现在的医学技术，40岁的女性都能生出健康宝宝！"

"看看，这就是你教育出来的好女儿！"邴夫人指着丈夫的鼻子吼道。

杰克从刚才起就一声不吭，坐在一边看母女二人争辩，他苦笑道："关年纪屁事……我们的女儿，是看上鲍家那个浑小子啦！"

柯莱特一时语塞，但也没否认，只是闷声闷气地说："就算我喜欢他，也没打算这么快就结婚。"

杰克皮笑肉不笑："呵呵！有意思了，你凭什么就默认我会认他做女婿？"

柯莱特觉得事态不对，便愤慨道："卡尔顿哪里比那个里奇差了？他是学历低了，还是家境差了？就算你们要看家世背景，杨家也远不能和鲍家相提并论。"

邴夫人鼻孔出着气，嫌弃地说："他家是皇室又能如何？我就是看不惯鲍邵燕那自视甚高的做派，好像她脑子比我多好使似的！"

柯莱特哭笑不得："妈，鲍阿姨的脑子就是比你好使！人家是生物制药学的博士，掌管着市值上百亿的公司，再看看你呢？"

"你，你，你怎么能这样诋毁自己的亲妈！？你知道我当年陪你爸吃了多少苦？他能有今天的成就，全靠我……"

杰克看妻子越说越不像话，高声打断道："别看鲍家在外风光，我仔细研究过了，他们家的资产最多不会超过 20 亿，和杨家根本不在一个档次上。老杨和我算得上是棋逢对手，你没看到外界如何评价我们这对'宿敌'的？你们两个小辈要是能牵手，邝、杨两家势必能占据中国市场的半壁江山，你就不想在青史留名？"

柯莱特语带讥讽："那可真是抱歉了，我可没兴趣做你'称霸世界'的棋子。"

这句话激怒了杰克，他一拳砸在桌子上，呵斥道："你不是我的棋子，你是我引以为傲的掌上明珠！我要让你嫁给这世上最杰出的才俊，过上女王的生活！"

"哼！口口声声为了我，说到底，是这'最杰出的才俊'能让你得到更多好处吧？"

"好，就算卡尔顿比里奇强，我就问你，他愿意娶你吗？还是说他已经向你求婚了？"

"哈！只要我开口，你信不信他马上就能拎着聘礼上门？我说过多少次了，你怎么就不明白——是我没做好嫁人的准备！要是哪天我想嫁人了，我选的人也只会是卡尔顿。我向你保证，他的将来不会比任何人差！鲍家的资产超过杨家，也只是时间问题。你们不了解卡尔顿，更不知道他潜在的从商天赋。只要他愿意沉下心来，就能闯出自己的一片天地，你们就看着吧。"

"我和你妈有生之年能等得到那天？女儿呀，爸爸妈妈上年纪啦，唯一的愿望就是趁身体还健康，能逗逗外孙，看着他茁壮成长，就这么简单！"

308

柯莱特听到这话，心里扑腾一跳，严肃地注视着父母："也就是说，你们这样逼我结婚，只是急着想抱外孙？"

邴夫人以为女儿想通了，赶紧趁热打铁："不然呢？我们奋斗了大半辈子，图的不就是儿孙满堂吗？"

"等等，容我消化一下……现在是 21 世纪，没错吧？"柯莱特苦笑，"那万一我生的都是女孩儿呢？万一……我压根儿就不想要孩子呢？"

"你别扯这些废话！"邴夫人厉声道。

柯莱特满脑子反驳的话呼之欲出，却忽然意识到了一个事实—— 母亲叫"莱娣"，谐音不就是"来弟"吗？重男轻女的观念就像这名字一样，从她出生的那一刻起，便烙在了她的身上，至死都磨灭不了。柯莱特直勾勾地注视着双亲，冷冰冰地说："爸、妈，你们也许一直都是这样过来的，但我不是——过去不是，将来更不可能是。现在是 2013 年，不是 1913 年，我不会为了满足你们儿孙满堂的愿望就生一大堆孩子。"

"不孝女！我们白生你养你了！"邴夫人怒不可遏。

"感谢你们给了我生命。放心，我会把它活得比谁都精彩！"柯莱特留下这句话，摔门而去。

杰克不怒反笑，胜券在握："随她去！我这就冻结了她的账户，看她怎么'活得精彩'。"

5

新加坡，普劳俱乐部

迈克正和公司的首席风险合作伙伴、科技顾问商讨宣讲会的事宜，手机突然嗡嗡震动起来—— 不出所料，果然是来自妻子阿斯特丽德的短信……

梁：我妈打电话来了。他们看了那篇文章，现在气坏了。

张：哼，真是没想到。

梁：我爸让你10点半到普劳俱乐部见他。

张：抱歉，那个时候我在开会。

梁：你迟早要面对的。

张：我知道，但我是真的走不开……总得有人辛苦工作，赚钱养家。

梁：别阴阳怪气的，我只是传个话。

张：那你就帮我也给他传个话——我今早和新加坡金融管理局有重要会议，稍后我的助理会和他的秘书再约时间的。

梁：很好，祝你会议顺利。

片刻后，办公室的专线响起，迈克的私人助理克里斯托汇报道："总裁，您岳父的秘书蔡小姐刚来电话了，说是您岳父要您在半小时内到普劳俱乐部见他，您看……"

迈克翻了个白眼，憋住怒火："我知道了，我会处理的。现在我不想被这些琐事打扰，宣讲会还有半个小时就要开始了，清楚了吗？"他暴躁地放下话筒，转头对合作伙伴强颜欢笑："抱歉，一些家事……刚才说到哪儿了？对，我们要强调这套财务APP的核算速度比彭博（Bloomberg）终端快0.25秒……"

迈克的话还没说完，又让专线铃声给打断了，听筒里的克里斯托欲言又止："总裁，抱歉，我不是有意kachiao[1]的……"

"你是不是听不懂我的话？"迈克冲助理怒吼道。

"刚刚我接到了Gahmen[2]那边打来的电话，说是要把宣讲会推迟……"

---

[1]马来语，意为"打扰"。——作者注

[2]"政府（Government）"的正统新加坡英语发音。——作者注

迈克难以置信："Gahmen？新加坡金融管理局那边？"

"是的……"

"推迟到几点？"

"电话那边只说了推迟，其他什么都没说。"

"去你的！"迈克终于忍不住爆发了。

"还有，您岳父的助理办公室也给您发了条信息，蔡小姐叮嘱我一定要大声念给您听。信息是：请张先生在 10 点之前到普劳俱乐部，切勿再找借口推辞……"

"Kan ni nah!"迈克忍无可忍，一脚踹在办公桌上。

身处普劳俱乐部岛屿主题球场的第三球洞旁，任谁都会有一种穿越史前的错觉，因此这里也被圈内人称作"原始球场"。球场周围环绕着种植于 20 世纪 30 年代的纯天然丛林，起伏不平的山丘上种满了木麻黄和香灰莉，远处则是绿洲一样的贝雅士蓄水池。若非亲眼所见，谁敢相信早已都市化的新加坡还会有这样一片原生态的景致？

今天的哈利·梁上身着白色短袖，下身穿卡其裤，褪色的蓝空军帽 [1] 盖住了他那日渐稀薄的银发，一席普普通通的高尔夫打扮。此时，他正在给球友调整挥杆的姿势，而他的女婿风风火火地出现在了球场入口处……

哈利对球友说："我那'宝贝女婿'终于大驾光临了。他看上去面色不善呀。我们去会会他，走。"说完，便朝着女婿的方向大声说："迈克，这边！怎么黑着脸，心情不好？"

"本来是好心情的，要不是您……"迈克抱怨道，随即便看见岳父身边的球友——商务部长胡立森。胡部长今天没有一贯的西装革履，只穿着简单整洁的斯莱戈（Sligo）蓝色条纹短袖。

胡部长友善地问候道："张先生，又见面了，别来无恙？"

---

[1] 肯特公爵送他的礼物。——作者注

"胡部长，早上好。"迈克硬挤出一个僵硬的笑容，心里嘀咕着：难怪他这么轻易地就推迟了会议，原来他在和金融管理局的顶头上司打高尔夫！

"很抱歉，临时叫你过来，感谢你愿意过来。"哈利礼貌地说，"我不兜圈子了，叫你来是想问问你，那篇愚蠢的杂志专访是怎么回事？"

迈克开口辩解道："爸，对不起。我没想过会变成这样，希望您能明白，我并非有意让您的名字出现在文章里。"

"你误会了，我倒是不介意文章里出现了我的名字。你看，我是人民公仆，谁都可以随便议论我。问题在于，那篇文章里还提到了别的人，那些对这种事情非常敏感的人。比如我的妻子和我的岳母，还有他们那边的家族。我想你是清楚的，我们不该惹怒阿斯特丽德的阿嬷，当然了，还有阿尔弗雷德舅舅。"

胡部长笑道："哈哈，谁都不该惹恼阿尔弗雷德·尚。"

迈克真想一句话顶回去：阿尔弗雷德·尚到底有什么了不起，所有人一提到他就 bo lam pa[1]？但他忍住了，说道："对不起，我真的没想到那个记者会挖那么深，这本该只是一篇歌颂父爱的……"

哈利打断了他："《杂谈》的人自然知道要避开我们的背景，但你找了别家杂志社。告诉我，你到底想要什么？"

"我只是想在尊重阿斯特丽德和您家族的隐私的基础上，提升我公司的形象……"

"你觉得目的达到了吗？我想你应该已经读过那篇文章了。"

迈克干咽了口唾沫，苦涩地说："有些……和我想的不太一样。"

"你也看得出来，不是吗？他们把你写成了一个狂妄自大的小丑。"哈利说。他抽出一根球杆递给球友，说："立森，试试这把本间球杆。"

迈克觉得很气恼，要不是商务部长在场，他一定会和眼前这位老古板争论一番。胡部长轻轻推杆，球顺滑地滚进洞里。迈克强颜欢笑道："部

---

[1]闽南语，即"懦夫"。——作者注

长好球技！"

胡部长满意地笑道："张先生玩高尔夫吗？"

"闲暇时会玩一下。"迈克谦虚地表示。

胡部长看了眼去取新球的哈利，笑道："老梁呀，你真有福分，能找到爱打高尔夫的女婿。不像我家那些小字辈，业余生活精彩得很，根本不愿意陪我打球。"

迈克趁机推荐道："我都在圣淘沙的高尔夫俱乐部玩儿，你们也可以来试试！一边打球，一边欣赏海景，很享受的。"

哈利挥舞球杆的手停了下来，说道："你知道，我从来没去过那里打高尔夫，我也没打算要去那家岛上俱乐部。在我看来，这世上真正能打球的地方只有三个：圣·安德鲁俱乐部、佩布尔·比奇（Pebble Beach）球场，然后就是这里。其他那些所谓的高尔夫俱乐部，不过都是些附庸风雅之辈罢了。"

"英雄所见略同呀，哈利！"部长深以为然，"你以前不是周五下班后就搭协和（Concorde）飞去伦敦，再穿越整个爱丁堡，千里迢迢只为在圣·安德鲁俱乐部打上一把高尔夫吗？"

"哈哈，有过，有过！这样激情的日子一去不复返啦，我现在处于半退休状态，只要愿意，到佩布尔·比奇球场待个一周都不成问题。"

迈克心里憋着火，他可没心情倾听两位老人家感怀青春。哈利察觉到了女婿的不耐，注视着他的眼睛："该说的我都说完了。现在我需要你做一件事：亲自去向你的岳母道歉。"

"您就是不说，我也会这样做的。如果您觉得需要的话，我还可以让杂志社公示一份道歉声明。"

哈利轻描淡写地说："没必要那样做。我已经买下了同期的印刷刊物，但凡有问题的杂志都已经销毁了。"

迈克震惊不已，倒是胡部长哑然失笑："哈哈！《尖峰》的读者一定奇怪这个月的杂志去哪儿了。"

"我不久留你了，迈克，我知道你很忙。11点半的时候，我妻子会去 Dor La Mode 沙龙打理头发，你最好抓紧时间到那边去，赶在她出门前见到她。"

"我这就出发。"迈克巴不得对方给自己下逐客令，但该说的话还是得说，"最后向您道一句对不起。我所做的一切，即便有失体统，初衷也是为了阿斯特丽德和卡西安着想，希望您能理解。要知道，一篇报道我成功的文章，能让我的声誉……"

这些多余的话点燃了哈利的怒火，他突然面色一沉，厉声呵斥道："你成功与否，和我没有任何关系。更何况，你不过是卖了几家公司，赚了些钱，就把自己当成功人士了？你不想想这都是谁给你的？你不过是捡了现成罢了。你记好，我只关心你能不能保护好我的女儿，保护好她的隐私。另外，你应该照顾好我的外孙。而现在，这两件事你都失败了。"

迈克涨红了脸，注视着岳父的双眼能喷出火来，满腹的羞愤已到了临界点。然而对方却不给他发泄的机会：六名黑衣黑裤的保镖突然现身，收拾了球具，哈利瞬间换了张脸，转头对球友笑道："走，我们去四号洞打几杆。"

奥斯顿·马丁 DB5 抵达亚当路，迈克羞愤难平地一拳砸在方向盘上：这老不死的，竟敢在商务部长面前那样羞辱我！说我是狂妄的小丑？看看他自己当年有多狂，短短的周末还要赶去佩布尔·比奇球场打球！说我"捡现成"？他口袋里的那些脏钱，哪一分是自己赚的！？我这么拼命地工作，他凭什么这样说我？

想到这里，迈克忽然背脊一凉，脑子里掠过一个可怕的猜想。岳母所在的纳西姆路就在前方不远了，但他猛地踩了一脚刹车，掉头驶回了公司。

迈克砰地推开办公室门，直奔档案柜，把正在上网查马尔代夫廉价机票的克里斯托吓了一跳。

"我转让第一家公司Cloud Nine Solutions的相关资料在哪儿？"迈克焦急地问道。

"Acherley[1]，我想那些旧资料应该在四十三楼的档案室里。"

"来帮我一起找，我现在就要，很着急！"

两人急匆匆地跑到档案室——迈克以前没有来过这里，他一头扎进堆积如山的文件里："我得找到2010年的原始合同！"

"哇！这里有这么多文件，可得找吐血了……"克里斯托嘴上发着牢骚，手却没停歇。

两人折腾了将近个半小时，终于找到了一摞橙色的文件盒，迈克兴奋地喊道："找到了，就是这些！"

"Heng[2]，还真让我们找到了！"克里斯托欢呼。

"克里斯托，去忙你的吧，我自己查就行。"迈克打发走助理，开始独自一本本地翻阅资料。很快，他就找到了目标。这是一份股权转让协议，乙方是加州山景城的漫步科技有限公司。略过各种无关紧要的股东名称，迈克把视线放到了某个公司名上。这是一家总部位于毛里求斯的汽车收购控股集团，它的名称让迈克的手不由自主地颤抖了起来——佩布尔·比奇控股集团——他还从未感受过如此的屈辱和自卑。

岳父方才那番锥心刺骨的话，在迈克脑海中无休止地回想着："你不想想这都是谁给你的？""你不想想这都是谁给你的？"

6

上海，御宝轩

卡尔顿把柯莱特带到私人包厢，嬉皮笑脸地跟父母打招呼："我把柯莱特也带来了，你们应该不会介意吧？"

---

[1]"其实（actually）"的正统新加坡英语发音。——作者注

[2]闽南语，即"走运"。——作者注

鲍氏夫妇听闻了巴黎的闹剧，立刻"召见"儿子前来问罪，却没想到闹剧的女主角也会露面，她那如影随形的助理罗克珊手里更是提着大包小包的礼品盒……

"怎么会介意呢……柯莱特，前些天劳你款待了。"柯莱特是客人，鲍高良不得不强颜欢笑，同时略带愠色地瞥了眼儿子发紫的眼眶：巴黎的传闻看来是真的？这臭小子真和杨家公子动拳脚了？

邵燕可没丈夫那般定性，飞奔到儿子面前，小心翼翼地捧着他的脸检查，心疼地埋怨道："看看你，看看你！就像是一只丰唇手术失败的浣熊！老天爷，全身修复手术才过去几个月呀，你怎么这样折腾自己！"

"好啦，妈！我这不活蹦乱跳的吗？"卡尔顿不想让柯莱特认为自己是妈宝，连忙甩开母亲的手，语气不免也有些粗暴。

柯莱特忙打圆场，指了指罗克珊手中的礼品："鲍伯母，听卡尔顿说您爱吃艾克斯的果脯，我们特意从巴黎给您带了些回来。"

"哎呀！柯莱特，早知道你要来，阿姨就会选一家更像样的餐厅了。我们也是临时决定家庭聚餐的，还请你多多理解。"邵燕把"家庭"二字念得特别重，就是要女孩儿识相一些，知道自己是外人。

"真巧，我们家也喜欢在这儿家庭聚餐！这里的菜单我熟悉得很！"柯莱特欢呼雀跃道，仿佛浑然未觉这剑拔弩张的氛围，不知是不是装的。

邵燕佯装热情："哎呀！那可一定要让你点菜了——点些自己爱吃的，别客气。"

"那我就不和叔叔阿姨客气啦？我们就来些简单的。"柯莱特转头，熟门熟路地吩咐侍应生："唔……先来份干葱蟹角炒虾球，然后是 XO 酱炒萝卜糕和蜜汁叉烧，汤就要京式鸡煲翅吧。烤乳猪越肥越好，再来道红焖越南笋壳鱼、白灼香港芥，自然还少不了星洲炒米粉啦！至于餐后小食嘛，就要椰皇燕窝了！"

罗克珊凑到侍应生耳边："提醒厨师，这是邝家小姐要的，就说她要老规矩：椰皇燕窝里加九滴意大利苦杏酒（Amaretto di Saronno），还要撒一勺 24K 金箔。"

在场的两位长辈默默地交换了个眼神：这柯莱特·邴真有些太喧宾夺主了。邵燕恶狠狠地瞪了儿子一眼，冷笑道："怪不得我们家的理财顾问上周提醒我，说你的账户有异常消费记录呢，看来你和柯莱特在巴黎玩儿得挺逍遥呀？"

"是很开心。"柯莱特违心地说。

"是呀，很开心。"卡尔顿有些心虚，不敢大声。

"这么说，和里奇·杨的赛车决斗也很开心咯？"邵燕语带讥讽道。

"这话从何说起？我哪和他比赛了？"卡尔顿小心翼翼地给自己辩解。

"没错，你是没比成，但你敢说自己不想比？"

"妈，没比就是没比，说那么多干吗？"卡尔顿不耐烦地反驳道。

高良沉沉地叹了口气，恨铁不成钢地劝道："儿子呀，不管你有没有比成，真正让我们寒心的，是你根本没吃到上回的教训，处事还是这样冲动，甚至比以前更严重了，我真不敢相信，你竟会愚蠢到陪里奇·杨下了1000万美元的赌注！"

柯莱特看不过眼了，给卡尔顿辩护道："伯父、伯母，本来是轮不到我来说话的，但我还是得说，无论是比赛还是赌注，都是里奇·杨先挑起来的。那起事故以后，卡尔顿可以说是受尽了里奇的冷嘲热讽。我知道，他纯粹是想在我面前逞强。如果巴黎发生的闹剧真的要怪谁的话，你们就怪我好了。至于卡尔顿，你们应该为他做了正确的决定感到骄傲才对。你们能想象里奇赢下那场比赛的后果吗？输掉1000万美元？不，这钱对你们来说只是九牛一毛；他输掉的，是你们鲍家的颜面！"

柯莱特这一席话说得理直气壮，在场的长辈都被镇住了。很不凑巧，柯莱特的手机突然嗡嗡作响，她瞥了眼屏幕，促狭地笑道："说曹操，曹操到，是里奇打来的。看看，他根本贼心不死，每隔一小时就要给我打一通电话。要不我开公放，让他来当面对质？他的供词能证明一切。"

长辈们可不想跟着年轻人胡闹，赶忙摇头。柯莱特嘿嘿一笑："那我就拒接了！"说完，随手把手机扔在隔壁的座位上。

服务员陆续上菜，老少四人在尴尬的气氛中默默地进食，直到服务生吆喝着端上一盘烤乳猪，卡尔顿才下定决心："爸、妈，我不想把责任推给别人，要怪就怪我自己，蠢到和里奇胡闹。我当时都走到悬崖边上了，还好瑞秋把我拽了回来。"

听到这个名字，邵燕面色一沉，但卡尔顿不给母亲发作的机会，继续道："瑞秋知道伦敦发生的事了，她完全能理解我，竭尽全力地说服我。毫不夸张地说，她是我的救命恩人。没她的坚持，我们或许就无法像今天这样见面了……"

邵燕拼命抑制住情绪，强作镇定："这么说，她知道一切了？"她的潜台词很显然：她知道有人丧命了？

"是的，一切。"卡尔顿毫无畏惧地直视着母亲。

邵燕没说话，但绝望的眼神却仿佛在嘶吼——愚蠢、愚蠢、愚蠢、愚蠢！

卡尔顿读懂了母亲的眼神，争辩道："我相信瑞秋！妈，不管你接受与否，瑞秋她就是我们的家人，这个事实不会变。她正在杭州陪新加坡的朋友，我就不说什么了。等她回到上海，我希望你不要再逃避了，和她面对面地谈谈，好吗？这样的僵局是你想看到的？我保证，你只要对她稍作了解，就会像我和父亲一样，欣然接纳她的。"

邵燕低头注视着还未动筷的香脆猪皮，无言以对。卡尔顿趁势添柴火道："你要是不信，可以问柯莱特！她最懂……柯莱特，你说说，巴黎之行短短几天，你那帮朋友——斯蒂芬妮·史、阿黛尔·邓，还有蒂凡尼·叶——是不是全被瑞秋虏获了？"

柯莱特点点头："可不是吗？才几天呀，她们就像相识多年的好朋友了。鲍伯母，瑞秋真的不是你想象得那样糟糕，她虽然在美国长大，但思维观念却恰到好处。说实话，只要她愿意把她那手提包换了，不假时日一定会成为上流圈子里的宠儿的。伯母，你的爱马仕有那么多，只要捐出一个，就能换回一个完美的女儿！"

邵燕仍板着一张脸，高良有意转移话题，对儿子说："瑞秋救了你，我们自然会重谢她，不过这也不能把你的荒唐行径一笔带过：挥霍钱财、打架斗殴、非法车赛，考虑到种种恶行，我只能判断你尚不具备……"

卡尔顿哐啷一声站了起来，烦躁地说："要道歉我也道歉了，总是让你们寒心，我也觉得很对不起你们。但我不想继续坐在这儿接受你们的'审讯'了，尤其是现在你们根本不愿意反省自己的问题。柯莱特，我们走！"

柯莱特不太情愿："这就走？我的燕窝还没上呢……"

卡尔顿翻了个白眼，一言不发地摔门而去。柯莱特委屈地噘着嘴，郁闷地说："我觉得我最好还是跟上去……伯父伯母，今晚这顿我买单。"

高良苦笑道："你的心意我们领了，但无论如何也没有让你请客的道理。"

"不不，菜都是我点的，当然要我来付钱。"柯莱特据理力争，给罗克珊使了个眼色，后者郑重地取出信用卡，递给侍应生。

"这可不行，我们来付！"邵燕立刻起身，抢先把信用卡塞给侍应生。

"鲍伯母，您这就太见外了！"柯莱特高声道，一把从可怜兮兮的侍应生手中夺过了邵燕的信用卡。

高良无语："哎呀！结个账而已，你们争什么？"

"是呀，伯母，你就别和我这个小辈争啦！"柯莱特露出获胜的笑容。

片刻之后，侍应生带着柯莱特的信用卡回来了，他羞怯地瞥了柯莱特一眼，在罗克珊耳边低语了几句。只见罗克珊不屑一顾地说："不可能，你去再刷一次！"

"女士，我们重新刷过好几次了，都不行……"侍应生怯怯的，"您这张卡会不会是超出限额了？"

罗克珊忙不迭地把侍应生拽出包厢，怒吼道："混账话！知道你手上拿的是什么卡吗？这是 P.J.惠特尼铂金卡，全世界的持卡者不过百人，是没有限额的！只要愿意，刷一辆飞机都不在话下！给我再去刷一次！"

柯莱特听到外面的动静，跟了出来："怎么回事？"

罗克珊恼火地摇头道："这个侍应生说卡刷不了……"

柯莱特哑然失笑："怎么会刷不了？卡也会使小性子？"

"你没经历过，不知道……通常来说，信用卡都会有一个叫'限额'的东西，一旦超过了这个'限额'，就没法继续刷了。"

很快，侍应生领班现身了，身后还跟着上穿范哲思、下穿简格思（Jeggings）黑色牛仔裤的餐厅经理。经理礼貌地说道："邝小姐，我们尝试过各种办法了，但仍然是支付失败……请问您有其他可用的卡吗？"

柯莱特困惑地看了罗克珊一眼，她还是第一次遇到这种情况："我们还有别的卡吗？"

罗克珊无奈，递给经理一张黑卡："这样吧，先用我的卡垫付。"

柯莱特二人离开包厢去结账，鲍家夫妇沉默了一会儿，还是邵燕先开口："你看上去好像挺开心？"

高良皱眉："你这话是什么意思？"

邵燕冷笑道："还能是什么意思？私生女立功了，你觉得万事大吉了。"

"随你怎么想……"高良苦笑。

邵燕凌厉的眼神仿佛能把高良刺穿，她尽量放缓语气："我怎么想的不重要。重要的是，全中国的上流圈子，现在都知道堂堂鲍高良在外养了个私生女；重要的是，我们鲍家现在成了全社会的笑柄。至于你的前程，很遗憾，我只能说到此为止了。卡尔顿又是那个样子，呵呵，你也看见了……我们鲍家再也无法翻身了。"

高良疲惫地叹了口气："我现在只担心儿子的心理状况，而不是什么前途。你说，我们一直以来对他的教育到底是哪里出了偏差？到底是怎样缺失的教育，才会让孩子能荒唐到给一场车赛投1000万美金赌注的地步？这真是我们呕心沥血培养出来的下一代？"

"你还能怎样，把他逐出家门？"邵燕皮笑肉不笑地问。

高良嘀咕道："我不会那样糊涂。但我至少可以拿继承权威胁他。

若是知道自己随时可能没了'赌资'，他或许会收敛一些。"

邵燕瞬间就察觉到丈夫话语中的弦外之音，警觉地问："你想做什么？！"

"放心，我不会把事情做绝的。发生了这么多事情，我算是看明白了，把一切都交给卡尔顿是行不通的。他会毁了我们奋斗半生打拼下来的事业。尤其是你，你从我父亲那里接过凋敝的医药公司，费尽心血地把它发展成如今这个医药帝国，真的放心让现在的卡尔顿掌舵？我觉得，有必要让瑞秋帮衬着承担些责任，她是金融人才，公司有她把关，总不至于落魄。"

邵燕正要发作，赶巧罗克珊推开门，见到剑拔弩张的二人，礼貌地问："二位还没走吗？抱歉打搅了，柯莱特忘拿手机了。"

高良看见座位上的手机，拿起来递给罗克珊，便再次关上了门。邵燕这才怒斥道："你要把私生女安排进公司？你有没有考虑过卡尔顿的感受？"

"卡尔顿他不会在乎的，你还不了解自己的儿子？他对那些正事儿根本不感兴趣，而且他……"

"他刚康复，还是个病人！"

高良愤怒地摇摇头："和事故没关系！你扪心自问，卡尔顿这几年除了闯祸，干过几件正经事？你呢？你就会给他收拾残局。他胡闹，差点儿在伦敦送了性命，你还不准我骂他，说会影响他的康复，我认了；他回国后成天不务正业，和柯莱特·邴鬼混，我也睁一只眼闭一只眼……这回，他竟然鲁莽到要重蹈覆辙，而你还在维护他。"

"我没有！我只是……能理解他内心的痛苦！"邵燕争辩道。要是让丈夫知道了伦敦的实情……不行，不能让他知道！

"他有什么内心痛苦？依我看，你的骄纵会毁了他，这才是最大的痛苦。"

这句话真是致命一击，邵燕怒极反笑："按你的说法，我才是罪魁祸首喽？你真是被那个野女人蒙了眼，看不到自己的过错了。是你把私生女带回国，才彻底摧毁了我们家的和谐。要我说，儿子的异常举动，完全就是那个女人造成的！"

"荒谬！你没听卡尔顿刚才是怎么说的吗？是瑞秋教会了他生命的可贵！"

"你这个做父亲的从来没有关心过儿子的死活，你让他如何能重视生命？从他出生起，你就不像我那样关心他、爱他。我现在算是明白了，你从一开始，就没忘记那个野女人——卡瑞·朱，更没忘记你失散多年的宝贝女儿！"

"别无理取闹了。你明明知道，我一直不知道卡瑞还活着，更别说知道有这个女儿了。"

"所以，你就父爱泛滥了？你就愚蠢到要将家族的未来托付给认识不过一个月的女孩儿了？我呕心沥血地扶持你家这破公司小半辈子，你却……要把它送给私生女？这就是你给我的回报？"邵燕越说越激动，一时难以自控，抄起桌上的茶壶往玻璃墙上砸去。

高良注视着满地的陶瓷碎片和玻璃墙上的红色茶渍，冷静了下来，漠然地说："你疯了，我不和你理论。"他留下这句话，转头就开门走了。

邵燕朝丈夫的背影咆哮道："我疯？那也是你鲍高良把我给逼疯的！"

7

杭州，西湖

清晨的第一缕晨雾如一抹薄纱笼罩在波澜不惊的西子湖上，耳边回荡着木桨拍打湖面的水花声。一艘古旧的小木舟，载着船家、瑞秋和裴琳三人，缓缓地驶进了一条尚未开发的原始水道。

传统的中式木舟之上，瑞秋畅快地舒张着四肢，吸入沁人心脾的空气，赞叹道："裴琳，怪不得你天没亮就要叫我起床呢，这儿简直超乎我的想象！"

"对吧，黎明时分的西湖是最美的。"裴琳得意地说。她远眺着水天相接处那富有诗意的山峦，甚至能辨认出山顶那若隐若现的古庙。此情此景，确实美得找不到言语来形容，怪不得中国的诗人和艺术家总是钟情此地。

木舟从一座古朴的石桥下划过，瑞秋好奇地问船家："师傅，这些石桥有年头了吧？您知道是什么年代建的吗？"

"这还真不清楚……什么时候建的都不奇怪，杭州在中国五千年的历史里，一直都是各代统治者的'心头肉'。早在元朝，马可波罗就称这里是'天堂之城'了。"

"这倒是真的。"瑞秋浅啜了一口船家特意准备的上等龙井。木舟游进了一片千姿百态的野生莲花丛中。凑巧得很，一只灵巧的翠鸟落在一朵莲花之上，紧紧地盯着水面下的鱼儿，伺机待发。

两个女孩子对此啧啧称奇，瑞秋惆怅地感叹道："早知道就该把尼克也拉来了，他一定会爱死这儿的！"

裴琳调侃道："这就犯相思病了？过两天不就能见面了，真是的。怎么样，对杭州有何感想？"

"相见恨晚！说实话，来之前你和我说这里是中国的科莫湖（Lake Como），我还以为你想为了把我拐来，故意吹牛皮呢！但昨天你带我参观了茶园，还在山顶的寺庙上用了斋饭，我才知道自己真的错怪你了。"

裴琳开玩笑道："想象一下，要是让乔治·克鲁尼（George Clooney）往那棵柳树下一站，那场景……啧啧，我的心都要融化了！"

木舟返程，停泊在杭州四季酒店前古色古香的船坞里，女孩儿们依依不舍地踏上岸，仍对这趟幽静安逸的湖上之旅意犹未尽。裴琳兴致盎然地说："别闲着，SPA预约的时间就要到了。做好心理准备，那地方会刷新你对SPA疗养地的认知的！"两人悠闲地漫步于林中小道，道路的尽头是一栋优雅的白墙青瓦建筑。

"你想最先做哪种疗法？"裴琳好奇地问道。

"莲珏推拿，我觉得这个疗法比较适合早上。"

"那是什么？具体怎么弄？"

"他们会往你身上洒满莲花籽和翡翠玉磨成的粉末，然后使劲儿拿毛巾揉搓……你呢？你选择了什么疗法？"

"我最喜欢后宫花香浴。听说以前的后宫妃嫔每晚就是这样沐浴的。具体说来，就是先在飘着橙花和栀子花的浴桶里洗净身子，然后是轻缓地按摩全身穴道；她们会往你身上洒满珍珠和杏仁粉，再用雪白的陶瓷黏土把人包裹起来；最后会送你到私人桑拿房里睡一会儿。不夸张地说，从桑拿房里走出来的那一刻，全身肌肤都仿佛年轻了五岁。"

"这么神奇？那我今晚可得好好地体验一番。不对，我已经预约了今晚的皇家鱼子酱面部护理了。该死，时间有限，都体验不过来了。"

"等一下，我要没记错的话，大学时你连修脚都不去，怎么突然就成了 SPA 的'俘虏'了？"

瑞秋调侃道："这些日子和那些千金小姐朝夕相处，被传染了享乐主义呗！"

数小时奢侈的享受后，瑞秋和裴琳在餐厅汇合就餐。包厢在一栋宝塔风格的建筑中，开窗就能俯视恬静的湖面。精美的胡桃木餐桌上，悬挂着一盏楼兰风格的琉璃吊灯。

瑞秋调侃道："真不应该来这儿，这下好了，回美国以后肯定看什么都不顺眼。谁能想到短短十年，中国的变化这么大？还记得十年前我在成都教书的时候，住在所谓的'高级'公寓里，也只不过每层一间公用厕所而已，他们还说我贪图享受……"

裴琳自豪地说："哈哈！你真得故地重游去看看！如今的成都可是中国的硅谷，全世界五分之一的电脑都是那儿生产的！"

瑞秋由衷地赞叹道："金融学完全解释不通嘛！不过几年时间，中国到底是怎么实现这种井喷式的经济发展的？作为金融界人士，我本以为这是昙花一现，但周边的种种事实，真是推翻了我的认知！还记得前些天在上海，我和尼克想从新天地打车回酒店，竟拦不下一辆亮空车牌的计程车！身旁一个澳大利亚女孩儿看不过眼了，问我们：你们没打车APP吗？我们一头雾水：那是什么？结果你猜怎么着……在中国，高峰期打车得用APP竞标，竞价最高者才有车可乘……"

裴琳笑道："哈哈哈！市场经济，市场经济！"

她们谈笑正欢，服务生进来，郑重其事地端上了第一道佳肴。这是一碟散发着珍珠般光泽的虾仁。

裴琳介绍道："这是杭州名菜蒜炒鲜虾，你在别处找不到这么新鲜的活虾。当初我们约好在杭州见面时，我就想着一定要吃这道菜。"她说着，还不忘往瑞秋碟子上盛了满满一勺。

瑞秋试尝了一粒晶莹剔透的虾仁，睁大眼睛赞叹道："好吃！又鲜又嫩的。"

"怎么样，地道吧？"

"从巴黎回中国后，我就没吃过这样新鲜的海鲜了。"

"我就常说，这世上只有法国的海鲜料理能和中国匹敌。你们这次去巴黎，应该大饱口福了吧？"

"我和尼克是吃了个够，但柯莱特和她的朋友们显然心思不在美食上。还记得每当尼曼（Neiman Marcus）邀你参加箱包展时，我都会谴责你不理性的消费吗？好吧，事实证明，是我错怪你了……你仅仅是不理性，而柯莱特她们在巴黎简直是疯狂消费！她们不分昼夜地'洗劫'各大商铺，我们身后就跟了三辆路虎——没别的，就是用来放成堆的购物袋的！"

裴琳见怪不怪地笑了笑："少见多怪了吧？这帮PRC[1]富豪们也经常到新加坡'扫荡'的。你懂得，对他们而言，在海外疯狂购物不仅是

[1] 年轻一代的新加坡人喜欢称呼中国人为"PRC（People's Republic of China 略称）"，老一辈就直呼"中国内地人"。——作者注

事业成功的象征，更是对艰苦过往的一种变相补偿。"

"我完全不能理解……我出身并不困苦，夫家更是显赫，但一提到消费，心里还是有一条默认的底线，绝对不敢逾越。举例说吧，每当我给一件价格高昂的定制服装买单时，脑海里总会浮现出急需疫苗治疗荨麻疹的孩子，以及正在遭受旱灾的村镇……你能理解吗？就是这种罪恶感。"

裴琳给了瑞秋一个别有意味的眼神，不以为然道："这两者有联系吗？你穿件 200 美元的瑞格 & 布恩（Rag & Bone）在贫民窟的难民跟前，就是骄奢淫逸了？真正买定制服装的人一句话就能把你堵得哑口无言。他们一件衣服，或许要十二名裁缝耗时三个月赶制而成，这无形中就养活了十二个家庭。再比方说吧，我在德国看上了一处宫殿的巴洛克壁画，想把自己卧室的天花板也装饰成那个样子。这项工程大概耗费了 50 万美元，由两名捷克籍画家完成，总耗时三个月。之后，其中的一名画家因此有了财力在他们的首都布拉格购置、装修一套房产，另一名则有能力把孩子送去宾夕法尼亚州立大学留学。消费的方式有千百种，说到底，我们只不过是选择了其中的一种罢了。你想想，这要放在二十年前，这些奢侈的千金小姐哪有那么多选择？褐色中山装还是灰色中山装？"

瑞秋笑了："好啦！我知道你的意思了，但这没法改变我的消费观。别在享受美食的时候谈论这种俗气的话题啦，搞得我都没办法直视这道炖肉丸子了——它们的色泽看上去就像一摞中山装。"

午餐过后，瑞秋和裴琳计划在这片度假山庄四处逛逛。此处占地达7 万平方米，结构设计完全模仿颐和园。她们漫步在幽静的林间小道上，鼻间是沁人心脾的樱花香，眼中是清澈明亮的池塘。如此怡人的美景之下，瑞秋却觉得胃部在微微地抽搐。两人经过一片遍地景观石的花园，瑞秋终于忍不住了，找了张长凳坐下休息。

"怎么了，身子不舒服吗？"裴琳这才察觉到好友面色异常。

"这儿有些太潮了，我得赶紧回房间休息一下。"瑞秋皱眉道。

"或许你还没有适应吧，和新加坡比起来，这里的气候简直是天堂。

别急着回房，要不要到湖边放松放松？"裴琳建议道。

"不了，我只想躺一会儿。"

"好吧，我送你回去。"

瑞秋急忙拒绝，说："不用，我还没那么虚弱。你逛你的，我自己回去。"

"你确定没问题？好吧，你先回去休息，我们 4 点在露台汇合喝下午茶？"

"嗯，说定了。"

两人分道扬镳后，裴琳继续在庭院里逛了一会儿，在一处隐蔽的岩洞里发现了一尊石佛。她上了炷香，给家人朋友祈了福，便打算回房换比基尼去游泳。

裴琳刚推开房门，就注意到电话留言的提醒灯在闪烁。她按下播放键，正打算去换衣服，没想到电话里传来瑞秋虚弱的喘息声："唔……裴琳，你要是回来了，能到我房里来一趟吗？"

裴琳丢下衣服，抓起话筒……糟糕，这已经是好友的第三通"求救"了。她来不及换衣服，便直奔瑞秋的房间，可任她在门外喊破嗓子，里面就是没人回应。碰巧，一名侍应生路过，裴琳拦住他，问道："你能帮我把这间房的房门打开吗？我朋友可能出事了！"

过了一会儿，大堂经理匆匆赶到，身后跟着数名安保人员："女士，请问您遇到什么麻烦了吗？"

裴琳急出了汗："我朋友刚才身体不舒服，就回房间休息了，还给我发了三通求助留言，现在敲门没人应，我怕里面出事了！"

经理猜测道："唔，或许……这位女士只是睡着了呢？"

裴琳歇斯底里地吼道："对！还或许，她只是昏死了呢？！别浪费时间了，快把门打开！"

经理拿出备用钥匙开了门，床铺和阳台上都没看见瑞秋。裴琳赶忙闯进浴室，眼前的一幕让她汗毛倒竖——瑞秋在浴缸里仰躺着，浑身浸泡在墨绿色的液体之中。

8

北京，国家图书馆
下午 3 点 54 分

千里之外的国家图书馆外文阅览室内，尼克正埋头捧着一本泛黄的传记，细细钻研沙逊家族的历史。读到耐人寻味处，手机铃声突然响起。他往书里塞了张书签，走到走廊上接听了电话。

话筒里传出了裴琳的哭腔："尼克，你终于接电话了！我真不知该怎么向你开口……我现在和瑞秋在医院的急救中心里……瑞秋她，她突然在酒店的房间里昏倒了。"

尼克背脊一凉，震惊道："什么？怎么无缘无故就昏倒了？发生什么事？"

"我，我不知道……她现在还昏迷不醒呢。医生说她的白细胞指数跌破谷底，血压却直逼极限值。他们给瑞秋进行了镁注射，才勉强稳定住状况……医生怀疑这是严重的食物中毒。"

尼克说："我会坐下一趟航班去杭州。"

下午 4 点 25 分

尼克刚驱车抵达首都机场，裴琳又来电了……

"裴琳，我最快也只能坐 4 点 55 分的航班。"尼克一边关注着航班信息，一边对着电话说。

"尼克，我没想催你，但瑞秋的状况更糟了。医生说她没恢复意识，肾脏也停止工作了。他们用尽方法排查，还是没查出病因来……

我不太相信这里的医疗水平，我们现在要不要把瑞秋转移到香港的医院？"

"我相信你的判断。你要是觉得有必要，那就这样做。要我租一架飞机吗？"

"不用，别担心，我已经安排好了。"

"裴琳，幸好有你陪在瑞秋身边。"尼克感激地说。

"别说这些了，你直接坐飞机来香港吧！"

"好，我会联系马尔克姆姑父，他是香港的心脏外科专家，会照应我们的。"

傍晚 6 点 48 分

裴琳的湾流 V 在赤腊角国际机场着陆，一架医用直升机已在停机坪上等候多时。裴琳正想随瑞秋一同上直升机，一位上身鲁比纳奇（Rubinacci）蓝色夹克、下身黄色牛仔的年轻男人迎上前来，在螺旋桨的嗡鸣里扯着嗓子喊道："幸会！我是尼克的表哥艾迪森·郑，直升机上没有多余的位置了，您坐我的宾利吧。"

裴琳看对方不似坏人，便乖乖上了车。在前往医院的路上，艾迪说明状况："我父亲正在休斯敦参加德贝基医学基金颁奖大会，但你放心，他已经和玛丽医院打过招呼了。那里的急救中心是亚洲顶尖水平，全港一流的肾脏专家都在那里待命。"

"我替瑞秋感谢您。"裴琳感激地说。

"还有，明家庆的大名想必您听说过吧？他的儿子里奥·明是我的挚友。明先生亲自打了电话给医院的高层……噢，差点儿忘了说，玛丽医院的急救中心大楼就是这位明先生捐赠的。所以，医院一定会以 VVIP 的规格礼待瑞秋的。"

裴琳越听越觉得不对劲儿：老天，瑞秋现在需要的又不是超贵宾礼遇！裴琳忍住不适："只要能把瑞秋治好，这些其实都无所谓。"

车内一时陷入尴尬的沉默。片刻后，艾迪继续找话题："那架 GV 是您的，还是您租的？"

"是我家的。"裴琳冷冰冰地回答：好吧，他要开始打探我的家族了。

"真棒。容我冒昧一问，您家族是从事哪个行业的？"艾迪不住地上下审视对方：唔，她的相貌很福建，家里不是搞银行的，就是搞房地产的。

裴琳心里鄙视：要是如实相告，接下来他肯定要追问具体的公司名，我得让他伤伤脑筋才行……她暧昧地答道："行业不敢当，建筑和房产都有涉及。"

艾迪全程保持着和善的笑容，心里却在嘀咕：这狡猾的新加坡人！她要是中国人，踏下飞机的那一刻，我就能把她的家底摸查清楚。"不知是做生意，还是搞建造？"

裴琳看对方穷追不舍的样子，懒得再兜圈子，实话实说道："你听说过近西集团（NearWest Organization）吗？"

艾迪的表情如醍醐灌顶一般：来了来了！赫伦财富榜上排行第一百七十八位，新加坡吴氏！

他佯装不在意："要是我没弄错，最近新加坡刚竣工了一套配有空中车库的公寓，那就是您家族的产业吧？"

"是的。"裴琳百无聊赖地回答道，这聒噪的男人该自我介绍了，看他这身花哨的打扮，这人到底是天气播报员，还是造型师？

"原来是吴家小姐，失敬、失敬！我是列支敦堡集团的亚洲总监。"

呵呵，又是所谓的"香港银行家"。裴琳心里打了个哈欠，嘴上还是客套道："哎呀！幸会、幸会。"

摸清了对方的底细，艾迪开始露出职业式的微笑："吴小姐，恕我冒昧，您对您家族当前的私人理财顾问还满意吗？"

"很满意。"裴琳直截了当地结束了对话，心里想道：真不敢相信，瑞秋现在命悬一线，他居然还想给自己开发新客户！

宾利终于抵达医院的急救中心。两人下车后直奔前台，裴琳问值班护士："打扰一下，请问瑞秋·杨在几号病房？她应该刚到不久，是用直升机送来的。"

"请问两位是病人的家属吗？"护士礼貌地问道。

"是的。"两人回答。

"请稍等……"护士在电脑终端上输入了一些信息，"请问这位病人的全名是？"

"瑞秋·杨。唔，如果搜不到，也可以试试瑞秋·朱。"裴琳答道。

护士扫了眼屏幕，摇了摇头："很抱歉，我这边没有搜到这位病人的资料。二位或许应该先到接待大厅……"

艾迪觉得颜面尽失，暴躁地吼道："别浪费我们的时间！你知道我是谁吗？我叫艾迪森·郑！我父亲是心脏专家——马尔克姆·郑教授！这栋大楼就是以他的名字命名的！我现在就要知道瑞秋·杨在哪儿，不然你明天就不用来上班了！"

护士正手足无措，身旁的门打开了一条缝，一个脑袋探了出来："艾迪，我们在这边！"尼克竟然已经到香港了。

裴琳迎了上去，感到不可思议。她问："尼克！你怎么比我们还快？"

"我动用了一些特殊渠道……"尼克礼节性地搂了搂妻子的好友，以示安慰。

艾迪也很震惊："你是找柯克船长帮忙了吗？从北京到香港至少也要一个小时吧，你究竟……"

"我想办法登上了一架军用运输机，节省了很多时间，而且时速至少在三马赫吧。"

"让我猜猜，你是找阿尔弗雷德舅公帮忙了？"

尼克点点头。他带着两人来到一间成人重症监护室的等候室，那里面有一排高档皮革沙发。尼克直奔主题，说道："医生只让我进病房探视了几分钟，就把我赶出来了。他们正在尽力恢复瑞秋的肾脏机能。裴琳，还好你来得及时，医生正好有问题要问你。"

几分钟过后，一位女医生走进了等候室。尼克介绍："这位是负责此次急救的雅各布森医生。"

艾迪站起来，殷勤地走上前去和雅各布森医生握手，郑重地自我介绍道："幸会，我是艾迪森·郑。马尔克姆·郑教授是我的父亲。"

这位头发梳得锃亮的中年女医生面露难色："抱歉，请问您是……"

艾迪显得很震惊，医生随即笑起来，说："开玩笑的，我对令尊仰慕已久。"

艾迪的虚荣心得到了满足，就笑嘻嘻地让开了。尼克强作镇静，问道："我妻子现在情况怎么样了？"

"病人的内脏机能暂且算是稳定住了，但我们还在诊断病因。说实话，有点棘手……这种急性多内脏同时衰竭的情况十分少见，显然是她体内有某种致命的毒素。"说到这里，医生慎重地问裴琳："这位女士，您能为我们提供一下病人过去二十四小时的饮食清单吗？越详细越好。"

"唔，我想想……我们是昨晚抵达四季的，瑞秋没胃口，要了份柯布沙拉，然后吃了些草莓荔枝慕斯……今天我们没吃早饭，午餐很简单，只有杭州河虾、清炒小笋，还有烤鸭清汤面。对了，酒店客房还提供巧克力生姜，我没有吃那个，但是不知道瑞秋有没有吃。噢，我差点儿忘了，她今天早上做了莲钰按摩，这种按摩要在身上抹满玉和莲花籽的粉末。"

医生沉思了一会儿，说："嗯，看来有必要深究一番了。我们会联系度假山庄，查清病人接触过哪些可疑物质。"

裴琳有些疑惑，说："医生，您觉得可能会是什么？我们到杭州后几乎就没单独行动过，吃的东西也基本都是一样的，可是我完全没事。"

医生解释："这很难说，每个人的体质不同。我不想在完成毒素测试之前做出任何判断。"

"以您的经验看来，情况如何呢？"尼克担忧地问。

332

医生沉默了数秒，微叹道："这样说吧，情况现在非常严峻，还请您做好最坏的打算。我们或许会用TIPS[1]来缓解病人的肝脏衰竭，如果引发了脑部病变，我们会用药物诱导昏迷，为她的身体争取更多的机会。"

"药物诱导昏迷……瑞秋……"裴琳颤抖地嘟哝了一声，腿一软，眼看就要瘫倒。尼克扶住了她，强撑着让自己不要崩溃。

艾迪对医生说："你要尽全力救她。你记住，要是这位病人出了什么意外，马尔克姆·郑教授和明家庆都会让你为自己的失职付出代价。"

雅各布森医生目带微愠，冷冰冰地说："郑先生，我们会竭尽所能医治所有病人，无论他们是什么背景。"

裴琳哀求道："能让我们进去看她一眼吗？一眼就好。"

"可以，但你们一次只能进来一个人。"

"尼克，你先去吧。"裴琳目送尼克进了监护室，然后身心俱疲地瘫坐在沙发上。

晚上 8 点 40 分

尼克痴痴地伫立在床脚，眼见医生、护士们把病床上的妻子团团围住，深感自己的无能。就在四十八小时前，妻子还在半岛酒店的套房里兴高采烈地收拾行囊，脸上写满了对这趟 SPA 之旅的期待。"你自己去北京可别玩得太疯哦，不准跟俊俏的图书馆管理员眉来眼去，除非对方是帕克·波西（Parker Posey）！"妻子临行前的调侃和吻别仿佛就发生在刚才，而眼下，她却面色蜡黄地躺在那里，脖颈、腹部都插上了密密麻麻的导管和针头……这一切，是真实还是噩梦？巧笑嫣然的妻子究竟怎么了？她怎么突然间就命悬一线了呢？难道临行前的那个吻，真的是"吻别"？

---

[1] 即"经颈内静脉肝内门体分流术（transhepatic intrahepatic portosystemic shunt）"，请大家随我默念五遍。——作者注

尼克恨不得狠狠扇自己一个耳光……不行，不行！自己怎能有这样荒谬的念头！瑞秋是这世上最坚强的女孩儿，她一定能战胜死神的！她承诺过要和自己厮守终生的！

尼克怅然若失地离开病房，朝等候室走去。中途经过残疾人洗手间时，他进去锁上了门。在盥洗池前，尼克沉沉地吸了口气，将凉得刺骨的冷水泼在脸上。注意力从镜中那憔悴的男人，转移到了镜子本身……这是一面精致的背光圆镜，一看便知价格不菲。他环顾周围，才察觉到这间洗手间装潢崭新，显然刚翻新不久。想到这里，尼克强忍了一整晚的泪水终于决堤了。要是瑞秋能……不对，等瑞秋熬过此劫，自己一定要用全世界最独特的浴室来慰劳她。

晚上 9 点 22 分

尼克重新镇静下来，回到等候室，看见茶几上多了几套一次性碗筷，里面是热气腾腾的云吞面。原来是阿利克斯姑妈和阿历斯泰表弟赶来了。阿历斯泰见到憔悴的表哥，起身上前给了他一个安慰的拥抱。

阿利克斯担忧地说："尼克，抱歉，我们来迟了……瑞秋怎么样了？"

"现在还没什么变化。"尼克疲惫地答道。

"放心，雅各布森医生的医术很高明，有她在，瑞秋不会有事的。"

"谢谢……有你这句话，我心里舒服多了。"

"还有，你姑父刚刚打电话来了，医院向他汇报了最新的治疗进展，他已经拜托同事来医院看看情况了。这位同事是香港数一数二的肝胆科治疗专家。一定会没事的。"

"我真不知该如何报答他……"

"谈什么报答？Gum ngaam[1]，家里有人着急要在香港看病，他却不在。不说他了，我给你们带了云吞面，你们先填填肚子。"

---

[1]粤语，表示"时机凑巧"的意思。——作者注

"谢谢姑妈，我是得吃点东西……"尼克恍恍惚惚地坐下，阿利克斯从塑料袋里取出五颜六色的塑料餐具，转眼间茶几就被各式各样的香港小吃摆满了。

"尼克，我们还没把瑞秋的事告诉家里其他人……我本来是想第一时间联系埃莉诺的，但想了想，还是觉得要先问一下你的意见。要是告诉了你妈妈，就等于是告诉所有人了。"

"姑妈，谢谢你。我现在确实没办法应付我妈。"

"瑞秋的妈妈呢？你联系她了吗？"裴琳问道。

尼克疲倦地说："我一会儿再打电话给她……现在还不知道到底怎么回事，没必要让她担惊受怕。"

众人正沉默着，艾迪推门而入，身后还跟着他妹妹赛希莉亚。赛希莉亚捧着一束探望用的瓶装百合。

"看来，大家都聚到这里来了。"尼克强颜欢笑道。

"你知道的，我是最爱凑热闹的人，但真不想以这种方式……"赛希莉亚轻吻尼克的面颊，把花瓶放在沙发上。尼克苦笑道："都是家人，不用这样客气。"

"你说这花？你误会了，这不是我带来的，是楼下前台让我把它交给你的。"

尼克咽下几口面，说道："真奇怪，是谁送的花？除了你们，应该没有人知道我和瑞秋在这里。"

裴琳拆开花瓶的塑料包装，一张明信片落在了地上。她弯腰拾起卡片，略扫了一眼，惊恐地尖叫道："这是……啊！！"花瓶哐啷一声掉到地上，水花溅了一地。

尼克腾地从沙发上弹起来，问："怎么了？"

裴琳颤颤巍巍地将卡片递给尼克，上面是歪歪扭扭的笔迹——

瑞秋：

甲醛的滋味如何？告诉医生你中了这个毒，他们会找到方法救你的。奉劝你一句，你要是还想活下去，就把那起交通事故烂在肚子里，不准跟任何人提起。

还有，别再来这边儿了。

要是你不听劝告，下回就不是警告这么简单了。

9

新加坡，莱道路

阿斯特丽德打开笔电，字斟句酌地写了一封邮件：

查理：

抱歉一再地打扰你，但这件事似乎只有你才能做到。我急需你帮我调查一家企业的底细。你有没有听说过在加州的山景城，有一家叫"漫步科技"的软件公司？如果你和它合作过就更好了。这家企业收购了迈克的第一家公司 Cloud Nine Solutions。我想知道更多关于这家企业的信息，尤其是股东名单。

不胜感激！

你永远的朋友：阿斯特丽德

阿斯特丽德把邮件发出去还不到一分钟，查理就在 Google Chat 上发了消息过来。

胡：你这样客气就见外了吧？我会帮你查一下。

梁：真不好意思，最近总找你帮忙。

胡：你怎么想起来要查这家公司？

梁：说来话长，算是给自己一个答案吧……你听说过这公司吗？

胡：听说过。不过迈克不应该很了解这家公司吗？

梁：很明显，他并不知道所有事情。我主要是想知道，漫步科技的股东里有没有亚洲财团？或者说，完全是亚洲财团控股的？

胡：出什么事了吗？

阿斯特丽德犹豫了一会儿，不确定要不要把迈克遇到的事情全部告诉查理。

梁：其实，我是在给迈克寻找答案……整件事说起来有点复杂，我不想把你牵扯进来。

胡：我现在已经跟这件事有关系了。算了，你要是不想说，我也不会逼你。不过如果我能知道大概是什么情况，也许能更好地帮你。

阿斯特丽德坐在床沿上，想着：为什么要瞒着查理呢？他是唯一能理解我的人了。

梁：那我告诉你吧，最近迈克怀疑收购他第一家公司的是我父亲，或者是我家族旗下的某个企业，所谓的漫步科技只是幌子。

胡：他怎么会突然这样想？

梁：说来话长，他翻出了旧合同，上面有漫步科技的股东名单，其中有一家公司叫佩布尔·比奇控股集团。迈克知道我父亲最喜欢去佩布尔·比奇球场打高尔夫，所以就有了这个猜想。

胡：你应该已经问过你父亲了吧？

梁：我问了，他当然是否认了。他说：我干吗要花钱买迈克的公司，那个小作坊的价值从一开始就被高估了。

胡：哈哈！哈利·梁还是那样严厉。

梁：没错。

胡：我想他应该和这件事没关系。不过话说回来，就算真是他做的，又有什么大不了的？

梁：别开玩笑了，迈克自始至终都以"白手起家"为傲，要是我家真在幕后推动了他的事业，他绝对会精神崩溃的。他觉得我父亲又要试图摆布他的事业和我们的生活。我们还没像昨天那样吵得那么厉害过。

胡：真糟糕，不要紧吧？

梁：我昨晚从家里出来住了，否则恐怕要闹到报警。我现在在滨海湾金沙酒店（Marina Bay Sands hotel）。

过了十五分钟左右，阿斯特丽德的手机响了，是查理打来的电话。于是她接通电话，开玩笑道："请问需要客房服务吗？"

"呃，对，请立刻派人到我家来，我遇到了一个很严重的问题，需要有人帮我处理。"查理机灵地跟上了阿斯特丽德的玩笑。

"请问您遇到了什么麻烦？"

"一群蛋糕爱好者在我家里开派对，现在至少有三十个LANA糕点屋的蛋糕，平均地分布在我家的地毯、墙壁，还有床铺上。场景之壮烈，就像一对男女泡了个蛋糕浴，不擦身子，直接在房间里解锁《爱情圣经》的各种姿势。"

阿斯特丽德笑了起来："哈哈，别闹了！你还编得出这种故事呢。"

"我哪有那本事。是我昨天晚上上网的时候看到一篇文章，里面说有人坐在蛋糕上会兴奋。"

"我可没问你在香港都在看些什么网站——不用说，它们在新加坡肯定都被封锁了。"阿斯特丽德说。

"哼，我也没打算问你怎么住到金沙去了，新加坡就没其他更像样的酒店了？"

阿斯特丽德叹了口气，说："没办法，要在新加坡找一家没人能认出我的酒店可不容易，MBS还可以，这里基本都是游客……"

"都是游客，一个本地人都没有？"

"谁知道呢……还记得刚开业的时候，我妈邀李咏娴夫人以及婆罗洲的王太后来这里的空中花园参观。你猜怎么着？她们看到每人20美元的入园费时，就打了退堂鼓。李夫人还当场哭穷说：Ah nee kwee! Wah mai chut![1]结果她们跑到商场里的土司工坊（Toast Box）去了。"

查理笑了，说："我真无法理解她们。我妈也是，她以前潇洒得很，花起钱来也特别大方；反而是年纪大了以后变得越来越小气了。你知道吗，她现在规定，家里的厨师在晚上7点半以前不能开厨房里的灯。我过去看她的时候，看见几个厨师摸着黑忙成一团。"

"这也太夸张了。不过我妈也是这样，我们现在去外面吃饭，她还要店里的人把吃剩下的卤汁 tah pow[2]。我没开玩笑，她说：'这些卤汁我们也付了钱，怎么能让他们倒掉？再说这卤汁味道也很好，让罗茜掺到明天的午饭里，一定会很好吃的。'"

"那，说正经的，你打算就这样一直躲在酒店里？"查理笑着问。

"我不是'躲'在这里，我只是想休息一下。我把卡西安和保姆也带出来了，这孩子可喜欢空中花园的泳池了。"

"你知道，一般都是丈夫从家里出去。每次我和伊莎贝尔闹翻，躲出去的那个总是我。我可想象不出，怎么能让妻子和孩子出去住。"

"你和迈克又不是同一种人。再说，迈克没有赶我，是我自己离开的。他这次太生气了，我怕他会做出什么事儿来。"

"什么？他会打你吗？"查理震惊地问。心里没有说出口的是：要是迈克敢伤害阿斯特丽德，我一定不会放过他。

"你误会啦，他不会伤害我的。我是担心他那些保时捷会遭殃。我可不想眼睁睁地看他用武士刀在引擎盖上泄愤，糟蹋东西。"

这解释可无法让查理释怀，他反倒越发警觉了："什么？谁买了那

---

[1]闽南语，即"太贵了！我出门没带钱！"——作者注

[2]闽南语，即"打包"。——作者注

家公司真有那么重要？能把他逼疯？"

"这只是导火索而已，你有所不知，最近发生的事情就没一件让他顺心的：先是和 IBM 的合作告吹，紧接着心仪的房子又被抢了，还有那篇让他被我们全家人埋怨的报道……真不知道他是怎么熬过来的。"阿斯特丽德说到最后不禁鼻酸，心里自责：不能再说了，不能总是任性地把查理当情绪垃圾桶。

即便只是通过话筒，查理仍可察觉到对方话语中的哽咽，他几乎要把手机捏碎了：她在哭，她正孤零零地在酒店房间里流泪。

阿斯特丽德用力吸了吸鼻子，强颜欢笑道："抱歉抱歉，你还在上班吧？我不该拿这些家长里短来烦你。"

"我今天是没怎么工作，不过别担心，这栋大楼里没人能开除我。你知道的，我这条电话专线，有一半是为你准备的，不是吗？"

"嗯，你或许是这世上唯一懂我、了解我家庭的人了。要是换成其他人，只会把我和迈克的问题当成夫妻间的小打小闹，理都不想理吧。"

"你家族里的那些兄弟姐妹呢？他们的婚姻还算美满吗？"

"美满？别逗了……据我所知，他们都有各自的心酸，只不过大家都憋在肚子里不说罢了。严禁诉苦，这是我们家族的传统。或许，真正幸福的，只有隐居在洛杉矶的亚历山大了吧。他敢于挣脱家族的桎梏，去追求真爱；但这可委屈萨丽麦了，家里的长辈们至今还不肯接受这位马来女孩儿——很讽刺对不对？我们梁家靠马来西亚赚得盆满钵满，却容不下一个马来媳妇……"

"至少他们很幸福，这比什么都重要，不是吗？"

"我几个月前去探望过他们，看着他们幸福的模样，我都在问自己：这不就是我想要的生活吗？真的，有时候我真想立刻拎包飞去加州，找个没人认识我的小城镇，安安静静地了此余生算了。在那里，卡西安也能无忧无虑地长大，不用承受那些为时过早的压力。对了，要是能再给我一栋海滩上的小木屋，那可真是人间天堂了。"

只要能陪在你身边，去哪儿都是天堂——查理在心里呼喊着，希望对方能听见。短暂的沉默后，查理先开了口："你现在有什么打算？"

"没打算，先在这儿住上两天，等迈克消气了就回家。如果你能证明我父亲和公司的收购无关，或许我还能早几天回去。"

查理有些犹豫，不知这样做是对是错，但还是承诺道："好吧，我会竭尽所能去调查的。"

"查理，我很幸运，有你这样的朋友陪在身边。"

通话结束后，查理苦恼了片刻，才犹犹豫豫地拨通了 CFO 的电话："艾伦，问你些工作外的私事……你还记得三年前，我们收购 Cloud Nine Solution 一事吗？啊，对，就是那家迈克·张的公司。"

"我可忘不了，那单买卖让我们亏损了几千万美金。真不明白你看上它哪儿了……"

"你说你取什么名字不好，偏偏要叫佩布尔·比奇 LTD？"

"拜托，你当时打电话给我下达这道无理命令的时候，我就站在佩布尔·比奇球场的十八洞旁边。你要是在场，一定会折服于我那神迹似的一杆。都过去这么久了，你怎么突然在意起公司名字来了？"

"算了，当我没问过。"查理恼火地挂断了电话。

10

香港，薄扶林，玛丽医院

尼克正百无聊赖地在 iPad 上玩《纽约时报》上的填字游戏，守在病房门口的警员把脑袋探进来，汇报道："杨先生，前台有一对年轻夫妻想探望朱女士，他们随身推了两车子的食物……男性自称是朱女士的弟弟，您看……"

"哦，他们这么快就来了？"尼克没急着回答，先凑到妻子耳边，轻轻问道，"宝贝儿，你醒了吗？卡尔顿和柯莱特来探望你了，现在有力气见他们吗？"

瑞秋的身子还没完全康复，一早上醒醒睡睡，总是昏沉沉的，她疲惫地点点头："还行，喊他们进来吧。"

尼克得了允许，才吩咐警察道："麻烦你带他们进来吧。"

瑞秋三天前从 ICU 转移到私人病房。院方明确了毒素来源后，果断地对症下药，很快就把瑞秋从生死线上拉了回来，之后只要留院观察、慢慢调养就可以了。

片刻后，焦急的敲门声响起，不待尼克回应，二人便风风火火地推门而入。卡尔顿径直来到病榻前，心疼地握住瑞秋消瘦的手，嘴上却不忘调侃："老姐，杭州四季酒店和我想象中的可不大一样呀！"

瑞秋虚弱地睨了弟弟一眼，苦笑道："我已经好很多了，你们不必大老远地跑这一趟……"

"这话就太不把我当弟弟了。我们可是一接到尼克的电话，就赶来看你了。"卡尔顿愤愤地说，"放心吧，我们这趟可不全是为了看你来的——这几天 Joyce 在搞促销，柯莱特要来购物，探望你只是顺带的。"

柯莱特没好气地拍了卡尔顿一下，表情复杂地说："你们到周一了还一点儿消息都没有，我还以为你们玩得太开心，乐不思蜀了呢！"

"开心谈不上，但确实是非凡的体验……"瑞秋瞥了眼手臂上横七竖八的输液管，自嘲地说。

柯莱特觉得很奇怪："说正经的，你这个年纪怎么会得胆结石？这病不是只有上了年纪的人才会得吗？"

"事实证明，这病还真和年龄无关。"尼克插嘴道。

柯莱特不客气地坐在床沿上，笑道："那我今后可得注意了……总之，你能快点康复就好。"

瑞秋有意转移话题："你们这次不会又是乘那架'空中别墅'过来的吧？它是什么型号？Grande？"

"你说的是上回那架 Venti？放心吧，今后可没这待遇了。我家老爷子把我'禁足'了！上回在巴黎，我不是拒绝了里奇的求婚吗？就为这件事，我父母动了怒，口口声声要给我上一课，竟把我的银行账户都给冻结了，搞得我的铂金卡也用不了。但他们这回可打错了算盘，没他们那些臭钱，本小姐照样能风光无限！哼哼，你眼前站着的，可是 Prêt-à-Couture 的国际品牌形象大使！"

卡尔顿鼓掌道："哈哈！柯莱特刚和他们签了年薪百万的合同！"

"哇！这太让人羡慕了，恭喜你！"瑞秋由衷地替好友感到高兴。

"还好啦，我主要是和上次那个维吉尼·德·巴斯雷合作。我们打算下周在尊邸会所举办一场宴会，维吉尼把筹备工作全权托付给了我。这场宴会是给下季度的 Prêt-à-Couture 造势的，蒂姆·沃克（Tim Walker）也会来捧场。你们一定会来赏脸的对不对？见识见识我怎样一雪前耻吧！"

尼克和瑞秋面面相觑，卡尔顿便插嘴道："哈哈！柯莱特知道你喜欢戴尔斯福德有机的零食，执意搬了满满两大手推车过来，可门卫不让我们把推车运上楼。这下好了，还得扛回去。"

柯莱特不服气了："哼！医院的伙食肯定不好吃呀，还不许人外带了！"

尼克笑道："嘿，你这可就错了。我昨天在楼下食堂要了份牛排，味道相当不错。"

"谢谢你，柯莱特。正巧，我从今早开始除了继续摄入一些甜品之外，也可以进一些普食了。"

"那还不好办？走，我们到楼下偷偷给瑞秋带一些巧克力柠檬饼干上来！"柯莱特说完，拽住卡尔顿的胳膊就要走。

尼克对卡尔顿说："要不我们两个人一起下去拿吧，我想他们会让我们带东西上来的。"

两个男生到楼下去取食物，在电梯中，卡尔顿抛出了心中的疑惑："看到瑞秋没什么大碍，我也就放心了。但你们家族的排场也太大了吧，住院而已，怎么还惊动了警察？"

尼克神色一凛，严肃地说："我有些话可以对你说，但你必须保证守口如瓶。"

"哦？那是自然，说吧，搞得那么神秘。"卡尔顿没意识到问题的严重性，还笑嘻嘻的。

尼克犹豫了片刻，下定了决心，说："瑞秋不是因为胆结石住院的……她中毒了。"

"中毒？不会是吃坏肚子了吧？"卡尔顿有些困惑了。

"不，是有人蓄意投毒。"

卡尔顿怔怔地瞪着尼克："投毒？这玩笑可不好笑……"

"我倒希望现在还能开得出玩笑来……瑞秋不想把事情搞大，佯装轻巧，可是她中毒那天，差点就没抢救回来！医生眼睁睁地看着她的内脏一一衰竭，却无能为力。幸亏我们及时发现她中毒了，否则后果不堪设想……"

"天！你们是怎么知道的！？"

"我们收到了一封威胁信。"

卡尔顿又惊又怒，吼道："什么？是谁要给她下毒？"

"警方眼下还在调查，但相信很快就会有结果。阿利克斯姑妈动用了她在香港特首那边的关系，这起投毒案，现在成了两岸警方协同侦破的要案。"尼克刚说完，电梯叮地抵达一楼，尼克一把将卡尔顿拽到无人的角落，确认旁边没人以后，低声问："我问你，以你对里奇·杨的了解，他有没有可能做出这种事来？"

卡尔顿听到这名字，眼神里闪过一丝恨意："里奇？你觉得那混账和这件事有关？"

"没办法不这样想。在巴黎的时候，你害得他在朋友面前颜面尽失，柯莱特就差没直接向你示爱了。他怎么咽得下这口气？"

"所以，他就泄愤到我姐姐身上了？这也太卑鄙无耻了，简直是混账透顶！要真是这样，叫我怎么对得起瑞秋……"

"别急，这只是我的推测罢了。即便再微不足道的动机，我们也不能漏掉。待会儿警方应该会向你和柯莱特问一些情况，最好做些准备。"

"我们肯定会全力配合调查的。"卡尔顿眉头挤成一团，"对了，你们查清具体的毒素了吗？"

"是一种叫甲醛的制药物质。医生说，这种物质是用来治疗硬化症的，从普通渠道根本无法入手，只有以色列有技术提炼。以前它还是摩萨德专用的处刑药……"

尼克只顾着回忆医生的话，丝毫没察觉到卡尔顿的脸色瞬间如抽干了血液一般惨白。

当晚，上海

鲍家豪宅大门前，鲍高良夫妇正向离去的贵宾挥手道别。客人前脚还未走远，卡尔顿的跑车便嘎吱一声，正正地横在了门口的过道上。

见儿子面色不善地朝这边走来，邵燕讽刺道："哎哟喂，国王陛下驾到了？这么大的派头，吓坏我这个老太太了。"

卡尔顿也不理母亲的嘲讽，恶狠狠地从牙缝儿里蹦出几个字："你们立刻给我到书房来！"

高良怒斥道："放肆！谁教你这样和父母说话的！？"

"你想要我什么态度？要不要先来一个重逢的吻？"卡尔顿冷哼，哐当一声砸门而入。

片刻后，鲍氏一家三口齐聚书房，邵燕将身子陷入柔软的真皮沙发中，脱下硌脚的朱塞佩（Zanotti）高跟鞋，严厉地批评儿子道："你知不知道，刚才离开的是蒙古外交大使。你什么时候才能学会像你的父母一样，懂得何为尊重，何为礼数？"

卡尔顿摇摇头，眼神里尽是失望与绝望："是，是！我真学不来……你做出这种天理不容的事情，还能若无其事地陪客人喝茶聊天，我真是望尘莫及！"

高良已经为母子二人的事心力交瘁，不耐烦地问："你又在说什么浑话？"

卡尔顿嫌弃地睨了母亲一眼，哼道："怎么样，是你自己坦白，还是我替你说？"

邵燕冷若冰霜："我不知道你想让我坦白什么。"

卡尔顿懒得追究，转而怒视父亲："你这个父亲做得真称职呀！自己的女儿——亲骨肉，在香港医院里奄奄一息，你竟还有闲心在家里设席宴客！"

"你说什么？！瑞秋住院了？"高良皱眉道。

"你真是后知后觉，她好几天以前就转到香港的医院去了。"

"究竟是怎么回事？怎么好端端的……"高良瞪着儿子问道。

"有人下毒害她，她在ICU里挣扎了三天，差一点就没救回来。"

高良震怒，咆哮道："是谁！？是谁活腻了！？"

"你得问她！"卡尔顿手指母亲。

邵燕腾地从沙发上跳起来，尖叫道："你在说什么浑话！？你是忘吃药了，还是药吃多出现幻觉了？"

"我知道，你或许只是想让她吃些苦头，但……但这也太过分了！你，你怎么能做出这种事？"卡尔顿说到激动处，有些哽咽。

邵燕将矛头指向丈夫，声音颤抖着说："你听听，你听听！你的好儿子，竟然指控自己的母亲是杀人犯！卡尔顿，你真的疯了？这种大逆不道的话都说得出来！"

"你敢做不敢认？是，你当然不会亲手做这种脏事了。你一定要我把话说那么明白？瑞秋是甲醛中毒，这种毒素，一般人或许搞不到，但别以为我不知道……我们在特拉维夫的猫眼石制药厂最近刚开始投产了这种物质。"

"你怎么……"邵燕语塞，高良更是被卡尔顿的话怔住了。

"想不到吧？平日里不务正业的不孝子，竟然会去关注家族生意。别太吃惊，没错，我知道你和猫眼石背地里都干了些什么见不得人的勾当！"

"什么叫'勾当'？我们家族和全世界的公司都有机密合作。我承认，猫眼石确实给我们供货甲醛，但这又能代表什么？就凭这点，你就能指控我谋害瑞秋？我有什么动机？"

卡尔顿咄咄逼人地盯着母亲，冷笑道："还要动机？谁不知道，你从一开始就视瑞秋为眼中钉，恨不得连根拔了。你自己做的那些事，还要我一笔一笔地和你算吗？"

高良终于理清了状况，知道自己不能再沉默了，便沉声道："卡尔顿，你冷静点儿，这种话不能乱说。你真觉得自己的母亲是杀人犯？"

"爸，你知道她背地里是怎么说瑞秋坏话的吗？我不相信你知道了以后，还能这样护着她。"

"你妈和瑞秋只是存在些小误会，但我拿性命担保，她不会伤害瑞秋的。"

卡尔顿苦笑道："呵呵，无条件信任自己的妻子？那你知道你这个'善良'的妻子，之前做了多么天理不容的事吗？"

"卡尔顿！"邵燕警告道。

"你根本就不知道她在伦敦做了什么！"

"你在说什么？"高良问道。

"她掩盖了伦敦的真相……只为了保护你。"

"卡尔顿！你适可而止！闭嘴！"邵燕慌了。

"不！我不会闭嘴的，我快要被这件事给憋疯了！"卡尔顿歇斯底里地吼道。

高良感到不妙，命令道："那你快说！到底是怎么回事？"

邵燕软语哀求道："卡尔顿，好儿子，你脑子清醒点儿，不要说，不要再说了！！"

卡尔顿满眼决绝，深吸一口气，一字一顿道："那场车祸，有个女孩子死在我车里了……"

"别听他胡说！他喝醉了，脑袋不清醒！"邵燕着了魔似的捂住儿子的嘴。

"死了？不是瘫痪了吗？你们到底在说什么？"高良不明所以。

卡尔顿粗暴地挣开母亲的手，逃到房间另一端："爸，我们瞒了你！

我那辆法拉利上有两名女孩儿！一名确实瘫痪了，但另一名……当场就不行了！妈花钱把事情压了下来，她吩咐老秦和我们在香港的理财顾问用钱封住了所有人的嘴！她要让你傻呵呵地活在美梦里，去追逐你的锦绣前程！她不让我说，但事到如今，我不得不坦白了——爸，你的儿子，亲手害死了一个女孩儿！"

失望、惊恐、愤怒……高良的视线仿佛能把眼前这对母子刺穿，邵燕不敢直视丈夫责难的眼神，瘫倒在沙发上，掩面抽泣。

卡尔顿心里没有丝毫的怜悯，继续说："我这辈子都不会原谅自己，我也不可能忘记这件事。但是爸，我想补偿，我要赎罪！没错，木已成舟，我没办法挽回，但至少我自己能做出些改变。我们在巴黎的时候，是瑞秋让我明白了这一点，她'拯救'了那个自甘堕落的我。但是，妈怕她泄露那起事故的真相，竟然，竟然……"

"不是！不是我！我没做过！"邵燕歇斯底里地否认。

"母亲，真相大白了，你成天挂在嘴边的'鲍家垮了'的预言也成现实了，感想如何？但你还是预测错了一点：毁了鲍家的不是我这个不孝子，更不是瑞秋，而是你——锒铛入狱的你！"

卡尔顿咬牙切齿地吐出最后一个字，便夺门而出，仿佛一刻也不愿和父母同处一室。邵燕如失了魂魄一般，瘫坐在地。高良没有搀起妻子，而是双手捂面，内心的痛苦溢于言表。

11

新加坡，咖啡山墓园

每年父亲的忌日，尚素仪和弟弟阿尔弗雷德都会结伴到父母的坟前祭拜，家族里的小辈们就更不用说了。按照往年的惯例，素仪的亲属和平日里走得近的亲戚都会先在泰瑟尔庄园汇合，用过早餐后再一同赶赴墓园；不过，今年大家直接到墓园集合，省了很多麻烦。阿斯特丽德一大早把儿子送到远东幼儿园后，便径直赶往目的地咖啡山墓园，没曾想自己竟是第一个到的。她把这座新加坡最古老的墓园逛了一圈，也没见到一张熟悉的面孔……

咖啡山墓园从 1970 年开始谢绝新"住户"，那以后，园内外的植被便得以无限制地生长。短短四十年，这片新加坡元老建设者们的最终栖身之地，已成了全岛最珍贵的野生"伊甸园"。阿斯特丽德漫步在静谧的墓园之中，心中不禁涌起了一种莫名的化外之感。

远处的矮坡上，坐落着更为奢华、更有排场的中式陵墓。有些墓前还扩展出一片前院，供祭拜者驻足；有些则以色彩斑斓的娘惹铺装，墓前伫立着等人高的锡克守卫或其他神明的雕塑。阿斯特丽德心怀敬意，默默念着每尊墓碑上碑主的名字——陈谦福、王三龙、李珠娘、陈延谦……耳熟能详的新加坡先驱们都在这里。

10 点整，一列整齐的车队撕破了墓园的宁静，领头的 1990 年捷豹 Vanden Plas 里坐的正是阿斯特丽德的母亲、素仪的长女——费莉希蒂·梁。阿斯特丽德的父亲哈利和弟弟亨利·梁 JR[1] 在紧随其后的起亚 Picanto 车上。最后面的复古深紫红色戴姆勒里，是维多利亚、莉莲·梅唐，还有新加坡的天主教父。

片刻之后，一辆配有背光车窗的梅赛德斯 600-Pullman 停在了先头部队的后面，硕大的车身还没停稳，两名廓尔喀族保镖便率先推门而出，神情戒备地打开后车门。只见大腹便便的阿尔弗雷德·尚迈出车厢，他虽已是杖朝之年，却身形健硕，满头的银丝更是打理得一丝不乱。车外耀眼的晨光让阿尔弗雷德戴上时髦的无框墨镜，他回头搀扶着姐姐素

---

[1] 亨利·梁 JR 的预估个人净值高达 4.2 亿美元，这还不包括家族的财产（考虑到哈利身体还算康健）。至于这低调的座驾（起亚）——亨利在兀兰镇上班，每日通勤往返，自然要选一辆节能减排的座驾。他的妻子，大律师凯思林·嘉，是嘉钦基财富的女继承人，每日则从家（那森路上神似领事馆的一座豪宅）步行到公交站，再乘坐 75 路公交车前往莱佛士坊上班。——作者注

仪下车。老夫人今天身着奶白色衬衣外搭藏红色羊毛衣，下身是低调的棕色便裤，手戴褐色山羊皮手套，头顶休闲的编织女帽，鼻梁上还架着一副玳瑁框的墨镜，身后紧随着两名身穿蓝色丝裙的女仆，这身行头与其说是来扫墓的，倒更像是到自家后院来做园艺的。素仪一眼便看见主教施北宪从前头的戴姆勒里迈了出来，不由满脸嫌弃地对弟弟埋怨道："维多利亚当我的话是耳旁风？又邀请这个大嘴巴神父了！我父亲会气得活过来的！"

众人在大门处简单地寒暄后，便安静地走上了墓园内的林中小道。当然了，队列可得讲究尊卑上下：一家之长素仪走在最前面，身边的廓尔喀族保镖小心翼翼地为主人撑起黄色蕾丝边阳伞……尚龙马的安息之所位于墓园的最高处，此处群荫环绕，简直是座天然壁垒；墓碑本身或许不及别家气派，但光滑的帝王石铺装的扇形广场和描绘《三国演义》情节的浮雕，足以让其区别于千篇一律的"邻居"们。负责法事的高僧早已在墓前恭候，广场前搭建起了一座临时帐篷，帐篷下是一张宴会桌，桌上整齐地摆放着或银或黄的玮致活（Wedgwood）骨瓷餐具——素仪每到户外活动，总会不厌其烦地带上它们。

莉莲·梅唐看见桌子中央那口含樱桃的烤乳猪，还有帐篷旁听候差遣的仆从，哀号道："哎哟！我们不会要在这里吃午餐吧？"

维多利亚低声道："是的。老太太觉得可以改变一下惯例，今年让大家在这里聚餐。"

家人们在墓碑前集合，和尚们开始咿咿呀呀地念咒。走完了佛家法事的环节，施主教上前一步，开始给躺在里面的尚龙马与黄兰茵夫妇做简短的祷告。由于尚龙马没接受过洗礼，故而主教不敢以教徒礼仪待之，只祈祷他对新加坡做出的贡献能让家族后代少遭些天谴。维多利亚虔诚地点头回应，浑然不顾她母亲那尖锐的目光。

主教完成自己的工作并退场后，泰籍女佣给素仪姐弟二人奉上水桶和毛刷。两位尚家大长辈走到墓碑前，小心翼翼地用毛刷擦拭着上面的青苔。眼见年逾耄耋的外祖母无微不至地给自己父母的墓碑剔除丝丝污溃，阿斯特丽德和往年一样眼窝发热：这样不加修饰的孝道，最是让人泪目。

扫墓环节完毕，素仪在父亲坟前呈上一束石斛兰，阿尔弗雷德则给母亲献上一瓶山茶花。紧随两人之后，其余晚辈也轮流在坟前的"聚宝盆"里献上水果与糕点，不出片刻，便活脱脱地组成了一幅卡拉瓦乔的《静态水果》（*Still Life with Fruit*）。高僧焚香，念上最后一段经文，整场祭拜这才算是结束。

简单的休整后，族人们齐聚帐篷下用餐。阿尔弗雷德趁大家攀谈得正欢，不动声色地来到哈利·梁身边，从口袋里掏出一张纸条，悄声说："哈利，这是你想要的情报，着实费了我一些心思……你到底想做什么？"

"待会儿再和你细说……这周泰瑟尔的晚宴，你应该不会缺席吧？"

"我倒是想缺席，谁让呀？"阿尔弗雷尔苦笑道。

哈利接过纸条，迅速地瞥了一眼，便塞回口袋里，转头抿了一口刚上桌的冰镇绿豆汤。

莉莲·梅唐放下汤匙，向身边的侄女搭话道："对了，阿斯特丽德，听说你刚从巴黎回来？怎么样？那儿还是老样子吗？"

"地方还是老样子没变，但是偶遇了尼基，真是惊喜！"

"尼基？哇，你竟能碰到那小子？我都快忘记他长什么样了，他还好吧？"

阿斯特丽德小心翼翼地瞥了眼桌子另一头的阿嬷，低声道："他和瑞秋在一起，我们小聚了一晚，很开心。"

"和舅妈说实话，他那老婆看上去如何？"提到瑞秋，莉莲的语气不由得鬼鬼祟祟起来。

舅妈的话让阿斯特丽德有些不快："什么实话？瑞秋是好女孩儿，别说她现在是我们的家人，即便她没嫁给尼克，我也愿意和她做一辈子朋友，而且……"

阿斯特丽德还打算继续为好友争辩，忽然感觉肩头被拍了一下——素仪的贴身侍女神出鬼没地出现在了她的身后，并凑到她耳边，说："您外祖母让我告诉您：您要再提起尼古拉斯，她就会请您离席……"

午餐结束，这趟祭拜之行算是圆满落幕了，众人各自打道回府。哈利默默走到女儿身边，冷冷问道："你和查理·胡还有联系？"

"我和查理的联系从来就没断过……怎么突然问这个？"

"阿尔弗雷德舅舅刚给我带来一条耐人寻味的小道消息。你前些天不是质问我有没有插手迈克第一家公司的收购吗？当然，我的答案还是我没有。但他那笔便宜买卖确实挺古怪的，我就往深处查了查……"

"查理不会是你的'帮凶'吧？"

"呵呵，说出来我自己都不信——查理·胡就是那家公司的幕后买主。"

阿斯特丽德猛然驻足，表情古怪："爸，这个玩笑可一点儿都不好笑……"

"确实，3 亿美元买一家刚起步的小作坊，胡氏的财务真是让人笑不出来。"

"爸，这消息……确实可信吗？"阿斯特丽德还在做最后的挣扎。

哈利把那张纸条递给女儿："这消息可是费了好大一番工夫才拿到手的。我的手下虽然都是些金融界的老油条，但生意人总有自己的局限性；所以，我专程拜托阿尔弗雷德舅舅帮忙调查。在你的记忆里，他说过不可信的话吗？不得不承认，查理·胡对此事的保密工作做得非常到位，但你手上的那份文件更是铁打的证据。我现在只想知道，他的目的到底是什么？"

阿斯特丽德读过纸条上的内容，心里乱了阵脚，却强作镇定道："爸，答应女儿一个请求：在我把这件事搞清楚之前，不要向任何人泄露，尤其是迈克……"

众人离去，只有阿斯特丽德还逗留在重归宁静的墓园里。她坐在车中，把车载空调开到最强档，任凭冷风拍打自己的面颊。她刚准备踩油门，临时又改了主意，便熄火下车。方才那骇人听闻的内幕，仍让她头昏脑涨——查理，她的前任，偷偷收购了自己丈夫的公司。为什么？莫非这

352

两个男人之间有着某种协议？还是说，隐藏着更不为人知的秘密？查理竟然欺骗了自己……被最信任之人背叛的失落和恼怒，让阿斯特丽德无所适从。这就是自己推心置腹换来的回报吗？

阿斯特丽德失魂落魄地朝森林深处走去，道路两边是遍布爬山虎的巨树和满布青苔的古墓，头顶上时不时传来清脆的鸟鸣声，形态各异的蝴蝶在树丛中穿梭……不知走了多远，阿斯特丽德终于找回了步调，周遭的环境仿佛是儿时泰瑟尔庄园的游乐场，让她油然心安。

午后和煦的阳光透过嫩绿的枝叶洒在草坪上，阿斯特丽德静静地享受着此刻的宁静，身旁的大榕树下，一尊不起眼的墓碑吸引了她的注意：有别于其他墓碑的庄重，这尊墓碑顶端的雕塑竟是展翅高飞的小天使！阿斯特丽德走近一看，碑面上镶着早已褪色的遗照……原来如此，照片中是一位身穿白色衬衣的小男孩儿，年纪与卡西安相仿。这尊神圣而又笼罩着淡淡哀愁的墓碑，让阿斯特丽德不由得回想起巴黎的拉雪兹神父公墓（Père Lachaise Cemetery）……

犹记当年，她和查理一同在欧洲求学，在一次巴黎之行中，查理执意要带自己去拜访阿伯拉尔（Abelard）和埃洛伊丝（Héloïse）的合葬处。后世在这对悲情恋人的墓碑之上刻下了密密麻麻的情书，查理将这段凄婉的爱情故事娓娓道来：

"阿伯拉尔是 12 世纪的伟大哲人，而埃洛伊丝是圣母院神父卡农·福尔伯特的侄女——地位尊崇的贵族女子。卡农雇阿伯拉尔给侄女做家庭教师，但造化弄人，师生二人坠入爱河，埃洛伊丝怀孕，两人秘密结婚。神父得知这段不伦之恋后勃然大怒，下令将阿伯拉尔阉割，并将侄女幽禁至修道院中。这对夫妇再无缘相见，余生只能以书信互通情愫。幸运的是，这些刻骨铭心的文字被世人妥善保存，两人的悲恋得以青史留名。直到 1817 年，夫妻两人的遗骨才被合葬在一处。自那以后，每有情侣来访，都会在这块墓碑上留下各自的爱情誓言，以祭冢中之人……"

"这实在是太浪漫了！"阿斯特丽德当场就泪目了，"查理，答应我……你也要一直给我写情书，好吗？"

查理捧起女孩儿的纤手，在光滑的手背上轻轻啄了一下，含情脉脉地说："我，查理·胡在此处起誓：今生今世，只要还没到口不能言、手不能书的那天，我都会拿甜言蜜语去烦你……"

阿斯特丽德的脑海中一次又一次地回响着查理的誓言。树洞深处的窸窣声、树叶的沙沙声，仿佛周围的一切都在向她窃窃私语，使这话语越发清晰起来：他这么做是为了你，为了你……

一瞬间，阿斯特丽德全明白了。查理之所以如此，不正是为了拯救自己的婚姻吗？他"赠予"了自己丈夫数百万的财富，其目的不正是助他在这场不对等的婚姻中克服自卑吗？这是何等义无反顾、不计回报的爱，才能让一个七尺男儿去资助自己的情敌啊！如此想来，查理三年前的奇怪态度也有迹可循了。当时，他极力规劝自己不要离婚——至少，再给迈克一年机会。查理说，他有预感，迈克会醒悟，会改变的……但谁能料想，这"醒悟"竟然会一发不可收拾，会这样让人捉摸不透呢？如今这般目中无人的暴发户，当真是曾经那个谦卑羞赧、寡言少语的士兵吗？更不可理喻的是，迈克竟还逼迫自己去匹配他的"改变"！

这一刻，阿斯特丽德犹如醍醐灌顶——这真是自己想要的爱吗？不！自己憧憬的伴侣，难道不是如查理那般懂我、爱我的人吗？查理……自己和他，这辈子真的注定有缘无分了吗？如果自己当年没有害得他伤心欲绝，如果自己能够在父母的反对面前更强硬一些，如果他能再多等自己两年，如果，如果……

12

加利福尼亚，洛杉矶，马维斯达

凯蒂和科琳娜刚一着陆，就坐上等候她们的特斯拉。科琳娜佯装随意地搭话："你上次和他们见面，是什么时候的事情了？"

"大概是三周前吧。我每个月都会尽量挤出一周的时间来这儿探望他们。说实话，最初我还很期待能和他们团聚；但如今……我女儿的疗养规矩越发严苛，难得的团聚也成了煎熬。"

"这么说，你丈夫和女儿的病……真的不是谣言？"

凯蒂苦笑道："我不知那些传言是从哪儿冒出来的。伯纳德确实在接受治疗，但绝不是谣传的那些常见病症，说了怕你不相信……"

"那到底是什么疑难杂症？"科琳娜万分好奇。

凯蒂重重地叹了口气，沉默数秒后，娓娓道来："要解释这病，得追溯到我们在拉斯维加斯结婚那段时间……婚礼后，我们计划在当地多玩儿几天。一天晚上，伯纳德坚持要拉我一起去看《蝙蝠侠》的最新作。结婚以前，我就知道伯纳德是蝙蝠侠的铁杆粉丝——从他那辆奇形怪状的蝙蝠跑车和恶趣味的室内装潢，就能看出些苗头；但我是真没料到，他竟痴迷到视自己为亚洲布鲁斯·韦恩的程度！这些都不算什么，回香港以后，他执意要把自己整容成贝尔的模样，甚至还专门联系了一位首尔的名流整容专家……在脸上动刀可不是小事，我们认真商量过。我是不介意早上醒来，贝尔睡在身边啦，但是……"

科琳娜噌地从座位上弹起来，愕然道："不会是手术失败了吧！？"

"不、不，手术很成功。但是，手术前的准备阶段出了重大纰漏。现如今，韩国的顶级整容机构都开始活用 AutoCAD 三维建模技术了，新脸的设计全靠电脑。问题就出在这一环节，那蠢护士没听清伯纳德的要求，把名字给输错了，那可是一步错，步步错……"

科琳娜竭力忍住笑："不是吧！？那护士到底写了哪位明星的名字？"

凯蒂叹了口气，疲惫地说："她把'克里斯蒂安'听成了'克里斯汀'。"

科琳娜的下巴差点儿砸到地上："克里斯汀·贝尔！？天！《绯闻女孩》里那个金发辣妹？"

"是，他们成功完成了一例'变性手术'。"

"所以，他只能躲到美国来了？这就是他这些年躲躲藏藏的原因？"

"是的，但也不全是，这件事还没结束。手术以后，我们秘密转移到拉斯维加斯，在当地一位名医那里用了几年时间，总算恢复了他的面容……然而，这次闹剧带来的后遗症，远比我想象得还要严重。"

"频繁手术落下病根了？"

"说真的，我倒宁愿如此。手术刀不仅雕琢了伯纳德的相貌，更雕琢了他的心理……不多说了，你看到他就全明白了。"

凯蒂说完，车子便抵达马维斯达某栋二层英式小洋房旁。只见院子里一大一小两位男女，正跟着一个身材火爆的金发教练练瑜伽。科琳娜一双眼睛被小女孩儿吸引了，只见她留着两条俏皮的羊角辫，年纪虽小，下犬式却十分标准。

"那个小宝贝儿就是你女儿！？"科琳娜满眼喜爱。

"嗯，她叫吉赛尔。手伸过来，你见她前得先来点儿有机洗手液。"

小女孩儿注意到下车的两人，立刻爬起身，小蝴蝶似的飞了过来。远处的伯纳德赶忙提醒妻子道："你用布朗先生洗手了没有？"

"当然洗了！"凯蒂没好气地回答丈夫，一把将女儿拥入怀中，宠溺道："小宝贝儿，可想死妈妈了！"

"我提醒过多少次了，不要这样和女儿说话，你会把她宠坏的！"伯纳德开口挑毛病了，"而且，你得和她说普通话，我说英文和粤语，OK？"

小女孩儿见父母争辩，皱着秀眉，脆生生地用发音标准的西班牙语抗议道："但今天是西语日呀！"

科琳娜惊叹道："天！她才几岁，西语就说得这么好了！别告诉我她还会其他语言！"

"没那么夸张啦，五门而已。照顾她的阿姨和她说西语，我们的主厨说的是法语，久而久之，她就都会咯。"凯蒂说得轻描淡写，眼里却满是自豪，"吉赛尔，这是妈妈的新朋友——科琳娜阿姨。来，和阿姨打声招呼！"

"日安，科琳娜阿姨。"吉赛尔乖巧地用西语问候道。

伯纳德安顿好了瑜伽教练，迎上前来，笑道："等她过了 3 岁生日，我们打算再给她请个俄语老师。"

"哎呀呀，伯纳德！上次和你见面，还是好几年前吧？"科琳娜竭力把惊愕压在心底不表现出来……她和这个男人在公众活动中有过数面之缘，但眼前这张脸却让人找不到一丝过去的痕迹。记忆中那张典型的广东人的圆脸，竟被硬生生地削成了尖下巴，还搭上一只违和的鹰钩鼻；颧骨打磨得还算精致，但这双我见犹怜的猫眼是怎么回事！？这人看上去简直就是杰•雷诺与赫敏（没错，就是《哈利波特》里的赫敏）的儿子！科琳娜知道这样做不礼貌，但就是无法将视线从这张脸上挪开。

"别站在外面了，吉赛尔该做头部按摩了，我们边吃午餐边聊。"伯纳德一面说，一面催女儿回房。

若非亲眼所见，科琳娜打死也不会相信，挥金如土的戴大少爷会甘心屈居在这样不起眼的环境中。不仅如此，屋里的情状才真叫人大跌眼镜……这客厅分明就是个小型诊所。不算宽敞的空间被各式各样稀奇古怪的治疗设备塞得满满当当。只见吉赛尔刚进门，就熟门熟路地躺在一张专业按摩床上，任凭按摩师"蹂躏"自己的天灵盖。隔壁是一间斯堪的纳维亚风格的小教室—— 木桌木椅搭配麻纤维地毯，木板墙上还贴着数幅孩子的涂鸦，要多朴素就有多朴素……

伯纳德在一旁解释："这里本来是餐厅，但我们家总习惯在厨房用餐，索性就把这儿改造成孩子的学习场所了。最近，吉赛尔每周都要在这里上三堂解码课……来，我带你去客房，你可以在午饭前先洗个澡放松一下。"

在狭窄的客房里，科琳娜勉强收拾了行囊，取出一罐下狠心购买的乐嘉糖果下了楼。只见一家三口沉默地坐在后院的小木桌旁，场面有一种说不出的不协调。

"吉赛尔，看看阿姨给你带什么礼物啦！"科琳娜把粉红色的糖罐塞给小女孩儿。这 2 岁半的小姑娘困惑地摆弄着手里的糖罐，显然还认不得。

谁想孩子的父亲却惊惶地惨叫道："Wah lao！这是塑料！吉赛尔，别碰它！"

凯蒂对不知所措的科琳娜解释道："抱歉，我忘了提醒你了，我们家是绝不能看见塑料的。"

科琳娜不明所以，但还是强颜欢笑道："没事，是我疏忽了。给我吧，我这就把糖果倒出来，把罐子扔了。"

伯纳德却毫不客气地睨了科琳娜一眼："好意心领了。我正在给女儿贯彻原始人饮食法，食物都是从农场之间运到餐桌上，而糖和麸质，是万万碰不得的。"

"对不起，是我不好，来之前没了解……"

看对方忏悔的表情不似作假，伯纳德的态度软了几分："不怪你，是我们没有及时提醒，我不奢望造访我家的客人，尤其是你这类来自亚洲的客人，能理解我们的生活方式；但至少，我希望世人能欣赏我们家的原生态饮食。我在托潘加承包了一片农场，专门给家里输送饮食。你来得正是时候，农场昨天刚丰收了一批作物。来、来，先尝尝这个茴香馅儿的小南瓜，里面的茴香可是我女儿亲手塞的——是吧，小淘气？"

小姑娘扬起脑袋，用西语自豪地说："我们只吃自己种的！"三分熟的纯草饲菲力牛排把她的小脸蛋儿塞得鼓鼓囊囊。

科琳娜苦笑道："好吧，我还专程给你捎了一瓶尊尼获加黑方呢，看来也带错了……"

"感谢你的美意，我最近只喝逆渗透净水。"

科琳娜真有些"受宠若惊"了：亚洲最荒唐的二世祖，竟在向自己客客气气地道谢！莫非加州的空气真能让人性情大变？

科琳娜忍住反胃，吞下最后一勺清淡到难以下咽的午餐后，便逃离餐桌来到玄关旁。伯纳德正在给女儿穿 TOMS 运动鞋和小号遮阳帽。凯蒂见状，翻了个白眼，埋怨道："我难得回一次家，你就不能让女儿放天假来陪陪我？我还想带她去 Fred Segal 买些新衣服呢！"

"我不准你再带女儿去那里买衣服！那儿简直是享乐主义的泛滥之地，没一处对孩子有利的！你上次给她买了一车粉色的公主裙，到头来还不是全捐给慈善教会了？直说吧，我不会再让女儿穿那些会助长性别刻板印象的着装，现实社会可不是童话故事。"

"好、好、好，这些都依你。我们不去买衣服，去海滩上放松放松总行吧？别告诉我沙子也算麸质……"

伯纳德瞥了眼尴尬的科琳娜，把妻子拽到角落里，激动地说："你这母亲是怎么做的？你根本不理解两周一次的感官剥夺全漂浮式正念课程对我们的女儿有多重要！她的灵气理疗师告诉我，孩子的心里仍残留着通过产道时留下的阴影和焦虑。"

"心理阴影？哦，伯纳德，即便有阴影，那也是我有！你那时执意不肯用无痛分娩，这小冤家简直要撕烂我的产道了！"凯蒂哀号道。

"嘘！你还想在她的心理压力上再添一分内疚吗？"伯纳德几乎要捂住妻子的嘴了，"反正，我们会在 6 点前赶回来的。威尼斯海滩那边的正念课程要花 45 分钟；结束后，我还打算带她去康普顿陪真实世界沉浸会的小伙伴们体验一个小时的无性向玩耍。"

"怎么要耗到 6 点？现在才 1 点不到呀！"

伯纳德不耐烦地瞪了妻子一眼："堵车呗！你知道我们这一趟要上多少次 405 吗？"

凯蒂谨慎地把女儿安置在特斯拉的儿童座椅上，不舍地道别后，两个女人回屋坐下。科琳娜叹道："亲眼所见，我是真服气了！他到底经历了什么，怎么连本性都变了？"

凯蒂目露忧伤，发愁地感慨："唉！说来话长，这得从我们刚来 LA 时说起……最初，伯纳德成天泡在戈德堡医生的诊所里，他在那儿结识了许多病友，其实大多都是些精力过剩的韦斯特赛德年轻妈妈。一日，他受其中一位病友之邀，参加了塞多那市的周末静修会，这就是一切的症结所在了。那次治疗回新加坡后，伯纳德突然性情大变，宣称要中止修复手术，接受自己的新容颜。他开始整日向我吐露心声，倾诉自己的童年是如何的凄惨，父亲如何冷落自己（只会朝他丢钞票），母亲如何沉溺于教会事业而不顾家庭……而他，决心要做一位睿智且照亮孩子心灵的父亲，绝不让这种'伤害'再延续到女儿身上……其实现在还算安定了，吉赛尔刚诞生的第一年简直就是灾难。孩子出生还不到两个月，他就不顾反对，要搬家到洛杉矶，理由是新加坡的污浊环境无益于婴儿的成长，更不能让孩子受到爷爷奶奶的'荼毒'！这栋房子对我而言简直就是座监狱，整日活在伯纳德的监视下，稍有不合他心意之举，劈头就是一顿说教。在他眼里，我就是成天虐待女儿的恶妈妈！最夸张的一次，我只是在孩子面前露出了乳房……女儿表现出哪怕有一丝焦虑，他都能在一周之内，领我们去看至少五十位不同的儿童心理专家！这些我能忍就忍了，你知道压倒我的最后一根稻草是什么吗？伯纳德竟改装了主卧，来达到他所谓'睡萌教育'的目的！诡异的 LED 灯光、过度纯净的空气，还有摇篮里若有若无的莫扎特钢琴曲，这让我怎么睡得着？自那时起，我每月都要逃回香港。恕我没办法做个好妈妈了，你也都看见了，能理解吗？"

科琳娜深以为然地点点头："当然理解。说实话，从我迈进这幢房子起，就觉得浑身不自在。你们怎么会选在这里……"

"我们起初住在贝莱尔的高级公寓那边，但伯纳德认为优渥的生活环境不利于孩子认识真实的世界。他坚信寒门出才子，低收入的生活环境，能让吉赛尔发愤图强，考上哈佛……"

"你就没对此提出过异议？伯纳德采纳过你这个做母亲的育儿观点吗？"

凯蒂越说越控制不住情绪："你指望我这个新手妈妈能提出什么观点？被他这么一搅和，我脑子都成糨糊了！我能真切地感觉到，伯纳德已经把我当累赘了……他生怕我的愚蠢会传染给孩子，恨不得我一直在外面，永远别回来。和掌上明珠比起来，我这个又老又蠢的老婆算什么？"

科琳娜不由得目露同情："凯蒂，想听听我的观点吗？当然了，此刻我不再是公关顾问，作为一位母亲，我必须要提醒你：为了你女儿的将来着想，如果你还想让她正常地融入亚洲社会，就得立刻结束伯纳德的荒谬行为。"

凯蒂微叹，疲惫地说："道理我都明白……其实，我已经在施行计划了。"

"那就再好不过了。要让戴拿督知道自己的亲孙女儿被这样瞎折腾，他还不从棺材里跳出来！最起码，必须给她一间单独的卧室吧，和父母挤一间房怎么行？回爱士特里女皇园，哪怕是和你住深水湾，小姑娘的卧室都能比这里宽敞几倍！"科琳娜生怕凯蒂退缩，语气不由得有些强硬。

"阿门！"凯蒂难得蹦出句教会语。

科琳娜拍了一下桌子，说："我不是恭维你，这孩子前途无量，但前提是你得请正统的粤籍保姆来照顾她，而不是任由你们这样胡闹。"

"你说得太对了！"

"我们应该让她穿上最可人的玛丽·尚塔尔，带她去文华喝最优雅的下午茶，吃最正宗的马卡龙！"

"就该这样！去他的狗屁正念吧！"凯蒂怒吼，言词中带着反抗和决绝。

13

尼克和瑞秋躺在阳台的休闲椅上，感受着对方温暖的手，眺望着全岛首屈一指的都市景光。艾迪的顶层公寓宛如坐落在太平山顶端的雄鹰巢穴，俯视望去，高耸的钢筋水泥建筑和碧蓝的维多利亚港湾仿佛沙盘一般，能放在手心把玩。

"这可真不错。"尼克舒坦地伸了个懒腰,和煦的阳光加上凉爽的微风,让他颇为享受。

"何止是不错呀!"瑞秋出院已经两天了,在病床上煎熬了这么些天,她现在恨不得每分每秒都泡在户外,"讲真的,艾迪那天说费欧娜和儿子不在,邀我们到家里小住几天,我心里还有点儿打鼓。事实证明,这里真的很舒服。他说在这儿就像待在埃斯特别墅酒店(Villa d'Este),还真不是吹嘘。"

两人正在享受,女佣拉尔尼来到阳台,只见她手里端着两大杯加了冰块的 Arnold Palmers,杯口还插了顶可爱的小纸伞。

瑞秋忙起身:"拉尔尼,你太客气啦!这叫我们怎么好意思……"

拉尔尼和善地笑道:"老爷特别嘱咐,要让您多摄入液体,这样有助于康复。"

女佣退下后,瑞秋诚惶诚恐地对丈夫说:"我真不知该如何形容……这拉尔尼妹妹对我是不是太热情了?昨晚你不在,我去找卡尔顿吃晚餐,她就坚持要把我护送下楼,还给我开车门。这还不算什么,她竟然还探进车子里,小心翼翼地给我系上了安全带!我的天!"

"感觉如何?活了小半辈子,还是第一次享受到这么周全的待遇吧?"尼克揶揄道。

瑞秋又好气又好笑:"你还笑话我?有那么一瞬间,我还以为她是拉拉呢!吓死我了……事后我问她,是不是也给艾迪夫妇系安全带呀?她理所当然地回答说:给全家人都会这样做……你这帮亲戚还真是身娇肉贵,连安全带都不愿自己系。"

"少见多怪了吧?你第一次来香港?"尼克调侃道。

这时,瑞秋的手机突然响了,她瞥了眼屏幕,犹豫数秒后才接通:"啊,爸……嗯,嗯,谢谢……放心,我好多了……啊?你今天会到香港?当然没问题啦,5 点会到……嗯,我们闲着呢……好,不见不散,一路小心。"

瑞秋挂断电话,眼神复杂地看向丈夫:"我爸傍晚会到香港,想见我们。"

"你自己怎么想的？"尼克皱眉道。卡尔顿已经毫无保留地透露了他回家找父母兴师问罪的全过程，但这段日子里，鲍家那边并没有做出任何表态。

"我是想见他，但就怕到时候会尴尬……"淡淡的阴霾爬上了瑞秋的面颊。

"尴尬的应该是他们吧？他妻子可是洗脱不了毒害你的嫌疑了……但好歹，他还是顶住压力来主动找你了，不容易。"

瑞秋难过地摇摇头："搞砸了，全搞砸了！你说，我们是不是和亚洲犯冲？怎么一和这边搭上关系，就没顺心事？别回答，我不想听！"

"唉，要是他直接到这里来，你会不会好受一些？就怕艾迪会趁此机会，大肆炫耀他的比德迈家具和恒温鞋柜，那反而添乱了。"

"说起他那鞋柜，你注意到没有——柜子里的鞋子竟是按品牌首字母顺序排列的！我真是大开眼界了。"

"当然看见了。怎么样？你还觉得我太痴迷鞋子吗？"

"不敢，不敢。你那点儿 OCD[1]，和这位郑大少比起来，真是小巫见大巫。"

还有一刻钟就到 5 点了，艾迪像管家婆似的在公寓里忙前忙后、大呼小叫地使唤女佣们："拉尔尼！我叫你放贝波·吉尔伯特（Bebel Gilberto）的碟，不是阿斯特鲁·吉尔伯特（Astrud Gilberto）！"他的音量简直要捅破天花板："鲍先生是贵客，伊帕内马女人那破嗓子只会脏了他的耳朵！给我换上《漫漫岁月》的 B 碟！"

"对不起，老爷，我这就去换！"拉尔尼被主人这么一训斥，手忙脚乱地在 LINN 音乐系统上搜歌。她从来都不会用这高科技设备，尤其是手上还戴着笨拙的棉手套，更无法顺畅地操纵遥控设备。没办法，郑老爷从不准拉尔尼直接触碰这套宝贝设备，成天念叨着这套设备的价格

---

[1] 即"强迫性神经官能症""强迫症"。——译者注

可以买下她在马京达瑙的家乡。

艾迪挑过客厅的毛病后，转战厨房，正巧逮到两个女佣挤在电视机前看《非诚勿扰》[1]。她们一见到主人，像屁股长了刺一般从吧台椅上跳了下来，艾迪也不责备，只严肃地问："李静，鱼子酱备好了没有？"

"准备好了，郑老爷。"女佣战战兢兢地回道。

"拿出来让我看看。"艾迪命令。

名叫李静的女佣打开 Subzero 冰箱，从里面取出一尊纯银器皿，里面盛满了诱人的鱼子酱。她把鱼子酱端到主人面前，满心等着表扬，谁想艾迪大发雷霆："错了，大错特错！我让你把鱼子酱冷藏，你怎么把器皿也放里面了！？你打算把这些浑身臭汗的柬埔寨妓女端上桌招待客人吗！？立刻把器皿擦干净了！等贵客来了再加冰，然后把整口玻璃碗放上面——像这样，学会了没！？还有，你得加冰箱里的碎冰，而不是直接从制冰机里取冰块！"

她们照吩咐去做了，艾迪则疲倦地回卧室更衣，心里暗自怜伤：我怎么就这样命苦，怎么就摊上这群废物女佣！艾迪家的女佣一年就得换一批——没办法，就主人这德行，没人愿意续约。他曾试图从新加坡的阿嬷身边挖几个忠仆，但那群专业佣人对阿嬷的忠诚度，堪比纳粹对元首……

艾迪站在维也纳分离派（Viennese Secession）全身镜前，仔细地清理着休闲夹克上的毛球，这已经是他今天第十次做同样的事了；他还特意搭配了一条 D 二次方（DSquared）修身牛仔裤，试图让自己看起来日常随意一些。正上下打量着，楼下传来了门铃声。艾迪心里暗骂：时间不还没到吗？真是领导的臭德行！

艾迪狂奔至前厅，扯着嗓子吼道："拉尔尼，音乐呢！？查丽蒂，开背景光！还有，你今天的发型挺精神，去开门迎客！"他自己也没闲着，

---

[1] 中国风头正盛的相亲节目，非冯小刚执导的电影。有多少人知道它的官方英文名是 *If You Are the One*？——作者注

发狂一般朝沙发靠枕施展空手道手刀，想让它更蓬松些。尼克惊讶地看着艾迪这疯癫的模样，不知该做何反应。

瑞秋抢在女佣前头来到门前："查丽蒂，我来开门吧。"

艾迪撇撇嘴，凑到表弟耳边："尼基，你真该教教瑞秋别总和下人抢活儿干。"

尼克耸耸肩："她就这性子，没办法。"

艾迪不以为然地说："哼！你们当初坚持要搬到美国去住，我就知道会是这个下场。"

瑞秋深吸一口气，一把推开门，眼前的情景立刻让她鼻头发酸了：短短几周未见，父亲就仿佛老了一轮，以前那一丝不乱的头发显然枯黄了许多，眼下还吊着两团深深的眼袋。对方没多说话，伸手把女儿揽入怀中；父女血脉相连，瑞秋没有丝毫的不适。简单寒暄后，两人手拉手步入前厅……

艾迪满脸殷勤地笑迎上来："鲍先生光临寒舍，蓬荜生辉呀！"

"鲍某这趟来得突然，劳郑先生招待，不胜感激。"高良老练地和主人客套后，再次温柔地看向女儿："看你这么精神，我心里的石头也就落地了。都怪我，执意拉你过来，害你遭了这么多罪……当然了，我指的不是这起……唔，事故，我说的是……我这边出了些状况，没能多陪陪你……"他有些语不着调，不知该从何说起。

"爸，别多想了。这次我没有白来，我不是还认识了卡尔顿吗？"瑞秋安慰父亲道。

"你是真有本事，卡尔顿可崇拜你这个姐姐了。我得感谢你，感谢你在巴黎拉了卡尔顿一把……"

"这都是我应该做的。"

"当然了，我这趟来香港，除了向你道谢之外，还有其他更重要的原因，该如何跟你解释呢……这段日子，我每天都和杭州警方开会座谈，哦，我刚刚还在香港见了他的副手郭队长。我现在能断言，你阿姨……我妻子和你的中毒之事完全没有关系。事到如今也没必要瞒你了，邵燕她确实对你……心存芥蒂，这都怪我没处理好你们的关系。但是，还请你务必相信，邵燕她绝非心存恶念之人……"

瑞秋不知该如何作答，只能理解地点了点头。

高良看不透女儿的心思，沉沉地叹了口气："无论如何，请相信我……我一定会竭尽所能，将伤害你的恶徒绳之以法。北京警方已经将里奇·杨列为重要嫌疑人，现在正二十四小时监控他，杭州警方更是展开了全市排查，相信不出时日就会真相大白的。"

高良义正词严的表态让众人根本接不上话，一时之间，屋内陷入了沉默。女佣李静像是算准了时机，将盛放着鱼子酱的银制餐车推入客厅。艾迪一眼看见鱼子酱的碗底还是冰块儿，而非自己千叮万嘱的碎冰，登时怒火中烧——这下好了，玻璃碗在冰块儿上根本放不稳，歪倒了。艾迪强迫自己不去注意这些细节，但现实似乎在和他作对，查丽蒂端着刚开盖儿的库克安邦内黑钻（Krug Clos d'Ambonnay）和四尊高脚杯现身了，艾迪简直要抓狂：废物，废物，废物！我的维尼尼（Venini）复古高脚杯呢？拿着巴卡拉（Baccarat）出来现眼，是故意让我丢脸吗！？

艾迪狠狠地瞪了一眼女佣，立刻朝贵客换了张灿烂的笑脸："鲍先生，恕寒舍只能用鱼子酱和香槟给您接风。"可怜兮兮的查丽蒂挨了主人这么一瞪，心里万分委屈：酒上太早了？没有呀，老爷说贵宾进门后八分钟上酒，自己明明是掐着表现身的……老爷刚才一直盯着酒杯看，难道是……哎呀糟了！用错杯子了！！

在场众人可没注意到这对主仆间的眼神交流，瑞秋和尼克自取了些酒水，高良却婉拒了。艾迪见状忙问："您喝不惯香槟吗？"失望之情溢于言表，早知道贵客不喝香槟，上唐培里侬（Dom Perignon）应付尼克和瑞秋就足够了。

"好意心领，但我已戒酒多年了，给我杯白开水就行。"

呵呵，中国内地人和他们心爱的白开水吗？艾迪心里鄙视，但嘴上还是吩咐道："查丽蒂，还不快给鲍先生打杯热水！"

366

高良的注意力全在女儿、女婿身上："最重要的是，我得让你们知道，邵燕她也在全力配合警方的调查。这些日子以来，她数不清被警方传唤过多少次了，甚至同意让警方调取深圳制药厂的全部监控数据。这些足以证明她的清白了。"

"爸，谢谢你千里迢迢赶来告诉我们一切。你这些日子奔波劳累，吃了不少苦吧？"瑞秋关心道。

高良眼眶红了："瑞秋……我这些劳累，和你的遭遇比起来，算得了什么呀！"

这时，查丽蒂端着玻璃水瓶和一尊维尼尼高脚杯回到客厅。艾迪还没反应过来是怎么回事，她便把高脚杯放在贵客面前，随后麻利地将摄氏80度的开水，倒入80岁的玻璃疙瘩中……结果可想而知，只听"咔嚓"一声，玻璃杯上浮现出一道"优雅"的细纹。

"不要！！！！！！"艾迪惨叫得撕心裂肺，像着了魔一样一跃而起，奔向宝贝酒杯。鱼子酱推车被撞翻在地，数以万计的小颗粒眨眼之间就消失在萨伏内里（Savonnerie）古董地毯中……屋子里的女佣闻声赶来帮忙，艾迪把手一横，歇斯底里地吼道："都别动！别过来！这地毯花了我950万欧元，你们会毁了它的！"

瑞秋凑到拉尔尼耳旁，冷静地说："你们家有百得（Dustbuster）吗？趁他还没失去理智，快拿过来！"

这场意外的"鱼子酱之灾"总算是解决了，损失止于一尊古董高脚杯，还有地毯的一小撮绳结。众人端着开胃酒，到阳台上欣赏落日美景。父女的心结解开了大半，高良卸下心理负担，也敢畅所欲言了。艾迪寸步不离地跟在贵客后面，向其介绍太平山上的每一幢豪门宅邸，还不忘附带房产估价；瑞秋和尼克则躲在一旁，享受着难得的片刻宁静。

"面也见了，话也说开了，感觉如何？"尼克仍担心妻子忧思过度。

"舒服了！和爸爸的疙瘩解开了，我终于能安心回美国了。"瑞秋愉悦地说。

"那我可放心啦！郭队长说这周要是还没进展，我们就可以先回美国等消息了。我答应你，一旦警方放人，我就带你回家。"尼克搂着妻子的肩膀，眺望着都市里尚且零星的灯火。

当晚，艾迪和其母阿利克斯邀众人到洛克俱乐部用餐。酒过半酣，高良的手机响了，他看是上海公安局的来电，便告罪离席，到走廊上去接电话。片刻之后，他面色焦急地回到桌上，劈头便道："案件调查有进展了！你们马上跟我回上海！"

瑞秋只觉得头皮发麻，不情愿地问："我们一定得到场吗？"

"你们必须去指认。"高良沉声道，语气不容拒绝。

短短三个钟头后，瑞秋夫妇已随高良抵达上海，登上了前来接机的奥迪车。在前往福州路的市公安局途中，沉默的车厢里，瑞秋问父亲："卡尔顿还是不肯和你说话吗？"

"唔，不肯……"高良不愿多言。其实，直至去香港的飞机起航前，他还在尝试联络儿子，但回应全是语音信箱，重播键都让他给按坏了。

车子抵达警局后，三人被警员领到一间照明如白昼的接待室里，一位下巴上吊了两三层肉的胖警官进来，恭敬地朝高良敬礼道："万分抱歉，劳您临时赶回上海。这位就是朱女士吗？"

"瑞秋·朱，幸会。"瑞秋强作笑容道。

"在下姓周，叫我周队就行。请您随我到审讯室一趟，我们逮着几名嫌疑人需要您的指认……哦，您和嫌疑人之间隔着一面双向玻璃，您看得见他们，而他们看不见您，您尽管畅所欲言，请务必配合我们的工作。"

"能让我丈夫陪我一起去吗？"瑞秋有些心虚。

"这恐怕有些难办……不过无须担心，我会全程陪伴，现场还有几位干警，确保您的安全。"

"没事的，我们就在门口等你。"尼克攥紧妻子的手，鼓励道。

瑞秋勉强地点了点头，随周队向审讯室走去。两名干警已在此处待命了，其中一名扯下一根绳索，双向玻璃前的窗帘唰地收了起来，周队问道："朱女士，您认真看看，这些人里有眼熟的吗？"

瑞秋壮着胆子看了一眼，心脏立刻提到了嗓子眼："是他！就是他！他是在杭州给我们划船的船夫！他怎么会在这里？"

"朱女士，这人可不是船夫。据我们调查得知，他受雇扮成船夫，并在您的茶水里下了毒。"周队冷然说道。

"上帝！我差点儿忘了，我们在游湖时喝过龙井！"瑞秋惊愕道，"这人是谁？到底是谁要害我？"

"幕后真凶的身份，我们还在紧密调查中……目前指认还未结束，请随我来隔壁。"

瑞秋随警察来到隔壁审讯室，警察拉开窗帘，玻璃对面的人物，让瑞秋简直不敢相信自己的眼睛："她怎么会在这里！？"

"您认得此人吗？"

"她……"瑞秋的舌头不听使唤了，"她是罗克珊·马……柯莱特·邴的贴身助理。"

14

上海，福州路，上海市公安局

对罗克珊的审讯正式开始后，警方才准许尼克和高良进入审讯室和瑞秋一同旁听。

面对警方的讯问，罗克珊疲惫地说："要我解释多少次，你们才肯相信？你们误会了！我只是想给瑞秋捎个信儿，仅此而已！"

周队显然不信，冷笑道："这倒新鲜！你一剂毒药，险些毁了她的肾脏，这叫'捎个信儿'？"

"应该不至于吧？我准备的药只会让她上吐下泻而已！中毒的人会难受一阵子，但绝对不会致命的！我们原计划是让瑞秋住进医院，然后用那张留言吓唬吓唬她。谁知道，一眨眼的工夫，她就被转移到香港去了……我还指望你们能告诉我到底发生了什么事呢！"

"不对吧？据我所知，那花瓶和胁迫信，都是被害人转到香港玛丽医院之后才送到的。"

"瑞秋从杭州消失后，我就动用了上海、北京，甚至全国各大医院的一切人脉，但根本找不着她！幸好我们在海关的人查到了她的赴港记录。我只是想让她自觉离开，真没想到事情会发展到这个地步！"

"即便你没有害人之心，恐吓之举总是板上钉钉的吧？这又是出于什么原因呢？"

"我解释过无数次了！我的雇主柯莱特·邴害怕瑞秋·朱从卡尔顿·鲍那里抢走鲍家的财产……"

在玻璃对面，高良彻底懵了，张着的嘴里能塞进一枚鸡蛋。瑞秋和尼克则面面相觑，都能从彼此的眼睛里看出难以置信和伤心。

"财产？这又是怎么回事？"周队继续盘问。

"鲍氏夫妇知道了儿子在巴黎的荒唐行径，勃然大怒……"

"就是你刚才说的，鲍家三人在御宝轩的争吵？"

"是的，鲍高良怒极，亲口说要考虑他的继承资格……"

"你和柯莱特·邴亲耳听到了他们的争吵，对不对？"

"算是吧……我故意把柯莱特的手机设置成了录音，丢在包厢内……"

高良恍然大悟，恨自己大意，懊恼地扶额摇头。另一边，周队继续问道："也就是说，你们偷听了鲍氏夫妇的对话？"

"是的，柯莱特没法接受这事实。她一心想缓和鲍家父子的关系，没想到适得其反。我劝她多少次了，这是卡尔顿·鲍的报应，只能认命，但她根本听不进去……"

"卡尔顿·鲍能否继承财产，关柯莱特·邴什么事？"

"这还用问？柯莱特那傻姑娘，爱上那个二世祖了呗！"

"所以说，这一切都是柯莱特·邴在幕后策划的？"

"不，这件事与她无关。我和她保证，我能搞定一切……"

"这关乎人命的事儿，她真放心全权交给你去办？"周队在话里埋了陷阱。

罗克珊又怎会上钩："她那傻姑娘懂什么？再说了，怎么就'关乎人命'那么严重了！？"

周队索性直言："别再妄图祖护柯莱特·邴了！她才是一切的幕后主使，你只不过是奉命行事的爪牙，对不对！？"

罗克珊彻底恼了，怒吼道："我要告你侮辱！我是她的私人助理！私人助理，懂吗？我手下管着邴家四十二名直属员工，非直属员工更是不计其数！我一年能赚65万美元，你凭什么侮辱我！"

周队冷笑道："柯莱特·邴开天价聘你，却对你的所为不闻不问，你觉得这话有说服力？"

罗克珊轻蔑地睨了对方一眼："可笑！敢问这位警官，您认识几位亿万富翁？还是说，您专门研究过亿万富翁的行事作风？我的雇主柯莱特·邴，作为这世上最富有的女人之一，其忙碌程度和影响力是您不可能估量得到的。在微博上，有超过3500万双眼睛不分昼夜地盯着她。她马上还要担任某国际知名品牌的形象大使。她的日程表塞得满满当当，每晚起码要完成三四次公众曝光。她名下有六处宅邸、三架飞机、十辆豪车，每周至少要出境一次……听了这些，您还觉得她能事必亲躬，实时关注手下的动态吗？站在她那个位置，每日的工作就是陪着艾薇薇和潘婷婷之流合影、唠家常；而我这个私人助理的职责，就是尽力给她的事业和生活铺平道路。我给她上传照片，给她与合作方讨价还价，还得确保她那两只狗的大便是漂亮的枫叶色，确保六处豪宅、三架飞机上的花卉随能时对外接客……您能想象，邴家的月结表里有多少位花卉设计师，而他们之间又上演着多么精彩的明争暗斗吗！？这帮家伙为了争得柯莱特的宠幸，多么肮脏下作的手段都使得出来！我每天要给柯莱特排除成千上万件麻烦事，她又能知道多少？"

"哦？这么说，瑞秋·朱女士就是需要排除的'麻烦事'咯？"

罗克珊愤恨地瞥了眼对方，说："随你怎么想，我只是在履行自己的职责。"

玻璃对面，尼克的眼里能蹦出火苗，沉声道："我实在听不下去了……走吧！"

SUV穿梭在昏暗的黄浦街道上，三人一路无言，各自消化着这个骇人听闻的内幕……

副驾驶座上的高良不同于瑞秋夫妇，除了对罗克珊、柯莱特感到不耻之外，更是陷入了深深的自责：归根结底，这场悲剧完全是因为自己而起的，是自己和邵燕的愚昧，导致了事态失控，进而殃及无辜的瑞秋。这可怜的女孩儿，一心只想与失散多年的至亲相认……而这病入膏肓的家庭，自己真的配与她以家人自居吗？

后座上，尼克沉默地搂着妻子，心里却在翻江倒海：柯莱特·邝，你别以为有罗克珊垫背就能置身事外！凡是伤害瑞秋的人，都要付出代价！话虽如此，尼克心里却比谁都清楚，在柯莱特这种级别的权贵面前，法律只不过是一纸空文。若不是妻子此刻需要陪伴，他会立刻开车撞开邝家大门，在席琳·迪翁的高音下，一巴掌把柯莱特扇进倒影池内。

倚在丈夫怀里的瑞秋此刻却感到莫名的宁静。亲耳听到罗克珊坦白的那一刻，悬在她心口上的巨石就落了地——终于结束了！要害她性命的，不是陌生的变态杀人狂，而是她弟弟女友的私人助理。说真的，她甚至有些同情这个为雇主操碎了心的女人……瑞秋此刻没什么奢求，只要一张舒适的床、一套芙蕾特真丝被，以及一粒高低适中的枕头。

奥迪驶进河南南路，尼克注意到这不是回酒店的方向，皱眉问道："我们不回外滩吗？"

"嗯，今晚不回酒店，到家里去住。我不能一错再错了。"

后座的两人无可奈何，任由车子驶进一片幽静的住宅区。通过一条由茂密悬铃树枝做拱门的街道后，车子停在了一间高耸的门卫房旁。警卫看见是家主人的车，忙打开黑漆漆的铁栅门。SUV刚停到灯火通明的法式宅邸边上，三名女佣就打开橡木大门，急匆匆地下楼梯来迎接主人。

"阿婷，夫人在不在家？"高良问为首的女管家。

"夫人正在楼上休息。"女管家恭敬地说。

"跟你介绍一下，这两位是我的女儿和女婿。你待会儿联系半岛酒店，让那边把他们的行李送来。对了，让厨房给他们准备些夜宵……就虾仁面吧。"

老爷的女儿！？从哪儿冒出来的大小姐！阿婷的下巴差点儿摔到地上，两眼止不住地往瑞秋身上打量。高良不顾女佣的惊愕，继续吩咐："还有，安排他们在蓝色卧室住。"

"蓝色卧室……您确定？"阿婷以为自己听错了，蓝色卧室是专门给最尊贵的客人准备的。

"我难道说得还不够清楚？！"高良恼火道，二楼主卧窗帘上隐约映出妻子的影子，更让他心里有一种说不出的烦躁。

阿婷张了张嘴，似有所言，但还是作罢，转身对两位女佣发号施令去了。高良向瑞秋二人强颜欢笑道："今天发生了这么多事，想必你们也累了。你们在这儿就像在自己家，不用客气。好好休息，有什么话明天再说。"

"晚安。"瑞秋和尼克异口同声道，目送着高良疲倦无奈的背影离去。

翌日清晨，瑞秋被窗外一阵清脆的鸟鸣声惊醒。晨光透过窗帘，给屋内的浅蓝色墙壁罩上了一层金色的薄纱。瑞秋慵懒地爬下至少 3 米深的四帷柱大床，走到窗边，发现鸟叫声源自屋檐下的鸟巢。只见三只嗷嗷待哺的小雏鸟儿正争先恐后地仰着脑袋，等待雌鸟的喂食。瑞秋忙不迭地从枕边拿来 iPhone，大胆地将身子探出窗外，把这珍稀的一幕留在了相册里。雌鸟儿黑首灰身，双翼上一抹蓝色，很是伶俐。她忍不住又连按了几下快门。

刚心满意足地放下手机，瑞秋就被眼前的一幕吓得一激灵……不远处的花园中央，一位身着浅黄色旗袍的中年妇人正目光如炬地盯着自己。看这身打扮气质，此人十之八九就是卡尔顿的母亲了。瑞秋有些进退两难，只得尴尬地先问候道："您早。"

"早。"妇人先是惜字如金地回应，紧接着话锋一转，笑道："你好像发现我家的喜鹊了？"

"是的，我还拍了几张照。"瑞秋说完，暗骂自己没出息：有必要这样傻乎乎地汇报吗？

"下楼喝杯咖啡吧。"妇人语气不变。

"谢谢，我这就去梳洗。"瑞秋赶忙回房洗漱更衣，简单地系了条马尾，全程踮着脚尖，以免把熟睡正酣的尼克吵醒。她心里直懊恼：那阿姨真是卡尔顿的妈妈？要真是……天哪！自己刚才套着大号的尼克斯队运动衫，还有尼克的褪色运动短裤！！

瑞秋急匆匆地换上朴素的白色连衣裙，战战兢兢地走下螺旋楼梯，步子都不敢迈大。

她知道，鲍家夫妇昨晚几乎一夜没睡——闷响的争吵声传遍了宅邸的各个角落……

她紧张地瞟了眼摆满中、法古董的休息室，连一个人影都没看见。真奇怪，人都上哪儿去了？事到如今，她就没话要对自己说？想到这里，瑞秋不由得回忆起卡尔顿那晚在巴黎说的话——自己若迈进鲍家大门一步，难道她真的要……不会是真的吧？

正巧一位手捧银质咖啡器皿的女佣经过走廊，看见了探头探脑的瑞秋，恭敬地说："朱小姐，请随我来。"瑞秋暗自庆幸，赶忙紧跟其后。两人通过走廊尽头的落地窗门，来到石板铺装的宽阔阳台上。刚才那位妇人正优雅地坐在蔷薇木茶桌旁，眺望着远方的风景。她真是鲍夫人！瑞秋心里那丝侥幸被击碎了，双腿如灌了铅一般迈向对方……

邵燕佯装不经意地瞥了眼女孩儿，心里五味陈杂：她就是鲍高良的私生女，那女人的野种，救了卡尔顿却又险些因他丧命的姐姐……看清了对方的相貌后，这复杂的情绪又添了一份锥心的绝望——真像！她果然是卡尔顿的姐姐，那对父子的至亲！她强压下呼之欲出的感情，端庄起身与对方握手："幸会，我是卡尔顿的母亲，鲍邵燕。"

"瑞秋·朱，感谢您的款待。"瑞秋露齿一笑，表现得落落大方。

15

新加坡，里德路

泰瑟尔庄园的周五晚宴结束后，阿斯特丽德独自回家，一开门就被响彻天花板的齐柏林飞艇摇滚乐（Led Zeppelin）吓了一跳。声音是从丈夫的书房里传出来的，他显然把音量调到了最大。阿斯特丽德没有急着去一探究竟，而是先把昏昏欲睡的卡西安带到卧室，交给吕蒂文照顾。

将儿子安置妥当后，阿斯特丽德才问保姆："这情况持续多久了？"

"我一个小时前才到家，那时更糟，是金属乐队（Metallica）……"吕蒂文如实汇报道。

阿斯特丽德把儿子卧室的门关严实，下楼来到书房。只见丈夫正一动不动地躺在阿诺·雅各布森（Arne Jacobsen）办公椅上，房里没开灯。她心里顿时冒火，暗道三声"冷静"，朝丈夫高喊道："你介意把音量调小些吗？儿子已经睡了，现在已经 12 点多了！"

迈克应声而起，如提线木偶一般把音量调低了一个刻度，继续回座椅躺着。书房的空气里隐约弥漫着酒精味儿，阿斯特丽德不想激化事态，强颜欢笑道："你今晚真不该缺席。阿尔弗雷德舅公突然犯了榴梿瘾，大家集体出动到实龙岗路的 717 Trading 去采购榴梿……说到榴梿，你可是行家，大家都埋怨我怎么没把你带来呢！"

迈克醉眼惺忪地瞥了妻子一眼，冷笑一声，嘲讽道："我是有多无聊，才要陪着你家那两位老爷子聊榴梿……"

阿斯特丽德嘴角抽搐了一下，保持住了理智。她走进房里，把灯打开，拖了张矮凳坐到丈夫面前，直视着他的眼睛："亲爱的，你打算一辈子都这样躲着自己的岳父？你们终归要和睦相处啊！"

"和睦相处？呵呵……是他先挑起矛盾的，你还要我觍着脸去和他赔笑？"

阿斯特丽德的语气不由得加重了："迈克！要我重复多少遍，你才肯相信我爸和公司的收购无关？退一万步讲，就算他有参与，这又能证明什么呢？你凭自己的努力，把这第一桶金翻了两番！我的父母、兄弟姐妹、整个家族，甚至全世界，谁能否认你的才华？谁不赞叹你如今的成就？你还有什么不满意的？"

迈克的嗓音低得可怕："你那时不在场，根本不知道你父亲是怎样践踏我尊严的！我还没聋，他语气里那赤裸裸的蔑视，我怎么会听不出来？自从我第一次迈进你家大门，他就看不起我，到现在也是一样。"

阿斯特丽德叹道："你第一天认识我爸吗？他对谁都是这样高人一等的态度呀，我们兄弟姐妹几个，哪个不是被他贬低得一无是处？"

"别说了。你要我和他和睦相处……我希望你以后别再参加那无聊透顶的周五例行晚宴，也别每个星期都去见你的父母。"

阿斯特丽德语塞片刻，仍然试着讲道理："要是这么做真能改变现状，我不会犹豫的。迈克，我知道你现在心里郁闷……但是你也很清楚，我的家人并不是让你感到郁闷的原因。"

迈克冷笑道："你说得没错。你那神经质的家族是好是坏，都和我没有关系。我之所以这么郁闷，完全是因为你—— 你背叛了我。"

阿斯特丽德心里咯噔了一下，佯装轻松地笑道："迈克，你真的醉了……"

"我倒想喝醉呢，可惜呀，区区四杯威士忌，还不至于让我醉成自欺欺人的大傻瓜！"

　　阿斯特丽德一时拿不准丈夫是否在说笑，无可奈何地劝道："迈克，你一点儿也没察觉吗？我一直在竭尽全力地挽回我们的婚姻，你却一再挑战我的底线……"

　　"少往自己脸上贴金了。那么，跟查理·胡睡觉，也是为了拯救我们的婚姻？"

　　"查理·胡？莫非你指的'背叛'，是在说我和查理？你怎么会有这样混账的想法？"阿斯特丽德涨红了脸，愤怒之余也有些心虚，难道丈夫发现了公司收购的实情？

　　迈克不怒反笑："别装了，你和他之间的事，我全都知道。"

　　"迈克，如果你指的是前段时间的加州之旅，我只能说你肤浅愚蠢，蛮不讲理。阿历斯泰能证明我和查理之间什么都没发生。你明知道我和他只是老朋友。"

　　"老朋友？对，善解人意的老朋友！'哦，查理，你或许是这世上最懂我的人了。'"迈克捏着嗓子，阴阳怪气道。

　　阿斯特丽德如坠冰窟，声音颤抖道："你什么时候开始偷听我的电话的？"

　　迈克很满意妻子的反应，得意地说："早就开始了，阿斯特丽德。不仅是通话，还有你们的邮件。你和他写的每一个字，我可都看在眼里呢！"

　　"不可能……不可能！你为什么要这样做！？"

　　"三年前，我挚爱的妻子和竞争对手一起在香港待了两个星期。作为丈夫，我不该采取些必要的措施？你别忘了，我是国防部的信息精英，动动手指就能查到你们那点儿底细。"

　　阿斯特丽德浑身如筛子般颤抖起来，眼冒金星近乎昏厥，好一会儿才缓过来。这时，她脑子里反倒清明了。她百感交集地注视着眼前的男人：他到底是谁？曾几何时，自己把眼前人当成白马王子；而如今，他却如老巫婆一般面目可憎。刹那间，她甚至不敢和这个人待在同一个屋檐下。

阿斯特丽德沉默地站起身来，低头不与眼前的男人对视。她仿佛失掉了灵魂一般，麻木地走到楼梯口，看了眼二楼儿子的卧室，然后咬咬牙，三两步跑到吕蒂文房前，敲了敲门。

"是哪位？请进。"

阿斯特丽德推开门，看到吕蒂文正躺在床上上网聊天。

阿斯特丽德没多说什么，只是简单地吩咐道："吕蒂文，麻烦你给卡西安收拾一下行李，还有你自己的。我们要搬到我妈妈家去住一段时间了。"

"搬家？明天出发吗？"吕蒂文根本没搞清楚状况。

"抱歉，你恐怕不能休息了⋯⋯我们今晚就要搬过去。"

扔下茫然的保姆，阿斯特丽德飞奔到卧室，把钱包和车钥匙塞到口袋里后，带着收拾妥当的保姆和儿子下楼。谁知道，那"陌生"的男人就守在客厅里，嘴角还挂着可憎的微笑。阿斯特丽德偷偷把车钥匙塞给保姆，面色不改地低声交代："和孩子上车等我。要是我五分钟内没现身，你就直接开往那森路⋯⋯"

迈克捕捉到了妻子的小动作，咆哮道："吕蒂文，你敢挪一步试试——我就扭断你的脖子！"保姆身子一怔，根本不敢动弹；小男孩儿也睡意全无，惊恐地望着自己的父亲。

阿斯特丽德怒极反笑，鼓掌道："好，真好！迈克·张，在孩子面前，你可真敢说！我自问已经仁至义尽了，真的⋯⋯是我愚蠢，是我幼稚！竟妄想我们夫妻能齐心协力修补这千疮百孔的婚姻，就算只是为了孩子！看看我的努力换来了什么？我今天才算看明白——结束了，全结束了！你不尊重我，我忍了！但你怀疑我，从一开始就怀疑我出轨，那你现在为什么又要阻止我们离开呢？看看我，看看你眼前这个'品行不端'的女人，你扪心自问：你心里还有她吗？不要再骗自己了！"

迈克没有回应，转身走到大门前关门上锁，接下来的举动，更是险些让吕蒂文拔腿就跑⋯⋯只见他一把扯下装饰在墙壁上的巴伐利亚战斧，在手上掂了掂，咬牙切齿地威胁妻子："你要去哪儿都不关我的事。

378

但你敢把我的儿子带出这房子一步，信不信我报警告你绑架！卡西安，乖乖到我这边来！"

孩子被父亲这"大反派"的阵仗吓坏了，登时号啕大哭起来。吕蒂文忙搂紧小主人，嘴里用法语咒骂道："简直浑蛋透顶！"

阿斯特丽德丝毫不怵："你把手上的东西放下！你要把卡西安吓坏了！"

"我就是死也要拉你和你全家陪葬！你做好准备'荣登'《海峡时报》的头条吧！我还要起诉你出轨，起诉你抛夫弃子——别想抵赖了，我手头上可攥着你们所有的电话录音和邮件记录呢！"

"正巧相反，你这些所谓的'证据'，只能证明我的清白！你心里比谁都清楚，这些记录里，出现过哪怕一个出格的词吗？它们只能证明我和查理之间是朋友关系。他是个多好的朋友，恐怕你根本无法现象。"想起查理的笑颜，阿斯特丽德的情感瞬间决堤了。

迈克冷笑道："哼，我知道你一直把自己的感情隐藏得很好，但那个勾引别人老婆的败类可就不是这样了。"

"你什么意思？"阿斯特丽德慌了。

"这不是明摆着的吗？阿斯特丽德，那家伙疯狂地爱着你，他的每一封邮件都像是可悲的情书，我都要为他感到难过了。"

阿斯特丽德突然意识到，迈克说的都是真的。自己怎么没察觉呢？查理在电话中、在邮件里的字字句句，不都流淌着淡淡的情愫吗？他从不食言——当然，在那对悲恋情侣墓前的承诺是唯一的例外……回忆起那道承诺的瞬间，阿斯特丽德浑身充满了前所未有的力量，她毅然决然地说："迈克，我再给你一次机会，从那扇门前让开，别逼我报警！"

迈克吼道："报！你这就报！大不了明早一起上头条！看谁先身败名裂！"

阿斯特丽德没再多说什么，拿出自己的手机打了999，脸上还带着似有似无的笑意："迈克，你不知道我的祖母和舅公掌控着全新加坡的传媒业吗？我们不会上报纸的，我们永远都不会上报纸。"

16

上海，太原路 188 号

"你眼里还有我这个妈吗？要不是埃莉诺·杨跟我说，我根本就不知道自己的女儿差点儿就……"电话里的卡瑞·朱心焦地埋怨道。

"妈，哪有你说得那么严重嘛！"瑞秋佯装轻松地应付母亲，蓝色卧室的沙发很舒适，让她不由得四肢舒展。

"还说不严重？你婆婆说你半只脚都踏进鬼门关了！不说了，明天一早我就飞去上海！"卡瑞坚持道。

"妈，你真的别来添乱啦！我要是真有危险，还能在这儿和你笑嘻嘻的呀？"瑞秋打了个哈哈，想把这件事蒙混过去。

"你还敢说没危险？那尼克为什么不及早联系我？女儿都进 ICU 了，我这个做妈的竟然是最后一个知道的，这像话吗？"

"我不就是住了几天院嘛，实在是没理由让你操心。还有，从什么时候开始，尼克的妈妈说什么你就信什么了？你们现在是好姐妹了吗？"瑞秋有意扯开话题。

卡瑞不愿承认："没那回事儿。不过她每个星期会给我打几次电话，我总不能不接亲家的电话吧？"

瑞秋警觉道："等等，她为什么每个星期要打好几次电话给你？"

"哎呀！还不是上次婚礼，她不知从哪儿打听到了我专门给库比蒂诺和帕罗奥多的科技人员推销房产。从此以后，她每隔几天就来向我打探科技股的最新动态……哦，顺带还旁敲侧击地打听你的动态。"

"比如说——我和尼克的新婚旅游？"

"这倒是问都没问……她关心的，是你的肚子！"

"天！这就开始了！？"瑞秋惊恐万分。

"你别叫苦，这件事上我和她是同一阵线的。要是你们在上海怀上了孩子，那不是很棒吗！你们可得好好努力才行，别满不在乎！"

瑞秋哀求道："停！妈，好歹给女儿留一点儿隐私！隐私！"

"隐私？你是我肚子里掉下来的，和我谈什么隐私？你今年都32岁了吧？连孩子的影子都没见着，还四处惹麻烦，我怎么放心得下？"

瑞秋连忙严词制止："妈，适可而止吧，别逼我挂电话。"

卡瑞叹息道："那不聊这个了……听说警方已经查到投毒的凶手了？她进监狱了没有？"

"我不知道……希望警方别太为难她。"

"你这是什么傻话？她可是差点儿要了你的命！"

"事情比你想得复杂多了，电话里说不清楚。这边的这些事，说了你也不明白。"

卡瑞生气地说："瑞秋，我就是中国土生土长的，你别想蒙混过关！"

"妈，你都多少年没回国了？此一时彼一时，这里的人和环境，远不是你记忆里的那样了。"说到这里，瑞秋不禁回想起几天前和柯莱特相遇的场景，不由得心生怆然……

那日早间，瑞秋刚起床，柯莱特的语音邮件便一股脑儿地向她的手机袭来：

"瑞秋，对不起，对不起！罗克珊向我交代了一切，我真不知该怎样求得你的原谅……你要是听到这条语音，就给我打电话。"

几分钟后："瑞秋，你在哪儿？我联系了半岛，你们换酒店了？鲍家人和你们在一起吗？请尽快给我回电话！"

还没到半小时："抱歉，又发信息打扰你了。卡尔顿在你身边吗？他又失踪了，电话也不接。你和他联系过吗？等你电话！"

一直到下午，对方仍不放弃，这回已经带着哭腔了："瑞秋，我不奢求你的原谅，但请你至少给我一次解释的机会。我真的对这件事情毫不知情，罗克珊一直瞒着我……"

尼克的态度很坚决——不要理睬她。"毫不知情？你相信这女人真如罗克珊说的那样清白吗？即便真是如此，这场悲剧归根究底也是因为她的任性而起的。反正我是打算对她敬而远之了。"

瑞秋就显得理智、客观多了："她确实是被宠坏的小公主，有些想法不可理喻。但你不能否认，在中国的这段日子里，我们确实受了她不少照顾。"

尼克忧虑地说："道理我都懂，我只是不愿让你再身处险境了。"

"好啦！我知道你最关心我了。我也相信柯莱特本性是善良的，她不会害我的——过去不会，今后更不可能。至少给她一次机会，好吗？"

当日傍晚5点，瑞秋在两名鲍家保镖的护送下（尼克坚持），迈入外滩边上的华尔道夫酒店。见面的地点是酒店一楼的百味园，该餐厅呈椭圆形，高耸的大理石立柱直逼二楼，还配有百余平方米的宽敞内庭。瑞秋刚露面，恭候多时的柯莱特就站起身来，迎上前去给了她一个大大的拥抱。"瑞秋，我还以为你再也不愿见我了呢！"

"好啦！我这不是来了吗？"瑞秋不知该如何作答。

"这儿的下午茶很地道，你尝尝他们的小烤饼，一点儿也不比克拉里兹（Claridges）的差……你要喝点儿什么？我想要大吉岭（Darjeeling），这儿的大吉岭就没让我失望过……"柯莱特叽叽喳喳地说了一大串儿，但明眼人都看得出她的局促。

"和你一样就行。"瑞秋尽量表现得轻松一些。眼前的女孩儿哪还有从前那活力四射的模样儿？一席质朴的黑白长裙，全身上下唯一的首饰只有旧翡翠雕琢而成的马耳他十字架，脸上更是破天荒的只略施粉黛，可淡妆也没能掩饰住那双哭得红肿的眼睛……

柯莱特率先打破了尴尬的沉默："瑞秋，我真没想到罗克珊会做出那样的事情来，更不可能会有伤害好友的心思。你愿意相信我吗？"

"我信。"瑞秋点头。

"真的？谢谢你，你真大度！"柯莱特如释重负，"我还以为，我要永远失去你这个朋友了呢……你真的一点儿都不恨我？"

"傻姑娘，我恨你做什么？"瑞秋温柔地握住了柯莱特冰凉的小手。

侍应生端来两壶热茶和五层点心塔，银质的塔盘上摆满了三明治、小烤饼，还有各种诱人的小甜点。柯莱特开始一个劲儿地往瑞秋盘子里叠糕点，嘴上仍在不停地辩解："不仅是投毒害你，就连偷听卡尔顿爸妈说话，也是罗克珊自作主张。我承认，得知鲍叔叔要剥夺卡尔顿的继承权时，我确实慌了神儿。事情发展到这个地步，我有不可推卸的责任。有那么一瞬间，就一瞬间，我的确失去了理智——不是针对你，而是对我自己造成的这场闹剧……很显然，罗克珊有些误解我的心意了。"

"何止是误解，简直是曲解……"瑞秋无奈地说。

"是，她这次真是头脑发昏了！但是……我和罗克珊之间不只是雇佣关系那么简单。她是我爸送我的 18 岁'生日礼物'，到今年已经整整五年了。毫不夸张地说，她是除父母以外，这世上和我最亲近的人。做我的助理之前，她在 P.J.惠特尼做着一份朝九晚五的枯燥工作。所以她很感激我，是我让她实现了人生的价值，给了她如今的全部。罗克珊就像《高斯福庄园》（Gosford Park）里那个无可挑剔的女管家海伦·米伦——一心只为我考虑，甚至不用我开口，就能把一切打理得妥妥帖帖。但是这次，她越界了！我已经解雇了她。得知真相后，我第一时间就狠下心把她给解雇了！"

呵呵，不知她牢房里的 Wi-Fi 网速究竟如何呢？瑞秋心里不以为然，嘴上却转移了话题："柯莱特，我有一点不明白：你得知卡尔顿有可能失去继承权后，怎么会方寸大乱呢？你不像是会在乎钱的人呀！"

柯莱特的视线垂到了碟子上，拨弄着烤饼上的葡萄干，纠结许久才开口："瑞秋，这么说吧，你或许会觉得可笑……可你根本不知道我承受了多大的压力。我知道，我知道在某种程度上，我是这世上最幸运的女孩儿。但就是这份不劳而获的'幸运'，压得我喘不过气来。我是那家的独生女，从出生起就背负了全家人的期望。长辈们力所能及地给我提供最好的资源，送我去顶级名校，带我看权威名医……说来怕你不信，我这对双眼皮，还是 6 岁时，我妈带我去割的。当身边的同龄人都在享受校园青春时，我父母已带着我三天两头地奔走于各大整形医院，只是为了给我打造无可挑剔的容颜……然而，这些恩惠却不是无偿的。作为报答，我得满足他们对我的所有期待，例如说，第一名的学习成绩……一直以来，我都天真地以为父母不过是希望我在商业上有所造诣，能接下家族的重担。但我是真没想到，他们把我塑造得无可挑剔，只是为了让我找个金龟婿，让他们尽早抱外孙！更可笑的是，他们亲自为我挑选了里奇·杨！在他们看来，我和里奇的结合就是公主配王子……结果你也知道——被我拒绝了。里奇·杨算什么？我眼里只有卡尔顿！虽然我现在根本无意谈婚论嫁，等到哪天我准备好了，新郎非卡尔顿不可。他是最理想的镜头拍档，无论是那口优雅的英音、适中的身材，还是英俊的相貌……他的基因，能比里奇·杨差？可恨我爸妈目光短浅，根本欣赏不到卡尔顿的优点，倒是对里奇赞不绝口。所以说，卡尔顿要是再失去他的财产，哪怕只是些零头，我和他也彻底不可能了。"

"我不理解……你家的财产足够普通人过五百辈子了吧？还在乎鲍家那点儿财产做什么？"

"可我爸的词典里从来就没有'满足'二字。"

瑞秋无奈地摇了摇头："我劝你做好和父母闹翻的心理准备。"

"不用准备，我们已经闹翻了。我正在证明，不靠他们，我照样能自食其力。我爸还是老态度——任我折腾。那就静观其变呗。他总不能真的切断我的经济来源吧？单是我那郊外庄园，就有几百个人等着发工资呢。但我能不能熬过这关，还得看你愿不愿意帮忙了。"

"我能做什么？"

柯莱特可怜兮兮地擦了擦眼泪："卡尔顿现在不接我电话了。最后一次通话时，他……他说了好多狠心的话，他说不想再见到我了……我知道，他还在为你遭遇的事感到内疚、自责。所以我想请你告诉他你没事了，已经原谅我了，大家还是好朋友。还有，我有要事和他商量，我需要尽快见到他。你愿意帮我吗？"

看着柯莱特哭得梨花带雨的样子，瑞秋反倒冷静了，她无可奈何地解释道："你又不是不知道，我才刚回上海。卡尔顿没联系我，更不可能联系爸爸和阿姨。我不觉得他能这么快想通。"

"他应该马上就会主动联系你的。而且，我大概能猜到他现在藏在哪里，无非就是波特曼丽思卡尔顿的总统套房罢了。他一有不顺心，就会躲到那里。瑞秋，我一刻也熬不下去了，你能现在就去找他吗？"

"柯莱特，不是我不想帮你，但我真觉得这件事不能操之过急，强逼卡尔顿见面只会适得其反。而且，你确定要我这个外人插手你们之间的事？凭我三言两语，就能让他回心转意？相信我，我们现在能做的就是'等'——时间能抚平疮疤。这或许是个契机，卡尔顿迟早得明白自己想要的究竟是什么。"

"问题就在于他自己根本就想不明白，你这个做姐姐的得指引他呀！"柯莱特苦苦哀求，"就他那个固执的性子，我怕他会把自己逼进死胡同里。上次车祸就是血淋淋的教训，那次事故害他脑子成糨糊了，你指望他能悟出什么道理来？"

"柯莱特，我不知道该怎么跟你说……但人生就是如此，天不遂人愿才是常态，我们只能顺其自然，有些事情真的强求不来。"

柯莱特不愿接受，任性地否认道："不是的，不是的！上天总会眷顾我和卡尔顿的！"

"是吗？但愿这次也能如此吧。"

"说到底，你还是不肯跑一趟波特曼了？"

"我不是不肯，是我实在想不通这样做有什么意义。"

柯莱特的眼睛里闪过一丝愠怒，咬牙切齿地说："我明白了，你根本就不想看到我和卡尔顿复合，对不对？！"

"你误会了。"瑞秋不知该如何解释。

"说白了，你是要以此来报复我。"

"你这话是什么意思？"

"你从一开始就没原谅我，你觉得是我指使罗克珊……"

瑞秋恼怒地打断了对方，说："我没怀疑过你，更不会报复你。相反，我很同情你，我不生你的气，只是觉得悲哀……"

"同情我？你有什么好悲哀的？"柯莱特眉头一皱。

"你身上发生的这一切都让我感到悲哀——究竟是何等的困境，才能逼得罗克珊这样走极端？"

柯莱特拍案而起，嘶吼道："你以为你是谁？凭什么同情我？"

瑞秋被这猝不及防的变脸吓了一跳，连忙解释道："柯莱特，你误会了。我没小看你，我只是……"

"同情别人之前，还是先拿镜子照照自己吧！你算个什么东西？贫寒、单亲、美利坚的二等公民！我给你好吃好住，让你上我的飞机，给你的旅行买单，你有资格同情我？我带你出入顶尖场所，结识名流权贵。而你呢，你接受了我给你的这么多好处，却不愿意帮我一个小忙？"

糟了，她情绪失控了。瑞秋极力保持住冷静，安抚对方道："柯莱特，别激动，我们坐下来好好谈。我和尼克都很感激你这一路来的照顾，但是……我真的无权去干涉你和卡尔顿之间的矛盾……"

柯莱特目露赤裸裸的轻蔑，冷哼道："不用再给自己辩解了！看看你那身马路边上淘来的衣服和廉价首饰……我算是看明白了，我和你根本就不是一路人！"

瑞秋难以置信地盯着眼前这位歇斯底里的姑娘：一句话不对路，就要撕破脸？

周围的顾客全都在暗暗注视着这边的争吵，鲍家的两名保镖赶到瑞秋身边，问道："小姐，需要帮忙吗？"

这可真是火上浇油了，柯莱特怒极反笑："你还带了随身保镖？真把自己当个人物了？你不会在模仿我吧？我劝你省省吧！别带着小保镖在这里自取其辱了！不过这倒是印证了罗克珊的说法——你迟早会对我们优渥的生活心生嫉妒的！你会想方设法从我、从鲍家手中夺走卡尔顿，这样，你就能把鲍家的财产收入囊中了！事实上，你已经达到目的了，不是吗？现在，攥紧你那可怜兮兮的 1.5 亿美元，有多远就滚多远吧！再多的钱，你也休想买到我的风格和品位，因为你的脸上就刻着'平庸'

二字！别不承认，你就是个'平庸'的私生女！"

瑞秋一言不发，脸上红一阵白一阵地任由柯莱特恶语相向。可对方非但不收敛，还变本加厉起来，这让瑞秋忍无可忍，她霍然起身道："你骂够了没有？你害我差点儿丢了性命，我不怪你，反倒有些内疚。但话说到这里，我只觉得你真可悲。你有句话说对了：我和你确实不是一路人！谢谢你放过我，我可不想被骄奢淫逸的败家女当成伙伴。没错，我是穷，但穷得光明磊落。我妈不辞辛劳地把我抚养成人，亲戚们对我们母女也不离不弃，我们没尝过一夜暴富的滋味，更没法雇佣顶级管家教我们待人接物之礼，但我们和你这样的二世祖不一样，我们活得真实，活得有血有肉。我之所以对你的冒犯百般忍耐，就是不想掉了自己的价。你活在你那穷奢极欲的'生态小天堂'里，而你父亲旗下的工厂却在制造着全中国最大的污染排放。就算你富可敌国又怎么样？我说句不客气的话——你是我见过的，内心最贫瘠的女孩儿！成熟些吧，再这样下去，你这辈子就毁了！"

瑞秋把胸口的憋闷一股脑儿地全吐了出来，顿时感到浑身畅快。她懒得看对方的表情，起身就走，回过神儿来时，自己已经站在酒店门外了。一位保镖问道："小姐，要叫车吗？"

"我想单独走走，你们就别跟着了。待会儿我自己回去。"瑞秋疲惫地说道。

打发走保镖后，瑞秋独自漫步在著名的外滩大道上，路边是灯火通明的欧式古典建筑，屋顶上飘着庄重的中国国旗，感觉很奇特。她正在和平饭店前旁观一对拍婚纱照的新婚夫妇时，手机突然响了，屏幕上赫然显示着卡尔顿的名字。

"瑞秋！你还好吧？"卡尔顿劈头就问，语气很焦急，却隐隐带着一丝笑意，很是莫名其妙。

"我好得很，怎么了？"

"你还问我？你怎么和柯莱特吵起来了？"

瑞秋一惊："你怎么知道的？"

"有人把你们争吵的过程录下来了！这段视频现在在朋友圈里都传疯了，标题就是'邴家小婊子的陨落'，点击量都超过 900 万了！"

17

《洛杉矶日报》

马维斯达幼童被绑架至私人飞机上

紧急资讯速递——昨夜 9 时 50 分，凡奈斯机场上演了一场高速追逐大战。LAPD 得到通报，位于机场 16R 跑道上私人飞机里的嫌疑人绑架了一名 2 岁半的女童。至少四辆警车在跑道上拦截滑行中的飞机，但最终以失败告终，只能目送该飞机离开美利坚领空……

报警者是被绑孩子的父亲——伯纳德·戴。昨夜约 9 时半，戴先生报警，称自己的女儿吉赛尔在家中被不法分子掳走。据戴先生描述，当晚趁他外出期间，一名身份不明的女子造访位于维多利亚大道 11950 号的戴家宅院，吉赛尔的保姆让其进屋等待主人。随后，该女子拐走了家中的孩子。警方接到报警后立刻展开了调查，追踪线索到凡奈斯机场。警方赶到机场时，该女子已经登机。

戴先生为新加坡籍，于两年前移居至洛杉矶。他向 LAPD 表明，自己现在无业，在家全职照顾女儿。目前，戴先生尚未给出进一步评论。LAPD 未向媒体公布绑架案的最新调查进展。

《洛杉矶时报》

奇案！母亲绑架女儿？

LAPD 终于公布了两天前私人飞机绑架案的最新调查进展。绑架马维斯达女童吉赛尔·戴的是她的母亲——原中国香港女星凯蒂·庞。据线报，伯纳德·戴的真实身份是香港商业集团 TTL 控股的非执行副董事，吉赛尔·戴是他的独生女，戴家唯一的继承人。

伯纳德·戴在此前的取证中自称无业，但他其实坐拥 4 亿美元的财产和遍布世界的房产；不仅如此，他还是 118 米巨型游轮'凯蒂之馈赠'的船长。然而，在过去的两年里，这位亚洲富豪一直默默无闻地隐居在马维斯达不过 70 平方米的中产阶级住宅区之中。我们专程采访了戴家的 Nia 教练斯考特，"我早就猜到这对父女的家世不简单了，但真没想到会夸张到这般地步。戴先生之所以搬到马维斯达，是为了给吉赛尔营造一个理想的成长环境。他是个称职的父亲。至于他的妻子——很抱歉，我从未见过"。

案发当晚，戴先生外出，其私人厨师米拉·里格内负责照顾吉赛尔。戴先生的妻子凯蒂·庞突然造访（和丈夫分居，现居香港），并将女儿带走。事后，里格内很歉疚："夫人吩咐我到厨房做一份煎蛋饼，我只离开了五分钟，夫人和小姐就都失踪了。"

几乎同一时间，正在圣莫妮卡进行有声水疗的戴先生收到了一份离婚协议书。他立刻联系里格内，得知情况后，就怀疑妻子要把孩子带回国内。戴先生在女儿的 TOMS 鞋里安装了 GPS 定位装置，警方得以在第一时间赶往凡奈斯机场，但还是没能拦下那架波音 747-81。参与拦截行动的斯考特·原回忆了当时的情况："我们尽力了，但仅凭几辆警车，怎么可能拦得住 450 吨重的钢铁'巨兽'！"

戴先生已经在洛杉矶当地法院以绑架罪起诉了妻子，香港 TTL 股份有限公司对此事尚未发表意见。

《南华早报》

凯蒂·戴携女逃离美国，逃跑所用飞机竟在中国内地富豪名下

（香港社）据洛杉矶警署和凡奈斯机场方面的协同调查，基本可以确定凯蒂·戴绑架其女吉赛尔·戴所用的波音 747-81，属于中

国企业家杰克·那所有。

那先生是中国内地杰出企业家，名下资产高达21亿美元。据传，他是受某位友人之托，将这架价值3.5亿美元的座驾借给凯蒂·戴使用。对此，外界有颇多质疑。那氏官方发言人公开声明："那先生经常将座驾无偿借予慈善机构或个人使用。他与这位戴夫人素昧蒙面，只知道对方要将其用以人道主义营救，便慷慨相助了。无论是那先生本人，还是那氏家族，都与戴氏的家庭纠纷没有任何瓜葛。"

私人飞机短暂经停上海后，便直飞新加坡。戴夫人的发言人声明，戴夫人已向丈夫提出离婚申请，并要争夺女儿的抚养权。戴先生于今早赶回新加坡，他拒签离婚协议书，并再次在新加坡控告妻子绑架孩子。

我们在樟宜机场采访了刚刚抵达的戴先生，这是他婚后首次露面。整容手术彻底改变了他的样貌，记者团队险些和他失之交臂。"我妻子从来没有履行过做母亲的职责。你随便翻一本过去两年内的时尚杂志就知道了，她三天两头地出席各种活动，怎么可能有空陪伴远在洛杉矶的女儿？只有在洛杉矶，吉赛尔才能受到有效的心理疗养和幼年教育。女儿此刻需要的——是爱她、关心她的父亲，而不是成日应酬交际、冷落家庭的母亲。"

戴夫人对丈夫的指控尚未表态……

NOBLESTMAGAZINE.COM.CN

中国最受欢迎的社会专栏作家赫尼·蔡，给大家带来最前沿的资讯：

各位读者，请速速就位！若是有条件，请点一份大杯的香蕉圣代——今日的头条可不是三言两语就能说完的！

首先，伯纳德·戴的妻子——前肥皂剧演员凯蒂·庞，竟是企业家杰克·那的情妇！？据知情人士透露，两人的私密关系已持续两年之久，而他们的邂逅之处，就是凯蒂的公公——拿督戴东履的葬礼！戴、那两家素来在生意上过从甚密，这葬礼上迸发出的"爱情火花"，势必能让两家的关系更为"升华"……消息曝光之后，那夫人对丈夫的背叛伤心欲绝，立即前往德国巴登巴登，入住布莱娜公园酒店，以健康SPA修养精神。至于其女儿柯莱特·那，据可靠消息，她一怒之下离开了上海，有人在伊维萨岛的某酒吧中目睹到她与某位臭名昭著的花花公子热吻在一起。

下一条热讯的主角就是柯莱特·那。这两日在网络上疯传的偷拍视频《那家小婊子的陨落》，想必地球人都看过了吧？视频里，平日不可一世的柯莱特，竟被一位身份不明的女士骂得狗血喷头！这段视频，让Prêt-à-Couture不惜赔偿百万违约金，也要撤回和柯莱特的品牌形象合作。而视频中的另一位女主角，如今已被"非亿万群体（其实只是没上赫伦排行榜而已）"奉为了女斗士。据传，这位"女斗士"不是别人，正是柯莱特的前备胎——鲍家大公子卡尔顿·鲍的姐姐！（人呢？点赞呀！）视频里提到柯莱特已与卡尔顿分手了，我昨晚专程到DR Bar，向卡尔顿确认此事，他显然神色不悦，回答我说："分手？我和她什么时候牵过手了？没错，我们曾经是好朋友，即便如今分道扬镳，我也希望她能够早日找到自己的如意郎君。"唔，好吧，体面优雅的标准答案……

说起体面优雅，谁又赶得上鲍高良、鲍邵燕夫妇呢？他们在雍福会给瑞秋·朱及其夫尼古拉斯·杨举办了一场欢送宴（两人不日就要启程回美国了）。在富丽堂皇的宴会现场，鲍高良当众向失散多年的女儿致歉，并讲述了自己艰辛的青年岁月，以及将这对可怜的母女从混账丈夫的家暴危险下拯救出来的惊险故事……在场人士无不动容，全场登时掌声雷动。值得一提的是，香港IT泰坦的查理·胡竟也在出席者之列——他数周前刚高调宣布和妻子伊莎贝尔离婚，在香港上流社会引起了轩然大波。而昨晚，查理·胡全程黏在一位白衣胜雪的绝代佳人身边，甚是甜蜜。至于这位佳人嘛，她貌似与在场宾客都很熟络，但很抱歉，我真的查不到她的底细……

雍福会、家暴、白衣佳人……这期精彩的专栏终于要进入尾声启! 意犹未尽的朋友们可以随时关注我的更新，敬请期待郦、庞恋情的后续消息！

"你这个疯丫头到底在耍什么花样！？"科琳娜终于联系上了凯蒂，劈头第一句话就没忍住怒火。

"哎呀！你是不是看了今早的报纸了？还是说，看了赫尼·蔡的最新专栏？"凯蒂咯咯笑道。

"听你的语气，好像还挺自豪的？"

"能不自豪吗？我凭一己之力抢回了吉赛尔，嘿嘿！"

科琳娜悔恨地哀号道："傻瓜！你把我们至今投注的心血全毁了！'郦庞恋'的绯闻，会让你在香港上流社会永无翻身之日的！"

凯蒂丝毫不以为意，笑道："你知道吗？经过这次折腾，我彻底想通了。艾达·潘？让她抱着香港那一亩三分地沾沾自喜去吧，我现在在新加坡，身边的朋友来自世界各地，大家和和气气的，谁也没那无聊的'本土'意识。对了，我刚搬到克伦公园路上的一栋老房子里，嘻嘻，你明白我的意思吗？"

"不是吧！？难道……难道你就是天价购入弗兰克·布鲁尔古宅的幕后富豪？"

"哈哈，正解！但只说对了一半。我悄悄告诉你，你可不准外传哦——这是杰克送我的礼物。"

科琳娜差点儿没拿稳手机："这么说赫尼·蔡没有胡诌？你真做了杰克·郦的小三！？"

"哪有那么不堪！我和杰克在正经拍拖！杰克对我很好的，也舍得往我身上砸钱。最重要的是，他拯救了我和吉赛尔。那贫民窟也敢自称维多利亚大道？海景在哪儿？最近的海景，也得爬上那该死的405高速公路才看得见。"说到以前香港的住处，凯蒂就气不打一处来。

科琳娜微叹："唉……这样想来，我倒没资格责怪你了。那居住环境，换谁都得受不了……你女儿怎么样了？能适应新环境吗？"

"吉赛尔正和寻常的同龄女孩子一样，陪祖母在花园里荡秋千呢！逃出'魔窟'后，她发现了许多新大陆，例如说凤梨酥呀，芭比娃娃呀之类的，别提多兴奋了！"

"你们开心就好。我就怕，这冲动之举会给你们今后的生活带来无穷的后患。"科琳娜由衷地担忧这对母女。

"我觉得还得再挂得高一些……"凯蒂一时分了神儿，没听见科琳娜的话，"抱歉，刚和装修工人说话呢——你说到哪儿了？"

"我是说，"科琳娜犹豫片刻，换了种说法，"现在只希望伯纳德那边愿意善了。"

"你说的'善了'，是什么意思？"

"理智而和平地处理这场战争。"

"怎么就扯到'战争'了？吉赛尔是我女儿，我领到自己身边来抚养，怎么就引起战争了？"

"话是这么说没错，但……算了，祝你好运吧。下回到香港，别忘了 call 我。"

"我会的。我们之前约好了，要带吉赛尔到四季去体验最上等的 High Tea！"

"我都提醒你多少遍了，香港人眼里只有文华。而且，下午茶的英文不叫'High Tea'，那是工人喝的，我们喝的叫 Low Tea！"

"管它是 high 还是 low，反正跟着你就对了。"

通话结束，凯蒂往后退了几步，注视着眼前的墙壁："唔，奥利弗，你说得对，还是不要挂得太高了……麻烦你挂回原来的位置吧。"

奥利弗得意地瞥了眼凯蒂，冷哼道："我什么时候错过？这房子，还有这画，可都是我推荐给你的。我就说嘛，这间客厅就该配上这样古香古色的名画，是不是效果很赞？看看这古旧铅玻璃过滤进来的天然光线，照明设备的钱都可以省了。"

"对，你说得都对，一切都会好起来的。"凯蒂用希冀的目光望向窗外。装修工人们重新调整起《十八成宫》图屏的位置。